Quinze minutes

COLLECTION DIRIGÉE PAR JOËLLE LOSFELD

Titre original : *A Shortcut in Time*

Ouvrage traduit avec le concours du Centre national du livre

Remerciements de l'éditeur à Bénédicte Lombardo.

ISBN : 2-07-078948-9

Charles Dickinson

Quinze minutes

Roman

Traduit de l'anglais (États-Unis)
par Isabelle Maillet

ÉDITIONS JOËLLE LOSFELD

Pour Donna, Louis et Casey

Les premiers voyageurs

REMERCIEMENTS

Le soutien que j'ai reçu pour ce roman s'est manifesté sous différentes formes.

Merci à David Hartwell et à Moshe Feder, chez Tor ; à mon agent, Robin Strauss ; à la chef des majorettes, Rose May ; et à tous les autres, Norman Gawron, le docteur Wayne Bartholomew, Joan Dickinson, Toni Rubino, Lucy Hoy, Mitch Dydo, Jim et Nancy Barnes, Bonnie Moos, Rex McGee, Mark Jacob, Rich Cahan, Dave Nichols, Rich Wronski, Chuck Bernan, Allison Colonero, Tasha Sahs, Natalie Valliere-Kelley, les Spicer Boys – Bill, Butch, Andy, Rob et Tom – et Burt Constable.

1964

Cette histoire commença par une promesse non tenue. Elle commença sous l'eau qui recouvrait ma tête. Elle commença avec moi, Josh Winkler, filant dans les rues de la seule ville que j'aie jamais connue, Euclid Heights, Illinois, six zéro zéro zéro un.

Je me dépêchais, car je ne voulais pas décevoir mon petit frère. Une fois de plus. J'étais déjà en âge de savoir que la vie n'offre pas toujours de seconde chance avec les autres. Surtout ceux qui n'ont pas vraiment besoin de nous. Et Kurt n'avait pas besoin de moi. Il avait sauté de son lit à l'aube pour remplir sa mission de scout avec son meilleur copain, Vaughan Garner. Ils apprenaient à nager à des enfants attardés et Kurt m'avait demandé de ramener ceux qui s'aventuraient trop loin du petit bain, où Vaughan et lui faisaient une démonstration de crawl australien.

Je l'avais entendu se lever ce matin-là avant que son réveil ne sonne, je l'avais entendu se laver, préparer sa planchette pour écrire, me pousser du coude en murmurant « Josh, c'est l'heure », puis s'éclipser dans l'obscurité.

Quand je rouvris les yeux, maman me secouait pour me tirer du sommeil et le soleil était si haut dans le ciel qu'il illuminait le plancher de ma chambre au sous-sol.

« Tu m'avais promis, mon grand », dit-elle.

La piscine municipale d'Euclid Heights se trouvait à côté du terrain de base-ball de l'American Legion, et tout en fonçant sur mon vélo dans l'herbe du champ extérieur, je cherchais de l'autre côté du grillage un signe de mon frère, de Vaughan ou des petits attardés, une indication quelconque me permettant d'évaluer l'ampleur de cette nouvelle défection de ma part. Mais il n'y avait personne en vue.

Avant que je puisse m'inquiéter ou même me poser des questions à ce sujet, Jack Ketch – Casse-couilles pour ceux d'entre nous qui le détestaient ou le craignaient – déboula sur son vélo de derrière la piscine, la tête baissée, pédalant si furieusement qu'il soulevait une gerbe de rosée derrière lui. C'était une brute coiffée en brosse, toute de points noirs et de méchanceté. Il avait fait pleurer plus de garçons que *Fidèle vagabond*[1].

Casse-couilles ne rendait de comptes à personne. Il avait la loi de son côté. Son père n'était autre que le shérif John « Jack » Ketch Jr., lui-même fils d'un représentant de la loi du même nom. L'imagination n'avait jamais été le fort de la famille Ketch. L'exercice du pouvoir, si. Le père de Casse-couilles faisait une fois et demie la taille de son fils et traitait tous les gosses de la ville – le sien y compris – avec un mépris détaché digne d'un lion repu. Cette année-là, l'année des élections, le shérif Ketch était le seul candidat en lice pour un troisième mandat.

Il donnait toujours à son fils le nec plus ultra des bicyclettes confisquées, et ce matin-là, Casse-couilles chevauchait un modèle de course anglais aux pneus fins comme des spaghettis, l'esprit – ou ce qui lui en tenait lieu – manifestement ailleurs. J'étais presque sûr qu'il ne m'avait pas vu. Il émettait un étrange couinement – comme s'il avait besoin de graisser ses rouages –, et nous allions nous croiser sans incident quand il dévia brusquement de sa trajectoire. Ma roue avant accrocha sa roue arrière. Je passai tête la première par-dessus le guidon.

À genoux, la bouche pleine de brins d'herbe coupés, je distinguai mieux le son qu'il produisait. « Wink. Wink. Wink. »

1. Roman de Fred Gipson adapté au cinéma par Walt Disney. (*N.d.T.*)

Il monta le volume en tournant autour de moi. «*Wee-ink! Wee-ink! Wee-ink!*»

Je redressai mon vélo.

«Est-ce que Wink le Branleur est tout mouillé aussi, maintenant ?» lança-t-il.

Il jeta quelque chose – un petit bâton bleu – à mes pieds. Je marchai dessus sans même chercher à savoir ce que c'était. L'objet se brisa sous mon pied.

Je fis un pas vers Casse-couilles mais nous savions tous les deux que c'était du chiqué. Personne n'avait vraiment envie d'en découdre avec lui. Il était plus grand et plus costaud que deux d'entre nous réunis, et imperméable à la douleur comme seuls le sont les imbéciles et les inconscients. Ce matin-là, son T-shirt était humide et fripé, comme si quelqu'un l'avait attrapé à pleines mains, puis serré quelques instants avant de se raviser.

«T'arrives trop tard, Wink», dit-il encore juste avant de disparaître.

En approchant de la piscine, je fus de nouveau frappé par le silence alentour. En général, les gosses attardés faisaient un raffut de tous les diables. Ils adoraient la façon dont leurs voix se répercutaient contre le carrelage.

Au début, je crus le cours terminé et tout le monde parti. On était dimanche et la piscine n'ouvrirait pas avant midi. Kurt et Vaughan disposaient d'une clé, car les soirs d'été, ils tenaient le snack-bar. Tous deux étaient plutôt petits pour leur âge. Vaughan, premier de sa classe, était aussi président du comité des élèves. Il avait un sourire particulier à l'usage des plus jeunes, un sourire un rien machiavélique, différent de celui dont il gratifiait les adultes. Kurt aimait fabriquer des bricoles à partir de trois fois rien et gagnait des paris avec les gamins en faisant de tête des multiplications à quatre chiffres avant que l'un d'eux ait pu donner la réponse sur une feuille de papier.

À l'intérieur, je vis une pancarte sur la vitre de la caisse. *Accès interdit. Pompe en panne.*

Ce qui expliquait l'absence des gosses.

Pourtant, le vélo de Kurt était enchaîné à un banc.

De la vapeur s'infiltrait dans le vestiaire des garçons. Je passai la tête dans l'entrebâillement de la porte. Une douche coulait. J'avançai à pas prudents sur le carrelage mouillé et coupai l'eau. L'endroit me parut encore plus désert.

« Kurt ! » hurlai-je, surpris par la frayeur que je décelai dans ma voix.

Un chariot à linge occupait le centre de la pièce. Il ressemblait à une grande baignoire montée sur roulettes, avec des panneaux de toile sur les côtés et un couvercle en bois à charnières. Il était à moitié plein et une petite montagne de serviettes s'élevait sur le sol près de lui.

« Kurt ! hurlai-je de nouveau. Vaughan ! »

Rien.

La surface du grand bassin était parfaitement étale. Les flotteurs délimitant les lignes avaient été retirés de l'eau et disposés sur le bord. J'allai me poster à la porte du vestiaire des filles.

« Kurt ! »

J'attendis quelques secondes avant d'entrer. À l'intérieur, tout était semblable au vestiaire des garçons, sauf que le carrelage était sec.

« Kurt ? » appelai-je pour justifier ma présence.

Ma mère ne savait pas nager, et Kurt et moi n'avions pas de sœurs. Vaughan en avait une, qui s'appelait Flo, le diminutif de Flora. Elle avait le même âge que moi et elle était plutôt jolie, j'imagine, derrière ses lunettes, mais elle arborait un perpétuel froncement de sourcils préoccupé. Tout comme son frère, c'était la première de sa classe, mais apparemment, elle n'en retirait aucune satisfaction.

« Vaughan ? » dis-je au cas où elle aurait été là, cherchant elle aussi son cadet, et se serait demandé ce que moi, je fabriquais dans le vestiaire des filles.

Lorsque je retournai enfin près de la piscine, la luminosité avait changé imperceptiblement. Un nuage masquant le soleil améliorait la visibilité dans l'eau. Au fond du grand bain se dessinait une forme que je sus tout de suite horriblement déplacée. Je longeai le pourtour en hâte, passant devant les carreaux bleus sur fond crème qui indiquaient un mètre, deux mètres cinquante, puis trois mètres soixante. Le nuage s'éloigna. Un rayon de soleil se réfléchissant sur la surface m'obligea à me protéger les yeux. Je lançai un regard en coulisse à la forme immergée, redoutant d'en affronter la réalité.

C'était un chariot à linge couché sur le côté gauche au plus profond du bassin et dont le couvercle en bois était fermé. Une bulle grosse comme une balle de base-ball s'en échappa, puis s'éleva en zigzaguant.

Un instant plus tard, je plongeais, regrettant aussitôt de n'avoir pas pris une plus grande inspiration. L'eau me comprima le crâne tandis que je descendais et je sentis des passages vitaux commencer à se boucher dans mon cerveau. D'un ultime coup de pied harassé, je réussis à me rapprocher suffisamment pour saisir un coin du couvercle. Il était verni et lisse, mais je pensais pouvoir l'ouvrir facilement. Il ne bougea pas. Je tirai plus fort. Une autre bulle, libérée par la secousse, creva contre mon menton.

Alors seulement, je m'aperçus que le couvercle était bloqué par un stylo à bille coincé dans le loquet – un stylo bleu avec une inscription dorée le long du corps. Il me fut assez facile de l'ôter. Quand je voulus le ranger dans la poche de mon short, il me glissa entre les doigts. J'essayai de le rattraper, mais je lâchai le couvercle et remontai à la surface.

Quelqu'un, une fille, arrivait en courant. Je ne pris pas le temps de la détailler. Je ne pus que crier – « Ambulance ! » – avant de plonger de nouveau.

La pression de l'eau sur le chariot en rendait l'ouverture difficile. Un cortège de petites bulles défila devant mon visage. La première chose que je vis à l'intérieur, ce fut une main blanc bleuté. En soulevant le couvercle plus haut, je vis que cette main appartenait à mon frère.

Paniqué, j'attrapai un bon morceau de sa joue, que je pinçai. De toutes mes forces. Je savais qu'il détestait cela et j'espérais que si une quelconque parcelle de vie subsistait dans son corps, la douleur et l'indignation parviendraient jusqu'à elle et le mettraient suffisamment hors de lui pour le faire revenir.

Il ne réagit pas. L'empreinte de mon index et de mon pouce demeura gravée dans sa chair comme un creux dans de l'argile. Les yeux mi-clos, il était recroquevillé en position fœtale. J'étais persuadé qu'il était mort. Un million de fois au cours des années suivantes, j'en viendrais à regretter qu'il ne l'ait pas été.

Je glissai mes mains sous ses aisselles, posai mes pieds en équilibre précaire sur le rebord du chariot, puis tirai son corps vers le haut. Je ne rencontrai pas de résistance. Il était léger et froid, pareil à une crevette. Un chapelet de bulles semblables à des perles se dévida de son nez tandis que je le ramenais à l'air libre. Au cours de l'ascension, je décelai un faible battement dans sa poitrine.

La fille était agenouillée au bord du bassin. Elle avait perdu un escarpin. Les pans de son chemisier étaient sortis et un de ses bas était déchiré au niveau du genou. Au loin, encore trop loin pour être d'un quelconque secours, résonnait une sirène. La fille remonta ses lunettes sur son nez puis, sans quitter des yeux un seul instant le chariot dans la piscine, elle attrapa Kurt par le fond de son maillot pour le hisser hors de l'eau.

Soudain, elle me plaqua sa main sur la figure et me repoussa sous la surface.

« Vaughan ! » hurla-t-elle.

Vaughan Garner était toujours immobile au fond du chariot. Avec ses genoux repliés contre sa poitrine et ses orteils effleurant la toile sur le côté, il me fit penser à un enfant endormi dans un lit devenu trop petit pour lui. La seule anomalie notable était l'ongle de son index gauche, qu'il avait presque arraché dans son affolement et qui pendait, perpendiculaire à sa racine.

Je saisis Vaughan par l'arrière de son maillot. Je le dégageai facilement. Je le sentis inerte – vide – tandis que je bataillais pour le sortir de l'eau. J'émergeai avec lui au milieu d'un tourbillon d'activité. Un pompier sauta par-dessus ma tête, puis descendit dans le bassin sans savoir que plus personne ne manquait à l'appel. Les autres s'affairèrent auprès de Kurt.

La fille qui avait perdu une chaussure se tenait à l'écart. Elle se mordillait le bout des doigts mais ne pleurait pas. Je ne tardai pas à reconnaître Flo Garner, la sœur de Vaughan. Ne voyant pas son frère rentrer, elle était allée faire un tour du côté de la piscine.

Une étincelle de vie fut presque aussitôt ranimée chez Kurt, que l'on évacua.

Vaughan fut emmené lui aussi, finalement, mais rien ne pressait.

La police ne m'interrogea qu'une fois chez nous, au 1112 East Collier Street.

« Le loquet était coincé par un stylo », insistai-je.

Le flic me montra celui dont il se servait pour prendre des notes.

« Comme celui-là ?

— Il était bleu.

— Tu en es sûr ?

— Certain.

— Alors, où est-il ?

— Je l'ai lâché. Vous avez regardé au fond de la piscine ?

— On a exploré la conduite d'écoulement jusqu'à la rue.

— Il y avait une inscription dorée dessus.

— Elle disait quoi, cette inscription ?

— J'en sais rien. »

On conclut à un accident, un drame provoqué par l'inconscience de deux jeunes ayant fait les imbéciles. Personne ne m'écouta lorsque j'affirmai que Kurt ne faisait jamais l'imbécile.

Le jour de la rentrée, Flo Garner me héla dans le couloir.

« Comment va ton frère ? » s'enquit-elle.

Je haussai les épaules.

« Pas trop bien. Mon père commence à se plaindre des frais d'hospitalisation.

— Je peux te demander un truc ?

— Vas-y.

— T'as remonté Kurt en premier parce que c'était ton frère ?

— Non, parce qu'il était au-dessus.

— J'aimerais pouvoir te croire… »

Kurt ne reconnaissait plus personne à l'exception de maman. C'était une présence nouvelle à la maison, angoissée et exigeante. Le petit garçon curieux et contemplatif avait été changé en jeune homme incapable de tenir en place plus de trente secondes. Il était entré à l'hôpital enfant. Il en ressortit les joues assombries de barbe. Il explora la maison centimètre par centimètre. Puis il renouvela la manœuvre.

Maman me prit à part une semaine plus tard.

« Apprends-lui son adresse, me demanda-t-elle.

— Pourquoi ?

— Je ne peux pas le retenir. Je ne peux pas le garder cloîtré toute la journée, dit-elle, comme si elle m'avouait un secret honteux. Quand je le laisserai partir, je veux qu'il sache où est son foyer. »

Il nous fallut une journée entière de répétitions, mais Kurt finit par mémoriser son adresse.

« Un un un deux East Collier Street, Euclid Heights, Illinois. Six zéro zéro zéro un. »

Il s'exprimait d'une voix monocorde, mécanique.

Le lendemain, il commençait à errer.

Flo Garner passa nous voir le jour du premier anniversaire de la mort de son frère.

« Tu veux retourner là-bas ? » me demanda-t-elle.

Je n'en avais pas spécialement envie, mais je n'avais pas envie non plus qu'elle y aille sans moi.

Quand nous traversâmes le terrain de base-ball, un souvenir de cette chaude matinée dominicale – oublié presque aussitôt, à l'époque – me revint à la mémoire.

J'essayai de retrouver l'endroit exact où Casse-couilles m'avait fait tomber de vélo. Ce ne fut pas difficile une fois la scène ramenée à mon esprit. Je n'avais pas beaucoup repensé à ces quelques minutes précédant ma découverte du chariot au fond de la piscine. Une quinzaine peut-être, au maximum, entre le moment où Casse-couilles m'avait envoyé mordre la poussière et celui où j'avais remonté Kurt à la surface. Pourtant, j'avais l'impression que les deux événements s'étaient produits dans deux vies différentes. Les détails du premier ne laissaient pas présager les conséquences du second. Et les ressasser n'y changerait rien.

Puis je demandai à Flo de s'arrêter.

« Quoi ? » lança-t-elle.

C'était presque perdu d'avance. Une saison entière de base-ball s'était déroulée depuis ce matin-là. L'herbe du champ extérieur avait été tondue plusieurs fois. Je commençai là où j'avais chuté, dans le champ droit. Je fouillai les alentours centimètre par centimètre.

Flo, toujours sur son vélo, s'approcha de moi par-derrière.

« Tu trouves que c'est horrible de ma part d'avoir profité de la mort de Vaughan ? » me demanda-t-elle.

Sans lever la tête, je marmonnai :

« Non, je crois pas.

— Parce que franchement, tu vois, depuis que Vaughan n'est plus là, papa est un bien meilleur père pour moi. »

Je ne l'écoutais pas.

« Ah bon ?

— Avant, c'était toujours Vaughan, Vaughan, Vaughan. Le petit prodige. Le futur docteur. La vedette. Mais maintenant… »

Quelque chose brillait dans l'herbe. Je m'agenouillai et récupérai la bande d'aluminium d'un chewing-gum, soigneusement pliée en forme de pointe de flèche.

« Maintenant, c'est moi la vedette, poursuivit-elle. Par défaut.

— Mmm…

— Mais je me suis dit qu'une vedette par défaut, c'était quand même une vedette. » Sans attendre ma réponse, elle ajouta : « Je suis aussi intelligente que Vaughan. Peut-être même plus. Mais lui, c'était *le garçon*. »

Elle garda le silence pendant quelques minutes. J'arpentais toujours le gazon.

« Pourquoi t'es jamais dans les mêmes cours que moi ? demanda-t-elle.

— Parce que tu vas devenir docteur, et que moi, la seule chose que j'aime, c'est dessiner. De préférence dans la marge de mes devoirs. »

Elle ne rit pas.

J'étendis ma zone de recherche. Quand je relevai la tête pour soulager ma nuque douloureuse, Flo se trouvait à une trentaine de mètres.

« Il me manque, tu sais ! me cria-t-elle. Ne va pas t'imaginer que je suis un monstre. »

Je revins vers elle.

« Pas du tout. »

Elle acquiesça.

« Tant mieux. »

Mon regard poursuivit le mouvement amorcé par son hochement de tête, descendit de la pointe de son menton jusqu'à son buste, puis le long de sa jambe fuselée jusqu'au bout de sa tennis, qui m'indiquait précisément ce que je cherchais : la moitié du corps d'un stylo à bille, le bâton bleu que Casse-couilles m'avait jeté.

Dessus, imprimés en lettres dorées, figuraient les mots :

RÉÉLISEZ LE SHÉRIF KETCH.
LE *JACK*POT POUR LES CITOYENS !

Je me gardai d'expliquer à Flo la signification de cette découverte. Rien de ce que je pourrais dire ne lui ramènerait son frère. Kurt était parti pour de bon lui aussi. Et puis, je devais bien avouer que j'avais peur de Casse-couilles et de son père. Alors, je me contentai de glisser le corps du stylo dans ma poche et d'accompagner Flo jusqu'à la piscine. Quand nous arrivâmes, elle m'avait pris par la main.

1

Les bouts de bois apparurent l'été où les arbres tombèrent. De violents orages – de vrais monstres noirs comme de l'encre surgis du sud-ouest, déployant vents déchaînés, éclairs apocalyptiques et pluies torrentielles – balayèrent les mois de juin et de juillet. À raison d'une fois par semaine, nous semblait-il. Plus souvent que nous ne le méritions, assurément. Ils terrifiaient ma fille, Penny, qui n'était plus une enfant mais ne s'en précipitait pas moins dans mes bras, tremblante comme une feuille, lorsque les volets commençaient à claquer. Je n'y voyais aucune objection. Elle était trop grande sinon pour me laisser la serrer contre moi.

J'avais l'impression que les pires tempêtes abattaient toujours un arbre, comme si le ciel nous imposait une taxe ou prélevait un tribut pour ne pas toucher à des choses plus importantes. D'abord, ce fut un sycomore. Ensuite, un érable rouge. Puis un mûrier pleureur. Ma femme paya en liquide pour en faire enlever les vestiges.

En août, ce ne fut même pas un orage, juste quelques gouttes de pluie et un souffle de vent, mais je fus dérangé dans mon atelier par la voix plaintive d'un vieil homme dont le passage sur la « parallée » le long de notre maison était bloqué par une branche tombée du seul pommier de notre propriété.

« J'ai le droit d'être là, déclara-t-il lorsque je sortis. Vous avez peut-être l'impression que je m'impose chez vous, mais c'est une voie publique. »

Il avait doublement raison. J'avais l'impression qu'il se tenait dans mon jardin. Et qu'il était libre d'y rester à jamais.

Pour autant que je le sache, les parallées étaient propres à ma ville natale. Désireux d'insuffler l'honnêteté, la franchise et la rectitude dans toutes les affaires publiques, les pères fondateurs d'Euclid Heights avaient opté pour un réseau de quadrilatères et de rues à angle droit dans les quartiers avoisinant le centre-ville. La seule ligne divergente était la voie ferrée, qui coupait la place municipale selon un angle nord-ouest/sud-est et reliait Euclid Heights à Chicago. Dans la partie est de la ville, où résidait ma famille, le damier prenait un aspect plus rectangulaire, avec de longs pâtés de maisons s'étendant du nord au sud, interrompus seulement par de rares perpendiculaires.

Au début des années 1900, un certain Peter McDeedle, avocat et géomètre de son état, assumait la fonction de maire. Marié à son amie d'enfance, père dévoué d'une nombreuse progéniture, défenseur vertueux du bien public, il donnait l'image d'un homme privilégiant les valeurs familiales, mais en réalité, son véritable amour était une femme qui vivait à la sortie de la ville – autant dire une bonne trotte vers l'est. Pour réduire la durée du trajet entre son bureau et les bras de sa maîtresse – et tenter de dissimuler ses agissements à ses électeurs –, McDeedle ignorait les voies publiques et cheminait, tête basse et col relevé, sur les lignes les plus directes offertes par la topographie. Il empruntait ces raccourcis tellement souvent qu'il creusa des sentiers entre les maisons, à travers les vergers et dans les champs. Les citoyens d'Euclid Heights connaissaient le secret du maire, évidemment, et désapprouvaient sa conduite. Ils s'aperçurent néanmoins que ces passages leur permettaient de gagner du temps pour aller du centre à l'est, et vice-versa.

En sa qualité d'avocat et de géomètre, McDeedle prit les mesures requises pour officialiser le tracé de ses raccourcis. En fin politique, il s'attribua tout le mérite d'un changement positif qui n'était que la conséquence imprévisible de son manque d'intégrité. Sa femme, cependant, comptait parmi les nombreuses personnes que ses activités extramunicipales n'abusaient pas. Le jour où il se représenta aux élections, elle acheta pour elle-même et ses enfants des billets à destination de Chicago. Son mari sortit de la prison – où il venait de glisser dans l'urne un bulletin à son nom – au moment où sa famille montait dans le train de l'autre côté de la place. Son vote fut l'un des rares qu'il reçut. Il ne revit jamais ses proches.

Les chemins qu'il avait ouverts furent baptisés parallées parce qu'ils étaient parallèles aux quelques rues transversales coupant les longs îlots nord-sud. Celui qui longeait notre terrain reliait Clover Street – où donnait notre maison – et Chapmann Street, à une centaine de pas vers l'est. De l'autre côté de Clover, le passage se poursuivait vers l'ouest, traversant l'étendue ombreuse entre une clôture en bois couverte de vigne vierge et la propriété voisine bordée par une interminable rangée de tournesols bruissants.

J'aimais la façon dont ces allées bousculaient l'ordre établi. Elles étaient inattendues et malicieusement subversives. Elles tranchaient dans le vif de ce qui d'ordinaire était caché. Nous vivions près de ce chemin depuis des années, mais l'apparition inopinée d'un piéton – comme ce vieil homme bloqué par la branche de pommier – avait toujours le don de me surprendre.

Je téléphonai à Flo depuis mon atelier.

« Cabinet du docteur Winkler. »

Son assistante n'était pas encore arrivée à cette heure matinale, aussi répondait-elle elle-même.

« Encore un problème d'arbre, dis-je.

— Tu peux appeler quelqu'un ?

— Bien sûr. Penny est là ? »

Le cabinet de Flo se situait à l'extrémité est du long corps est-ouest de notre maison en L. Mon atelier, aménagé dans l'ancien garage, se trouvait à l'extrémité du corps nord-sud. De l'autre côté de l'espace qui nous séparait, je voyais Flo me parler en même temps qu'elle survolait une revue, prenait des notes sur sa journée à venir et s'attaquait sans doute mentalement à deux ou trois autres tâches.

« Elle a déjeuné et filé aussitôt après, dit-elle.

— Où ça ? »

J'avais envie de bavarder, mais je me réjouissais aussi secrètement à l'idée que ma fille ne soit pas dans le cabinet de Flo, se préparant à suivre sa mère sur le terrain médical.

« Chez Corey. Avec Regan et Holly. Ensuite, à la plage. Tiens, Emmy arrive. »

Emmy Fontaine, son assistante, remontait l'allée de briques qui donnait sur le parking accessible de Chapman Street. Ces briques, Flo s'était débrouillée toute seule pour les poser. Les plus proches de la porte de derrière étaient agencées de manière à former nos initiales : JW FW PW.

Flo avait fait des économies en abattant elle-même les murs quand nous avions construit l'extension pour son cabinet. Au premier coup de masse, elle avait entendu du verre se briser à l'intérieur de la cloison. De vieilles vitres vertes étaient calées entre chacun des montants en bois qu'elle avait exposés. C'était un certain Portmanteau qui avait construit la maison en 1910. Il avait amassé une petite fortune dans la confection du col cassé avant d'acquérir la certitude que ses voisins lisaient dans ses pensées. Afin de limiter les possibilités d'intrusion dans son esprit, il avait acheté cette maison et le terrain à l'est, puis rasé la bâtisse. Ses efforts pour acquérir les propriétés au nord et au sud n'ayant pas porté leurs fruits, il avait inséré des centaines de panneaux de verre dans tous les murs en façade de sa nouvelle demeure, persuadé qu'ils bloqueraient la transmission et la réception de ses idées.

J'avais entreposé les panneaux dans mon atelier. Ils m'avaient servi de matériau durant ma Période de Verre. Ondulés, constellés de bulles d'air, ils se fendillaient à la moindre pression. Par une belle soirée d'été, je m'étais allongé dans l'herbe, sous l'une de ces vitres posée sur les accoudoirs de deux fauteuils de jardin. J'avais logé mes pinceaux dans ma bouche et calé sur mon estomac des petits pots de peinture noire et blanche. Je voulais dessiner le ciel. Flo était apparue au moment où j'ébauchais la lune. Sa position la plaçait idéalement dans le tableau. L'astre chevauchait son épaule. Sachant qu'elle n'accepterait jamais de poser pour moi, j'avais travaillé vite, sans un mot, pour l'insérer dans l'ensemble. Lune. Étoiles. Flo.

Ce fut la seule création que je conservai de ma Période de Verre, l'une de mes deux œuvres dont j'étais sûr qu'elle les aimait.

Plus tard ce matin-là, une longue fourgonnette grise de l'État de l'Illinois se gara dans le parking derrière la maison. Huit enfants en déboulèrent. Quand Flo avait ouvert son cabinet, elle avait accepté par contrat de suivre un certain nombre de pupilles de l'État. Et alors que maintenant les mères d'Euclid Heights et des communautés voisines s'inscrivaient gaiement sur une liste d'attente pour pouvoir confier leur progéniture aux bons soins du docteur Flo, elle ne manquait pas de renouveler chaque année son engagement avec l'État.

Les gosses m'évoquèrent des boules de billard s'égaillant dans tous les sens. Ils fuyaient le cabinet ou au contraire se dirigeaient vers lui d'un pas agressif. Certains faisaient le poirier sur l'herbe. D'autres se contentaient de tourner en rond, heureux d'être descendus du véhicule. Un petit garçon gémissait dans l'ample giron d'Hilly Cutter, conductrice de la fourgonnette et responsable du groupe.

Flo sortit accueillir les orphelins et aider Hilly à les mener à l'intérieur. Dans son cabinet, elle avait une balance qui annonçait le poids de chaque bambin d'une voix aux sonorités aussi bizarres qu'imprévisibles – couinement de souris, timbre mécanique de robot, bourdonnement d'extraterrestre –, pour la plus grande joie des jeunes patients qui voulaient remonter dessus encore et encore. Elle autorisait une pesée supplémentaire par enfant, puis le prenait dans ses bras pour l'écarter d'autorité s'il était assez léger pour être soulevé. La balance s'inscrivait dans le prolongement des imitations que Flo avait faites pour mettre les enfants – et elle-même – à l'aise durant ses premières années d'exercice. Elle se sentait alors comme une vraie gosse, fébrile et nerveuse. Ces voix idiotes amusaient les petits et détournaient leur attention d'elle. Pour Flo, aller au travail revenait à aller elle-même chez le médecin, où l'on ne demandait qu'à confier son destin à un inconnu plus savant. Elle ne s'était considérée comme la dépositaire de la confiance des enfants qu'après la naissance de Penny. Une assurance survoltée l'avait gagnée, elle avait emprunté de l'argent à son père et racheté la clientèle de la femme qui l'avait embauchée. Peu après, nous ajoutions l'extension et Flo installait son cabinet à domicile.

Ce nouvel arrangement avait nécessité une période d'adaptation. J'avais toujours eu Penny pour moi tout seul durant la journée. Elle semait la pagaille à mes côtés pendant que je travaillais, et en grandissant, elle avait adopté cet air de concentration nonchalante propre aux artistes. Mais la proximité de Flo avait changé la donne. Penny s'était éloignée vers le nouvel espace créé et occupé par sa mère. Je la perdais de vue, puis le téléphone sonnait, et voilà, elle était là-bas, dans le cabinet de Flo, me faisant de grands signes de l'autre côté de l'espace qui nous séparait.

Lorsque Penny eut quatorze ans, Flo commença à la payer dix dollars de l'heure pour l'aider au cabinet. Penny mesurait les enfants, nettoyait la salle de bains, classait, occupait une sœur ou un frère jaloux d'un petit malade et s'arrangeait pour que sa mère puisse se consacrer aux examens médicaux à proprement parler. Que Flo fasse peser les finances dans la balance me parut injuste : dans la guerre larvée que nous menions pour façonner l'orientation professionnelle de Penny, l'argent était son arme secrète ; tout ce que j'avais à offrir, c'était le plaisir sporadique de la créativité.

Ce jour-là, Penny n'était avec aucun de nous deux. Corey, un joli cœur qui habitait dans Holt Street, accaparait toute son attention. Il était comme une fièvre contre laquelle même Flo ne pouvait pas lutter.

Mon téléphone sonna. Je jetai un coup d'œil de l'autre côté de la cour. Personne ne se trouvait à la fenêtre.

Je décrochai.

« Allô ?

— Branleur. »

Au son de cette voix familière, le sang afflua à mes tempes.

« Casse-couilles.

— Je t'appelle à cause de Kurt le Dingue, Wink. Pour la millionième fois. Ce pauvre krrrétin de Kurt.

— Où est-il ?

— À ton avis ? Tu viens le chercher dans un quart d'heure ou je colle ce foutu SDF en taule.

— Ce n'est pas aujourd'hui qu'on déménage la prison ?

— C'est bien pour ça qu'il est pas encore sous les verrous.

— Donc, agent Ketch, je peux me permettre d'ignorer ton appel, parce que de toute façon, tu ne sais pas où mettre Kurt.

— Tu me connais, Branleur. Je suis capable *de tout*. »

De Clover Street, les parallées continuaient vers l'ouest jusqu'à Tinker Street, puis reliaient Tinker Street à Cottonwood Street, Cottonwood Street à Pine Street, Pine Street à Pincoffin Street et enfin, Pincoffin Street à Greencloth Street, que je pris vers le nord pour rejoindre le centre-ville, où régnait une atmosphère chaotique, une agitation comme peut en provoquer un animal sauvage en cavale.

Des hommes vêtus d'une combinaison rouge s'agglutinaient au croisement de Violet Street et de Mottle Street, tous armés de ce qui ressemblait à des crosses de palet de quinze mètres de long. Celles-ci servaient à écarter les fils électriques au-dessus de la vieille prison, transportée à une allure d'escargot par un semi-remorque depuis son emplacement sur la place municipale jusqu'à son futur site d'accueil, un petit terrain près de la Société historique d'Euclid Heights. Sans elle, la place paraissait avoir perdu une dent.

Kurt était assis devant le 1112 East Collier Street comme si c'était encore chez nous, comme s'il attendait que papa rentre du boulot. L'un de ses poignets maigres et crasseux était menotté à la balustrade. En me voyant, Casse-couilles s'extirpa de sa voiture de patrouille.

Les propriétaires actuels de notre ancienne maison y avaient apporté des changements au fil des années : revêtement en aluminium, nouveau toit en bardeaux verdâtres, stores au-dessus des fenêtres du rez-de-chaussée, pots de fleurs assoiffés sur les marches du perron. Mais rien ne pouvait cependant faire disparaître l'irrésistible emprise qu'elle exerçait sur Kurt. C'était son foyer. Ce serait toujours son foyer. L'emplacement et l'adresse étaient enfouis dans la zone de son cerveau la plus profonde, la mieux protégée. L'appartement où nous avions emménagé après la mort de notre père, quand nous avions perdu la maison, ne l'avait pas marqué. Si la bâtisse était chargée sur un semi-remorque et emportée comme la prison, Kurt retournerait quand même au 1112 East Collier Street et tenterait de vivre dans le trou qu'elle aurait laissé.

Mon frère était toujours content de me voir. La vie ne l'avait pas blasé. Ses grandes dents humides luisaient dans son visage sale. La blancheur avait envahi sa barbe. C'était un sans-abri s'acheminant seul vers la cinquantaine. Je me rappelais encore l'époque où il était plus brillant que moi.

« C'est vraiment nécessaire ? demandai-je à Casse-couilles en saisissant la chaîne des menottes.

— J'avais pas envie qu'il dégueulasse la bagnole.

— Je parie que les Corbett sont ravis de le voir attaché à leur balustrade.

— Ils sont pas chez eux.

— Qui s'est plaint, alors ?

— Un un un deux East…

— Chut, Kurt. » À l'intention de Casse-couilles, je répétai : « Qui ?

— Eux. Après, ils sont partis déjeuner. Je leur ai dit qu'à leur retour, Kurt serait plus là. Ils en ont plus que marre, Wink. »

Kurt aimait bien le cliquetis des menottes.

« Un un un deux East Collier…

— Tais-toi, Kurt, ordonnai-je. Il a encore essayé d'entrer ?

— Non. Il a juste appuyé sur la sonnette un bon millier de fois.

— Un un un deux East…

— Ta gueule ! lui aboya Casse-couilles au visage.

— Hé ! »

Du dos de la main, j'assenai une bonne claque sur l'épaule de Casse-couilles. Il me laisserait faire, je le savais. C'était maintenant un grand type corpulent avec de grosses fesses, des lèvres épaisses et une peau grêlée couleur pomme de terre – un flic célibataire vivant sur la réputation paternelle. Il ne serait jamais responsable de rien, contrairement à son père et à son grand-père. Et il n'aurait jamais de comptes à rendre.

« Moi, j'ai le droit de lui crier dessus, dis-je. Pas toi.

— Va falloir mettre un terme à tout ça, Branleur. »

Mais oui, mais oui, pensai-je.

« Kurt », dis-je d'un ton plus sec que je ne l'aurais voulu. Quand je m'adressais à lui, c'était toujours d'un ton plus sec que je ne l'aurais voulu, me semblait-il. « On n'habite plus ici.

— Un un un…

— Kurt. Tais-toi. »

Casse-couilles sortit la clé des menottes. La vue des marques disgracieuses que je lui avais infligées sur les phalanges de sa main droite me procurait une satisfaction toujours intacte. Même si elles ne compensaient rien.

« À mon avis, il devrait habiter chez toi, lança-t-il avec une fausse ingénuité.

— Un un un deux…

— C'est ton seul parent, Branleur. Et il vit dans la rue. »

Il n'avait pas ouvert les menottes. Nous savions tous les deux ce qui allait se passer quand il le ferait.

« Un un un deux… »

Je plaquai ma main sur la bouche de Kurt. Son souffle me mouilla la paume. Je me retournai – en proie à une fureur renouvelée, sans bornes – vers Casse-couilles.

« Et si tu l'emmenais *chez toi*, hein ?

— C'est pas mon problème, Wink.

— Non, bien sûr, c'est pas ton problème. »

Il haussa les épaules d'un air suffisant, puis inséra la clé pour déverrouiller les menottes. Son expérience avec Kurt lui avait appris qu'il valait mieux commencer par ouvrir le bracelet emprisonnant le poignet. S'il ouvrait l'autre, celui fixé à la balustrade, il perdrait les menottes, car à peine libéré, Kurt filerait en un éclair. Cette fois encore, mon frère disparut du perron et au coin de la rue à une vitesse telle que j'en conçus une fierté paradoxale. C'était un vagabond, un simple d'esprit, mais il se déplaçait avec une rapidité olympique.

« T'approche plus de cette baraque ! cria Casse-couilles, mais c'était inutile, nous en étions conscients tous les deux. Faut que ça change, Winkler, ajouta-t-il en reprenant son numéro de flic pour m'impressionner.

— La ferme, agent Ketch », répondis-je, avant de rentrer.

Je pris Greencloth Street vers le sud jusqu'à la parallèle, que je suivis ensuite jusqu'à la maison. La branche de pommier avait été enlevée, et le moignon déchiqueté sur le tronc, scié jusqu'à la base puis aplani. Des pommes écrasées, des fragments de feuilles et des bouts de bois jonchaient le passage. L'arbre donnait des fruits ratatinés, acides, un peu décevants. Nous ne les mangions jamais. Je ne les ramassais pas souvent.

Soudain, je remarquai un rameau de pommier planté dans le sol. Il mesurait environ trente centimètres et se terminait par une petite fourche. Dépouillé de son écorce, il présentait l'aspect veiné et lisse du bois mort depuis longtemps. Sa forme me rappela quelque chose. Je le fis tourner entre mes doigts. Quelque chose. Ou quelqu'un. Je le fourrai dans ma poche.

Je rentrai chercher une pelle et un balai, puis commençai à rassembler les vestiges de la branche. Je ne parlerais pas à Flo des dernières frasques de Kurt. J'avais établi une règle de conduite : je lui relatais les incidents de ce genre environ une fois sur quatre. Elle n'appréhendait pas les situations désespérées de la même façon que moi. Je n'avais pas mon pareil pour ignorer le problème. Elle voulait toujours *agir*, réparer l'irréparable.

Invariablement, elle proposait de prendre Kurt chez nous. Elle imaginait qu'en lui apportant confort et stabilité, elle offrirait une compensation similaire à Vaughan, froid et bleu au fond de la piscine. En sauvant mon frère, elle ferait également quelque chose que je n'avais pas été capable de faire pour le sien.

Je me baissais pour récupérer mon petit tas de brindilles, de feuilles et de pommes pourries quand un mouvement sur ma droite attira mon attention. Une jeune fille courait vers moi sur la parallée, son rire mourant dans sa gorge pour se muer en hoquet d'incrédulité.

Elle s'arrêta net. Elle était peut-être un peu plus âgée que Penny.

« Qu'est-ce que… ? » commença-t-elle, déroutée.

Elle balaya les alentours du regard. Elle portait une robe grise qui lui arrivait juste au-dessus des chevilles, sous un ample tablier bleu avec de larges poches gansées de blanc, et pas de chaussures.

Et elle était trempée jusqu'aux os.

Elle avança d'un pas en concentrant pour la première fois toute son attention sur moi. Ce fut une expérience intense, presque effrayante.

« Qu'est-ce que vous avez fait de Dash ? » demanda-t-elle d'une voix tremblante.

Je me redressai.

« Comment ? »

Lorsque j'avançai vers elle à mon tour, elle s'élança en sens inverse. À la hauteur de Chapman Street, elle jeta un coup d'œil à gauche et à droite, puis tourna la tête vers moi. Elle avait laissé derrière elle des empreintes humides qui disparaissaient déjà. Enfin, elle bifurqua vers le nord. Elle ne semblait pas perdue, mais plutôt perplexe, troublée et aussi un peu intriguée. Comme elle était trempée, j'avais envie de l'aider, mais chaque pas que je faisais vers elle l'incitait à s'éloigner d'autant. Je la perdis de vue quand elle quitta Chapman pour s'engager dans Collier, se dirigeant sans hésitation vers le centre-ville.

Je trouvai Flo dans la cuisine, en train de boire un bol de soupe à l'oignon. Adossée au plan de travail, elle avait déboutonné sa blouse blanche et croisé les chevilles. Elle ne s'autorisait jamais à s'asseoir durant ses longues journées. La position assise invitait à la détente, qui lui faisait prendre conscience de sa fatigue, dont elle s'occuperait à un moment plus approprié.

Je lui parlai de la jeune fille trempée.

« "Qu'est-ce que vous avez fait de Dash ?" répéta-t-elle.

— C'est tout ce qu'elle a dit.

— Si ça se trouve, Dash n'est pas une personne[1]. Elle voulait peut-être dire : "Qu'est-ce que vous avez fait du piquant ?" » Du panache. De la *joie de vivre*[2].

— Quoi ? J'aurais tué le panache ? »

1. Jeu sur un des sens du mot « *dash* ». (*N.d.T.*)
2. En français dans le texte. (*N.d.T.*)

Elle sourit, puis m'embrassa sur la joue. Quatre voitures stationnaient sur le parking. Une mère traînait un enfant récalcitrant dans l'allée de briques.

« Prépare-nous donc un dîner piquant ! » lança Flo avant de s'éclipser.

Penny connaissait peut-être un Dash. Mais ma fille était pour l'heure chez un camarade – un garçon, ni plus ni moins –, dont l'adresse exacte demeurait un mystère pour moi. Quel père je faisais !

J'allai jeter un coup d'œil dans l'office. Il me fallait des pommes de terre. Je laissai un mot pour le signaler et enfourchai mon vélo. J'empruntai la parallée jusqu'à Chapman, puis jusqu'à Collier dans l'espoir d'apercevoir la jeune fille ruisselante. Pas de chance. Lorsque j'arrivai au niveau du 1100 Collier Street, je bifurquai vers le nord pour éviter notre ancienne maison.

Un grand mobile home blanc avait été installé sur la place municipale, abritant temporairement le poste de police et la prison. La structure définitive était déjà en chantier. Une pancarte indiquait :

FUTURS QUARTIERS DE
« JACK » KETCH JR.
SIÈGE DE LA POLICE

Le père de Casse-couilles, à la retraite mais toujours impressionnant, un casque jaune posé sur le crâne tel un dé à coudre, se tenait près de l'actuel chef de la police et montrait du doigt un point sur un plan. Je l'ignorai, tout comme je tentai d'ignorer son fils.

L'épicerie se trouvait de l'autre côté de la voie ferrée. J'achetai des pommes de terre, de la noix de muscade, du poivre noir et des saucisses. Puis j'ajustai mon sac à dos et repris le chemin de la maison.

En passant devant un pavillon sur la parallée entre Pincoffin Street et Pine Street, je fus attaqué par un chien que je ne connaissais pas. Trapu et musclé, il se jeta sur moi si férocement qu'il se coinça – et se cassa peut-être – une canine dans la clôture du jardin, la douleur et l'indignation ne faisant qu'ajouter à la fureur suscitée par ma présence. Puis il se détourna pour galoper le long du grillage, parallèlement à moi, tellement aveuglé par la rage que j'en vins à me demander avec terreur s'il voyait se rapprocher l'angle de la barrière.

La conscience des dimensions de son univers dut cependant l'emporter sur sa hargne, car il tourna soudain la tête, émit un son interrogateur semblable à « Ouf ? » puis, pour éviter de s'enfoncer dans le réseau de mailles métallique, le franchit d'un bond qui le surprit à peine plus que moi.

Il s'immobilisa. Se lécha. Peut-être se disait-il qu'il était allé trop loin en jaillissant ainsi de son enclos sûr, fiable.

Puis il se souvint de la raison pour laquelle il avait sauté. Moi.

J'avais au maximum un demi-pâté de maisons d'avance et je pédalais comme un dératé, plus vite que je ne l'avais fait de toute ma vie. Le chien me rattrapa avant Pincoffin Street. Je traversai sans ralentir. Il tenta de mordre mes pneus, la chaîne du vélo, mes pieds en mouvement, les rubans que Penny avait attachés au guidon quand elle avait neuf ans.

Je me déplaçai vers la droite, essayant de le coincer contre la clôture que nous longions. Il ne se laissa pas abuser. Il ralentit juste assez pour se retrouver derrière moi, puis revint à la charge sur ma gauche.

Nous déboulâmes côte à côte dans Pine Street.

Je songeai à l'apaiser avec les saucisses. J'évaluai la possibilité physique de passer la main derrière moi, ouvrir le sac à dos, déchirer le sac en papier avec mes dents, laisser le jus dégouliner sur le museau du chien, voire lâcher tout le paquet au besoin.

Ah non, merde ! C'était le dîner de ma famille.

Le temps de traverser Cottonwood Street, et nous étions de retour sur l'allée ombreuse. J'étais presque à bout de forces. J'avais les jambes coupées et les poumons laminés. Au moment où nous débouchions dans Tinker Street, je sentis quelque chose se détacher en moi. Une poche vitale creva dans mon cerveau, mon cœur ou mon âme, je n'aurais su le dire au juste, libérant une sorte de chaleur liquide qui se révéla à la fois plaisante et perturbante.

Autour de moi, tout n'était plus que silence et sérénité. Durant un moment, je me demandai : Est-ce que j'ai eu une attaque ? Mais mon corps répondait parfaitement. Je savais qui j'étais. Je me sentais en grande forme. Capable de pédaler pour l'éternité.

Et puis, je compris la raison de ce silence.

Le chien n'était plus là.

Je laissai mon vélo s'arrêter. Devant moi, une voiture passa dans Tinker Street. J'examinai les alentours. Pas de chien.

Ma respiration se calma.

Je me récitai mon numéro de téléphone, mon adresse, mon numéro de Sécurité sociale, divers numéros de comptes et codes d'accès, le nom du président, l'alphabet, les dates d'anniversaire de Flo et de Penny.

Rien ne clochait, semblait-il. De toute évidence, je n'avais pas eu de crise cardiaque.

Le chien avait disparu, tout simplement.

La sensation de chaleur fluide s'était dissipée. Sur la route derrière moi, des empreintes de pattes émergeaient d'une flaque formée par un arroseur automatique ; peu à peu, elles s'évaporèrent.

La chaleur dilatait l'air.

Je poursuivis mon chemin. Au niveau de Tinker Street, je ralentis, scrutai la rue à droite et à gauche, puis traversai.

En approchant de Clover Street, j'aperçus le chien qui arrivait en sens inverse. Il s'arrêta en me voyant. Je m'arrêtai aussi.

Je pensais qu'il allait me refaire le coup du roquet enragé, mais il se contenta de s'asseoir, la langue pendante, et de me regarder. Quand j'avançai vers lui, il détala. Quand je traversai Clover, il avait déjà parcouru la moitié de la parallée vers Chapman, fuyant et se retournant, fuyant et se retournant encore.

2

Quand je rentrai, Penny était au téléphone dans la cuisine, le combiné calé entre l'oreille et l'épaule, les mains libres de jouer de la batterie avec une paire d'abaisse-langue empruntée à Flo sur le plan de travail et la bordure d'un grand saladier. Elle avait cassé des œufs dans le bol et disposé les coquilles sur un morceau de papier absorbant, où ils évoquaient un petit village de cabanes au toit bombé.

J'ouvris mon sac à dos pour lui en montrer le contenu. Elle m'éloigna d'un geste. Elle avait d'autres préoccupations en tête. Elle n'avait pas encore dit un mot à la personne à l'autre bout de la ligne.

Je m'assis à la table, une planche de chêne d'un mètre quatre-vingts sur trois mètres soixante comportant une telle profusion de tiroirs qu'elle absorbait tout objet individuel atterrissant dessus. Pour le moment, la surface en était recouverte par les drapeaux officiels de quatre nations : Islande, Danemark, Suède et Canada.

À huit ans, Penny avait connu une « phase drapeaux », et Flo, dans son ardeur à encourager la moindre passion manifestée par sa fille – et parce qu'elle se sentait coupable d'être absente toute la journée, même si elle ne travaillait qu'à quinze mètres –, s'était débrouillée pour obtenir presque une centaine d'étendards venus du monde entier. L'en-tête « Médecin » sur les demandes qu'elle rédigeait lui avait valu un taux de réussite frisant les quatre-vingt-dix pour cent, ainsi que plusieurs invitations à faire bénéficier de son excellente formation médicale américaine des pays à court de praticiens. Une nation insulaire au sud-est de Manille lui avait offert une plantation qui représentait dix pour cent de ses terres arables. On lui avait également envoyé un album photos de tous les enfants de l'île, chacun pris dans une pose identique : souriant, saluant l'observateur d'une main, l'invitant à venir de l'autre. Ils m'avaient fait penser à une population d'apprentis flics de la circulation.

L'afflux de drapeaux, la montagne bigarrée qu'ils formaient sur le sol de sa chambre quand Penny les retirait de leur colis postal, en inspectait les deux côtés puis les laissait retomber, finit par étouffer son intérêt pour eux. C'était devenu le passe-temps de sa mère.

Quand la présence de ces étendards sous nos pieds commença à nous paraître irrespectueuse envers les nations en question, nous – Penny et moi – les repliâmes avant de les ranger avec soin dans un coffre en cèdre que nous fîmes rouler tout au fond de sa penderie. Flo ne demanda jamais où ils étaient.

Et puis, l'hiver précédent, lors de la première chute de neige, Penny avait déplié les drapeaux du Brésil, de l'Inde, du Mali et de Panamá. Lorsque la température avait chuté au-dessous de zéro, elle les avait remplacés par ceux des îles Fidji, du Niger, de l'Arabie saoudite et du Sri Lanka. À présent, en plein milieu d'un mois d'août étouffant et orageux, elle avait sorti les emblèmes de climats plus frais.

Elle flanqua devant moi une assiette d'œufs brouillés. Quatre triangles de pain bordaient une montagne jaune. Elle fit claquer son chewing-gum, attentive aux propos de son interlocuteur. Elle n'avait toujours pas dit un mot.

Penny avait connu également une « phase serveuse », que Flo avait eu plus de mal à encourager. Elle craignait que sa fille n'éprouve une profonde satisfaction à servir des inconnus pour de l'argent. Mais ensuite, elle s'était souvenue de sa vie avant la mort de son frère, quand elle avait l'impression que ses propres engouements, aussi éphémères soient-ils, passaient largement inaperçus. Alors, elle avait acheté à Penny un tablier, un calepin, un badge pour son nom et même un carrousel destiné à recevoir les commandes. Lorsque Penny avait dit à Flo qu'elle lui enviait son prénom de serveuse, celle-ci avait préféré l'embaucher au cabinet.

À la fin de l'ère serveuse, Penny s'était servie du carrousel pour réaliser de petits films rudimentaires, fixant une image à une pince, la même image à un stade plus avancé à la suivante, et ainsi de suite. Ensuite, elle faisait tourner le dispositif. Sur une de ces séquences, on la voyait sourire, une autre montrait une fleur en plein épanouissement, une troisième un bonhomme de neige en train de fondre, et la dernière, un doigt émergeant d'un poing serré.

Elle raccrocha brutalement.

« C'était qui ? me renseignai-je.

— Corey et Holly.

— Tu n'as rien dit.

— Je n'étais pas censée participer. Je suis entrée en tiers.

— Tu espionnais ?

— Holly vérifiait si Corey tient vraiment à moi. » Elle fronça les sourcils. « Elle n'a posé aucune des questions que j'aurais posées.

— Tu connais un certain Dash ?

— Non. Je connais une Dot. Dotty Muller. Pourquoi ?

— J'ai croisé une fille sur l'allée aujourd'hui. Elle m'a demandé : "Qu'est-ce que vous avez fait de Dash ?" Je pensais que ça aurait peut-être un sens pour toi.

— Désolée. »

Elle s'assit à ma droite, le dos à la fenêtre, et commença à manger. Ses manières étaient quelque peu relâchées et des petits bouts d'œuf tombaient partout. Flo l'aurait réprimandée. J'étais tout simplement heureux de l'avoir près de moi. Deux personnes assises à cette table pouvaient avoir l'impression de se trouver chacune à un bout de la pièce.

« Autrefois, j'avais un copain qui s'appelait Dott, dis-je. Avec deux t. Todd Dott.

— Deux t à Todd aussi ? » ironisa-t-elle.

J'éclatai de rire.

« Non, mais on l'appelait To-Todd. Comme un bégaiement. En inversant son nom de famille. To-Todd. »

Cela faisait des années que je n'avais pas repensé à Todd Dott. Il avait une grosse bouille si pâle qu'elle paraissait translucide et un air fragile qui donnait envie de garder ses distances. Casse-couilles l'avait surnommé Crâne d'œuf et les gamins qui le craignaient avaient repris le sobriquet.

« Les gosses se moquaient toujours de lui, ajoutai-je. Ils prétendaient voir à travers sa tête.

— *Quoi ?*

— Mouais. Il avait une énorme tête et la peau très pâle. On voyait toutes ses veines.

— C'était un hydrocéphale ? »

Je lui adressai un clin d'œil. Elle sourit.

« C'est maman qui m'a appris ça.

— Et moi, qu'est-ce que je t'ai appris ?

— Oh, papa… »

Elle se leva d'un bond et emporta nos assiettes.

« Non, sérieux. Quoi ?

— Épouse un riche, répondit-elle pour me réduire au silence. Et n'oublie pas de nettoyer tes pinceaux.

— Et ?

— Garde ton esprit et tes possibilités ouverts.

— Bien. » J'acquiesçai d'un signe de tête. Si elle devenait médecin, je ne le prendrais pas mal. Au moins, elle serait sur un pied d'égalité avec son futur mari. Je me tapotai l'estomac.

« Ta mère m'avait demandé de préparer le dîner. Mais j'ai trop mangé.

— T'as qu'à faire la vaisselle, ça t'aidera à digérer. À plus tard.

— Où vas-tu ?

— Chez Corey. »

Déjà, elle était repartie.

Le souvenir de Todd Dott m'avait remis en mémoire la façon dont Kurt et Vaughan Garner s'étaient rencontrés. À l'époque, je collais aux basques de Kurt plus souvent qu'un aîné n'a coutume de le faire. En général, c'est plutôt le cadet qui se rend insupportable en implorant son grand frère de le laisser partager sa vie. Mais en vérité, Kurt nous trouvait toujours des occupations intéressantes. Deux étés avant le drame de la piscine, il m'avait emmené à Dragon Hills, le quartier chic d'Euclid Heights, où les énormes maisons neuves poussaient comme des champignons à l'ombre des arbres que les promoteurs étaient légalement tenus de conserver. Une patrouille de femmes zélées, certaines tenant de jeunes enfants, d'autres des raquettes de tennis, courait de chantier en chantier pour s'assurer qu'aucun spécimen n'était abattu sans autorisation.

Ce jour-là, Kurt me guida jusqu'à Pincoffin Street dans les Hills, où la fumée de la viande mise à griller s'accrochait aux branchages, où les coups de marteau et les scies électriques s'étaient tus – comme l'exigeait la loi – à dix-sept heures.

« Ça presse tant que ça ? demandai-je, moitié marchant, moitié courant.

— J'étais là hier, répondit Kurt. Je sais pas pourquoi, mais ils ont arrêté les travaux sur cette baraque. »

Une Cadillac gris perle passa près de nous. La mère de famille au volant et les trois mômes à l'arrière tournèrent la tête pour nous suivre d'un regard noir. Je ne voulais pas traîner dans ce coin. À l'école, les gamins de Dragon Hills étaient presque tous bêcheurs, comme s'ils avaient eux-mêmes gagné de quoi se payer ce genre de vie. Jusqu'à Casse-couilles, pourtant bête comme ses pieds et fils d'un simple employé municipal, qui vivait là-bas et arborait le rictus suffisant estampillé Dragon Hills. Je ne crois pas que Kurt ait rien remarqué de tout cela. Je suis certain qu'il n'en a jamais parlé.

Kurt bifurqua vers un bosquet sombre. Nous débouchâmes au bord de l'excavation creusée pour un futur sous-sol.

« Y a un truc qui cloche, murmura Kurt. C'était exactement comme ça hier. »

Un petit parc se trouvait en face du chantier. Des gamins jouaient au base-ball à l'autre bout, dans une zone où la luminosité était encore bonne. Mon estomac se noua lorsque je reconnus Casse-couilles parmi eux, déterminé à arracher la batte des mains d'un malheureux gosse. J'étais presque sûr qu'il ne nous avait pas vus.

Quand je me retournai, Kurt était descendu dans le trou.

« C'est comme les pyramides ! s'écria-t-il, tout excité.

— Hein ?

— Tu sais, l'archéologie. Allez, *descends* !

— Comment tu vas ressortir ? »

Il me montra quelque chose derrière lui.

« Y a une grosse racine, là. Ça fait comme un escalier. »

La fosse mesurait deux mètres cinquante de profondeur. Je laissai pendre mes jambes à l'intérieur, mais avant de sauter, je demeurai quelques instants les pieds dans le vide, les yeux au niveau du sol, fixés par-delà le chantier ombreux sur le terrain ensoleillé où Casse-couilles bourrait de coups de poing le gosse qui n'avait pas voulu céder sa batte.

Je lâchai prise.

Kurt se tenait dans l'angle le plus proche de la rue. Le rempart de terre se dressait devant nous. La lumière du jour éclairait à peine les lieux, mais mon frère avait sorti une petite lampe de poche.

« Tu vois ? » Il fit courir ses doigts le long de la paroi. « Tu vois les différentes couches ? »

Je distinguai de légères stries, mais à mes yeux, ce n'étaient que de simples nuances de brun foncé. Kurt effleura la face latérale d'un geste délicat, presque révérencieux.

« Ce serait vraiment génial si on découvrait des ossements de mastodonte. Ou des pointes de flèche. Ou un truc que quelqu'un a laissé tomber y a mille ans, en rentrant chez lui… »

J'avais l'impression de sentir les ombres de la fosse progresser peu à peu au-dessus de nos têtes. Je ne demandais qu'à sortir de là. Mais Kurt se rapprocha de la paroi. Il avait repéré quelque chose.

« Hé ! » Il me tira vers lui. « Fais-moi la courte échelle. »

J'entremêlai mes doigts. Il posa le pied sur la marche formée par mes mains, coinça la lampe dans sa bouche, plaça sa paume sur mon épaule et je le soulevai.

Il avait aperçu un point à environ trente centimètres au-dessous de la surface, et quand il tendit la main, je vis ce qu'il me montrait. Petit et sombre, plus sombre que la terre alentour, l'objet présentait un aspect arrondi incongru sur la paroi, que la lame du bulldozer avait aplanie et lissée en mordant le sol. Kurt l'effleura. Il mouilla son doigt et le frotta.

« C'est pas de la terre ou de la roche, lança-t-il, enthousiaste. Et c'est… c'est pointu !

— Grouille-toi, ordonnai-je, persuadé que mes épaules allaient se déboîter.

— J'ai besoin d'une brosse, dit Kurt en sautant de son perchoir. J'ai besoin d'une brosse et d'un truc aiguisé. »

Je trouvai un clou tordu sur le sol.

« Tiens.

— Faut qu'on fasse fermer le site et qu'on indique précisément où on a découvert le spécimen, déclara-t-il. Après, on l'atteindra par en haut. En creusant. Doit y en avoir des tas d'autres tout autour qu'on voit pas.

— Kurt…

— Tu sais ce que c'est ? demanda-t-il d'une voix assourdie.

— Quoi ?

— Une dent de machairodonte.

— Je me disais bien que je vous avais vues, les deux tapettes ! » lança une voix au-dessus de nous.

C'était Casse-couilles.

« Moi qui te parlais de pyramides, en v'là une de graisse », marmonna Kurt.

Je ne pus m'empêcher de rire. Vu sous cet angle, Casse-couilles paraissait terriblement large de la base, avec une tête au sommet réduite à la taille d'une épingle.

D'un coup de pied, il nous expédia une pierre.

« Votre maman vous a jamais dit qu'il fallait éviter les grands trous ?

— Juste les grands trous du cul comme toi, répliqua Kurt.

— Vous voulez de la compagnie, les tapettes ? »

Nous ne savions pas au juste ce qu'il entendait par là. Il disparut de notre champ de vision pendant une bonne minute. J'espérais qu'il était parti. Mais nous perçûmes bientôt un piétinement, et Casse-couilles reparut en traînant un petit gosse qu'il balança nonchalamment dans le vide.

Le môme atterrit sur les genoux, projetant les mains devant lui pour stopper sa chute. Il avait de grandes oreilles, des genoux osseux et des lunettes retenues par un lien autour de son cou. Des larmes ruisselaient sur ses joues.

C'était Vaughan Garner.

Casse-couilles nous observa pendant un moment, comme s'il pensait nous voir copuler, ou quelque chose comme ça. Kurt et moi accordâmes un peu d'intimité au nouveau venu pour lui permettre de recouvrer sa dignité. Casse-couilles nous jeta encore quelques cailloux pour tenter de nous faire réagir, puis il se désintéressa de nous et s'en alla.

« C'est une dent de machairodonte », annonça Kurt au gamin en braquant sa lampe sur la paroi.

Vaughan ne lui prêta aucune attention. Il s'était essuyé le visage avec son T-shirt mais il paraissait toujours accablé de tristesse.

« Casse-couilles est parti, dis-je. Il ne t'embêtera plus. »

Il me regarda avec colère.

« J'en ai rien à cirer, de ce type ! s'emporta-t-il. Marilyn Monroe est morte.

— Ah bon ?

— C'est qui ? » demanda Kurt.

Vaughan lâcha un petit rire dégoûté, comme si mon frère était un cas désespéré. Puis il sortit de sa poche un morceau de papier, le déplia avec précaution et le tendit vers nous du bout des doigts. C'était la photo d'une femme nue, blonde, souriante.

« C'est elle, Marilyn Monroe. »

Kurt, tout à sa dent de machairodonte, contempla l'illustration d'un air modérément curieux. Étant l'aîné, j'aurais souhaité l'examiner de plus près, mais déjà, Vaughan repliait soigneusement la photo.

« Je l'ai fauchée à mon père, expliqua-t-il.

— T'as pas peur qu'il s'en rende compte ? demandai-je.

— Bah, des nanas à poil, il en voit tout le temps. Il est docteur. »

Kurt me tapa l'épaule.

« Fais-moi encore la courte échelle. »

Une nouvelle fois, j'entremêlai mes doigts, imité presque aussitôt par Vaughan, qui s'était approché de nous. Kurt avait pris le clou tordu, et quand nous l'eûmes hissé au niveau de l'objet dans la paroi, il entreprit de gratter la terre tout autour. Des débris, puis des mottes, s'abattirent sur nous. Il ne lui fallut pas longtemps pour déloger la chose.

Kurt nous la montra lorsqu'il fut redescendu.

« Une dent de machairodonte » confirma-t-il.

C'était noir, incurvé, avec une surface d'environ un centimètre carré dans la partie la plus large, et terminé en pointe.

« Pourquoi c'est pas fossilisé ? lança Vaughan.

— Qu'est-ce qui te fait croire que ça l'est pas ? riposta Kurt.

— Ça en a pas l'air. »

Il voulut toucher la dent, mais mon frère l'écarta.

« Mon père pourrait nous dire si ça l'est, ajouta Vaughan.

— Je *sais* que c'est une dent de machairodonte, s'obstina Kurt.

— Mon père dit que toute hypothèse doit être soumise à un examen approfondi, ou sinon, t'as jamais de certitudes, reprit Vaughan.

— J'ai pas besoin de savoir si c'est fossilisé ou pas.

— Moi, je vois surtout que c'est ta tête qui l'est ! » répliqua Vaughan.

Nous éclatâmes de rire. Vaughan avait encore deux ans à vivre, mais ce furent les dernières paroles que je l'entendis prononcer.

Cet après-midi-là, un orage venu du sud-ouest transforma le ciel en une masse verdâtre bouillonnante. Les sirènes d'alerte se déclenchèrent, émettant d'abord un gémissement hésitant aussitôt étouffé par le vent, puis poussant un hurlement plaintif annonciateur d'apocalypse imminente.

Je sortis regarder les arbres tomber. Quatre patients se trouvaient dans le cabinet de Flo, trois enfants accompagnés par leur mère et un adolescent sans escorte venu passer la visite médicale obligatoire pour jouer au football. De derrière sa fenêtre, Flo contemplait le ciel en effervescence. Je lui fis signe, mais à ce moment-là, je doute qu'elle m'ait vu.

Une mère, traînant son rejeton dans son sillage, se précipita vers sa voiture. Le vent arracha la casquette des White Sox sur la tête du gosse et l'envoya rouler vers moi telle une balle. L'enfant ne s'en aperçut même pas. L'élastique à l'intérieur de la casquette était chaud et humide. Je reconnus l'ancien logo de l'équipe, avec son *s* sinuant autour du *o* et du *x* – celui des Black Sox en 1919.

Une bille d'eau s'écrasa sur ma joue avec tant de force que je ressentis un élancement douloureux dans une de mes dents.

Le rideau écumeux de pluie gris-vert n'était plus qu'à deux maisons de nous, noyant les contours de tout ce qu'il touchait. Puis il déferla sur moi.

La mère et son fils privé de casquette rebroussèrent chemin, doublant la cadence ; le bambin, poussé par le vent et la pluie, se retrouvait en tête. À l'entrée du cabinet de Flo, la mère s'arrêta et me jeta un regard furibond. Elle fit un grand geste vers le parking et cria quelque chose qui ressemblait à : « Choc ! »

Je suivis l'allée sous le déluge dans la direction qu'elle m'avait indiquée. Une grosse branche, cassée net, était tombée juste derrière sa voiture. Pour un peu, j'aurais éclaté de rire. Flo aurait dû embaucher un élagueur à demeure et le loger dans la pièce qu'elle gardait plus ou moins prête pour Kurt.

L'expédition avortée de la maman bloquée sema la panique dans le cabinet médical. Flo emmena mères et enfants au sous-sol, où elle fit asseoir tout le monde dans l'angle sud-ouest. Deux serviettes chaudes sorties du sèche-linge furent drapées sur les épaules de la mère et de son fils. Quand je le coiffai de sa casquette, il frissonna mais ne dit rien.

David Harrison, l'adolescent venu passer sa visite médicale, regardait l'eau s'élever dans le puits de lumière devant la fenêtre. Il y en avait déjà cinq bons centimètres. Elle allait s'infiltrer dans la pièce d'une seconde à l'autre.

« Hé ! » s'exclama-t-il soudain en tapotant la vitre.

Une souris se débattait dans le puits inondé, son petit museau pointé désespérément vers la pluie battante. David leva la main, et l'espace d'un instant, je crus qu'il allait ouvrir la fenêtre pour sauver l'animal – et inonder le sous-sol –, mais il se contenta d'appuyer un doigt sur le carreau à l'endroit où la souris griffait frénétiquement le verre.

Quand je lui touchai l'épaule, il sursauta comme s'il avait oublié notre présence.

« Viens », dis-je.

Du pouce, je lui fis signe de monter.

« Je déteste les orages », marmonna-t-il.

Cet aveu me rappela Penny. Les orages la terrifiaient, elle aussi, et je ne parvenais pas à l'imaginer en sûreté chez Corey.

Je dénichai une passoire dans un tiroir de la cuisine et retournai dehors. La pluie froide me martela le crâne.

Flo et deux petites filles s'étaient rapprochées de la vitre du puits, les yeux fixés sur la souris en perdition. Les fillettes me parurent disproportionnées, aussi grandes qu'elle, et je compris qu'elle en avait pris une sur chaque bras pour assister au sauvetage de l'intrépide animal. Chacune pressait une joue contre celles de Flo. Leurs mères devaient observer la scène du fond de la pièce, dans l'ombre du sous-sol.

Soudain, Flo accrocha mon regard.

Puis elle me fit un clin d'œil. Pas en signe d'encouragement ni de réconfort, mais plutôt pour établir la complicité d'une plaisanterie partagée.

Je plongeai la passoire dans l'eau et récupérai la souris à bout de forces. La soudaineté de la manœuvre la perturba sans doute, car à peine l'avais-je déposée sur l'herbe qu'elle repartit droit vers le puits. Je dus lui barrer le passage avec mon pied, ou elle serait retombée dans la fosse. Enfin, elle renonça et s'éloigna à toute allure en longeant le mur de la maison.

Le plus gros de l'orage s'était déplacé. Je redescendis au sous-sol, croisant mères et enfants qui remontaient à la suite de Flo. En bas de la fenêtre, l'eau avait commencé à dégouliner dans la pièce.

Je tendis à David Harrison une poubelle vide. Le téléphone sonna.

« Va écoper ! lançai-je.

— Il pleut toujours !

— Le pire est passé », lui assurai-je au moment même où un éclair teintait d'argent l'eau que je lui avais demandé d'enlever.

Il jeta un coup d'œil désespéré à la poubelle vide.

Flo me tapota l'épaule avec le téléphone.

« Penny », dit-elle.

Je pris le combiné, puis attrapai Flo par le bras pour la forcer à rester près de moi.

« Écope, répétai-je, et le docteur Flo te fera passer une visite médicale gratuite. »

Je n'attendis ni la réponse de ma femme ni celle de l'adolescent.

« Allô ? criai-je dans le combiné.

— Papa ? Tu viens me chercher ? » demanda Penny.

Elle semblait au bord des larmes.

« Bien sûr, mon cœur. Où es-tu ?

— J'en sais rien. »

Je sentis naître en moi un fourmillement d'impatience dont j'eus honte aussitôt.

« Chez Corey ?

— Non. Chez quelqu'un.

— Qui ?

— Un homme », répondit Penny.

Un coup de tonnerre claqua simultanément dehors et à l'autre bout de la ligne. Penny poussa un petit cri.

Donc, elle était tout près, pensai-je.

« Demande-lui…

— Il dit qu'il s'appelle M. Burton.

— Passe-le-moi, mon cœur. »

M. Burton me parut affable, mais nerveux ; c'était sans doute juste un type qui avait proposé à une jolie fille de s'abriter de la pluie, avant de s'apercevoir qu'il était tombé sur une source d'embêtements.

Il vivait un peu plus loin, dans Holt Street. Il me donna l'adresse.

« Elle n'a qu'à attendre ici la fin de l'orage, me dit-il.

— Je viens tout de suite.

— Je peux la ramener en voiture.

— J'arrive. »

David Harrison était à genoux dans l'herbe près du puits, les épaules voûtées, le visage ruisselant. Près de lui gisaient trois cadavres de souriceaux nouveau-nés, disposés telles de petites crevettes sur un lit de verdure. Il les avait repêchés à la surface. J'effleurai son crâne mouillé, mais j'étais trop pressé pour lui parler.

La branche cassée qui avait empêché le jeune patient de Flo fan des Black Sox et sa maman de partir m'avait bloqué aussi. J'avais oublié de prendre un parapluie et je ne voulais pas retourner en chercher un, au risque de perdre du temps. Coupé de tout contact avec M. Burton, j'en venais à douter de l'innocence de sa serviabilité.

Je traversai Chapman Street en un éclair, puis enfilai la parallée suivante. Les bandes de plastique vert arrachées à la clôture sur le côté sud de l'allée me cinglaient au passage. Mon élan ne faisait que rendre plus violent le martèlement de la pluie. Au bout d'un pâté de maisons, j'étais à bout de souffle.

Je m'engageai dans Spinney Street sans regarder, ce dont je me rendis compte une fois parvenu au milieu, puis je ne m'en préoccupai plus. Sur la parallée reliant Spinney Street à Holt Street, cette poche de chaleur liquide que j'avais sentie lorsque le chien me talonnait explosa de nouveau dans ma tête, et comme j'en avais déjà fait l'expérience, je m'y abandonnai sans réserve. Durant les cinq foulées suivantes, j'eus l'impression de pouvoir courir éternellement.

Soudain, la pluie cessa. Elle n'avait pas faibli, ne s'était pas éloignée non plus. Elle s'était arrêtée d'un coup, comme si on avait fermé un robinet.

Le vent tomba lui aussi. Le ciel restait néanmoins menaçant, formant un mur de cumulo-nimbus amoncelés au sud-ouest. Les sirènes d'alerte jouaient leurs premières notes.

L'allée était sèche.

J'arrêtai de courir. Je respirais par saccades, mais je n'aurais su dire si j'étais épuisé ou tout bonnement sidéré.

J'avais atteint Holt Street. La rue de M. Burton. Sa maison se trouvait juste à l'entrée de la parallée, côté nord.

Je demeurai un moment immobile sur son perron, à regarder l'orage approcher en essayant de former mentalement un puzzle à partir de quelques pièces fort bizarres, mais sans parvenir à les agencer de manière cohérente.

Une brise nouvelle, fraîche, se levait.

Je pressai la sonnette. Un homme ouvrit. Il était poli, mais circonspect – une réaction normale face à l'arrivée imprévue d'un visiteur juste avant une tempête.

« Monsieur Burton ?

— Oui ?

— Je suis venu chercher ma fille. »

Il fronça les sourcils, mais avec sollicitude. Le tonnerre grondait derrière moi.

« Désolé, dit-il enfin. Vous avez dû vous tromper de maison.

— Elle s'appelle Penny. Elle m'a téléphoné… »

Ma voix mourut.

« Il n'y a que moi, ici. »

Les pièces du puzzle changèrent de place et finirent par s'emboîter. Je décidai de ne pas rejeter la conclusion. Je présentai mes excuses à M. Burton et retournai dans la rue.

Je ne vis aucun signe de Penny. Elle était quelque part dans le coin, pourtant, peut-être encore chez Corey et inconsciente de l'orage imminent, mais déjà en chemin pour sa rencontre avec M. Burton.

Quand on voyage dans le temps, mieux vaut porter une montre pour pouvoir se repérer. Je n'avais jamais remplacé celle que j'avais détraquée en plongeant dans la piscine. Je ne pouvais pas en être sûr, mais à la façon dont je percevais la durée et l'orage approchant, j'estimai avoir reculé de quinze minutes.

J'avais gagné – regagné – un quart d'heure.

J'éprouvai soudain le désir irrépressible de voir ma femme. Je me dépêchai de rentrer, empruntant de nouveau le circuit de parallées. Quand j'atteignis la maison, le vent soufflait avec force et les premières gouttes froides me brûlaient la peau à travers ma chemise.

Je vis la branche au fond du jardin se casser et tomber derrière les voitures sur le parking.

Je vis de nouveau s'abattre le rideau de pluie.

Je revis tout.

Mère et fils se hâtaient dans l'allée vers le parking. Le vent emporta la casquette du gamin, mais je n'étais pas en position de la rattraper.

Je restai planté là, dans mon jardin, paralysé par un sentiment d'étrangeté. J'avais l'impression de gaspiller un don, un talent que je ne comprenais pas encore assez bien pour pouvoir m'en servir. On me donnait une seconde chance, et moi, je ne pouvais rien faire d'autre que regarder ces quinze minutes s'écouler de nouveau. Je ressentais également une singulière pitié pour Flo, pour ses patients, pour Penny, pour M. Burton et pour tout le monde, dans la mesure où chacun d'eux ne revivait que dans mon seul intérêt ces quinze minutes offertes. J'avais le sentiment de les contrôler, car je savais ce qui allait se passer.

Mais quel gâchis ! Quel manque d'à-propos ! Je n'avais même pas été fichu d'empêcher cette casquette de s'envoler.

Je distinguai un mouvement dans l'herbe derrière la maison. C'était la souris, filant sous la pluie vers le puits. Je me plaçai devant elle et la déviai avec mon pied. Elle grimpa sur le bout de ma chaussure avant de poursuivre sa course effrénée. Je la bloquai de nouveau. Elle contourna mon pied. Rien à faire. Elle était déterminée à foncer dans l'eau.

Et puis, je me rappelai les souriceaux. C'étaient eux qui expliquaient l'obstination de la souris. C'étaient eux, les êtres dont je pourrais sauver la vie, modifier le destin. Mais quand je baissai les yeux vers le puits, je les vis déjà flotter tels des alevins roses, balayés hors de leur refuge par la crue.

Une souris adulte nageait parmi eux. Je la pris tout d'abord pour celle dont je venais de croiser la route, qui aurait réussi à m'éviter et à plonger, mais j'en découvris une seconde postée au bord du puits dans l'attitude d'un spectateur angoissé.

Le jour se fit dans mon esprit : c'était une famille. Un parent pour tenir la maison, l'autre pour s'occuper de tout dans le vaste monde. J'imaginai la mère pleine tombant dans la fosse par mégarde. Les bébés étaient nés au fond. Le père regardait d'en haut. C'était une vie comme une autre. Sans doute pas celle qu'ils auraient choisie s'ils en avaient eu la possibilité, mais elle était préférable à celle de la famille dont le père était enlevé par un rapace ou dont la mère avait été moins rapide qu'un chat.

Quand je reportai mon attention sur le puits, le niveau avait monté et la souris à l'extérieur s'éloignait par bonds menus. En bas, à travers l'eau, je vis Flo s'avancer en serrant dans ses bras les deux fillettes, joue contre joue contre joue. Je guettai le clin d'œil, et j'avais beau m'y être préparé, il me prit au dépourvu quand il survint, tant il était cynique, manipulateur et étranger à Flo.

Il peut se passer beaucoup de choses en quinze minutes, et en même temps, presque rien. Petit à petit, je me sentis rattraper le présent. Bientôt arriveraient les moments que je n'avais pas encore vécus.

Je rentrai dans la maison. J'avais l'impression d'être aussi trempé et impuissant qu'en ce jour lointain à la piscine d'Euclid Heights.

David Harrison était dans la cuisine. Je lui donnai une poubelle vide.

Le téléphone sonna.

« Écope », dis-je.

Je ne lui proposai pas de visite médicale gratuite. Après tout, nous aurions peut-être besoin de cet argent. Il ouvrit la bouche pour répondre, mais je le devançai :

« Je me fiche de savoir si tu as peur des orages. Écope ! »

Flo, à proximité, me tendit le téléphone.

« Penny. »

3

J'attendis le lendemain pour parler à Flo de mon voyage d'un quart d'heure dans le passé. Je m'aventurai dans son cabinet après le départ du dernier patient. Vu ce que j'avais à lui dire, il me paraissait important de la rencontrer sur son terrain. L'humeur du moment était à la détente, à la satisfaction tranquille du devoir accompli. Aucune des fenêtres n'était orientée à l'ouest, aussi le crépuscule précoce assombrissait-il les lieux. Flo avait allumé au moins une lampe dans chaque pièce. Penny était sortie avec ses amis, délivrée de sa peur de l'orage comme les enfants sont débarrassés de ce genre de craintes jusqu'au moment où elles resurgissent.

Flo changeait la bande de papier sur la table d'examen. Je m'assis sur un tabouret à roulettes, amenant ainsi ma tête à la hauteur de sa taille, et lui narrai sans détour les événements de la veille. Je m'attendais à ce que la scientifique en elle dissèque mes propos, mais elle ne m'interrompit pas. Je le regrettai. À mesure que j'avançais dans mon récit, elle délaissait ses activités. Quand j'eus terminé, elle était immobile, les yeux fixés sur moi.

« Un voyage dans le temps, hein ? » fit-elle.

Je ne pus que sourire et hausser les épaules.

« Par tranches de quinze minutes, ajouta-t-elle.

— Hier soir, on dînait après l'orage, juste tous les trois, en sécurité, et on riait, on bavardait... Et je me suis dit, je veux revivre ça. J'étais si heureux ! Pen et toi, vous vous entendiez à merveille. J'avais envie de revoir cette scène.

— C'est pour ça que je profite au maximum du moment présent », lança-t-elle en quittant la pièce.

Je lui emboîtai le pas.

« Tu parles comme une pub.

— Tu ne peux pas revivre ta vie, déclara-t-elle. Une fois qu'elle est derrière toi, eh bien, elle est derrière toi.

— C'est ce que j'ai fait, pourtant.

— Je veux que tu passes une IRM. »

D'un mouvement vif, elle sortit son bloc d'ordonnances.

« Non, Flo.

— Je vais appeler Sherm Paperink. Il est neurologue. » Elle écrivit sur son bloc. « Il te donnera une réponse sûre et rapide.

— Flo... »

Elle détacha la feuille, puis me la tendit. En cet instant, ce n'était plus ma femme, mais mon médecin généraliste, un toubib de la pire espèce transférant un cas désespéré au niveau supérieur.

« Quelque chose... », commença-t-elle. Elle marqua une pause pour reprendre son souffle. « Quelque chose t'a amené à croire que tu as voyagé dans le temps. Cette sensation de liquide chaud. La pensée que tu as eu une attaque. C'en était peut-être une. Quoi qu'il en soit, il faut absolument en avoir le cœur net. »

Elle posa une main fraîche sur ma joue, redevenue ma femme, cherchant à savoir si j'avais de la fièvre.

« Tu te rappelles m'avoir fait un clin d'œil par la fenêtre du sous-sol ? » demandai-je.

Elle secoua la tête en grimaçant.

« Quoi ?

— J'aurais dû me taire.

— Non. Je pense que tu *crois* avoir vécu ce que tu dis avoir vécu. Là-dessus, tu me demandes si je me rappelle t'avoir fait un clin d'œil. C'est tellement incohérent!

— Tu avais deux gosses dans les bras. Moi, je récupérais la souris. Quand tu m'as vu, tu m'as fait un clin d'œil. Les deux fois.

— Les deux fois, répéta-t-elle, sceptique. OK. Donc, je t'ai fait un clin d'œil.

— Et je t'ai trouvée antipathique.

— Ah bon?

— Parce que ce clin d'œil disait : "Regarde-moi feindre de m'intéresser à ces deux gamines. Mais par ce clin d'œil, je te signale que toi et moi, on sait que je joue la comédie juste pour que leurs mères aillent raconter partout quelle doctoresse chaleureuse et attentionnée je suis."

— Tout ça en un clin d'œil? répliqua-t-elle d'un ton froid.

— Oui.»

Encore une fois, j'aurais été plus avisé de me taire.

«Donc, je ne suis pas aussi ingénue que tu l'imaginais. Eh bien, il va falloir t'y habituer. Je ne me souviens même pas d'avoir cligné de l'œil, mais qui sait, je me suis peut-être dit que je pouvais donner à mon mari un aperçu du côté plus sombre de ma personnalité, qu'il le comprendrait et l'accepterait.

— C'est le cas.

— Tu ne peux pas m'accuser de ne pas me soucier de mes patients!

— Je ne t'accuse pas.

— Et c'est facile de critiquer quand on n'a pas soi-même besoin de bonne publicité!»

Des années plus tôt, durant l'espace d'un été caniculaire, j'avais pris l'habitude de peindre sur Flo endormie dans notre appartement du deuxième étage. Elle en était à la moitié de ses études pédiatriques au Children's Memorial Hospital. Son père nous envoyait un chèque mensuel sous enveloppe, adressé à tous les deux, mais que Flo était toujours seule à ouvrir. Mes aquarelles sur son ventre, sa cuisse ou l'arrière de ses genoux la faisaient sourire lorsqu'elle se réveillait – encore épuisée – avant de retourner travailler. Elle affirmait ne pas sentir mes traits, mais je savais le pinceau humide et froid, et souvent, elle s'étirait voluptueusement dans son sommeil pour mieux m'offrir la toile de sa peau.

Elle refusait de me laisser photographier mes peintures et chaque petit chef-d'œuvre disparaissait dans la bonde de la douche. Mes créations plus durables trouvaient encore moins d'écho auprès des acheteurs d'art et des simples curieux. J'exposais à Chicago et aux alentours, sur des aires de stationnement, des trottoirs ou dans des rues piétonnes – et même une fois au fond d'un parking municipal caverneux, en béton, tellement glacial au plus fort de l'été que mes pieds s'étaient engourdis dans mes chaussures. Sans compter que j'avais laissé des empreintes huileuses en rentrant chez moi.

Une exposition était une réussite si je gagnais le montant du péage.

Après l'une d'elles, alors que je remballais mes affaires, le père de Flo apparut. C'était un homme impatient, sûr de lui, toujours en costume-cravate, et dont l'absence totale de doute me rendait la présence particulièrement pénible. Sans la moindre formule de salut, il entreprit en même temps de m'aider à ranger et d'examiner mon travail.

« Vous avez ôté les prix, observa-t-il.

— Ça porte malheur de les laisser. Ils risquent de penser qu'elles ne valent pas ce que j'en demande.

— Qui "ils" ? Comment ça ? »

Je haussai les épaules. Nous nous activâmes en silence pendant une bonne minute.

« Je ne vous ai jamais remercié, n'est-ce pas ? lança-t-il. Pour avoir essayé. »

Je comprenais ce qu'il voulait dire, mais j'ignorais comment le lui faire savoir. Alors je lui accordai un petit moment d'intimité pendant que je glissais une aquarelle dans sa pochette protectrice.

« J'ai toujours eu le sentiment que c'était *mauvais* pour vous d'être ensemble, Flo et vous. »

Je n'étais pas certain d'avoir bien entendu.

« Malsain, en un sens, reprit-il.

— Je n'ai jamais considéré les choses comme ça.

— Vous êtes comme deux animaux blessés qui tentent de cohabiter. Vous devriez chacun vivre avec un partenaire indemne. »

J'éclatai de rire, trop dérouté pour me mettre en colère.

« Vous avez tous les deux été témoins de ce qui peut arriver de pire à l'autre, dit-il. Mais des mariages solides se sont fondés sur moins que ça, j'imagine. Laquelle est… » Il écarta les mains, embrassant d'un geste les toiles déjà emballées et les autres, toujours exposées. « Laquelle est la plus chère ?

— Je ne peux pas vous répondre.

— Tout est dans ce "Je ne peux pas". »

Lorsque le docteur Gardner était venu voir notre appartement étouffant, alors que Flo était à l'hôpital – comme presque toujours –, il avait déambulé de pièce en pièce en débitant conseils et banalités complaisantes. Il ne doutait pas qu'il lui suffirait de me rallier à sa théorie de la confiance en soi pour que je me retrouve exposé au Louvre ou à l'Art Institute, pour que le moindre de mes gribouillages s'arrache à prix d'or.

« La réussite, c'est comme l'exécution d'une toile, m'avait-il dit. Il faut d'abord la visualiser dans votre tête. Si elle n'apparaît pas dans votre tête, elle n'apparaîtra pas dans votre vie. On ne peut pas. Jamais. Impossible. Chaque fois, ces mots-là vous couperont dans votre élan.

— Ah. »

En réponse à sa question au sujet de mon œuvre la plus coûteuse, je déballai celle qui – outre le panneau réalisé durant ma Période de Verre – était la préférée de Flo. Il s'agissait d'une aquarelle représentant son père assoupi sur le canapé de notre appartement, mains croisées sur le ventre, nœud de cravate ajusté, gilet boutonné, mâchoire saillante crispée même dans le sommeil. Je l'avais intitulée *Confiant au pays des songes*. La première chose que me demandait Flo quand je revenais d'une exposition, c'était : « Est-ce que quelqu'un l'a achetée ? »

« C'est moi ? » demanda-t-il.

Il se pencha pour mieux voir et ajusta ses lunettes.

« Oui. C'est le tableau préféré de Flo.

— Quand l'avez-vous peint ?

— Chez nous.

— Je ne me suis jamais endormi là-bas, répliqua-t-il d'un ton soucieux et accusateur.

— Si, une fois. »

Il se redressa.

« Ça ne me plaît pas, affirma-t-il.

— Flo dit qu'elle ne vous a jamais vu dormir.

— C'est absurde. Je me suis efforcé de jouer le rôle de sentinelle dans la vie de mes enfants. Mais je dois me reposer de temps en temps, évidemment.

— C'est aussi ce qu'elle dit.

— Combien ?

— Un million de dollars. »

Il arqua un sourcil.

« C'est un peu élevé, même pour moi.

— Elle ne veut pas que je le vende. Alors, j'en demande un million. »

Il tourna la toile pour mieux l'exposer à la lumière. Je m'étais installé dans la pièce voisine pour le peindre à distance. Il avait une manière délicate de ronfler. J'avais travaillé une heure avant son réveil et terminé de mémoire.

« Le prix est négociable ?

— Pour vous, cinquante pour cent », répondis-je, persuadé qu'il allait éclater de rire.

Il ne le fit pas. J'éprouvai un frisson de peur à l'idée d'avoir visé dans ses moyens, d'abord parce qu'une telle somme m'effrayait, et aussi parce que je ne voyais pas comment expliquer la situation à Flo.

« J'ai l'air d'être prêt pour un enterrement, marmonna-t-il.

— Plus ou moins.

— C'est votre rêve ? Que je ne fasse plus partie du tableau, si je puis dire ?

— Bien sûr que non !

— Je vous en donne cinq mille.

— Je ne peux pas accepter. Même pour vous faire plaisir.

— Vous avez déjà vendu quelque chose pour cinq mille dollars ? »

Je mentis.

« Oui.

— Quel est le maximum qu'on vous ait proposé pour une toile ?

— C'est la préférée de Flo. Je n'ai pas d'autre argument pour refuser de la vendre.

— Dix mille. Et je l'offrirai ensuite à Flo. »

J'avais envie de revenir avec dix mille dollars à la maison. Cette exposition m'avait rapporté tout juste de quoi me rembourser le péage de l'autoroute. Dix mille dollars constitueraient une contribution inespérée à notre projet de bébé.

« Ça représente un pour cent du prix demandé », fis-je remarquer.

Il avait déjà sorti son carnet de chèques. J'aperçus ces élégants chèques en relief, qui arrivaient par la poste, libellés à l'ordre de Mme Flora Garner Winkler. On m'achetait tous les mois, mais au moins, j'avais un intermédiaire pour recevoir la somme. Cette garantie disparaîtrait si j'acceptais directement son argent.

« C'est une réduction trop importante, même pour vous », décrétai-je.

Je passai donc l'IRM. Grâce aux relations de Flo, j'eus un rendez-vous dès le lendemain. Mais les résultats devraient attendre.

« Si c'est un diagnostic terminal, dis-je, je n'ai qu'à reculer indéfiniment de quinze minutes pour éviter de le recevoir. »

Flo ne sourit pas.

« J'ai des patients à voir.

— Si j'ai, mettons, une tumeur, et que je suis capable de revivre le même quart d'heure… »

Ses traits se figèrent en une expression troublée.

« Tu ne revivrais pas ces quinze minutes, objecta-t-elle. Tu l'imaginerais, c'est tout.

— D'accord, mais… OK. Prenons les ongles. Les cheveux. Une tumeur. Toutes les parties du corps qui se développent. Si on revenait en arrière de quinze minutes, on pourrait bloquer le processus de croissance, tu crois ?

— Je n'en sais rien, répondit-elle avec impatience. Peut-être. Théoriquement. »

Elle s'était approchée de la porte du cabinet et se tenait dans l'ombre, ce qui rendait son expression difficile à déchiffrer.

« Je vais travailler un peu, dis-je, espérant l'impressionner par mon industrie.

— Pour moi, rien ne se produit jamais qui ne soit pas censé se produire. Les gens qui meurent. Les gens qui se rencontrent et tombent amoureux. Ou ne se rencontrent pas. Une voiture qui tourne à gauche ou à droite. Toi, moi, personne n'est censé remonter le cours du temps et se mêler de tout ça.

— Je suis d'accord. Du moins, je l'étais. »

La sonnette retentit à l'entrée de la maison. Un homme se tenait sur le seuil. Je le reconnus sur-le-champ. Flo consulta sa montre.

« Fred Burton », se présenta le nouveau venu.

Nous échangeâmes une poignée de main. Je lui présentai Flo. Je pensais qu'elle allait s'excuser et retourner dans son cabinet, mais quelque chose d'imminent lié à la situation la retint sur place.

« J'ai réfléchi, annonça Burton. Depuis l'orage.

— Oui ?

— Penny va bien ?

— Oh, oui. Merci », dit Flo.

Mais Burton ne la regardait pas. Il n'avait d'yeux que pour moi.

« C'était un vrai paquet de nerfs ! poursuivit-il. Je suis heureux d'avoir été là pour l'aider.

— À mon avis, si elle parvenait à affronter seule un de ces orages, son problème serait résolu, répliquai-je. Mais elle et moi, on est pareils : bons à rien en cas de crise. »

Burton ponctua cette remarque d'un petit rire poli.

« Le problème, reprit-il, c'est que je n'arrive pas à comprendre comment vous avez pensé à venir chez moi.

— Vous nous avez téléphoné, lui rappela Flo.

— Non, répondit Burton sans me quitter du regard. La première fois. »

J'essayai de formuler une réponse alors même que la curiosité de Flo grandissait jusqu'à égaler celle de Burton. Je ne lui avais pas rapporté cette péripétie-là.

« De quoi parle-t-il ? me demanda-t-elle.

— Oui », reprit Burton. Encouragé par la présence de cette alliée, il s'adressa ensuite à elle : « Avant que l'orage éclate, avant que Penny se présente à ma porte, trempée et en larmes, votre mari a sonné chez moi en disant qu'il venait chercher sa fille. Il m'a dit aussi qu'elle s'appelait Penny. Un inconnu qui venait me réclamer une gamine dont j'ignorais l'existence ! Je lui ai répondu qu'il n'y avait personne. Il est parti, et quelques minutes plus tard, elle était là. Penny. » Il tendit le bras. « Tenez, j'en ai encore la chair de poule. C'est comme si je voyais un fantôme. »

Une pensée me traversa l'esprit : retourne en arrière de quinze minutes et ne réponds pas au coup de sonnette de Burton. Mais il serait toujours dans les parages, avec ses soupçons, son intime conviction de témoin oculaire.

« Eh bien, il se trouve que…, commençai-je, conscient de son expression avide, pleine d'espoir. Depuis combien de temps habitez-vous cette maison ?

— Neuf ans. »

C'était plus que je ne l'aurais souhaité, mais comme ce chiffre était inférieur à l'âge de Penny, je pourrais m'en accommoder.

« Penny avait un ami qui vivait dans cette maison avant vous, prétendis-je. Quand elle avait cinq ans, nous avons sélectionné des abris dans chaque îlot – des endroits où elle pourrait se réfugier en cas de problème. La maison de cet ami – la vôtre aujourd'hui – était l'abri d'Holt Street. Heureusement, nous n'avons jamais eu à les utiliser. Quand l'orage a éclaté, hier, j'ai eu une intuition, c'est tout. Il ne m'est même pas venu à l'esprit que cet ami n'habitait plus là.

— Une intuition, hein ? murmura Burton, sceptique.

— C'est ça.

— Mais pourquoi êtes-vous allé directement à Holt Street ? Pourquoi ne pas avoir choisi un abri dans une autre rue ?

— Elle m'avait dit qu'elle passerait voir un copain à Holt Street. »

De toute évidence, Flo estima que j'avais la situation bien en main.

« Il faut que je retourne travailler, déclara-t-elle.

— Que faites-vous ? demanda Burton par politesse.

— Je suis pédiatre.

— Où est votre cabinet ?

— Juste là. »

Elle lui en indiqua l'emplacement d'un geste, mais à contrecœur, comme si elle craignait de trop en révéler à cet homme.

« Je ne savais pas que ce quartier était classé zone d'activités, observa-t-il.

— Ça remonte déjà à quelques années, dit Flo.
— Quelle chance pour vous ! »

J'allai chercher le rameau de pommier trouvé sur la parallée et le plaçai à la verticale dans l'étau de mon établi en prenant soin de protéger le bois tendre, délavé, par un morceau de caoutchouc mousse au niveau des mâchoires. Si je devais me fier à l'expérience acquise – et en général, elle était fiable –, la nature de ce qui m'attirait vers ce bâton deviendrait claire seulement quand j'en aurais terminé avec lui.

Il absorba une première couche de peinture verte pour aquarelle avec une telle avidité que seule subsista une vague teinte d'algues lorsque le bois fut sec. La deuxième n'adhéra guère plus à la surface. Quatre couches furent nécessaires pour faire tenir la couleur, mais dans une nuance plus proche du gris-vert olive, ce qui ne me semblait pas approprié à mon objectif, aussi indéterminé fût-il.

J'optai aussitôt pour du rouge à la détrempe. Puis pour un jaune doré qui vira au fauve sur le bâton. Rien ne m'aidait à comprendre ce que je cherchais.

On m'appela pour le dîner. Flo et Penny disposaient sur la table des plats achetés chez le traiteur chinois. Je me lavai les mains avant de remplir mon assiette. Le crépuscule me prenait de court. Le soleil était haut et chaud la dernière fois où j'y avais prêté attention.

« Je t'ai vu dans le jardin, lança Flo. L'instant d'après, tu avais disparu. »

Percevant une inflexion étrange dans sa voix, je cessai de manger. Je jetai un coup d'œil à Penny. Que lui avait dit Flo ?

« Tu as cru que j'étais parti dans le passé ? » demandai-je.

Penny ne semblait pas nous écouter.

« Non, dans le futur, répondit Flo. Chercher des tuyaux sur la Bourse, ajouta-t-elle avec un sourire froid.

— Qu'est-ce que vous racontez ? lança Penny.

— Rien.

— C'est quoi, ces histoires de voyage dans le temps ?

— Ton père affirme qu'il est retourné de quinze minutes en arrière. »

Penny se tourna vers moi.

« C'est vrai ?

— Oui.

— Super ! Quand ? Comment ?

— Pendant l'orage. J'allais te récupérer chez M. Burton. Tu m'avais téléphoné. Tu te rappelles ?

— Ce bonhomme me fichait vraiment les jetons.

— Tu te rappelles autre chose ?

— Je m'en voulais à mort parce que j'aurais dû rester chez Corey, répondit-elle. Mais j'essayais de me montrer courageuse, et puis, cette espèce d'immense éclair a touché le sol tout près de moi, et après, j'ai perdu la tête. Et il y avait ce type, juste là. Dans son garage. En train de me regarder.

— Comme s'il t'attendait ?

— Peut-être.

— En un sens, c'était le cas. »

Elle me gratifia d'un sourire incertain.

« Alors, tu… tu peux voyager dans le futur ? demanda-t-elle, mi-taquine mi-curieuse.

— Je ne sais pas. Je ne sais même pas comment je suis retourné dans le passé.

— Je croyais qu'il fallait une machine ou un truc comme ça.

— Ce qu'il faut avant tout, intervint Flo, c'est une imagination particulièrement fertile, et ton père n'en manque pas.

— Ou une tumeur, dis-je, pour blesser Flo en effrayant Penny.

— T'as une tumeur ? demanda ma fille.

— Non. C'est ce que ta mère a diagnostiqué quand je lui en ai parlé.

— Elle est médecin, non ?

— Première nouvelle !

— N'empêche, c'est génial, reprit Penny. À partir de maintenant, si tu dis un truc qui énerve maman, t'as qu'à retourner de quinze minutes en arrière et pas le dire.

— Ou trouver une meilleure formulation.

— Tu peux corriger ta vie.

— Eh bien, ce n'est pas comme si je n'avais qu'à appuyer sur un bouton… »

Il ne restait plus rien dans mon assiette. La luminosité dehors était encore bonne.

« Je vais en ville. » Je tapotai l'épaule de Penny. « Tu m'accompagnes ? »

Elle jeta un coup d'œil à sa mère. Une sorte d'accord implicite semblait exister entre elles.

« Maman veut que je l'aide au cabinet, ce soir.

— Je dois recevoir des jeunes orphelins, expliqua Flo. Dont certains de l'âge de Penny. J'aimerais qu'elle soit là – un peu comme un exemple de ce qui est possible.

— Tu veux dire, de ce qui serait possible s'ils avaient deux parents, pas de gosses eux-mêmes et pas de dépendance au crack.

— Ceux-là ne sont pas comme ça, répliqua Flo. Il leur reste encore assez d'espoir pour ne pas renoncer. »

J'empruntai les parallées pour aller plus vite, laissant derrière moi des hommes en train d'arroser leur jardin, de la fumée de citronnelle et le brouhaha animé d'une fête en plein air. Aucune trace du chien entre Pincoffin Street et Pine Street. Je continuai de pédaler jusqu'au centre-ville.

Sur la place, Kurt me fit signe. Il était avec un autre homme, et mon premier réflexe fut de le saluer en retour et de poursuivre mon chemin.

Mais cela me fut impossible. Le geste innocent de Kurt avait ramené un souvenir à ma mémoire.

Alors élève de seconde, j'étais en conduite accompagnée au volant d'une voiture où s'entassaient un professeur d'éducation physique et quatre élèves quand nous avions croisé Kurt sur le bas-côté de la route. Il marchait torse nu.

« Hé ! avait lancé une voix sur la banquette arrière. C'est ce krrrétin de Kurt ! »

Casse-couilles avait pointé entre les sièges un doigt boudiné et me l'avait enfoncé dans les côtes en gloussant si près de mon oreille que j'avais senti un petit jet de postillons. Le plus horrible, cependant, avait été ce désir impulsif de donner un coup de volant, de perdre le contrôle du véhicule d'une façon que l'on ne manquerait pas d'excuser chez un apprenti conducteur, et d'écraser mon frère. Pour le délivrer de lui-même. Nous délivrer de lui.

Mais je l'avais dépassé, et tout le monde sauf moi s'était retourné pour regarder Kurt nous faire de grands signes, ravi de l'attention dont il était l'objet. C'était un garçon de quatorze ans libre de vagabonder à sa guise. Un champion de l'école buissonnière que personne ne se souciait de rappeler à l'ordre.

« Qu'est-ce qui lui est arrivé ? avait demandé une fille.

— Ouais, avait renchéri Casse-couilles. Qu'est-ce qui lui est arrivé ? »

Au niveau du lycée, j'avais sauté hors de la voiture, puis j'avais ouvert la portière arrière tel un gentleman, et lorsque Casse-couilles avait agrippé l'encadrement pour s'extraire, je l'avais claquée sur sa main avec tant de force que le pêne s'était engagé dans la gâche.

« Désolé ! avais-je lancé à Casse-couilles, qui hurlait de douleur. Je ne sais pas ce qui lui est arrivé ! »

Kurt avait un an de moins que moi, mais aujourd'hui, il en paraissait quinze de plus. Une existence passée en dehors de tout abri sûr l'avait exposé si souvent au gel et au dégel que la peau de son visage était à jamais gercée, fendillée au-dessus de ses pommettes saillantes, faisant ressortir le bleu intense de ses yeux. Ses déambulations incessantes et une alimentation irrégulière le maintenaient dans un état de maigreur permanent. Ses cheveux, presque tout gris aujourd'hui, lui pendaient au milieu du dos, attachés par une ceinture indienne en perles que je me rappelais lui avoir offerte pour son anniversaire, l'année de la piscine.

En arrivant près de lui et de son ami, je décelai les relents d'oignon et de tabac froid qui leur collaient à la peau.

« Achète le un un un deux East Collier Street, Euclid Heights, Illinois. Six zéro zéro zéro un », dit Kurt.

Une lueur de curiosité brillait dans les yeux de son ami.

« Il veut vivre dans son ancienne maison, m'expliqua-t-il.

— Ce n'est plus la nôtre.

— Achète le un un un…

— Elle n'est même pas à vendre, dis-je à Kurt. Et surtout, tu ne t'en approches pas. »

Je me fis l'effet d'une brute, à le menacer ainsi du doigt.

« Mon ancienne maison est à Quail, intervint l'autre homme. Un zéro six North. »

Une telle nostalgie transparaissait dans sa voix que je demandai :

« Que s'est-il passé ? »

Il haussa les épaules.

« Ben, c'est comme ça. La faute à pas de chance.

— Achète le un un un deux East…

— Un jour, j'ai plus été le bienvenu, c'est tout, reprit le compagnon de Kurt.

— Comment vous appelez-vous ?

— Doug Vug, répondit-il. On était dans la même classe en algèbre, toi et moi, en troisième.

— Ah bon ?

— L'année où le paternel de M. Butterwright est mort. »

Je ne me rappelai rien de tout cela.

« J'ai eu un A, précisa Doug Vug.

— Moi, ça m'étonnerait que j'en aie eu un, répliquai-je.

— Achète le un un… »

Je me tournai vers Kurt.

« Il n'en est pas question.

— On a besoin d'un toit, déclara Doug. L'hiver sera bientôt là.

— C'est vous qui lui avez mis cette idée en tête ?

— Elle y a toujours été.

— Achète le un un un…

— Ta femme est docteur, vieux, insista Doug.

— Ma femme, ma vie, tout ça ne vous regarde pas.

— Achète le un un…

— Kurt ! Ferme-la !

— Hé, c'est ton frangin, vieux, me réprimanda Doug Vug.

— C'est vous qui avez eu un A en maths. Achetez-la donc !

— Mais c'est toi qui as une femme docteur. »

4

Ayant oublié la raison pour laquelle j'étais parti en ville, je rentrai à la maison. Kurt et Doug Vug étaient comme un mur que j'aurais heurté et qui, par un effet de rebond tout naturel, me renvoyait à ma famille. J'empruntai un itinéraire symbolique, d'inspiration euclidienne dans son tracé tout en longues lignes et angles droits, ce qui me prit un peu plus de temps mais ne me décala pas d'un quart d'heure par rapport au reste du monde.

La fourgonnette de l'État se trouvait sur le parking. Flo recevait ses pupilles, l'aile abritant son bureau était brillamment illuminée. En général, le groupe du soir se composait d'adolescents plus âgés. Ils pouvaient se montrer durs, tristes et fermés, et je me demandais alors s'ils avaient remarqué que Flo ne leur laissait aucun recoin obscur où se cacher, aucune ombre où se tapir. C'étaient presque toujours des filles. Parfois, elles venaient avec des bébés, parfois avec des questions sur la menstruation, les préservatifs ou l'Ecstasy, ou encore sur la valeur nutritionnelle des chocolats Reese's Peanut Butter Cups, les tendances mauvaises chez les garçons, les ecchymoses qu'elles avaient récoltées et le temps qu'il faudrait pour les voir disparaître.

L'autre moitié de la maison n'était pas éclairée. J'entendis le lointain reflux de la chasse d'eau. Penny n'était pas dans sa chambre, mais les étoiles fluorescentes ornant le plafond de la pièce luisaient toujours. Il n'y avait pas de lumière non plus dans mon atelier, à l'exception de la faible lueur verte phosphorescente émise par le cache de l'interrupteur. J'avais l'impression de suivre une piste semée d'indices pâlissants.

Après avoir allumé, je m'approchai de mon établi et du bâton peint maintenu bien droit dans l'étau. Je jugeai la couleur ; elle s'était encore estompée. Je me rappelai mon expédition contrariée en ville. Désarçonné par mon frère et son copain.

Puis je découvris la fille dans la glace.

Elle se tenait dans le coin derrière la porte, les bras croisés, les yeux fermés. Était-ce sa façon à elle de se cacher ? me demandai-je. Pensait-elle que si elle ne me voyait pas, je ne la verrais pas non plus ?

Mais non, elle avait juste voulu protéger ses yeux de la soudaine clarté. Elle les rouvrit lentement et fixa sur moi un regard suppliant.

« Bon sang, dis-je en portant une main à ma poitrine. Tu m'as fait une de ces peurs ! »

Elle était au bord des larmes, s'attendant manifestement au pire. Elle devait avoir l'âge de Penny. Pâle, le visage dénué de fard, elle semblait horriblement mal à l'aise dans sa tenue – salopette en jean style rappeur avec entrejambe trop basse et déchirures aux genoux, T-shirt du groupe Insane Clown Posse et Doc Martens dont on avait ôté les lacets comme si elle avait des tendances suicidaires. Ce qui était peut-être le cas.

« Tu dois voir le docteur Flo ? demandai-je.

— Elle m'a envoyée vous parler. »

Quand elle s'avança vers moi, quelque chose remua dans ma mémoire. Je jetai un coup d'œil en direction de la porte. Où était donc Flo ?

« Elle m'a dit que vous pourriez m'expliquer ce qui m'était arrivé.

— Je ne…

— Je vous en prie ! » Les larmes qu'elle avait retenues jusque-là se mirent à couler. « Il pleuvait tellement ! Nous sommes restés trop longtemps sous les arbres. Dash m'avait poursuivie. »

Enfin, tout me revint :

« La gamine trempée ! »

Elle cligna des yeux.

« Dash, répétai-je. Mais qui est ce Dash ?

— Mon soupirant. Dash Buckley. »

Lorsque je lui proposai de s'asseoir, elle déclina mon offre. Je tentai d'organiser les questions qui se bousculaient dans ma tête, mais elles étaient tellement nombreuses que j'ignorais par où commencer. Mieux valait sans doute les poser comme elles venaient et me laisser guider par les réponses de mon interlocutrice.

« Et toi, comment t'appelles-tu ?

— Constance Morceau.

— Tu habites par ici ?

— Je ne sais pas. Autrefois, oui. Enfin, je crois. » Elle s'interrompit pour prendre une profonde inspiration. « Je crois que je vivais ici avant. Mais je ne peux aller nulle part à Hickory Hill sans…

— Où ?

— Eh bien, ici. À Hickory Hill. »

Au bout de trois questions seulement, je me sentais déjà perdu. Je tentai de rassembler mes esprits.

« Bon, parle-moi de Dash. »

Son visage s'éclaira et elle s'essuya les yeux.

« Oh, il est tellement charmant ! Si vous saviez comme il me manque…

— Mais il te poursuivait, non ?

— Nous étions dans le verger, dit-elle en s'empourprant. J'avais décidé que je le laisserais m'embrasser. Quand la foudre est tombée, il a cru que mon père nous avait découverts. »

Des voix s'élevèrent au-dehors. Je regardai par la fenêtre. Trois personnes s'étaient engagées sur l'allée en direction de la fourgonnette.

« Ne m'obligez pas à partir avec eux, m'implora Constance.

Ils m'ont mise dans cette affreuse maison pleine d'inconnus. D'abord, ils m'ont demandé de changer la couche de ce bébé nègre si mignon. Le lendemain soir, on leur a amené un petit garçon d'une saleté repoussante, couvert de plaies à vif et avec un œil au beurre noir. J'ai dû me lever pour lui faire la lecture. » Elle éclata en sanglots. « Je veux retourner dans ma famille ! »

La porte de l'atelier s'ouvrit et Flo apparut sur le seuil dans toute la gloire de sa blouse blanche. Elle apportait une mince chemise cartonnée.

« Eh bien, voilà, tu l'as trouvé, dit-elle à Constance d'une voix chaleureuse.

— Elle ne veut pas partir avec les autres », déclarai-je.

Flo croisa les bras.

« Je vois.

— Comment se fait-il que l'État l'ait prise en charge ? demandai-je.

— La police est intervenue. »

Constance opina du chef.

« J'étais devant la maison de Dash quand ils sont arrivés, confirma-t-elle.

— Dash a une maison ? m'étonnai-je.

— Il loue une chambre. J'avais envie de faire pipi, mais le petit coin avait disparu. » Constance s'approcha de la fenêtre. « Je le reconnais, c'est un de nos arbres ! s'exclama-t-elle soudain en indiquant le pommier donnant sur la parallée. Mais où sont les autres ?

— Je ne sais pas », répondis-je.

Flo lut le rapport de police contenu dans la chemise.

« "Le sujet a systématiquement refusé de coopérer pendant l'interrogatoire. A peut-être fugué. Aucune trace de ses parents dans les archives. Placement dans une famille d'accueil."

— Une famille, j'en ai une, affirma Constance.

— Quelle est la date de ton anniversaire ? demandai-je.

— Je suis née le jour de All Hallows' Eve[1]. »

Flo et moi échangeâmes un bref coup d'œil.

« Quelle année ?

— Vous n'allez pas me croire.

— Moi, si, déclarai-je avec force.

— Je sais très bien en quelle année nous sommes », ajouta-t-elle comme pour me mettre en garde.

Nous attendîmes.

« Ai-je l'air d'avoir cent six ans ?

— Tu es plutôt bien conservée, pour une centenaire », plaisantai-je.

Cette remarque ne me valut même pas l'ombre d'un sourire.

« J'ai quinze ans. Je suis née en 1893. J'ai un père, une mère, un soupirant, une vie. » L'énumération de tout ce qui était important pour elle lui amena de nouveau les larmes aux yeux. « Et je veux les retrouver ! »

Penny frappa timidement à l'encadrement de la porte. Elle aussi portait une blouse blanche, ainsi que des gants de caoutchouc jaunes qui lui montaient presque jusqu'aux coudes.

« Hilly la cherche partout, annonça-t-elle en désignant Constance d'un petit mouvement de tête.

— Ne m'obligez pas à y aller, supplia de nouveau Constance.

— Nous n'avons pas le droit de la garder, décréta Flo.

— Attends-nous ici, dis-je à Penny. Tiens-lui compagnie jusqu'à ce qu'on revienne. »

J'entraînai Flo hors de l'atelier, loin de la présence troublante de Constance.

« Qu'en penses-tu ? lui glissai-je.

— Je pense que c'est l'une des meilleures comédiennes en herbe que j'ai jamais vues. »

Je ne relevai pas.

1. « All Hallows'Eve » ou « Allhallow's Eve », ancienne orthographe d'Halloween. (*N.d.T.*)

« À ton avis, Flo, on peut obtenir un droit de garde ?

— Pourquoi voudrait-on en avoir la garde ?

— Elle me paraît sincère. Peut-être à cause de certains termes qu'elle utilise…

— "Soupirant", par exemple ?

— Tout juste. Ou "petit coin". Ou "All Hallows' Eve". Qui parle comme ça aujourd'hui ?

— Quelqu'un qui essaie de tromper son monde, affirma Flo.

— Vu ce qui m'est arrivé… Tu ne crois pas… ? »

Hilly Cutter, contrariée et en nage, nous rejoignit.

« Dites, docteur, je… j'ai un planning à respecter, bafouilla-t-elle, comme vous le savez sans doute.

— Désolée, Hill.

— Alors, où est passée notre Constance Morceau ?

— Elle est dans mon atelier, répondis-je. Mais elle ne veut pas partir avec vous.

— Aucun de ces jeunes ne veut jamais partir avec moi. Et je n'ai pas particulièrement envie non plus de partir avec eux. Il n'empêche…

— Elle a formulé des accusations », l'interrompis-je.

Les yeux d'Hilly se rétrécirent.

« Contre… ?

— Pas contre vous, s'empressa de répondre Flo.

— Contre… ?

— Où est sa famille d'accueil ?

— Ici même, en ville.

— Elle ne les aime pas. »

Hilly poussa un énorme soupir.

« Ça fait dix-sept ans qu'ils sont dans le système et personne ne s'est jamais plaint d'eux. Ce sont des gens très stricts, mais dévoués. Depuis le début, ils ont adopté trois de leurs petits protégés, dont un qui travaille pour nous aujourd'hui. Ils ne laisseront pas notre Constance se tourner les pouces, d'accord, mais ce sont des gens très bien.

— Vous connaissiez Constance ? demandai-je. Elle avait déjà été prise en charge par l'État ?

— Moi ? Personnellement, non, je ne la connaissais pas. » Elle consulta ses papiers. « Elle est nouvelle chez nous. Mais ça ne veut rien dire.

— Pourrait-elle coucher ici cette nuit ?

— Pas question. J'ai signé une autorisation de sortie. Si je ne ramène pas cette gamine, j'écoperai d'un mauvais point dans mon dossier et je ne supporte pas les mauvais points. Alors, s'il vous plaît, veuillez m'amener Mam'zelle Morceau.

— Vous n'avez pas un formulaire qu'on pourrait signer ?

— Oh, des formulaires que vous pourriez signer, j'en ai de toutes les couleurs et de toutes les tailles, rétorqua Hilla. Mais aucun ne vous permettra de garder cette jeune personne ici ce soir. »

Nous retournâmes dans mon atelier. Il était toujours éclairé, mais Constance et Penny avaient disparu.

« Penny ! » appela Flo.

Pas de réponse.

« Cette gosse m'a déjà mise tellement en retard que je vais être obligée de réorganiser le peu de temps qu'il me reste à passer sur cette terre, se plaignit Hilly.

— Penny ! » appelai-je à mon tour.

L'idée de savoir ma fille en compagnie de cette étrange gamine me mettait soudain mal à l'aise.

« Constance Morceau ! » aboya Hilly.

Plantés au milieu de la maison, nous tendîmes l'oreille.

« Et moi qui étais de tellement bonne humeur que je pensais offrir aux gosses une glace aux frais de l'Illinois…, marmonna Hilly. *Constance Morceau !* »

De retour dans mon atelier, elle ouvrit à la volée toutes les portes des placards, s'assura d'un coup d'œil qu'aucune adolescente ne se cachait dans l'espace encombré à l'intérieur, puis les claqua avec force.

« Vous êtes quoi ? Moniteur de colonie de vacances ? m'interrogea-t-elle.

— Euh, non, répondis-je, agacé.

— Vous avez tellement de trucs pour les travaux manuels ! Cure-pipes, peinture, argile, tout ça… Comme si vous deviez occuper des gosses par un après-midi pluvieux. »

Flo éclata de rire – d'un rire si spontané, si communicatif qu'Hilly s'esclaffa à son tour.

« J'ai dit quelque chose de drôle ? demanda-t-elle.

— Oh, c'est juste que ma femme n'avait jamais entendu résumer ma vie aussi succinctement.

— Hé, un peu de fierté ! » Elle me planta son doigt dans la poitrine. « C'est chouette de pouvoir travailler là. » Elle ressortit de l'atelier. « Constance Morceau !

— Quoi ? » fit une petite voix.

Nous la trouvâmes dans une partie de la maison que nous avions déjà explorée. Elle se porta à notre rencontre, toute de candeur et d'innocence.

« Les autres m'ont envoyée vous chercher, lança-t-elle à l'adresse d'Hilly.

— Oh, je n'en doute pas !

— Ils veulent de la glace aux frais de l'Illinois.

— Mmm. »

Hilly nous fit au revoir de la main, puis se dirigea vers la fourgonnette.

« Où est Penny ? demandai-je.

— À l'intérieur, répondit Constance, qui nous gratifia d'une petite révérence. Merci de m'avoir écoutée.

— Reviens nous voir, dis-je. J'aimerais parler de ta situation.

— Ma situation est simple : je veux juste rentrer chez moi. »

Flo retourna dans son cabinet et je me mis en quête de Penny pour savoir ce qu'elle pensait de Constance. Elle avait laissé un mot sur la table, un papier blanc qui ressortait sur un fond bleu suédois. *Suis chez Corey. À tout à l'heure. P.*

Ça me rendait fou, cette confiance désinvolte en l'avenir. J'aurais voulu lui recommander d'éviter les parallées.

Flo me trouva une heure plus tard assis sur le perron. Elle avait quitté sa blouse blanche et libéré ses cheveux.

« Tu me sers un verre de vin ?

— J'attends que Penny revienne, répondis-je.

— Elle est partie ?

— Oui, chez Corey.

— Corey, répéta Flo en prenant place à côté de moi.

— Qu'est-ce que tu sais de lui ?

— C'est un bon gosse. Son père est dans l'informatique, sa mère vend de l'espace publicitaire pour le compte d'une radio. Penny devrait être rentrée, à cette heure-ci.

— Elle a quinze ans », lui rappelai-je.

Flo sentait le savon dont elle se servait toujours en fin de journée pour nettoyer les dernières traces de ses activités.

« Même si elle en avait cent six, je me ferais toujours du souci », déclara-t-elle. Nous éclatâmes de rire. « C'est dingue, non ?

— Je suis juste assis sur le perron pour attendre le retour de ma fille.

— Tu sais très bien de quoi je veux parler.

— C'est inhabituel, je te l'accorde.

— J'ai l'impression que c'est une sorte de farce, de tour qu'on nous joue. Ce n'est peut-être pas encore évident pour le moment, mais c'est là, je le sens. » Elle me tapota le genou, se leva et s'étira. « Et c'est toi qui vas devoir résoudre le mystère. Moi, je n'ai pas le temps. Et j'ai envie d'un verre de vin.

— Je n'arrête pas de penser à la famille de Constance. Comment explique-t-elle sa disparition ?

— Personne n'a rien à expliquer, répondit Flo. On ne peut pas remonter le cours du temps. Ni de quinze minutes ni de cent six ans. On est obligés de faire avec notre époque. Et au fond, ce n'est peut-être pas plus mal.

— Je ne… je ne désire pas vivre à une époque différente, dis-je. Je me plais bien ici. »

Elle se pencha vers moi, posa ses mains sur mes épaules et m'embrassa le sommet du crâne.

« Rappelle-toi, c'est chouette de pouvoir travailler là, murmura-t-elle. Maintenant, le vin. »

Je ne bougeai pas tandis qu'elle se rendait dans la cuisine. Je vis trois voitures passer dans Clover Street, puis une camionnette – un pick-up poussif sans caractéristique particulière autre que sa forme ancienne d'une rondeur massive typique des années 30 qui la faisait paraître déplacée. J'en parlai à Flo quand elle apporta le vin, un panier de bretzels chauds et un pot de moutarde au miel.

« Ne fais pas ça, dit-elle, soudain grave. Une vieille camionnette n'est pas la preuve, pas même le signe d'une déchirure dans le continuum spatio-temporel.

— Tu ne trouves pas la coïncidence frappante ? Je retourne en arrière de quinze minutes et cette gamine surgit de nulle part. »

Flo avala une gorgée de vin et croqua un bretzel.

« À mon avis, c'est en rapport avec la foudre, repris-je.

— Comme dans *Retour vers le futur* ? railla-t-elle. Non, écoute, ce n'est pas à cause de la foudre. Ni de la pluie. Ni parce que tu courais ou que tu pédalais à la vitesse de la lumière. Il s'agit juste de deux événements qui, je veux bien l'admettre, se sont télescopés d'une manière troublante. Mais certainement pas d'un voyage dans le temps.

— Je te croyais plus large d'esprit.

— Ne commence pas. »

Elle se resservit du vin. Je mangeai un bretzel. La soirée était magnifique.

« Pourquoi voudrais-tu retourner dans le passé, de toute façon ? demanda Flo. C'est là que débutent les ennuis.

— Je n'ai rien fait pour, je te signale.»

Elle me plaça une main sur le genou, puis approcha son visage du mien pour m'effleurer la bouche de ses lèvres adoucies par le vin. J'en profitai pour jeter un coup d'œil à sa montre. Nous attendions dehors depuis une demi-heure déjà.

«Voilà le genre de voyage dans le temps que j'apprécie, dit-elle. Rester assise là avec toi, en laissant s'écouler les secondes…»

Je ne pouvais qu'être d'accord sur ce point.

«Kurt veut racheter notre ancienne maison, lui annonçai-je.

— Pourquoi ?

— C'est chez nous.

— Elle est à vendre ?

— Non, mais tu es docteur.

— Si les gens savaient ce que je gagne…»

Un mouvement au coin de la maison attira soudain son attention et elle s'interrompit. Penny émergea de la parallée, s'avança droit vers nous comme si de rien n'était, me prit mon verre des mains et avala une gorgée de vin.

«Dis donc, toi, est-ce que tu aurais eu vingt et un ans pendant qu'on ne te regardait pas ? la taquinai-je.

— J'ai fait un petit bond dans le futur jusqu'à l'âge de vingt-deux et je me suis fauché mon permis de conduire.» Elle me rendit le verre. «Tu veux le voir ?

— Tu es comment, à vingt-deux ans ? s'enquit Flo.

— Encore plus parfaite, si c'est possible, répondit Penny en prenant la pose. Et *z'ai* la langue *persssée.*

— Tu étais toute seule chez Corey ?

— Non, il y avait aussi Regan et Holly.

— Ses parents étaient là ?

— Sa mère.

— N'emprunte plus les raccourcis, d'accord ?» dis-je.

Flo leva les yeux au ciel.

«Pourquoi ? demanda Penny.

— Ils ne m'inspirent pas confiance.

— Ils sont quand même bien pratiques.

— À propos, tu as eu l'occasion de bavarder avec cette fille, tout à l'heure ? Constance ?

— Un peu. Mais j'avais tellement de choses à faire ! Vider la poubelle de maman, ranger les jouets… Tous des trucs de *docteur*, quoi, ironisa-t-elle.

— Elle vient du siècle dernier.

— C'est ce qu'elle prétend, rectifia Flo.

— Elle adore la salle de bains, en tout cas, déclara Penny. J'ai bien cru qu'elle n'en sortirait jamais.

— Eh bien, elle s'est perdue en courant sur un des raccourcis, insistai-je. Ou plutôt, à l'endroit où il y aura un raccourci, plus tard. Alors, s'il te plaît, pour me faire plaisir ?

— Bon, d'accord.

— Je n'arrête pas de penser à sa famille qui ne sait pas ce qui lui est arrivé. Et à elle, qui se retrouve coincée ici. » Je frissonnai. « Elle doit se sentir tellement seule…

— Si je me passais une corde autour de la taille quand je vais sur la parallée, ça te rassurerait ? » lança Penny.

J'entrai dans son jeu.

« Pourquoi ?

— Ben, comme ça, si je remontais le temps, tu pourrais me ramener ici.

— Le peu de connaissances dont je dispose dans le domaine des voyages temporels me porte à croire que la corde disparaîtrait avec toi. Je n'aurais aucun moyen de te ramener.

— Mais tu viendrais me chercher ? »

Sa voix avait subitement perdu toute inflexion moqueuse. La situation avait pris une soudaine réalité pour elle.

« Comment voudrais-tu que je sache où tu es ? Si tu as remonté le temps d'une journée ou d'une heure, ou si tu t'es égarée au siècle suivant ?

— Mais tu essaierais, au moins ?

— Bien sûr ! En attendant, évite les raccourcis. »

Elle gravit les quelques marches en courant et entra dans la maison. Le bruit de ses activités à l'intérieur me parut incroyablement rassurant. Je posai ma tête sur l'épaule de Flo.

« Maintenant, je vais pouvoir dormir », dis-je.

5

Constance Morceau m'attendait pour le petit déjeuner le lendemain matin et sa vue m'incita à vérifier ce qu'il advenait de ma famille. Flo était dans son cabinet. Penny dormait, bien ancrée dans le présent – un être tangible, vivant, dont l'épaule tiède était ferme sous mes doigts.

La tenue style hip-hop qu'arborait Constance la veille avait disparu, remplacée par la robe et le tablier qu'elle portait lors de notre première rencontre. Elle avait néanmoins gardé les grosses chaussures sans lacets.

« Votre femme m'a laissée entrer. »

Je hochai la tête.

« Je suis prête, m'annonça-t-elle.

— Pour ?

— Retourner dans le passé. En 1908. » Elle avala sa salive. « Rejoindre Dash et mes parents.

— Je ne sais pas comment t'aider. »

Elle ne parut pas m'entendre et poursuivit sur sa lancée :

« Il faudrait retrouver l'endroit précis où j'étais avec Dash quand… quand j'ai disparu.

— Je dois pouvoir le situer approximativement. »

La parallée était déjà chauffée par le soleil, les abeilles s'activaient autour de notre pommier – le dernier arbre du père de Constance, à l'en croire. Je scrutai le raccourci dans les deux sens en me rappelant combien j'aimais autrefois chaque centimètre de ces chemins, combien j'appréciais leur originalité autant que leur utilité. À présent, j'avais l'impression de vivre au bord d'un précipice tandis que le vent se levait.

« Tu n'avais pas de chaussures, observai-je.

— Ah bon ?

— Tu as laissé des empreintes humides sur le sol. »

D'un coup de pied, elle se débarrassa de ses Doc Martens.

Une porte claqua chez les voisins. Constance sursauta.

« Il y a tellement de monde, ici, se plaignit-elle. Les gens sont tellement serrés et pressés…

— Et encore, tu n'as pas vu Chicago !

— Oh, si. Nous y sommes allés en train quand j'avais douze ans. J'ai même serré la main du président Roosevelt. »

Je la regardai, bouche bée. Elle voulait sans doute parler de Teddy Roosevelt. Les paroles de Flo me revinrent à l'esprit : « Une des meilleures comédiennes en herbe que j'ai jamais vues. »

Enfin, je m'arrêtai sur la parallée à l'endroit que je pensais être le bon. Nous étions suffisamment proches du pommier pour que Constance puisse cueillir un fruit.

« Il est tout piqueté et plein de vers », dit-elle.

Pourtant, elle mordit dedans comme s'il s'agissait d'un acte de loyauté et en avala une bouchée. Une abeille descendit vers elle en piqué et lui heurta la joue. Constance la chassa nonchalamment de la main. Elle était habituée aux abeilles. Il faudrait que j'en parle à Flo ; c'était un indice de plus.

Elle avait terminé sa pomme quand nous atteignîmes l'extrémité de la parallée au niveau de Clover Street. Elle plaça le trognon au creux de ma paume.

« Merci, dit-elle.

— De rien. Cette pomme t'appartenait.

— De m'avoir crue. »

Avant que je puisse répondre, elle avait fait demi-tour et, pieds nus, elle s'élança dans l'allée en direction de Chapman

Street. Elle possédait de longues jambes musclées et toute la grâce de la jeunesse, et lorsqu'elle eut parcouru la moitié du chemin, j'eus soudain la certitude qu'elle allait réussir, disparaître d'un instant à l'autre, rejoindre sa famille et Dash, franchir de nouveau la porte secrète.

Mais il n'en fut rien.

Elle était bien présente quand je la rejoignis au bout de l'allée. Les mains sur les hanches, le souffle court, elle leva un pied pour ôter un petit bout de bois logé près de ses orteils.

« Je ne…, commençai-je.

— Je vais rester ici pour toujours, c'est ça ?

— Je l'ignore. C'est aussi étrange pour moi que pour toi. »

Elle s'appuya sur moi pour chausser de nouveau ses gros bottillons noirs.

« Où sont les archives ? demanda-t-elle.

— Pardon ?

— Extraits de naissance, certificats de décès… Je veux savoir ce qui va arriver – enfin, ce qui est arrivé – à ma famille. Et à Dash.

— Je ne crois pas que ce soit une bonne idée. Si tu le découvres, et si tu parviens à rentrer chez toi, tu risques de modifier le cours des événements.

— Papa n'est pas très doué en affaires. J'aimerais beaucoup l'aider.

— Tu ne peux pas changer le passé, affirmai-je avec une agressivité qui me surprit moi-même.

— Bien sûr que si ! Si j'apprenais certaines choses dont je ne me servais pas, vous imaginez le gâchis ? »

Euclid Heights conservait les archives de l'état civil sur des microfiches entreposées au deuxième sous-sol de l'hôtel de ville, mais ces documents ne remontaient pas plus loin que 1920. Tout ce qui était antérieur se trouvait sous sa forme originale à la Société historique d'Euclid Heights, un bâtiment à peine plus grand qu'un garage situé sur un terrain clôturé d'environ un quart d'acre. Ce petit édifice de pierre était dominé par l'ancienne prison nouvellement arrivée qui, calée par des traverses de chemin de fer, trônait toujours sur la remorque qui l'avait transportée depuis la place municipale.

Constance et moi, nous choisîmes l'itinéraire normal pour nous y rendre. Pas de raccourcis. Elle me dit que les arbres épais donnaient plus de réalité au paysage environnant, qui évoquait moins une petite ville de prairie exposée à tous les vents près des grandes plaines.

« Il y a tant de maisons, observa-t-elle en cours de route. Et personne n'a de terres. Tous ces jardins sont tellement minuscules, tellement inutiles… Mais au moins, l'odeur de petit coin a disparu. Et puis, tout va si vite. Et personne ne vous a dit bonjour depuis que nous sommes sortis.

— J'ai toujours vécu ici, et pourtant, il peut se passer des semaines sans que je croise une connaissance. »

Elle s'arrêta net devant la bibliothèque, essayant manifestement de faire correspondre les repères dans sa mémoire avec ce qu'elle avait sous les yeux.

« L'orphelinat a disparu », dit-elle.

Elle me montra du doigt le pâté de maisons de l'autre côté du croisement.

« J'y travaille quand papa n'a pas besoin de moi, expliqua-t-elle. Les enfants veulent toujours que j'arrête de nettoyer pour leur lire des histoires. »

Constance traversa la rue sans hésitation et s'approcha de la première maison, une bâtisse victorienne de brique rouge dont les fenêtres réfléchissaient la lumière du soleil. Elle posa la main à l'angle de la façade, chassa une fourmi.

« Ils ont construit cette maison à la place de la grille de l'orphelinat, me révéla-t-elle. Regardez. » Elle m'obligea à reculer. « Les briques autour de la porte sont plus anciennes que celles utilisées pour le reste du bâtiment. »

Elle avait raison. Une partie de l'édifice, presque jusqu'au premier étage, était faite de briques plus abîmées, irrégulières et sombres que celles du dessus. Le maçon n'avait pas particulièrement soigné la jointure entre les anciennes et les nouvelles, et des fissures étaient apparues, dont certaines avaient été comblées par de grossiers serpentins de ciment.

« Les petits m'aiment beaucoup, vous savez, reprit Constance. Ils détestent me voir partir. Ils sont toujours persuadés que je ne reviendrai pas. »

À l'entrée de la Société historique – derrière la bibliothèque, de l'autre côté de la rue –, une pancarte indiquait que l'endroit était ouvert, et pourtant, nous trouvâmes la porte verrouillée. Je frappai. Le bâtiment était une ancienne centrale électrique construite par WPA en 1935. Plus tard, en 1959, elle avait été détournée de sa vocation initiale et transformée en abri antiatomique. La plaque rouillée précisant sa fonction en cas d'attaque nucléaire était toujours fixée à l'angle de la façade donnant sur la rue.

La porte – un lourd battant métallique – grogna en s'ouvrant, comme si nous étions des intrus. Un petit bonhomme d'environ quatre-vingts ans arborant une tignasse neigeuse nous accueillit avec des transports de joie dignes d'une personne sauvée après de longues années de solitude.

« Grands dieux, des jeunes gens ! Mais entrez, entrez donc ! » Il recula en nous invitant d'un geste courtois à pénétrer à l'intérieur. « Je m'appelle Henry Hinsdale », dit-il en nous gratifiant chacun d'une poignée de main énergique.

Il m'aurait presque suffi de tendre les bras pour toucher les deux murs opposés. Un gros téléphone noir à cadran trônait sur une table, à côté d'une chaise dont le dossier était recouvert d'un gilet et le siège d'un petit coussin portant l'empreinte du postérieur d'Henry Hinsdale.

« J'étais soudeur avant de prendre ma retraite, nous expliqua-t-il, et j'ai commencé à faire du bénévolat pour la Société historique quand ma femme, Louise, nous a quittés. Ça fait presque un an que je suis ici, et ma foi, dit-il à Constance en lui tapotant légèrement le bras, vous êtes de loin la plus jeune personne à avoir mis les pieds dans cet endroit.» Il m'adressa un clin d'œil. «Quant à vous, vous êtes encore relativement alerte.

— Nous cherchons les archives familiales de l'année 1908, lui dis-je.

— Vous avez frappé à la bonne porte.» Il brandilla l'interrupteur d'une grosse torche industrielle, puis la secoua jusqu'à ce que le faisceau réticent finisse par s'éclairer pour de bon. «Venez, suivez-moi.»

Il attrapa le trousseau de clés fixé à sa ceinture et déverrouilla la seule autre porte de la pièce.

«Le plus gros inconvénient de ce travail, continua-t-il, c'est qu'il n'y a pas de W-C. Pas question de faire caca. Pour ça, faut que je traîne ma carcasse jusqu'à la bibliothèque. Bon, vous me direz, c'est pas si terrible, mais je suis obligé de tout fermer avant de partir et je me dis toujours : est-ce que quelqu'un va frapper à la porte pendant que je balade ma prostate ? Et si une bombe était tombée pendant la crise des missiles cubains et que des gens étaient descendus se réfugier ici une centaine d'années en attendant que les choses se calment là-haut, où est-ce qu'ils auraient fait leurs petites affaires, hein ? Franchement, je me demande bien à quoi ils ont pensé, ceux qui ont construit ça. Attention à votre tête.»

Nous nous engageâmes dans un escalier, guidés par la lampe tressautante d'Henry Hinsdale. La température fraîchissait à mesure que nous descendions. Une odeur de renfermé me chatouilla les narines et j'éternuai.

«À vos souhaits ! me cria Henry, dont la voix résonna avec force. Y a plus de jus. C'est le comble, non ? Tout a sauté quand y a eu ce gros orage, en juin dernier. La municipalité refuse de dépenser le moindre sou pour les réparations. Dommage, ce n'est sûrement pas bon pour tous ces vieux papiers.»

Henry avait déjà préparé une deuxième clé pour ouvrir la porte au bas des marches.

« Vous vous souvenez de l'époque où ils ont tout réaménagé ? me demanda-t-il. Au printemps 59 ?

— J'étais tout gosse.

— C'est l'oncle Sam qui a payé les travaux. Tout le monde était sûr que les Soviets allaient nous expédier un missile. Vous vous rappelez la vieille base Nike ? Ils se sont dépêchés de creuser. Toujours plus profond. Et après, a-t-il ajouté en déverrouillant la porte, toujours plus large. »

Nous pénétrâmes dans une pièce qui, même plongée dans l'obscurité, dégageait une impression d'immensité.

« Dommage qu'y ait plus de courant, reprit Henry. Parce que c'est rudement grand, là-dedans. »

Il dirigea sa lampe vers les ténèbres, à l'endroit où l'espace obscur engloutissait la lumière. Je vis briller la silhouette blanche de plusieurs piliers, sur lesquels figuraient des lettres et des chiffres peints en vert fluorescent, comme dans un parking.

Henry Hinsdale enleva une de ses chaussures.

« Faudrait pas qu'on se fasse enfermer ici, dit-il en calant la porte avec son soulier. Remarquez, on a des réserves d'eau distillée et de nourriture lyophilisée, poursuivit-il en clopinant devant nous. On pourrait tenir des années, à condition de pas aller aux W-C ! »

Nous marchâmes quelques minutes avant d'atteindre l'un des murs de la salle. Là, empilés sur des palettes en bois, se trouvaient des bidons de deux cents litres où était tracée une inscription gris argent sur fond noir : EAU DISTILLÉE. PROPRIÉTÉ DES ÉTATS-UNIS. NE PAS CONSOMMER APRÈS 2050.

Henry tapota la date.

« Ça ne veut pas dire neuf heures moins dix ! plaisanta-t-il. Vous voulez goûter ? »

Un robinet était fixé à l'un des fûts, près duquel s'élevait une colonne de gobelets en carton. Henry en remplit, puis me le tendit. L'eau était tiédasse et éventée.

« Bienvenue dans le futur », lança Henry.

Constance refusa d'en avaler une goutte.

« Là-bas, reprit Henry en faisant courir le faisceau de sa lampe le long de la rangée de bidons noirs jusque dans l'obscurité, ce sont les rations militaires. Elles datent de la guerre de Corée. On a tenté d'obtenir celles de la guerre du Golfe, mais tintin. On sera obligés de se farcir des conserves vieilles de cinquante ans. »

Il s'écarta du mur en direction de ce que je supposais être le centre de la salle. Des piliers fantomatiques émergeaient des ténèbres autour de nous. Constance m'agrippa la main. Il n'y avait rien dans l'espace que nous traversions.

Au bout de quelques minutes, nous aperçûmes une haute armoire métallique grise, et compte tenu de notre angle d'approche, j'eus l'impression qu'il n'y en avait qu'une. Mais quand nous la contournâmes à la suite d'Henry, je m'aperçus qu'il s'agissait en fait de la dernière d'une rangée interminable.

« Voilà, on y est », déclara Henry.

Il leva sa torche. L'armoire métallique comportait cinq tiroirs, tous identifiés par une carte dactylographiée placée dans un support.

« Vous en avez tout du long, sur une bonne centaine de mètres, annonça Henry en balançant sa lampe juste pour renforcer ses propos. Quel nom recherchez-vous ?

— Morceau, répondit Constance, avant de l'épeler.

— Et en quelle année s'est produit l'événement ?

— Nous n'en sommes pas sûrs, dis-je.

— Tout est classé par ordre chronologique », répliqua-t-il, maussade. De toute évidence, la nouveauté de notre présence ne le réjouissait plus. « Vous devez connaître l'année pour faire des recherches.

— Et les relevés topographiques ?

— Ils sont par là, dit-il en éclairant la direction. Mais n'espérez pas de miracles. Euclid Heights aujourd'hui et Euclid Heights hier n'ont guère de points communs.

— Hickory Hill, rectifia Constance.

— C'est vrai, la ville s'appelait comme ça autrefois. » Henry approuva d'un mouvement de tête en dévisageant sa jeune interlocutrice avec une curiosité visible même dans la faible clarté. « Le nom a changé en 1911.

— Comme c'est étrange ! murmura Constance. Et les certificats de décès ?

— Ici, répondit le vieil homme en tapant sur une armoire. Mais je vous le répète, il vous faut l'année. 1918, celle de la grippe, occupe presque tout l'espace. Il y a aussi les sammies. Et puis, la vie était plus dure en ce temps-là, si vous voulez mon avis.

— C'est quoi, un sammy ? » demanda Constance.

Henry Hinsdale lui braqua sa lampe sur le visage. Elle réagit en fermant les yeux, patiente et impassible. Elle était ravissante, constatai-je, derrière la fatigue, l'égarement et le trouble jetés comme autant de voiles sur ses traits.

« Eh bien, c'était un soldat de la Grande Guerre, expliqua le vieil homme.

— Cette guerre de Corée dont vous avez parlé ? »

Cette fois, Henry s'adressa à moi :

« L'avantage de ne pas voir beaucoup de jeunes ici, c'est que je ne suis pas exposé à une telle ignorance. Bon sang, ce que ça peut me déprimer ! »

Constance tendit la main et orienta la lampe d'Henry de façon à éclairer le tiroir qu'elle ouvrait.

« Pourriez-vous nous laisser la torche ? demandai-je.

— Et comment je vais remonter, moi ?

— Allez avec lui, dit Constance. J'attendrai ici. »

Nous la laissâmes patienter devant l'armoire ouverte, la main plongée dans les archives poussiéreuses du passé. Ou de son avenir, selon l'année.

Heureusement, Henry retrouva sans problème le chemin du retour.

« Qui est-ce ? demanda-t-il d'une voix qui ne se souciait pas d'être entendue.

— Une amie de ma fille.

— Ça me fend le cœur de voir quelqu'un ignorer à ce point ce qui se passe dans le monde.

— Elle s'intéresse bien plus à l'histoire que la plupart des jeunes de son âge.

— Est-ce qu'elle peut citer dans l'ordre la liste des présidents ?

— Aucune idée. Et vous, vous en êtes capable ?

— Bien sûr. Je connais aussi par cœur le tableau périodique des éléments.

— C'est pour ça que tous ces trucs sont écrits dans les livres, dis-je. Pour nous éviter d'avoir à les mémoriser.

— Ça, c'est bien le langage d'un baby-boomer, grommela-t-il. Ça y est, on est arrivés. »

La porte était toujours calée par sa chaussure. La faible lumière en haut des marches me paraissait terriblement engageante ; c'était la preuve qu'il existait un autre univers, une issue à celui dans lequel je me retrouvais plongé.

« Va me falloir une chaussure », dit Henry, qui avait remis la sienne.

J'ôtai une des miennes, puis l'autre pour rendre ma démarche moins inégale. À travers mes chaussettes, je sentis le sol glacé sous mes pieds.

Henry éclaira sa montre.

« J'ai midi, dit-il.

— Je ne porte pas de montre. »

Son opinion sur moi baissa encore d'un cran. Peut-être commençait-il même à se demander s'il avait été bien avisé de nous autoriser à descendre ici.

« La mienne indique l'heure du déjeuner, reprit-il. Vous avez de quoi vous occuper pendant ce temps-là ?

— Je pense, oui.

— Vous, les jeunes, vous avez une capacité d'attention limitée, je le sais bien. Alors, si vous en avez assez, contentez-vous de laisser la porte se refermer derrière vous. »

Après m'avoir confié la lampe, il remonta l'escalier.

Nous dûmes nous héler durant plusieurs minutes avant de nous retrouver, Constance et moi. Peu après, elle repérait l'armoire contenant les extraits de naissance et mettait la main sur le sien – une feuille de papier brunie, passée, tellement vieille et fragile que je craignis de la voir se désagréger à la seule lueur de la torche. D'une écriture qu'Henry Hinsdale aurait sans doute admirée, quelqu'un avait enregistré à l'encre noire la naissance de Constance Marie Morceau : « Enfant de sexe féminin en bonne santé, née le 31 octobre 1893, quatre kilos cent, fille de Peter T. Morceau, vingt-huit ans, et de Faith Wilkins Morceau, vingt-quatre ans. »

« Vous étiez un gros bébé », observai-je.

Constance ne répondit pas. Elle s'imprégnait de la réalité du document, comme si jusque-là elle avait douté de sa propre existence. Ou peut-être que le certificat éclairait d'une lumière plus crue l'incongruité de sa présence à notre époque.

« On va essayer de trouver les cartes de la ville, dis-je.

— Je veux savoir ce qui est arrivé à Dash.

— Ce n'est pas une bonne idée. Et de toute façon, c'est moi qui tiens la lampe. »

Elle rangea l'extrait de naissance.

« Tu finiras par rentrer chez toi, lui assurai-je, et à ce moment-là, tu seras bien contente de ne pas connaître l'avenir. Personne n'est censé le connaître.

— Ces archives, commença-t-elle avant de s'interrompre pour réfléchir. Ces archives concernent un passé auquel je n'appartiens plus, n'est-ce pas ?

— Je dirais que oui dans la mesure où tu es toujours là. En 1908, la vie continue et tout le monde pense que tu as disparu.

— Donc, ces papiers devraient pouvoir nous dire si je suis retournée chez moi.

— Ça fait partie de ces choses que tu ne devrais pas savoir.

— Mais si je découvrais que j'ai réussi à rentrer, je me sentirais tellement mieux !

— Et si tu découvres que tu n'as pas réussi ?

— Au moins, je serai fixée, répondit-elle, mais sa voix manquait de conviction.

— Tu vas rentrer», affirmai-je en écartant la lampe.

Les armoires métalliques contenant les relevés topographiques mesuraient un mètre cinquante de haut et chacune comportait plusieurs tiroirs à la fois larges et peu profonds. J'en ouvris un. Il me sembla qu'un faible rayonnement blanc bleuté émanait des cartes quand j'en approchai la lumière de la torche. La première devait faire un mètre sur un mètre cinquante et un rapide coup d'œil au nom des rues me suffit à me repérer. Dragon Hills. De même qu'il n'y avait pas de hauteurs à Euclid Heights, il n'y avait pas de collines à Dragon Hills. Ni de dragons, d'ailleurs. La carte devant moi, qui datait de 1955, indiquait les réseaux d'égout et les parcelles individuelles auxquelles était attribué un numéro de code. De ma perspective quasiment aérienne, je fus frappé par un détail que je n'avais jamais remarqué auparavant au niveau du sol. Le tracé sinueux des rues semblait représenter des dragons enroulés dans les flots et dont les terrains formaient les nageoires.

« Trop récent », observa Constance.

Des étiquettes sur les tiroirs précisaient la date des relevés à l'intérieur. Nous remontâmes les années jusqu'à 1910, puis 1905.

« Là ! » s'écria Constance d'une voix tremblante.

Elle ouvrit le tiroir.

La première carte, manifestement plus ancienne à en juger par sa couleur brune, montrait un quartier de la ville qui ne m'était pas familier. Dans l'angle inférieur droit figurait l'inscription :

HICKORY HILLS, ILLINOIS. Et juste au-dessous : PETER MCDEEDLE, MAIRE.

« Tu reconnais cet endroit ? demandai-je.

— Non. » Constance fourragea parmi les autres relevés. « Là, tenez. »

Elle retira du milieu de la pile une carte aux bords rongés par les insectes, puis elle l'étala et l'exposa à la lumière.

Je réussis à m'orienter. Le quadrillage était déjà en place. Je repérai Tinker Street, ainsi que Cottonwood Street et Pine Street à l'ouest. Mais à l'est de Tinker Street, il n'y avait pas de rues, juste une étendue désignée par l'appellation « terres arables ».

Constance posa le doigt sur un point de la carte.

« Notre verger ! s'exclama-t-elle, triomphante. Je savais bien qu'il était là ! »

Elle plissa les yeux pour déchiffrer les inscriptions à demi effacées, approcha encore la lampe.

« Regardez ! Morceau ! »

Je vis le tracé de l'encre estompée, oui, je vis le nom imprimé. Ou je crus le voir. Je pouvais toujours prétendre l'avoir vu. Après tout, ce vieux morceau de papier figeant pour l'éternité un minuscule pan de l'univers n'allait pas l'aider à retourner chez elle.

« Oui, je le vois », dis-je.

Mais son excitation s'évapora aussi vite qu'un souffle et elle fondit en larmes.

« Je ne rentrerai jamais.

— Ta présence aujourd'hui est déjà tellement… inexplicable, qu'à mon avis, tu as toutes les chances de pouvoir regagner ton époque. »

Elle s'essuya les yeux avec sa manche.

« Allons-nous-en, dit-elle. Je n'ai aucune idée de ce que j'espérais trouver ici. »

Je me dirigeai vers le tiroir de l'année 1915. En l'espace de dix ans à peine, la ville avait changé, les terres arables avaient rétréci, les rues à angle droit s'étaient multipliées. Et les cartes indiquaient : EUCLID HEIGHTS. Le maire était un certain Archer.

Je trouvai la carte qui m'intéressait au milieu de la pile.

« Le verger a disparu », murmura Constance d'une voix entrecoupée.

C'était vrai. Clover Street, Chapman Street, Spinney Street et Holt Street avaient pris sa place.

« Ce n'est pas forcément un mal, hasardai-je.

— C'est toute la vie de ma famille. Il a dû se passer quelque chose de terrible. »

L'événement en question était évident pour moi et ne devait pas faire l'ombre d'un doute pour elle.

« Il faut que je rentre ! s'écria-t-elle. Ma place n'est pas ici. »

Sur ce, elle m'abandonna dans le noir, en chaussettes, emportant la lampe, s'éloignant rapidement dans un tunnel de lumière de plus en plus faible.

« Constance ! »

Je n'aurais su dire si elle s'était arrêtée ou si elle avait hésité. En tout cas, elle ne répondit pas. La lumière diminua comme une flamme privée d'air, me plongeant dans les ténèbres.

« Constance ! » tentai-je une nouvelle fois.

Rien.

Je rassemblai les cartes, sentant qu'il était important de les ranger dans l'ordre où nous les avions trouvées et de refermer les tiroirs. Je manipulai les papiers du bout des doigts, à l'aveuglette, insérant les feuilles fragiles dans les limites froides des casiers métalliques. Puis, un bras tendu devant moi et l'autre sur le côté, je progressai lentement de pilier en pilier jusqu'à un mur. Mes chaussures se trouvaient sur ma gauche, à moins de trois mètres, maintenant la porte ouverte et laissant filtrer un infime rai de lumière – la lumière la plus accueillante que j'aie jamais vue.

6

Ce soir-là, un vase rempli de fleurs trônait sur les drapeaux de l'Islande, du Danemark, de la Grande-Bretagne et du Bhoutan. Une grande enveloppe blanche y était appuyée, adressée à mon nom par mes soins. Je sentis mon cœur se serrer.

Flo lisait une revue de pédiatrie en buvant un thé glacé. Je vidai l'enveloppe de son contenu : des diapositives de mes œuvres et une lettre de refus émanant de la Commission culturelle de l'Illinois.

Je la parcourus rapidement, la colère et la déception l'emportant sur ma capacité de raisonner, rendant ma compréhension sporadique et sélective : « regret », « insuffisant », « affluence record de dossiers », « n'hésitez pas à renouveler votre demande ».

« Ça ne risque pas », marmonnai-je en rangeant diapositives et lettre dans l'enveloppe avant d'en faire une sorte de missile compact et tordu que je lançai à travers la cuisine en direction de la poubelle.

Flo m'effleura la main en laissant un doigt sur sa revue pour ne pas perdre la page.

« Tu m'as dit toi-même que c'était complètement subjectif. Et que tous les ans, des tas de profs postulaient.

— T'es meilleur qu'eux, de toute façon », ajouta spontanément Penny. Elle récupéra la boule de papier, lut la lettre à son tour et fourra les diapositives dans sa poche. « Ce sont les portraits de moi ?

— Oui, répondis-je. Et j'aurais bien aimé mettre vingt mille dollars dans la tirelire familiale. »

Flo me regarda à travers ses lunettes de lecture.

« Ça équivaut à cinq fois mon revenu annuel », précisai-je.

Penny en resta bouche bée.

« Tu gagnes quatre mille dollars par an ? demanda-t-elle enfin.

— Parfois trois mille, parfois cinq.

— Waouh, trop cool ! Je pensais que tu gagnais *encore moins*.

— Sans ta mère, répliquai-je, on ne pourrait pas vivre plus de deux mois dans cette maison.

— Pas de problème, si c'est bien réparti, observa-t-elle.

— Je ne sais pas ce que tu veux dire, mais tu as sûrement raison.

— Ben, deux mois, ça fait soixante jours, non ? Et il y a cinquante-deux semaines dans l'année, expliqua Penny. Alors, on pourrait vivre ici un jour par semaine, et au bout du compte, on aurait encore un bonus de huit jours.

— Juste au moment où mes quatre mille dollars arrivent, en plus, déclarai-je, entrant dans son jeu. C'est peut-être une idée à creuser.

— Et le restant de la semaine, on logerait où ? lança Flo.

— Chez Kurt, dis-je.

— Très drôle », marmonna-t-elle.

Penny retourna à la préparation du repas. Coquilles Saint-Jacques sautées à la poêle.

« Quant à toi, tu pourrais ouvrir un restaurant pour compléter nos revenus, ajoutai-je.

— Ah non, répliqua Penny. Je fais ça juste pour nourrir la famille, mais c'est pas mon truc. »

Elle annonça que tout était prêt et je mis le couvert.

« Ou alors, tu pourrais retourner dans le passé et revivre éternellement les mêmes soixante jours, reprit-elle en nous servant.

— Ce serait d'un ennui…, observa Flo en posant son magazine.

— Mais tout ne serait pas forcément pareil, hein, papa ? »

Je me concentrai sur mon assiette.

« Je n'en sais rien, murmurai-je.

— Et pendant que tu revis sans arrêt les deux mêmes mois, le reste du monde, il devient quoi ? demanda Penny.

— Il les revit avec toi, évidemment, déclara Flo.

— Donc, il suffirait qu'une seule personne remonte le cours du temps pour empêcher la terre de tourner », dis-je.

Flo me gratifia d'un long regard peu amène. Je cherchai en vain sur ses traits un soupçon d'amusement.

« Cette personne-là en serait persuadée, en tout cas, répondit-elle. Mais bien sûr, elle serait complètement folle. »

Je me tournai vers Penny.

« Ce n'est pas formidable d'avoir une scientifique dans la famille ? Peut-être que cette vie, cette réalité dans tout ce qu'elle a de banal, de routinier et de bêtement répétitif n'est que l'expérience d'un moment revécu en boucle par quelqu'un, quelque part.

— Quel optimisme, papa !

— J'ai emmené Constance à la Société historique.

— Je me demande si j'ai vraiment envie de savoir ce qu'elle a découvert, maugréa Flo.

— Son extrait de naissance.

— Ça ne prouve rien.

— Je n'ai pas besoin de preuve.

— Pas de certificat de décès ?

— Il lui faut une date pour le trouver. Et je lui ai dit qu'elle ferait mieux d'ignorer certaines choses.

— Pas bête. »

Des rires s'élevèrent au-dehors – une salve d'explosions de joie qui amena aussitôt Penny à délaisser son siège pour aller enquêter.

« Arrête de lui bourrer le crâne avec toutes ces conneries », murmura Flo d'un ton farouche.

En cet instant, son expression était celle d'un adversaire. Une pensée effrayante me traversa soudain l'esprit : c'était l'expression d'une femme dont le couple se défait, d'une femme qui a déjà commencé à envisager d'autres possibilités.

Je n'imaginais que trop bien ce qu'il m'en coûterait de poursuivre sur ma lancée.

« Ce ne sont pas des conneries », m'obstinai-je néanmoins.

Nous entendîmes Penny éclater de rire à son tour. Je me précipitai en direction du bruit en songeant à Constance égarée dans son avenir.

Appuyée sur la clôture, Penny parlait avec deux de ses amies, Holly et Regan, et un garçon que je ne connaissais pas. Holly possédait une assurance que Regan espérait acquérir elle aussi. Les filles étaient plus grandes que le garçon, et toutes trois souffraient visiblement de cette gaucherie adolescente dont elles avaient sans doute hâte de se débarrasser, mais qui m'apparaissait comme leur qualité la plus touchante. Les conversations cessèrent à mon approche.

« C'est Corey, m'annonça Penny.

— Salut, dis-je à l'adolescent. Rentre finir de dîner, ajoutai-je à l'adresse de Penny.

— C'est vrai que vous êtes remonté dans le temps ? demanda Holly.

— Holly ! » la réprimanda Penny.

Les quatre jeunes s'étaient alignés le long de la clôture.

« Je ne sais pas trop ce qui s'est passé, répondis-je en adressant un froncement de sourcils réprobateur à ma fille trop bavarde.

— Et c'est arrivé alors que vous couriez dans l'allée, c'est ça ? » lança Corey.

Il avait les cheveux hérissés, teints en blond au niveau des pointes, et un visage constellé de boutons mais ouvert et avenant. Sa vue me rassura ; il avait l'air inoffensif et il était incontestablement surclassé par ma fille.

« Je vous le répète, je ne sais pas trop. »

Mon mutisme étouffa leur intérêt pour ma personne.

« Rentre », ordonnai-je à Penny avant de battre en retraite.

Du seuil de la cuisine, Flo me regarda revenir vers elle. Je la dépassai, m'enfonçai dans les profondeurs de la pièce, puis me plaçai de façon à pouvoir garder un œil sur ce qui se tramait dehors.

« Alors, qui c'était ? demanda Flo.

— Des fans de voyages dans le temps.

— Oh, génial », dit-elle, abattue.

Corey et les deux filles avaient disparu. Penny, toujours près de la clôture, contemplait un point sur sa gauche. Une cascade de rires déferla soudain, et un instant plus tard, Corey, Holly et Regan déboulèrent sur la parallée, cheveux au vent, moulinant des bras. Penny les suivit des yeux avant de couler un regard furtif en direction de la maison.

« Je suis remonté en arrière de dix secondes ! brailla Corey d'un ton triomphant.

— C'est même pas vrai ! cria Holly en lui donnant une tape.

— J'étais sûr que t'allais dire ça ! »

Leurs rires résonnèrent encore longtemps. Enfin, Penny rentra, me gratifiant au passage d'un haussement d'épaules et d'un froncement de sourcils.

D'un geste rageur, Flo embrocha le dernier morceau dans son assiette.

« Je pensais…, commençai-je.

— C'est un lieu de travail, ici, m'interrompit Flo. Je tiens beaucoup – comme nous tous, d'ailleurs – à la bonne réputation de cette adresse.

— Désolée », murmura Penny.

De toute évidence, Flo fut désarçonnée ; elle n'avait pas imaginé que Penny puisse se croire la cible de sa colère.

« Je pensais que cette histoire devait rester entre nous, dis-je, incapable cependant de feindre une véritable indignation.

— Je l'ai dit qu'à Corey, protesta Penny. C'est lui qui l'a dit à Holly et à Regan.

— Tu n'aurais pas dû en parler du tout.

— Oh, bon sang… OK, je m'excuse, lança-t-elle avant de sortir en coup de vent.

— Tes excentricités font déjà des ravages, m'accusa Flo.

— Et si un de ces gosses disparaissait, hein ? »

Elle laissa échapper un son qui tenait à la fois du grognement et du grondement. Sa ligne professionnelle sonna. Elle décrocha le combiné de la cuisine et coupa la communication quinze secondes plus tard.

« Une annulation, dit-elle d'un ton lugubre.

— Et alors ? Ce n'est pas la première fois que quelqu'un se décommande.

— C'était pour une visite médicale scolaire. *Personne* n'annule jamais ce genre de rendez-vous.

— OK, ça en fait une. Et alors ? »

Son regard hostile me pétrifia.

« Ce n'est pas avec tes quatre mille dollars par an qu'on va pouvoir vivre ! »

Je ne dormis pas beaucoup cette nuit-là et, levé avant l'aube, je sortis manger des œufs et des toasts sur la terrasse. La parallée était déserte, à l'exception d'une banlieusarde qui se hâtait vers le centre-ville et le train, son attaché-case raclant la clôture, la fumée de sa cigarette flottant dans son sillage. La vue de cet empressement désespérant m'emplit de gratitude envers Flo, qui m'épargnait un tel destin : les plannings, les voyages, la perpétuelle dépendance aux fins de mois difficiles, la nécessité de consulter sa montre à la lumière de la première cigarette de la journée.

Flo me poussa du pied une heure plus tard. Je m'étais endormi au soleil et j'avais le pantalon maculé d'œuf. Coiffée, pleine d'entrain, elle avait le regard brillant – du moins, jusqu'au moment où elle le posa sur moi.

« Je n'ai pas dormi de la nuit », me justifiai-je.

Elle soupira.

« Une raison particulière à cette insomnie ?

— Je pensais à Constance. Elle en sait déjà trop sur son avenir. Ses recherches pourraient avoir un énorme impact. Sur nous.

— Ça commence à devenir vraiment lassant. Et un peu effrayant. »

Elle tourna les talons et rentra dans la maison. Je rassemblai la vaisselle du petit déjeuner et lui emboîtai le pas. Je la suivis jusqu'à la porte du cabinet, j'allai même jusqu'à l'appeler, mais elle m'ignora, tout comme elle ignora Penny, dont la présence à une heure aussi matinale ne pouvait qu'indiquer une entreprise d'une importance capitale.

En fin de compte, Flo me claqua la porte au nez. Je me tournai aussitôt vers Penny.

« À qui d'autre en as-tu parlé ?

— À personne !

— Je suppose qu'il est trop tard pour demander à tes copains de garder le silence.

— Pourquoi est-ce qu'elle est furieuse ?

— Elle ne me croit pas.

— Moi non plus, à vrai dire. Mais je ne te déteste pas pour autant.

— Elle ne me déteste pas », répliquai-je, guettant néanmoins une confirmation.

Penny pinça les lèvres.

« J'étais la meilleure amie d'Holly l'année où ses parents ont divorcé, dit-elle. M. et Mme Dearborn jouaient la comédie devant les autres. Mais chez eux, on sentait la haine partout.

— Et tu la sens chez nous ?

— Pas encore. Mais l'atmosphère est différente, c'est sûr.

— Un rendez-vous annulé ne signifie pas la ruine du cabinet.

— J'étais censé travailler avec elle. Elle m'a annulée, moi !

— Je dois aller en ville, ce matin. Tu m'accompagnes ? »

Elle éclata de rire.

« T'en parles comme si c'était à un jour de voyage en diligence !

— Je me demandais… Si les parents d'Holly pouvaient remonter le temps, qu'est-ce qu'ils changeraient dans leur vie ?

— Écoute, papa, t'es un peu trop obsédé par cette histoire.

— Peut-être. Et qu'est-ce qu'ils pourraient réaliser en quinze minutes ?

— À ta place, je n'aborderais pas le sujet avec maman.

— Dans ce cas, je lui cacherais le truc le plus incroyable de toute ma vie.

— Papa ! T'as entendu ce que tu viens dire ?

— Quoi ?

— C'est *moi*, le truc le plus incroyable de ta vie ! »

Il y avait eu une époque où c'était vrai et une époque où je l'avais oublié. Mais aujourd'hui, c'était vraiment important pour moi. Penny avait atteint cet âge où un père est plus un obstacle qu'un allié dans l'élaboration d'un projet. J'en rejetais la faute sur le gamin – ce Corey immature et inoffensif. Ce n'était pas le premier à qui ma fille tournait la tête, mais c'était le premier qui lui tournait la tête. Bien qu'elle ne me l'ait jamais dit, son comportement m'indiquait que Corey était le premier capable à ses yeux de me remplacer. Il avait fait de ma fille sa complice en partageant avec elle des secrets dont je ne devais rien savoir.

Elle était différente l'été précédent, quand j'avais commencé à préparer les œuvres nécessaires à ma candidature pour la bourse de la Commission culturelle de l'Illinois. Je lui avais demandé de poser pour moi.

« À une condition, alors : que je puisse te peindre en même temps », avait-elle répondu.

Je m'en étais réjoui beaucoup plus que je ne l'aurais dû. J'avais beau sentir l'influence de Flo dans cette stipulation énoncée par ma fille, je voulais croire que Penny n'avait rien de mieux à faire durant les vacances que rester assise en face de moi, chevalet contre chevalet.

Nous avions commencé au fusain, puis continué à l'aquarelle. Un après-midi entier s'était écoulé ainsi. Alors que le soleil se couchait, j'avais dit :

« Demain, on devrait travailler dehors. »

Elle avait gonflé les joues, puis relâché son souffle, et j'avais cru avoir perdu sa collaboration. Sa chemise – une des miennes – était zébrée de noir et de couleurs pastel sur les manches et le devant. Elle avait déposé une goutte de peinture sur tous les boutons – une teinte différente par bouton –, et maintenant qu'ils avaient séché, elle n'osait pas les toucher de crainte que les petites pastilles de couleur ne se fendillent.

Dessin après dessin, elle avait calqué son rythme sur le mien. Quand j'en terminais un, elle affirmait aussitôt avoir terminé aussi le sien. Je n'avais rien voulu lui montrer avant la fin de la journée. Elle avait fait pareil. En début de soirée, nous nous étions levés, toujours face à face, devant nos piles de dessins respectives.

« C'est moi qui regarde d'abord les tiens », avait-elle décrété, la main tendue.

J'avais fait glisser la pile vers elle. J'étais satisfait de mon travail. Je voyais une progression dans chaque ébauche. Penny avait un petit visage en forme de cœur et des yeux qui devenaient irrésistibles quand elle était absorbée dans ses réflexions. Elle était facile à observer, facile à dessiner.

Elle avait étalé mes œuvres sur la table. À mesure qu'elle les étudiait, elle repoussait sa propre pile un peu plus loin de moi ; à la fin de son examen, elle serrait dans sa main l'ensemble de ses dessins. J'avais demandé à les voir, mais elle les avait cachés derrière son dos.

« Non.

— Demain, j'aimerais te peindre près de l'allée.

— Je risque d'être occupée, avait-elle répliqué.

— Encore un jour, d'accord ? Rien qu'un.

— Je me contenterai de poser. Toi, tu peindras.

— Fais-moi voir. »

Une nouvelle fois, j'avais tendu la main.

« Tu vas te moquer de moi, s'était-elle défendue.

— Mais non ! »

Elle n'avait pas voulu en démordre. Elle avait tout emporté en quittant l'atelier.

Le lendemain matin, au petit déjeuner, je pensais l'entendre me dire qu'elle avait formé d'autres projets. Peut-être, de son côté, pensait-elle que j'allais lui dire la même chose. Je l'avais fait poser sur la parallée, à l'ombre du pommier. Le chemin était si verdoyant, si sauvage à l'est qu'il semblait bouché.

Au bout d'une heure à peine, Penny avait perdu patience.

« Va falloir que je reste plantée là encore longtemps ?

— Tu veux faire une pause ?

— Je veux faire autre chose. N'importe quoi.

— Ça m'aide beaucoup.

— Tu sais, c'est pas parce que t'es artiste et maman docteur que je dois absolument devenir artiste ou docteur !

— Je sais, oui.

— Et si je suis aussi douée pour la médecine que pour la peinture, j'aurais peut-être intérêt à ouvrir un funérarium.

— Tu n'es pas nulle à ce point ! » avais-je plaisanté.

Elle avait agité la main dans ma direction.

« Allez, continue. Vas-y, peins. »

Je m'étais remis à la tâche.

Je voulais que ses yeux me révèlent qu'elle était absorbée dans ses réflexions.

« Bon, qu'est-ce que tu aimerais faire ? » avais-je demandé.

Elle avait poussé un soupir mélodramatique.

« Maintenant ? Tout sauf ça. Plus tard, aucune idée.

— Ça n'a rien d'exceptionnel.

— Quoi ? La partie “aucune idée” ou la partie “qu’est-ce que je serais mieux ailleurs” ?

— Les deux. »

Elle s’était mordillé la lèvre.

« Je serais plutôt attirée par docteur, avait-elle enfin répondu.

— Je comprends. » Elle avait scruté mes traits à la recherche d’un signe de déception, mais je me refusais à lui en montrer. « Je suis assez attiré par le docteur, moi aussi.

— Papa ! »

Elle avait pouffé.

Je lui avais accordé son après-midi. Elle s’était approchée pour examiner le tableau. Celui-ci n’était pas terminé, évidemment. J’avais fixé des dessins au crayon dans les coins de la toile – plusieurs Penny miniatures que je préférais à celle que j’avais peinte à l’huile. Sur cette dernière, la couche de feuilles mortes recouvrant l’allée me rappelait un peu une vague sur le point de se briser derrière un baigneur insouciant.

« Ça demande encore du travail, avais-je précisé.

— Oh, je vois à peu près qui tu voulais représenter.

— Ha ha ! Très drôle.

— Je continuerai à poser pour toi, si tu veux. »

Il m’avait semblé déceler un soupçon d’apitoiement dans sa voix.

« C’est si mauvais que ça ? avais-je demandé.

— Papa ! Non ! » Elle m’avait donné une grande claque sur le bras. « Arrête tout de suite ! »

J’avais eu mal au cœur pour elle. Elle n’était pas censée remonter le moral de son père.

« Allez, sauve-toi », lui avais-je dit.

Elle n’avait pas vraiment protesté. De fait, elle avait disparu moins d’une minute plus tard. J’avais emballé la peinture à l’huile en me promettant de la finir ultérieurement, quand elle aurait moins de signification pour moi, quand ce ne serait plus l’œuvre la plus importante de ma vie.

Penny n'était pas dans sa chambre lorsque j'étais allé la chercher pour dîner. Je me serais arrêté sur le seuil si je n'avais pas vu, roulés dans la corbeille à papier, les dessins qu'elle avait faits de moi la veille. Elle s'était approchée de moi par-derrière alors que je les examinais.

« Papa, avait-elle chuchoté.

— Je les garde.

— Si tu veux. »

Je lui avais dit qu'ils étaient superbes. Aucun de nous n'avait fait remarquer qu'ils étaient bien meilleurs que les miens.

J'avais parcouru la moitié de la parallée entre Clover Street et Tinker Street quand je me rappelai soudain que je n'avais aucune envie d'être là. J'avais emprunté le raccourci simplement par habitude. Durant un instant, mon cœur s'affola. J'étais presque sûr que je ne craignais rien. Pourtant, le moment présent ressemblait beaucoup à ce que j'avais vécu un quart d'heure plus tôt.

Constance était arrivée ici après un bond de presque cent ans. Quelle force avait donc desserré les liens qui la rattachaient à son époque, lui permettant de s'en éloigner à ce point ? J'aurais bien voulu la retrouver. Pour elle, c'était encore un jour dans le futur. Encore un jour sans sa famille. En 1908, mes parents n'étaient pas encore nés. Mes grands-parents étaient vivants, mais étaient-ils mariés ? S'étaient-ils même déjà rencontrés ? En 1908, rien n'était joué, tout pouvait encore changer pour eux.

La pensée de Constance Morceau retournant dans ce monde me fit frissonner.

Je la repérai assez facilement grâce à la foule qu'elle avait attirée. Elle avait pris place sur un de ces bancs municipaux installés par les pères fondateurs de la ville dans le but de créer un climat convivial, sauf que le promeneur qui s'y attardait ne manquait jamais d'éveiller la méfiance – cette personne n'ayant de toute évidence rien de mieux à faire que de rester assise là, pas de meilleur endroit où aller.

La foule en question se composait de huit jeunes formant un demi-cercle autour de Constance, certains sur des vélos, d'autres assis par terre devant elle comme des disciples. Je me demandai si c'étaient des pupilles de l'État en vadrouille. Non, conclus-je, ils paraissaient trop sûrs de leur place dans le monde.

Et ce constat me fit peur. Peut-être étaient-ils déjà convertis eux aussi aux voyages dans le temps, initiés à un secret qui ne cessait de se propager.

Constance jouait de sa cigarette à grand renfort de gestes théâtraux, projetant cendres et fumée alentour, mais elle ne la portait que rarement à ses lèvres. Quand elle me vit, elle fendit le cercle de ses admirateurs pour se précipiter à ma rencontre.

« Les femmes ont le droit de voter à dix-huit ans ! s'exclama-t-elle.

— Je sais.

— Et de fumer en public !

— À ton âge, théoriquement, tu ne devrais pas.

— Hé, j'ai cent six ans ! »

Elle expédia néanmoins la cigarette sur la chaussée.

« Il y avait des jeunes devant chez moi hier soir, qui essayaient de retourner dans le passé, l'informai-je. Ou d'aller dans l'avenir.

— Ils risquent de le regretter, observa-t-elle, la mine assombrie.

— J'aurais préféré qu'ils ne sachent rien de toute cette histoire.

— Il est trop tard, j'en ai bien peur.

— Ça peut rendre ton retour plus difficile.

— Je ne rentrerai pas.

— Ah bon ? Tu te plais tant que ça ici ? la taquinai-je.

— Je déteste ce monde. Ou plutôt, je déteste votre présent.

— Chaque époque a ses mérites. Et aussi ses travers.

— La seule chose qui compte pour moi, c'est ma famille. Et Dash. Et ils ne sont pas là. Alors, il faut que je m'en accommode. » Elle se pencha vers moi. « Vous auriez une cigarette ?

— Tu ne vas tout de même pas revenir en 1908 droguée à la nicotine !

— À quoi ?

— La nicotine. L'ingrédient des cigarettes qui crée une dépendance.

— C'est incroyablement grisant. Je comprends pourquoi les hommes veulent garder ce privilège pour eux.

— Tu n'as rien à y gagner, je t'assure.

— Je voudrais retourner aux archives, dit-elle en me tirant par le bras.

— La dernière fois, tu m'as laissé tomber comme une vieille chaussette.

— J'étais bouleversée. Je m'excuse. Alors, vous voulez bien ? »

L'un des aspects les plus agréables de ma vie, c'était que je n'avais jamais rien de spécial à faire, mais j'affirmai néanmoins le contraire à Constance, arguant que divers engagements et responsabilités m'empêchaient de l'accompagner de nouveau dans cette salle dépourvue de lumière.

« Je vais y aller toute seule », menaça-t-elle.

Cette éventualité me troubla. Si j'allais avec elle, je pourrais peut-être filtrer les informations qu'elle découvrait, ou du moins, en prendre connaissance. Si elle y allait seule, je ne saurais jamais ce qu'elle risquait de rapporter dans le passé.

« D'accord, je viendrai avec toi.

— Quand ?

— Demain.

— Non. Tout de suite. Vous n'avez pas l'air de vous en rendre compte, mais je ne pense qu'à ça ! s'exclama-t-elle.

— OK. Mais cet après-midi.

— Pourquoi pas maintenant ?

— Je dois acheter des fournitures de dessin.

— Vous vous souvenez de Thaddeus Brine ?
— Non.
— En 1908, c'était le meilleur portraitiste d'Hickory Hill. Aujourd'hui, plus personne ne se rappelle son nom. Vous devriez peut-être y réfléchir.
— Entendu », répondis-je, refusant de mordre à l'hameçon. J'avais découvert depuis longtemps, et avec un certain soulagement, que l'immortalité artistique n'était pas mon destin.
« Alors, si vous m'aidiez à rentrer chez moi, insista-t-elle, ne serait-ce pas plus satisfaisant pour vous que de peindre une espèce de tableau stupide condamné à l'oubli ?
— Cet après-midi, répétai-je.
— À quelle heure ?
— Une heure. Rendez-vous ici.
— Je peux venir avec vous ?
— Non.
— Mais je m'intéresse à votre art !
— C'est faux. »
Elle me tourna le dos, jouant les offensées. J'en profitai pour m'éclipser. Je trouvai ce qu'il me fallait non pas au magasin de fournitures de dessin mais dans la boutique de loisirs récréatifs au coin de la rue – une de ces échoppes pratiquement à l'agonie où tout était poussiéreux et où le propriétaire travaillait lui-même du matin au soir pour économiser le salaire d'un employé.
En ressortant avec mon achat sous le bras, je m'attendais plus ou moins à découvrir Constance sur le trottoir, prête à faire une nouvelle tentative pour me rallier à son point de vue. J'étais dans un quartier de la ville qui me paraissait suffisamment ancien pour lui être familier. Dans la vitrine de l'imprimerie voisine, un écriteau attira mon attention. Il disait :

VOUS FAITES LA UNE !

On pouvait acheter la première page plastifiée du *Chicago Tribune* paru le jour de sa naissance. Cela me donna une idée, un angle d'approche.

Des sans-abri, hommes et femmes, s'alignaient sur les bancs ombragés devant la bibliothèque municipale d'Euclid Heights. Je cherchai Kurt parmi eux et revins bredouille de ma quête, mais en même temps infiniment soulagé. Mon frère n'était pas non plus à l'intérieur du bâtiment. Il devait encore errer quelque part. Cette force compulsive qui le poussait à marcher, toujours marcher, se manifestait aussi régulièrement que l'envie chez d'autres de se lever le matin pour aller travailler.

Je dénichai ce qui m'intéressait dans une armoire métallique près de la fenêtre donnant sur la Société historique. Les tiroirs contenaient des copies microfilmées du journal local – le *Daily Beacon* – sur des bobines logées dans des boîtes en carton, chacune d'entre elles couvrant deux semaines de nouvelles.

Je plaçai dans le lecteur la bobine allant du 1er au 15 août 1908, puis me plongeai dans l'actualité à l'époque de Constance. Mark Twain était vivant, Teddy Roosevelt à la Maison-Blanche. Un costume neuf valait deux dollars. Des piécettes à l'effigie d'un Indien tintaient dans toutes les poches. Le débat faisait rage sur la question des dommages éventuels subis par le système nerveux d'une jeune femme si elle croisait les jambes en public.

Les caractères d'imprimerie étaient beaucoup plus petits que ceux utilisés aujourd'hui et la quantité de nouvelles insérées sur chaque page beaucoup plus importante. Cela me parut étrangement désuet et je dus faire un effort pour me rappeler qu'en ce temps-là, il s'agissait du summum de la modernité pour les lecteurs. Il ne fallait pas que Constance ait l'occasion de voir ces vieux journaux. Les documents administratifs conservés au fin fond d'un sous-sol obscur représentaient un danger nettement moins grand pour elle que ces témoignages directs du monde dont elle était coupée.

Je fis défiler les bandes jusqu'à l'édition du 14 août 1908, le lendemain du jour où j'avais rencontré pour la première fois Constance sur la parallée, trempée et pieds nus. J'étudiai chaque page avec attention, réglant parfois la mise au point, sentant naître un début de migraine à force de me concentrer sur les lignes serrées.

En bas de la page 3, je repérai un petit article intitulé :

LA MYSTÉRIEUSE DISPARITION D'UNE JEUNE FILLE
DÉCONCERTE LA FAMILLE ET LE SHÉRIF
par E. Wayne Manger

Un jeu de plein air apparemment innocent sous une averse estivale a pris un tour des plus mystérieux hier après-midi quand la jeune Constance Morceau, beauté locale de quinze ans, a disparu alors qu'elle courait avec un ami parmi les pommiers de son père.

Le jeune homme en question, Harold « Dash » Buckley, trempé des pieds à la tête et manifestement perplexe, s'est présenté au bureau du shérif Lloyd Horton pour informer les représentants de la loi que sa belle amie avait disparu de la surface de la terre.

Aussitôt, le shérif Horton et ses adjoints, T. Murphy et J. Ketch, ont accompagné le soupirant troublé sur le site de l'incroyable évaporation. Au même moment, les parents de la jeune fille, Peter T. Morceau et Faith W. Morceau, partis faire une course – ils avaient acheté « des graines, de la mousseline et de la lingerie fine », d'après les déclarations de M. Morceau – sont rentrés, ajoutant au caractère désolé de la situation.

Le jeune Buckley a conduit toutes les personnes présentes sur les lieux jusqu'à l'endroit de la pommeraie où il affirme avoir vu pour la dernière fois la demoiselle absente. L'un des hommes avait apporté une gaffe de grande taille, et dans une atmosphère pluvieuse et sinistre, le sol a été sondé à la recherche d'une dépression, d'un ancien puits oublié ou encore d'une caverne souterraine pouvant expliquer cette brutale disparition. Aucune ouverture de ce genre n'a cependant été découverte.

Le shérif Horton n'a eu d'autre solution que d'inviter M. Buckley à retourner à la prison d'Hickory Hill pour donner un compte rendu plus détaillé de l'incident.

J'imprimai l'article, puis parcourus l'édition du 15 août. Rien. J'insérai dans l'appareil la bobine allant du 16 au 31 août et poursuivis ma lecture. L'absence de Constance n'était pas mentionnée non plus le 16 août. Je n'en revenais pas. À mes yeux, c'était pourtant une affaire à suivre… Soudain, je tombai sur un petit entrefilet rapportant qu'un total stupéfiant de 459 personnes s'étaient noyées l'été précédent dans les lacs et rivières à Chicago et aux alentours. Peut-être que débordé par toutes ces noyades, le *Daily Beacon* avait choisi de ne pas donner trop d'importance à la disparition d'une fille d'agriculteur jusqu'à l'annonce officielle de sa mort.

Mais dans l'édition du lendemain 17 août, je croisai son regard sur la première page. C'était un dessin manifestement exécuté d'après une photographie, et néanmoins extrêmement ressemblant. La photo devait dater d'un an ou deux, estimai-je. Son expédition inattendue dans l'avenir avait vieilli Constance. Sur le portrait, elle portait deux couettes et un chapeau plat repoussé sur la tête. L'artiste (il avait signé TBrine) n'avait pas peaufiné les détails du chapeau, créant ainsi un effet de halo autour de la tête du modèle. En dessous du dessin figurait une légende : *La jeune Constance Morceau, disparue depuis trois jours*.

Suivait un article intitulé :

UN VERGER D'HICKORY HILL RETOURNÉ POUR TENTER DE RETROUVER LA JEUNE DISPARUE

par E. Wayne Manger

Un intrépide bataillon de représentants de la loi, de citoyens inquiets et de proches horrifiés a passé toute la journée d'hier à retourner la pommeraie d'Hickory Hill où la jeune Constance Morceau, quinze ans, a été vue pour la dernière fois.

La demoiselle – qui, d'après sa mère éplorée, Faith W. Morceau, rêvait de faire carrière dans le droit et adorait le pèlerinage familial annuel à Chicago – courait sous la pluie le 13 août en compagnie de M. Harold Buckley quand, à en croire ce dernier, elle s'est littéralement volatilisée.

Le shérif Lloyd Horton et ses adjoints ont procédé à une fouille rapide du site présumé de la disparition, pensant peut-être découvrir un espace souterrain caché suffisamment large pour engloutir l'infortunée jeune fille. Ces recherches menées à l'aide d'une longue gaffe n'ont pas été sans rappeler à certains les gondoliers de Venise – une autre de ces destinations exotiques que Constance avait à cœur de visiter un jour, a révélé sa mère. Les fouilles n'ont rien donné.

De nouvelles explorations du sol, plus minutieuses, ont été effectuées près de l'endroit où Buckley affirme avoir vu Mlle Morceau pour la dernière fois à la lumière du jour, sans plus de résultats.

Hier, plus d'une centaine d'hommes et de femmes ont uni leurs efforts pour passer au peigne fin chaque centimètre carré de terrain dans un rayon de mille pas autour du point où la jeune fille est censée avoir disparu. Les recherches se sont également étendues à la maison des Morceau et aux diverses dépendances sur leur propriété.

Buckley, le soupirant de la jeune fille, mieux connu sous le sobriquet de « Dash », a dirigé les fouilles dans la pommeraie en étroite collaboration avec le shérif Horton. Un sentiment de désespoir presque palpable accompagnait cette épouvantable corvée, car rares étaient ceux qui espéraient encore retrouver la jeune disparue en possession de sa bonne santé et de sa douce innocence.

Cette journée entière de recherches n'a révélé qu'une seule chose au sujet de cette pommeraie sur laquelle le père de Constance, Peter T. Morceau, a fondé sa vie et sa subsistance : la terre est fertile, riche et dépourvue de toute dépression ou grotte susceptible d'avoir englouti sa chère fille.

Les fouilles se sont poursuivies à la lumière des lanternes, puis ont été interrompues quand la nuit est devenue trop sombre. Dans le même temps, la chambre occupée par M. Buckley en ville a fait l'objet d'une perquisition. Aucun élément suspect n'a été découvert là-bas, d'après une source proche de l'enquête.

Je ne trouvai rien les deux jours suivants puis, de nouveau, je découvris un article à la une de l'édition du 20 août, illustré par un dessin de TBrine exécuté dans le même style que le portrait de Constance. La légende disait : *Harold Buckley, arrêté après la disparition de Constance Morceau*.

L'artiste n'en donnait pas une image flatteuse. La bouche, le nez et les yeux étaient représentés de façon à lui donner l'air bête et fourbe. Un nœud papillon compliqué aux pointes tombantes plus quelques poils de moustache clairsemés le faisaient ressembler à une sorte de dandy négligé.

L'EMPLOYÉ DU VERGER PLACÉ EN GARDE À VUE
APRÈS LA DISPARITION D'UNE JEUNE BEAUTÉ
D'HICKORY HILL
par E. Wayne Manger

Il n'y avait plus aucune trace de panache chez Harold « Dash » Buckley hier, alors qu'il méditait son destin et son avenir dans la prison d'Hickory Hill après avoir été accusé officiellement d'avoir provoqué le 13 août la disparition de la jeune Constance Morceau, quinze ans, qu'il est le dernier à avoir vue vivante dans la pommeraie familiale.

Les fouilles répétées du verger ont causé tant de dégâts à la récolte de la saison que Peter T. Morceau, le père de la disparue, aurait exprimé des doutes sur la future viabilité financière de son exploitation.

Les interrogatoires menés auprès des connaissances de M. Buckley (qui ne semble pas avoir d'amis proches) ont révélé un jeune homme doté d'un charisme et d'une ambition personnelle considérables, qui a hérité du surnom « Dash » à cause de sa capacité à foncer dans la vie pour tenter d'en savourer le plus grand nombre de plaisirs possible. En plus de son travail dans la pommeraie des Morceau, il étudiait à Chicago pour devenir apothicaire et économisait en vue d'une tournée très attendue des États de l'Ouest.

Buckley avait rencontré la jeune disparue lorsqu'il avait été embauché pour aider à entretenir les pommiers familiaux. D'après ses fréquentations, il n'a jamais mentionné l'éventualité d'un engagement sérieux vis-à-vis d'elle, et d'ailleurs, le surnom de « Dash » ferait également référence à la vitesse avec laquelle il moissonnait le beau sexe.

Le shérif d'Hickory Hill, Lloyd Horton, a déclaré que Buckley avait collaboré sans réserve au cours des fréquents interrogatoires menés à la prison. Il a également précisé que le jeune homme dormait peu, n'avait plus guère d'appétit et que son estomac noué par la nervosité ne supportait que trois rations quotidiennes de céréales Dr Price Wheat Flake Celery Food.

« Le suspect montre tous les signes d'une profonde angoisse à l'idée d'être inculpé d'un crime dont il est innocent », a conclu Lloyd Horton.

7

J'imprimai l'article et m'apprêtai à reprendre ma lecture quand je sentis une présence derrière moi. Durant un instant, je craignis que Constance ne soit en train de lire par-dessus mon épaule les informations sur l'avenir de son petit ami.

Mais ce n'était que Kurt.

Il agrippait un livre à deux mains, son maintien tout entier trahissant une urgence à la fois touchante et repoussante.

« Quoi ? » lançai-je avec une brusquerie qui n'avait rien de prémédité.

J'avais l'impression qu'on m'avait arraché à un monde figé où toutes les questions étaient réglées ou oubliées pour me replonger dans un univers en mouvement et exigeant.

« Achète le un un un deux East Collier Street, Euclid Heights, Illinois. Six zéro zéro zéro un. »

Il me fourra son livre sous le nez. *Mon premier logement*. Je le feuilletai. La terminologie et les schémas ne me disaient rien. C'était Flo qui s'était occupée d'acheter notre maison. J'avais apposé ma signature là où son doigt me l'indiquait.

« Tu es capable de le lire ? demandai-je en lui rendant l'ouvrage.

— Achète le…

— C'est Doug qui te l'a donné ?

— Achète le un…

— Ça n'arrivera pas, Kurt. »

Je le vis pincer avec force la couverture plastifiée, lui infligeant une minuscule pliure ; le bout de ses doigts blanchissait sous l'effort requis pour refouler sa frustration.

Deux ans après la mort de Vaughan Garner, alors que personne ne tenait compte des accusations de Kurt, considérées comme les divagations d'un cerveau malade, ma mère me cria depuis le sous-sol :

« Suis-le ! Il est différent, ce soir ! »

S'il était différent de ce qu'il était devenu, le changement ne pouvait qu'être bénéfique, pensai-je.

« Il va se sauver ! »

Mais non. Arrivé au bout du pâté de maisons, il s'agenouilla sous un lampadaire pour ramasser un objet et le glisser dans sa poche. Puis, comme s'il avait attendu que je le rejoigne, il se remit en route.

Bientôt, nous atteignîmes Dragon Hills. À ce moment-là, je n'étais plus derrière lui, mais à sa hauteur. Il gardait le silence, se bornant à s'arrêter pour ramasser d'autres cailloux. Quand il eut fini de remplir ses poches, il commença à fourrer les pierres dans les miennes.

« On rentre à la maison, Kurt. »

Maman avait raison. Il était bel et bien différent, plus proche de l'ancien Kurt concentré et méthodique. Cet aperçu de son autonomie perdue, du gosse plein de ressources qu'il avait été, me donna une conscience d'autant plus aiguë de son absence.

Deux ans plus tôt, nous étions allés tous les trois – papa, maman et moi – à l'hôpital où l'on avait transporté Kurt après son séjour au fond de la piscine. Papa ne parlait que de l'accumulation des frais d'hospitalisation. Kurt était conscient – un enfant à la dérive sur un lit vert – et contemplait le plafond, mais son regard nous avait révélé sans le moindre doute qu'il était parti. Il me faudrait apprendre à aimer un tout autre frère. Je n'y étais jamais vraiment parvenu.

On l'avait autorisé à sortir alors que se faisaient sentir les premiers vents et frimas d'automne. Il y avait eu une panne d'électricité au moment d'établir la facture. Les lumières avaient vacillé et la femme chargée de l'addition avait cillé, puis un générateur avait pris le relais et les calculs s'étaient poursuivis. Les problèmes de défauts d'assurance – de refus de prise en charge – s'étaient accumulés sur la tête dérangée de Kurt. Le total se montait à 52 440 dollars quand nous avions ramené Kurt à la maison. Le téléphone s'était mis à sonner dès notre retour. C'était l'hôpital qui réclamait son dû.

Papa avait réussi à les faire patienter durant une année terrible. L'état de Kurt – ses yeux éteints, ses facultés diminuées – semblait ôter toute justification aux sommes exigées. Les médecins l'avaient renvoyé chez lui sans le guérir, et pourtant, ils voulaient 52 440 dollars.

Et puis, un recommandé était arrivé. L'hôpital avait placé un privilège de nantissement sur notre maison. Je ne savais pas combien elle valait ni combien elle nous coûtait encore en remboursements, mais cette décision officielle qui scellait notre destin avait sapé l'énergie vitale de mon père.

À cette année terrible en avait succédé une deuxième. Au printemps, un coup de sonnette avait retenti. L'apprenti policier Casse-couilles se tenait sur le seuil, se voulant viril dans son costume étriqué en polyester brun, et il était accompagné par un vrai flic qui menaçait de placer Kurt en garde en vue pour avoir refusé de quitter le bunker du country-club où il dormait. Un sable poudreux brillait sur les jambes de mon frère, ses épaules et ses joues. Il nous avait été rendu, mais avec un avertissement. La prochaine fois, nous ne pourrions pas compter sur l'indulgence des représentants de la loi.

Peu après, mes parents mettaient le 1112 East Collier Street sur le marché. J'étais presque sûr que Kurt n'avait aucune idée des conséquences pour nous. Maman m'avait confié que l'argent de la vente servirait à payer les frais d'hospitalisation et un loyer pendant deux ou trois mois. Au lieu d'être abattu, mon père, enfin délivré de ses dettes, avait retrouvé du tonus. Cette étrange respiration sifflante qui faisait vibrer sa gorge depuis l'hospitalisation de Kurt s'était peu à peu atténuée.

Le jour du déménagement, Kurt avait découvert qu'il pouvait rebondir de façon amusante sur la rampe du camion loué par nos soins. Assis sur les marches du perron, papa buvait un café en regardant la scène.

Flo était là. Elle avait porté un carton dans le camion, et en redescendant, elle s'était accordé quelques secondes pour sauter sur la rampe avec Kurt. J'avais essayé de convaincre papa que mon frère possédait certains talents. Il avait toutes les qualités du parfait déménageur : la force et l'absence de réflexion. Il nous restait encore une bonne partie de l'étage à vider, les heures passaient et maman pleurait en emballant nos affaires. Papa avait une mine de papier mâché et j'étais déjà sur les rotules. Kurt ne nous était d'aucune utilité.

« Mets-le au boulot », avait dit papa.

Puis il était retourné dans la maison et il avait disparu au sous-sol.

J'avais fait descendre Kurt de la rampe et je lui avais fourré dans les mains un lourd carton. Il s'était détourné comme un automate et avait transporté son chargement jusqu'au camion. Je lui en avais donné un autre. J'avais l'impression qu'une brise rafraîchissante venait de se lever. Maintenant que Kurt s'était attelé à la tâche, la journée ne me paraissait plus aussi interminable.

Flo s'était débrouillée comme un chef pour organiser le rangement à l'intérieur du camion. Elle avait aussi le don de trouver les mots capables de faire sortir ma mère des poches de tristesse que nous avions laissées se former autour d'elle. Kurt continuait ses allées et venues incessantes. Maman avait nettoyé le réfrigérateur. Blocs de gélatine liquéfiée, miettes de pain, vieux croûtons, restes de riz, l'os de seiche ayant appartenu à une perruche morte depuis des lustres, tout avait atterri dans le jardin. Une foule pittoresque de corneilles, d'écureuils et de mésanges regardait avec attention le tas grossir – mais de loin, comme si toutes ces créatures attendaient d'abord que d'autres viennent se servir.

« Où est ton père ? » m'avait demandé maman en fin de journée.

Le temps, qui semblait immobile jusque-là, avait précipité son cours.

« À la cave », avais-je répondu.

Je n'avais pas précisé depuis combien de temps.

Nous l'avions trouvé dans un recoin sombre, allongé sur une vieille chaise longue. Il avait la bouche ouverte comme sous l'effet de la surprise et ses lunettes avaient glissé jusqu'au bout de son nez. Une flaque s'étalait sous la chaise longue. Quand les infirmières l'avaient transporté hors de la maison, j'avais eu l'étrange impression qu'il faisait partie du déménagement.

Kurt était revenu le lendemain pour aider les nouveaux propriétaires à emménager. Il se croyait membre de l'équipe ; les déménageurs l'avaient pris pour le doux dingue de la famille. La police avait été alertée lorsqu'il avait voulu coucher dans son ancienne chambre.

Les rues sinueuses de Dragon Hills portaient des noms comme Aquitane Street, Wivern Street et Foxglove Street. Les maisons dégageaient une impression d'opulence béate. Mes poches remplies de pierres pesaient si lourd que je devais retenir mon short par la ceinture. J'allais m'arrêter pour les vider lorsque nous parvînmes à destination.

C'était une bâtisse impressionnante, même pour Dragon Hills : deux étages et demi, fenêtres en saillie sur toute la longueur des pièces, garage pour quatre voitures. Kurt se glissa dans l'étroit passage la séparant de sa voisine. Je tentai de l'attraper par le bras, mais trop tard. Nous étions sur une propriété privée, avec des cailloux plein les poches. La soirée avait pris une tournure catastrophique.

La façade à l'arrière de la maison s'ornait de nombreuses lucarnes dont aucune n'était éclairée. Le rez-de-chaussée comportait quantité de portes-fenêtres et de baies vitrées. De véritables aimants à cailloux. Un funeste pressentiment me glaça jusqu'aux os.

« Qui habite ici ? » demandai-je dans un souffle.

Kurt, à genoux, vidait ses poches près de la piscine recouverte d'une bâche.

« Kurt ? Qui habite ici ? »

Il fit décrire au premier projectile un long arc de cercle au-dessus du toit. Nous ne l'entendîmes pas retomber. Kurt gloussa, entama une gigue frénétique et secoua ses mains comme si elles étaient en feu.

Puis il m'expédia une pierre sans prévenir.

« Attrape ! »

Déjà, il lançait un caillou vers la maison en criant :

« Attrape ! »

Le projectile atteignit cette fois sa cible dans un grand fracas de verre brisé, déclenchant tant d'alarmes – lumières, sirènes, aboiements préenregistrés ou en direct – que l'atmosphère en devint presque festive.

« Viens ! » dis-je en essayant de saisir mon frère.

Mais il s'écarta prestement, toujours hilare, et transperça une autre fenêtre.

Un projecteur sur le toit balayait le jardin, et durant un bref instant, je crus que nous avions négligé la présence d'un garde dans une tour de guet. Mais par trois fois en trente secondes, le faisceau lumineux nous prit au piège et poursuivit son mouvement. Je compris alors qu'il s'agissait d'un circuit programmé, d'un schéma se répétant à l'infini.

Kurt s'apprêtait à sévir de nouveau quand je me jetai sur lui par-derrière. Il tomba sur sa pile de munitions, le souffle coupé par mon poids. Les pierres dans mes poches me rentrèrent dans la peau, m'arrachant une grimace de douleur.

Nous restâmes dans cette position quelques secondes, mes bras lui enlaçant fermement la poitrine.

« Attrape ! » gloussa-t-il.

Malgré la pression que j'exerçais sur lui, il voulut encore envoyer un caillou en direction de sa cible. Celui-ci atterrit à deux centimètres de nous.

Un projecteur blanc rond comme un gong troua l'obscurité dans le passage entre la maison et sa voisine, figeant la clôture sous son œil scrutateur. Puis la voix grésillante et impersonnelle d'un opérateur radio s'éleva dans le silence. Un second faisceau lumineux apparut derrière nous, provenant de l'autre côté de la rue.

Kurt gloussait toujours. Je lui plaquai une main sur la bouche.

« Tais-toi ! » lui ordonnai-je entre mes dents serrées.

Il marmonna quelque chose. J'ôtai ma main.

« Attrape », dit-il

Je le relâchai, puis me redressai. D'un coup de pied, je dispersai son tas de cailloux. Disséminés, et non empilés, ils donneraient peut-être l'impression de faire partie du paysage.

La sirène dans la maison se tut enfin, nous permettant de distinguer plus facilement les radios des policiers. Le projecteur sur le toit cessa son mouvement de balayage digne d'un système de surveillance carcérale. J'avançai à croupetons jusqu'à l'endroit où Kurt gisait sur le flanc et, le prenant par les bras, je le traînais vers la piscine. Il m'opposa moins de résistance que je ne l'aurais cru. Je me demandai s'il savait où je l'emmenais.

Les coins de la bâche étaient solidement fixés à une bordure de pierres rondes. Je la soulevai, libérant une forte odeur de chlore qui produisit un effet dévastateur sur Kurt. Il se débattit pour m'échapper, tomba à la renverse, donna des coups de pied et se mit à ramper en gémissant.

« Faut qu'on se cache ! » lui criai-je.

Je tentai de le rattraper, sachant cependant que c'était perdu d'avance.

Je glissai d'abord mes jambes sous la bâche. L'eau, bien que tiède, me causa un choc. Les pierres dans mes poches m'attirèrent vers le bas. Pensant peut-être me trouver dans le grand bain, je pris une profonde inspiration, mais au même instant, je sentis le fond sous mes pieds. J'avais de l'eau jusqu'au menton.

Kurt me regardait. Je posai un doigt sur mes lèvres en lui adressant un clin d'œil. Il ébaucha un sourire empreint de nervosité. Je lui fis signe de me rejoindre, mais il refusa. Je n'insistai pas. Je ramenai la bâche au-dessus de ma tête et entrepris d'en rajuster le bord. Des doigts se posèrent sur ma tête afin de m'enfoncer sous la surface, me rappelant le geste de Flo ce jour-là pour me repousser sous l'eau, m'obliger à faire cette vaine tentative en vue de sauver son frère.

Puis j'entendis des clés cliqueter et des bottes marteler le dallage autour de la piscine. Les radios étaient maintenant directement au-dessus de moi. Une voix bourrue ordonna à Kurt de se coucher à plat ventre. Des faisceaux lumineux parcoururent la bâche puis disparurent. J'étais à la fois fier de Kurt qui ne m'avait pas dénoncé et certain qu'il allait le faire d'un instant à l'autre.

Une voix familière brailla soudain :

« C'est Kurt le dingue ! »

Une gifle claqua sur une joue. Kurt gloussa. Il ne dit pas « Attrape », comme je m'y attendais, mais juste « Ketch ».

« Ramenez ce gosse chez lui, intervint une autre voix. Ne lui enlevez pas les menottes avant d'arriver dans son quartier. Flanquez-lui une bonne frousse, mais n'en parlez pas à ses parents.

— Il n'a plus que sa mère, chef, fit remarquer un homme.

— Eh bien, n'en parlez pas à sa mère, rétorqua le chef d'un

ton méprisant. Appelez Edmonds et demandez-lui de réveiller ses charpentiers. Je veux du contreplaqué sur mes fenêtres.» Il écouta ce que lui disait une voix étouffée. «Oui, c'est bien ça, cette nuit. Mon crétin de fils va ramasser les bouts de verre.»

Les voix et la lumière s'éloignèrent. Je restai dans l'eau encore une heure et j'en profitai pour vider mes poches, laissant les cailloux tomber un par un.

En rentrant, je vis une voiture de police garée devant notre immeuble. Un flic – pas le père de Casse-couilles – était assis à la table de la cuisine avec ma mère.

Mes vêtements trempés n'éveillèrent apparemment pas ses soupçons. Maman me jeta un coup d'œil désespéré. Kurt était déjà reparti. Je dus retourner mes poches devant le policier. Les trois billets contenus dans mon porte-monnaie – un de plus à mettre à la poubelle – n'en formaient plus qu'un seul. Lorsque j'essorai la liasse, les gouttes éclaboussèrent les poignets de la chemise du policier ainsi que ses mains. Pourtant, il ne me soupçonnait toujours pas.

«Va le chercher», me demanda maman.

J'eus l'impression d'étouffer. Je voulais appeler Flo. Je voulais enfiler des habits secs et avoir un peu de temps pour moi.

Pourtant, je ressortis. Je n'eus pas trop de mal à le retrouver en ville. Il était assis sur le perron familier. Sans doute avait-il déjà sonné quatre ou cinq fois.

Il sourit en me voyant approcher.

«Attrape.

— Rentre, Kurt.»

Sa mine s'assombrit.

«Un un un deux East Collier Street. Euclid Heights, Illinois. Six zéro zéro zéro un.»

Je m'installai près de lui.

«Plus maintenant, Kurt.

— Un un un…

— Viens, on va chez Flo.»

L'idée lui plut. Flo lui accordait une attention qui allait bien au-delà de l'attitude gênée, impatiente, toute de regards furtifs, que nous adoptions en sa présence. Elle habitait avec ses parents à la périphérie de Dragon Hills une maison coquette auréolée d'une certaine importance historique, puisque c'était la quatrième plus vieille demeure d'Euclid Heights.

La façon dont le bruit se répercuta dans la rue déserte lorsque Kurt frappa à la porte me rappela qu'il était tard. Le perron s'éclaira. Lorsqu'elle ouvrit, Flo ne parut pas surprise de nous découvrir sur le seuil. Elle se contenta de s'effacer pour nous laisser entrer.

Quelqu'un tapait à la machine dans une pièce donnant sur le couloir. Flo nous fit signe d'avancer dans le corridor voûté où se trouvait une niche pour le téléphone. Sauf qu'il n'y avait pas de téléphone à l'intérieur, juste une photo de Vaughan arborant son sourire spécial adultes, surpris en train de coudre lui-même ses badges de scout.

Dans la chambre de Flo, une lampe brillait au-dessus de son bureau comme pour l'obliger à concentrer son attention sur les manuels scolaires qui s'y empilaient. Elle se laissa choir dans son fauteuil. Je m'assis par terre et Kurt prit place au bord du lit, mains et genoux serrés.

« J'ai interro de biologie, demain », dit-elle en poussant légèrement du coude un livre ouvert.

Kurt gloussa. Il fixait le plafond d'un regard intense, comme s'il voulait voir au travers.

« Tu te souviens de la chambre de Vaughan, Kurt ? » demanda Flo. Et d'ajouter à mon adresse : « Elle est juste au-dessus. Maman dort là-haut, en ce moment.

— Tout à l'heure, Kurt a bombardé de pierres la maison de Casse-couilles », lui révélai-je.

Flo applaudit en poussant des exclamations enthousiastes.

« Attrape, dit Kurt.

— Et toi, t'as fait quoi ? me défia-t-elle.

— J'étais avec lui.

— T'as jeté des cailloux aussi ? »

Je fis non de la tête.

« Je ne savais pas chez qui on était avant que les flics arrivent. »

Elle écarquilla les yeux.

« Son père vous a attrapés ?

— Attrape ! lança aussitôt Kurt.

— Il a chopé Kurt. Je m'étais caché dans la piscine.

— Quelle piscine ? »

La seule mention du mot la rendit nerveuse.

« Ils ont un bassin enterré. »

Elle s'approcha de moi, mit une main en coupe près de mon oreille, et de l'autre, me renversa la tête comme si elle voulait la vider d'un liquide.

« C'est sec, observa-t-elle.

— J'étais pas sous l'eau.

— Comment ça ?

— La piscine est recouverte d'une bâche. »

Sa main était toujours appuyée contre ma tempe. Elle était chaude et produisait dans mon oreille un chuchotement semblable à celui d'un coquillage.

« Tu t'es caché et tu as laissé ton frangin se faire attraper ?

— Attrape ! répéta Kurt.

— Il voulait pas me rejoindre. »

Elle reporta son attention sur mon frère.

« C'est vrai, tu ne voulais pas entrer dans l'eau ? demanda-t-elle d'une voix douce.

— Attrape !

— Je comprends. »

Sans un mot, elle sortit de la pièce. Je ne bougeai pas. Kurt se fendit de quelques gloussements mais n'esquissa pas le moindre mouvement non plus. Le *tacatacatac* de la machine à écrire nous parvenait toujours. Au-dessus de nous, une latte de plancher grinça. Puis une autre, tout près de la première.

Kurt et moi suivîmes des yeux la progression du son. Peut-être était-ce la mère de Flo qui s'était réveillée, mais je pensais plutôt à Flo avançant à pas de loup dans la pièce. Le bruit s'arrêta au niveau du mur donnant sur l'extérieur.

« Attrape ! chuchota Kurt.

— Tu l'aimes bien, Flo, hein ?

— Attrape !

— Moi aussi. »

Les pas résonnèrent de nouveau au plafond, en sens inverse cette fois, moins précautionneux qu'à l'aller. Une minute plus tard, Flo nous rejoignait, l'air soucieux.

« Je croyais que maman était dans la chambre de Vaughan », dit-elle.

Elle démêlait la lanière élastique d'un pince-nez de natation – le modèle en forme de fer à cheval qui serre l'arête du nez. Elle le tendit à Kurt.

« C'était celui de Vaughan. Tiens, je te le donne. »

Il s'en empara et l'examina ; de toute évidence, il n'avait pas la moindre idée de ce qu'il fallait en faire. J'allais l'aider, mais Flo fut plus rapide que moi. Elle lui passa la lanière autour du cou puis mit en place le pince-nez. Kurt esquissa un petit sourire hésitant, la bouche entrouverte, le nez tout blanc à l'endroit où la peau était pincée.

« *Attrabe !* dit-il néanmoins.

— Pince-nez », énonça Flo. Elle se pinça l'arête du nez. « *Bince-nez !* »

Kurt ne l'aurait sans doute jamais enlevé si Flo ne le lui avait pas ôté d'autorité. Lorsqu'il voulut faire passer la lanière par-dessus sa tête, elle lui appuya le pince-nez contre la poitrine.

« Il est à toi, Kurt. »

Il le porta à ses narines pour le renifler. L'odeur de chlore qui imprégnait le caoutchouc le mettait mal à l'aise, de toute évidence. Il tira tellement fort sur la lanière élastique que je m'attendis à la voir se rompre. Seul, il aurait paniqué, mais il était avec Flo et il la laissa lui repousser la main vers la poitrine pour alléger la tension sur la lanière.

« Venez avec moi. »

Nous lui emboîtâmes le pas jusqu'à la cuisine, où elle nous demanda de patienter pendant qu'elle allait à la salle de bains. Elle en rapporta une brassée de serviettes, puis récupéra une lampe électrique dans un tiroir. Kurt suivait tous ses gestes avec une inquiétude fascinée. Chaque fois qu'il tentait d'enlever le pince-nez, Flo l'en empêchait.

Elle nous précéda dans le jardin qui se déployait vers l'ouest, baigné par le clair de lune. Puis elle me confia les serviettes et la lampe électrique.

« Éclaire par là », me dit-elle en me montrant une fenêtre rectangulaire d'environ cinquante centimètres sur un mètre qui s'ouvrait dans le mur au ras du sol.

Flo actionna un loquet et inclina doucement la vitre. Lorsque celle-ci forma un angle de quarante-cinq degrés par rapport au mur, elle la sortit de ses pivots puis la posa contre la maison.

Après avoir braqué le faisceau de sa lampe dans l'ouverture, elle nous fit signe de la rejoindre. Je m'exécutai en feignant un enthousiasme que je n'éprouvais pas, juste pour inciter Kurt à m'imiter. La torche électrique illuminait une pièce basse de plafond ornée d'un dais de toiles d'araignées frissonnant au gré des souffles d'air venus de la fenêtre. Sur le sol, je distinguai plusieurs planches et un rouleau de corde poussiéreuse.

Flo me rendit la lampe, attrapa une serviette et se glissa à l'intérieur – d'abord la tête, puis les jambes. Un instant plus tard, son visage s'encadrait dans l'ouverture ; elle souriait, mais son regard était incertain, comme si elle craignait une défection de notre part.

Au moment où je penchais la tête dans l'ouverture, Kurt me saisit par la ceinture de mon short et me tira en arrière. Il voulait prendre ma place. Il voulait être avec Flo. Son pince-nez était toujours en place. Chevaleresque, je lui fis signe de passer le premier.

Flo s'empara de nouveau de la torche électrique lorsque nous fûmes tous courbés sous le plafond bas. Je n'avais pas spécialement envie de continuer. Le seul fait d'avoir pénétré dans cet espace suffisait amplement à mon esprit d'aventurier. De plus, je ne supportais pas la façon dont les poutres effleuraient le haut de mon dos ni celle dont le corps nauséabond de Kurt s'interposait entre moi et la lampe de Flo. Et je détestais toutes ces toiles d'araignées qui me frôlaient les lèvres et les yeux.

Par chance, nous n'eûmes pas à aller loin. Flo s'immobilisa au bord d'un réservoir en ciment de deux mètres cinquante de diamètre encastré dans le sol. Sa lampe éclaira une canalisation rouillée qui courait du plafond au centre de la cuve.

« C'est une citerne, dit-elle d'une voix qui résonnait étrangement dans cet espace de proportions inhabituelles. L'eau de pluie recueillie ici servait à alimenter la maison. Mais on ne l'utilise plus. »

Kurt jeta un coup d'œil par-dessus le bord de la cuve sombre.

« P'tite sœur, dit-il.

— Non, citerne », rectifiai-je.

Je ne voyais pas quelle quantité d'eau se trouvait à l'intérieur. Flo avait posé la lampe de façon à éloigner d'elle le faisceau qui nous arrivait indirectement dans les yeux, et en un éclair, elle se déshabilla et enjamba le bord du réservoir. J'entendis un plouf, un grognement et un son qui tenait à la fois du cri et du rire.

« Elle est glacée ! Waouh ! »

Je ramassai la lampe.

« T'avise pas de la diriger sur moi ! » m'avertit-elle.

Ses vêtements formaient une pile nette par terre, chemise et pantalon par-dessus les chaussures. La serviette était placée à côté.

« Kurt ! appela-t-elle. Tu viens me rejoindre ?

— P'tite sœur.

— D'accord, Kurt. Je veux bien être ta sœur. »

Sa voix tremblait légèrement.

« Tu ferais peut-être mieux de sortir, non ? lançai-je.

— Il viendra si tu viens, répondit-elle.

— Elle est profonde ?

— Jusqu'aux genoux. »

Je pris appui sur mes talons pour enlever mon T-shirt, m'égratignant les doigts contre le plafond pendant la manœuvre. Un frisson me parcourut. Je me débarrassai de mes chaussures et me contorsionnai pour ôter mon jean. Chaque nouvelle partie de mon corps exposée à l'air accentuait ma sensation de froid, jusqu'au moment où je me retrouvai en chaussettes, grelottant et vulnérable.

« P'tite sœur », répéta Kurt, dont les yeux s'arrondirent d'inquiétude quand il me vit enlever mes chaussettes.

J'écartai la lampe, assombrissant un peu plus le réservoir, puis me laissai glisser à l'intérieur.

« Houlà ! » criai-je en touchant l'eau.

J'eus l'impression que le rire de Flo résonnait dans un tonneau fermé.

Une substance froide et visqueuse recouvrait le fond. J'agrippai le tuyau au milieu de la citerne pour ne pas tomber.

Flo ne pouvait plus s'arrêter de rire.

Brandie par Kurt, la torche illumina le plafond telle la lune dans le ciel, puis nous éclaira directement.

Près de moi, Flo se tordait de rire car elle avait pris la précaution de garder son soutien-gorge et son slip.

« P'tite sœur ! brailla Kurt, aux anges.

— Oui, c'est ça, p'tite sœur, approuvai-je. Maintenant, baisse cette fichue lampe. »

Au lieu de m'obéir, il fit danser le faisceau tout autour de nous, s'arrêtant parfois sur moi, l'air réjoui, et se contentant de survoler Flo – mais souvent.

« Ketch ! » lança-t-il soudain.

Je relevai brusquement la tête, pensant que la lampe allait de nouveau se braquer sur moi. Mais Kurt contemplait le disque formé par le faisceau lumineux au bord du réservoir.

« Ketch !

— T'as raison », dis-je.

La lumière ressemblait beaucoup à celle du projecteur qui nous avait traqués un peu plus tôt dans la soirée.

Les doigts glacés de Flo se posèrent dans mon dos. Je frissonnai. Elle approcha sa bouche de mon épaule et je l'entendis ravaler son rire. De son autre main, elle m'effleura la hanche.

« Merci de m'avoir suivie, murmura-t-elle.

— P'tite sœur », répéta encore Kurt, le pince-nez en place par sécurité, en nous regardant depuis son poste d'observation au bord du monde.

8

Je fis exprès de passer devant le 1112 East Collier Street en rentrant chez moi. Je ne prenais pas de risques puisque Kurt était quelque part derrière moi, lisant ou essayant de lire l'ouvrage de la bibliothèque sur l'achat d'un premier logement.

Il n'avait jamais passé une nuit entière dans l'appartement où nous avions emménagé après avoir quitté notre ancienne maison. Je ne pouvais guère lui en vouloir. On ne circulait pas facilement dans les pièces étouffantes et sombres de notre nouvelle habitation, comme si quelqu'un les avaient imprégnées d'un gaz attristant qui rendait les mouvements malaisés. Et Kurt n'était pas du genre à ménager notre mère. Le chagrin dans lequel l'avait plongée la mort de son mari – notre père – n'avait pas arrêté mon frère dans sa perpétuelle quête. Il n'était jamais là.

Postée sur le seuil du 1112 East Collier Street, une femme m'observait. Le mur de brique dans lequel j'avais bien failli creuser un trou à force de le bombarder avec une balle de tennis restait visible sous la végétation broussailleuse témoignant d'une certaine idée de l'aménagement des extérieurs. J'avais autrefois délimité une zone de tir à l'aide de quatre boules de ces chewing-gums vendus avec les paquets de cartes de base-ball. Je revoyais encore les nullités que j'avais retirées des emballages : Tom Tresh, Jay Hook, Don Blasingame.

La femme sortit sur le perron. Bien en chair, elle était vêtue d'un survêtement rose pastel et armée d'un chiffon rouge ainsi que d'une bouteille de Windex.

Elle parut me reconnaître.

« Allez-vous-en. On n'est pas vendeurs.

— Je ne suis pas acheteur. »

Elle m'examina plus attentivement.

« Je vous avais pris pour l'autre.

— C'est mon frère. Nous habitions ici, autrefois.

— Oh, je connais toute l'histoire. Vous allez précipiter mon beau-père dans la tombe avant l'heure, vous et vos copains clochards.

— Ce ne sont pas mes copains. Il veut racheter la maison. Pas moi.

— Pourtant, vous êtes là. »

Après avoir envoyé dans ma direction une giclée bleue de produit pour les vitres, elle retourna dans la maison. Je souris. Effacé comme une vulgaire bestiole. Ou une simple tache.

Je m'arrêtai devant la première parallée sur mon chemin. Cent pas d'un bout à l'autre. Pas de quoi fouetter un chat. En 1908, McDeedle, le maire de la ville, était peut-être en train de gagner quelques précieuses minutes sur son emploi du temps chargé. Les parallées grouillaient peut-être d'hommes et de femmes pressés de se rendre en un lieu où ils n'étaient pas censés être. L'espace d'un instant, j'eus l'impression de les sentir me frôler au passage.

À ce stade, j'étais arrivé au niveau de Pincoffin Street et je ne pensais qu'à la bobine de microfilms. L'histoire de Constance – son avenir – y était consignée. Les copies que j'avais faites des articles parus en 1908, rangées dans ma sacoche, avaient laissé des traînées noires sur mes doigts. Cette manifestation physique établissait-elle pour autant l'authenticité des événements décrits ? Nous étions le 20 août. Était-ce aussi le 20 août en 1908 ? Constance avait disparu depuis une semaine. Les recherches pour la retrouver devaient maintenant se limiter aux efforts d'un père et d'une mère essayant de ne pas se laisser aveugler par le chagrin. Ils étaient désespérément seuls face à la perte qu'ils venaient de subir. Les autres étaient passés à l'étape suivante. Ils voulaient un responsable. Envisageaient le pire. Concentraient désormais toute leur attention sur Dash Buckley, emprisonné, suspecté, mais s'accrochant à sa version des faits.

Un groupe de quatre jeunes – deux garçons et deux filles – débouchèrent de la parallée de l'autre côté de Pine Street. Tous de l'âge de Penny, ils étaient hilares, hors d'haleine et incontestablement modernes.

« Qui est le Président ? me demanda l'un d'entre eux.

— Lincoln, évidemment », répondis-je.

Durant un bref instant, ils ne furent plus sûrs de rien.

« On est en 1863 », ajoutai-je.

Une voiture s'engagea dans la rue et les quatre adolescents la suivirent des yeux, en proie à un soulagement manifeste.

« Ah ! s'exclama l'un d'eux.

— Que feriez-vous si vous étiez réellement en 1863 ? lançai-je.

— Je dirais à Abbe de ne pas aller au cinéma, répliqua un des garçons.

— J'arrêterais la guerre de Sécession, dit l'autre.

— Et comment reviendriez-vous à notre époque ?

— En courant dans l'autre sens.

— Vous êtes le père de Penny », affirma l'une des filles.

J'acquiesçai d'un signe de tête.

« Vous êtes dans le présent, en ce moment ? m'interrogea-t-elle.

— J'en ai bien l'impression, en tout cas.

— Quel effet ça fait de voyager dans le temps ?

— Aucune idée. Je voulais juste taquiner Penny. Je ne pensais pas qu'elle me croirait.

— Mais l'autre fille…

— Elle est exactement comme vous et moi.

— J'ai entendu dire qu'elle avait deux cents ans. »

Je tentai d'en rire. J'avais l'impression que seul un fil des plus ténus me permettait encore de les retenir, de les empêcher de s'égailler vers le néant.

« Cette gamine goberait n'importe quoi », prétendis-je.

Je les contournai, luttant contre l'envie irrésistible d'affirmer que les voyages dans le temps ne pouvaient pas se produire. D'ailleurs, ils ne s'étaient pas produits. Mais de grâce, ne courez pas sur les parallées.

Constance m'attendait un peu plus loin. Je tressaillis en la voyant surgir de l'ombre. Elle avait entendu tout ce que j'avais dit.

« Vous n'auriez pas dû leur mentir.

— Je ne voudrais pas que l'un d'eux se perde comme toi et fasse un bond de cinquante ans en avant. Ou d'un siècle en arrière. »

Elle s'appuya contre la clôture. L'épuisement avait profondément creusé ses traits.

« Pourquoi es-tu venue ici ? demandai-je.

— Je n'avais nulle part où aller. »

Elle me rattrapa et marcha à côté de moi. Cette proximité me procura un étrange sentiment de vulnérabilité. Elle possédait peut-être une mystérieuse particularité qui lui permettait de circuler dans le temps, et en restant près d'elle, je courais le risque d'être entraîné dans ses errances. Or je n'avais pas plus envie de me retrouver en 1908 qu'elle de vivre à notre époque.

Avec précaution, je glissai la main dans ma sacoche. J'avais toujours les paumes tachées d'encre et la dernière chose dont j'avais envie, c'était que Constance tombe sur l'annonce officielle de sa disparition. Je sortis le paquet que j'avais acheté en ville. Elle lut l'étiquette.

Têtes et mains de poupée[1].

Cinq têtes de poupées au total, mesurant environ trois centimètres du menton aux cheveux, avec des yeux bleus et une touche de rouge en guise de lèvres. Chacune s'accompagnait d'une paire

1. En français dans le texte. (*N.d.T.*)

de mains aux ongles ornés d'une minuscule goutte de vernis rouge.

« Elles ressemblent à ma mère », observa Constance.

J'achevai de déchirer l'emballage. Les chevelures des poupées étaient maintenues par un anneau en plastique transparent. Constance en ôta un pour ébouriffer les cheveux bruns.

« Si je lui faisais un chignon, reprit-elle, ce serait vraiment maman. » Les larmes lui montèrent aux yeux. « Vous êtes toujours d'accord pour retourner là-bas, n'est-ce pas ? Dans la salle des archives ?

— Pourquoi ?

— C'est important pour moi. »

Nous étions arrivés devant chez moi. Aucun amateur de voyages dans le temps n'était visible sur la parallée. Derrière, le parking du cabinet était vide. Flo était installée à la table de cuisine, un verre de thé glacé près de son coude, des papiers étalés devant elle. Elle me lança un regard polaire, ouvrit la bouche pour dire quelque chose puis découvrit Constance derrière moi. Je fus épargné, mais pas entièrement.

« Ton M. Burton est revenu, déclara-t-elle.

— Qu'est-ce qu'il voulait ?

— Il a discuté avec des gosses sur la parallée. Maintenant, il veut absolument te parler. »

Sans y avoir été invitée, Constance avait traversé la cuisine et s'était allongée sur le canapé dans le salon. Elle ôta d'un coup de pied ses bottillons sans lacets, puis les laissa chuter côte à côte sur le sol. Enfin, elle croisa les mains sur son ventre, l'air parfaitement détendu, et ferma les yeux.

« Ils ne me laissent pas dormir, murmura-t-elle en remuant à peine les lèvres. Réveillez-moi quand ce sera l'heure de partir.

— D'accord. »

Je me tournai de nouveau vers Flo. Elle n'avait pas bougé.

« Tu n'es pas curieux de savoir pourquoi je ne suis pas dans mon cabinet en train de jouer au docteur ?

— Jette un coup d'œil là-dessus », dis-je à voix basse en retirant de ma sacoche les copies des articles.

Je les dépliai, les remis dans l'ordre puis les posai sous les yeux de Flo. Elle parcourut le premier si vite que quiconque ne la connaissait pas aurait pu croire qu'elle se contentait de le survoler. Quand je la vis s'attaquer au deuxième article, j'attendis qu'elle m'exprime son soutien, surtout lorsqu'elle aurait vu le portrait de Constance.

Mais elle poursuivit sa lecture. Elle termina le dernier article et remis les trois dans l'ordre.

« Ça ne peut plus durer, dit-elle.

— Quoi ?

— J'ai encore eu deux annulations. Deux filles de l'âge de Penny.

— J'ai trouvé ces articles dans des journaux de 1908 ! Et regarde le portrait.

— Cette fille lui ressemble, admit Flo.

— Elle lui *ressemble* ? » Je dus prendre sur moi pour ne pas crier. « Mais enfin, c'est elle !

— Elle manigance quelque chose. Et c'est probablement moi qui suis visée, puisque tu n'as pas un sou. »

J'inspirai profondément.

« Ton étroitesse d'esprit sur ce point commence à me décevoir, Flo. Je t'ai apporté des preuves...

— Des preuves ? Elle a très bien pu tomber par hasard sur cette histoire, s'apercevoir que cette fille lui ressemblait et préparer son coup en fonction de ce seul détail. Ensuite, il lui suffisait d'attendre que tu découvres ce qu'elle savait déjà.

— Et quel serait son but, d'après toi ? »

Lorsque Flo avala le reste de son thé, les glaçons vinrent heurter sa lèvre supérieure.

« Elle est douée, je te l'ai déjà dit. Et pour le moment, je ne comprends pas ce qu'elle cherche. Mais elle a ses raisons. Et crois-moi, je vais les trouver. »

Constance dormit une bonne partie de l'après-midi, sans bouger, comme si elle avait peur de déranger quelqu'un ou quelque chose à côté d'elle. Elle dépassa l'heure dont nous étions convenus pour retourner à la Société historique, mais je ne la réveillai pas pour autant. Je restai près d'elle, à peindre des bouts de bois et à examiner des têtes de poupée.

Elle dormait encore lorsque je vis Burton sur la parallée, venant manifestement chez nous. Je sortis l'intercepter. Quand il me tendit la main, je la serrai avec une certaine réticence, lui léguant par la même occasion une tache de peinture verte.

« Je peux vous poser une question ? commença-t-il.

— Ma fille a fait courir des rumeurs idiotes. »

Il ne parut pas m'entendre.

« J'ai une certaine souplesse d'esprit, poursuivit-il. Un côté spirituel, si vous préférez. J'en suis venu à croire des choses qu'il y a encore un an j'aurais qualifiées de totalement absurdes. Vous êtes au courant, pour ma femme ?

— Euh, non. »

Il eut l'air déçu, comme s'il se rendait compte que l'entreprise allait se révéler plus difficile que prévu.

« Elle m'a quitté il y a un mois. En emmenant les gosses, le chien, l'Astrovan. Un jour, elle a tout vidé pendant que j'étais au boulot. Je me suis d'abord dit qu'elle avait dû partir chez sa mère. Mais elle n'y est jamais allée. Alors, j'ai compris qu'elle était sérieuse. Elle est intelligente. Mais elle finira par commettre une erreur, c'est certain. Trois personnes et un chien ne disparaissent pas comme ça, du jour au lendemain.

— Désolé, dis-je.

— Oh, eh bien… » Il haussa les épaules, visiblement plus détendu maintenant qu'il avait surmonté la phase des explications préliminaires. « Quand je… Un jour, le téléphone a sonné. C'était après l'incident avec… après ma rencontre avec votre fille. » Il me gratifia d'un regard lourd de sens. « C'était une amie de ma fille aînée, Vicky Machin Chose. Elle a une douzaine d'années. Elle avait laissé son vélo chez moi avant que ma famille disparaisse. Je lui ai dit que ma fille n'était pas là, mais elle a insisté pour récupérer sa bicyclette. Je pensais qu'elle viendrait accompagnée par son papa et sa maman, mais non. Comment les parents peuvent-ils laisser une gosse rendre visite à un homme seul, franchement ? Quoi qu'il en soit, je me sentais abandonné et... Avez-vous déjà essayé d'engager la conversation avec une gamine de douze ans ?

— Ce n'est pas facile, admis-je.

— Non. Mais l'avantage, c'est que les gosses de cet âge n'ont pas encore développé les stratégies typiques des adultes pour se débarrasser des raseurs. Vous pouvez faire parler une gamine de douze ans pendant des heures du moment que vous êtes prêt à devenir la cible de ses moqueries après son départ. Bref, je n'arrêtais pas de lui poser des questions. Sur elle. Sur ma fille. Ensuite, je lui ai demandé si elle attendait la rentrée scolaire avec impatience. Et vous savez ce qu'elle m'a répondu ?

— Non.

— Elle m'a dit que ses copains et elle ne retourneraient pas à l'école. Devinez pourquoi.

— Pourquoi ?

— Parce que le papa de Penny Winkler leur apprendrait à voyager dans le temps et que pour eux, ce serait *toujours* l'été. »

Bon, j'allais devoir établir avec Penny certaines règles essentielles.

« Ce ne sont que des bêtises de mômes, plaisantai-je.

— En temps normal, je serais d'accord avec vous. Mais votre visite... Eh bien, votre visite m'a profondément marqué.

— Je ne...

— Ma famille a disparu depuis un mois. Sans laisser la moindre trace.

— Et vous croyez que j'ai quelque chose à voir avec leur départ ? »

Ma question le prit au dépourvu. Sa mine se fit soudain soupçonneuse.

« Je n'y avais même pas pensé, marmonna-t-il.

— Eh bien, la réponse est non. Même chose pour les voyages dans le temps.

— Vous saviez que votre fille allait venir chez moi avant même qu'elle arrive.

— Je vous ai déjà tout expliqué.

— Je ne vous crois pas.

— Que voulez-vous que j'y fasse ?

— Je pourrais vous payer.

— Pour ?

— Me les ramener. Ou m'apprendre, dit-il, les yeux brillants.

— Il n'y a rien à apprendre.

— Mais vous… vous avez bien fait *quelque chose* !

— Non. »

J'attendis qu'il se lasse.

« Je voudrais juste me retrouver la veille du jour où elle est partie, avoua-t-il, le regard perdu dans le vague. J'emmènerais les gosses quelque part, pour un week-end prolongé.

— Et ça résoudrait tout ?

— Peut-être que je me montrerais plus gentil avec elle.

— Ce serait un bon début. »

Je reculai – une de ces stratégies d'adultes pour s'extirper d'une situation sociale embarrassante.

« Je n'arrête pas de voir des mômes courir sur ces allées, reprit-il.

— Je dois vous laisser, maintenant.

— Je ne peux vraiment rien faire pour vous convaincre ?

— Votre femme et vos enfants sont partis. Voilà ce qui s'est passé. Ça ne me paraît pas une bonne idée de vouloir revenir là-dessus.

— Vous ne tenteriez pas de modifier le passé pour améliorer le présent ? demanda-t-il. *Si* vous en aviez la possibilité ?

— Sûrement pas. »

Il esquissa un sourire méprisant.

« Je ne vous crois pas, mais peu importe. » Du menton, il indiqua un point derrière moi. « Qui est-ce ? »

Constance se tenait sur le seuil. L'absence de concentration dans son regard m'amena à me demander si elle faisait une crise de somnambulisme. Elle avait les bras ballants, paumes tournées vers moi, et soudain, malgré la distance, je me rendis compte qu'elles étaient tachées d'encre.

Je courus vers elle en maudissant ma stupidité.

« Vous n'y voyez pas d'inconvénient si je tente l'expérience tout seul ? cria encore Burton dans mon dos.

— Oh, Dash... », gémit Constance quand je la rejoignis.

Je lui posai les mains sur les épaules pour l'obliger à pivoter, puis la poussai à l'intérieur de la maison.

Les trois articles de 1908 étaient étalés sur le plan de travail dans la cuisine.

« Ils ont accusé Dash !

— Je sais, mais...

— Mes parents vont devenir fous de chagrin ! » Elle brandit l'un des articles dans ma direction. « Où les avez-vous trouvés ?

— À la bibliothèque.

— Alors, vous savez ce qui va se passer après !

— Non. Je n'ai lu que ces trois articles. »

Ce n'était pas tout à fait vrai, mais pas tout à fait faux non plus.

« Il est peut-être toujours en prison. Il faut que je rentre tout de suite ! s'exclama-t-elle.

— Constance, écoute-moi. Dash est... Il appartient à un autre temps.

— Moi aussi !

— Exact. Mais tu as eu le malheur de perdre ta place.

— Vous ne m'aidez pas beaucoup !

— Tu peux rester avec nous. Penny a un million d'amis. Et puis, ce n'est pas si terrible de vivre à notre époque.

— Moi aussi, j'ai des amis, répliqua-t-elle. Je ne suis pas sous votre responsabilité.

— Pourtant, c'est ce que je ressens.»

Elle rassembla les trois articles.

«Il faut que je sache ce qui m'est arrivé, dit-elle. Emmenez-moi à la bibliothèque.

— Ce n'est pas une bonne idée.»

Elle posa une main sur la mienne.

«De toute façon, je le découvrirai. Avec ou sans vous.»

Constance ne parut pas impressionnée le moins du monde par l'opulence de la bibliothèque, le style architectural du bâtiment ou la salle remplie d'ordinateurs ronronnants, tous utilisés jusqu'au dernier. Elle ne s'arrêta qu'en découvrant la première pièce regorgeant d'ouvrages. Nous ne vîmes personne à l'intérieur.

«Nous, nous n'avons que trois livres à la maison, m'apprit-elle. La Bible. *Histoires à lire en famille* et *La Culture des pommes*.

— Il n'y a pas de bibliothèque, en ville ?

— Si, il y en a une. Mais mon père dit que je lis déjà bien assez comme ça à l'orphelinat.» Elle me regarda d'un air à la fois chagrin et gêné. «Je veux savoir ce qui s'est passé.»

Je lui montrai les casiers de microfilms et lui expliquai comment charger les bobines sur le lecteur.

Un pli de concentration et d'inquiétude se creusa entre ses sourcils lorsque la première image apparut à l'écran, tirée de la bobine concernant les articles du 16 au 31 août 1908.

«Vous avez raison, murmura-t-elle.

— Comment ça ?

— Je ne devrais peut-être pas chercher à en savoir plus.»

J'éteignis l'appareil. La vue de l'écran sombre me rassura.

«Tu as pris la bonne décision, déclarai-je. Tu…

— Je n'ai encore rien décidé !»

Je patientai, certain de sa réponse.

« Je veux savoir, décréta-t-elle enfin en appuyant sa résolution d'un vigoureux hochement de tête.

— Tu en es sûre ?

— Ma mère et mon père font partie de ces gens qui préfèrent rester dans l'ignorance du malheur. Ils s'en remettent à Dieu en espérant que tout ira bien. Je refuse de réagir comme eux.

— C'est parfois un luxe de ne pas savoir, soulignai-je.

— Ils ont passé toute leur vie à attendre d'être blessés par ce qu'ils ne savaient pas.

— Maintenant, c'est fait.

— Comment ça ?

— Pour eux, tu as disparu. »

Elle ralluma l'appareil et j'effectuai les réglages nécessaires. Nous fîmes lentement défiler les pages illuminées, Constance me demandant de marquer une pause de temps à autre pour lire un article ou s'attarder sur un événement dont l'immédiateté pour elle, associée à sa distance dans le passé, me donnait des frissons.

« Emmeline Whitehead a eu son bébé, annonça-t-elle en me montrant un petit entrefilet. Un garçon. » Elle se tourna vers moi. « On devrait essayer de le retrouver dans les archives.

— Il a au moins quatre-vingt-dix ans !

— Mais il a peut-être entendu parler de moi, dit-elle, un soupçon de fierté dans la voix. La légende de la jeune disparue ! »

Constance relut l'article à son sujet daté du 20 août, frémit et poursuivit ses recherches. Elle n'était pas mentionnée dans les éditions des deux jours suivants. Puis nous arrivâmes au 23 août 1908.

Le petit oiseau indiquant la météo en haut de la page informait les habitants que la chaleur serait torride à Hickory Hill ce jour-là. Un article dans l'angle supérieur droit nous confirma que la disparition de Constance faisait toujours la une.

SURVEILLANCE RENFORCÉE
POUR LE CUEILLEUR DE POMMES EMPRISONNÉ
par E. Wayne Manger

Lloyd Horton, le shérif d'Hickory Hill, a affecté un policier supplémentaire à la surveillance du jardinier Harold « Dash » Buckley, détenu à la prison municipale, en raison des remous provoqués dans l'opinion publique par des rumeurs contradictoires au sujet de ce jeune homme soupçonné d'être mêlé à la disparition de la jeune beauté locale Constance Morceau.

Buckley n'a jamais nié être la dernière personne à avoir vu Constance vivante ni modifié sa version des faits, que beaucoup considèrent comme incroyable : la jeune fille se serait volatilisée « dans les airs » tandis qu'elle courait sous la pluie au milieu des pommiers de son père.

D'après le shérif Horton, le jeune Buckley s'accroche à ses déclarations avec une force de conviction qui « m'amène à penser qu'il dit peut-être la vérité ; ou du moins, qu'il en est persuadé ».

Mais certains détails du passé de Buckley ont semé le doute sur sa crédibilité et la seule mention de ces contradictions a suffi à attirer une foule conséquente – composée surtout de jeunes gens en manque d'occupations – sur la place devant la prison. Même les trains qui s'arrêtaient régulièrement dans la journée ont dégorgé des flots de badauds venus de la ville et servi de poste d'observation temporaire aux hommes, femmes et enfants qui, en se massant près des fenêtres dans leur hâte d'apercevoir M. Buckley et la prison où il était enfermé, ont bien failli faire verser les wagons.

Des failles ont commencé à apparaître dans la version du suspect quand un administrateur de l'École de pharmacopée de Chicago, ayant lu que celui-ci prétendait y avoir été inscrit, nous a informés, le shérif et moi, qu'aucun Harold Buckley n'avait été élève de l'établissement.

De plus, une vérification des références fournies par M. Buckley au père de Constance, Peter T. Morceau, lors de son embauche dans la pommeraie des Morceau, a révélé que Buckley les avait lui-même fabriquées.

En conséquence, le shérif Horton a déclaré : « Apparemment, il n'y a aucune trace nulle part d'Harold Buckley. Il me semble évident qu'il ne s'est pas montré franc sur certains aspects de son passé. »

Constance se tourna vers moi, le regard brillant d'une lueur étrange.

« Il m'a menti ?

— Tout le monde arrange plus ou moins les détails de sa vie, répondis-je, prudent.

— Pas moi !

— Tu n'as guère eu le temps de te fourvoyer.

— Je ne peux pas croire qu'il m'ait caché qui il était », dit-elle à l'adresse de l'écran.

Elle fit défiler la bobine à la recherche de l'article suivant.

« Quand j'étais petite, j'évaluais souvent mes chances d'aller au ciel, reprit-elle. Je trouvais toujours le moyen de me rassurer en me disant que je n'avais rien fait de si terrible. Jusqu'à mes quatorze ans.

— Que s'est-il passé ? »

Elle s'adossa à sa chaise.

« Rien de particulier. Sauf que mes pensées ont changé. Je suis devenue plus dure envers moi-même. J'ai commencé à me montrer plus exigeante envers moi et moins envers les autres. Surtout, je me suis mise à mentir à mes parents. Juste parce que c'était plus facile.

— Tu n'iras pas en enfer pour autant !

— Je leur ai raconté des histoires à dormir debout.

— Pour les abuser ou les protéger ? »

Constance s'accorda un petit moment de réflexion.

« Un peu des deux », avoua-t-elle enfin.

Elle nous replongea dans son avenir. Son histoire figurait en première page de l'édition du 25 août.

Nous laissâmes tous les deux échapper un hoquet de stupeur.

LE SHÉRIF ET LE SUSPECT VICTIMES
DE LA FOULE EN COLÈRE
par E. Wayne Manger

Hier soir, une bande de poltrons locaux et d'agitateurs étrangers à la ville – échauffés par les rumeurs et la canicule – a fait irruption dans la prison d'Hickory Hill pour appliquer sa propre idée sanglante de la justice.

Au terme d'un bref échange d'une rare violence avec les autorités, deux hommes avaient trouvé la mort, amenant la communauté tout entière à s'interroger sur le sens à la fois de ses actes et de sa passivité.

Le shérif Lloyd Horton, père, mari, ami et homme de loi, a été débordé alors qu'il tentait de protéger Harold « Dash » Buckley, le suspect qu'il voulait présenter au procès dans l'affaire de la disparition de Constance Morceau le 13 août dernier.

Il a reçu un coup fatal sur le crâne assené avec une barre métallique ou un morceau de bois au moment où il essayait de s'interposer entre son prisonnier et les fauteurs de troubles. L'homme armé de ce gourdin meurtrier est toujours en liberté, son identité n'ayant pas été déterminée avec certitude dans le tourbillon d'événements qui a suivi. Les autorités envisagent d'offrir une récompense pour sa capture.

La mort du shérif a sapé la vaillance de ses adjoints, peu désireux de sacrifier leur vie pour protéger celle du détenu, permettant ainsi aux intrus de traîner le jeune Buckley hors de sa cellule. Seulement vêtu d'un pantalon et d'un maillot de corps, clamant son innocence d'une voix terrifiée qui résonnait dans la nuit, Buckley a été porté à bout de bras jusque sur la place et pendu à une branche de l'hickory centenaire dont cette triste ville tire son nom.

Aucun honnête citoyen n'a protesté contre cet acte de barbarie, alors que plusieurs centaines d'entre eux, postés près du feu de joie ou dans l'ombre, assistaient à cette scène odieuse.

Le lynchage de M. Buckley n'est qu'une page de plus ajoutée à une saga si terrible et douloureuse que ses répercussions pèseront probablement sur la conscience des habitants d'Hickory Hill pendant des générations.

Pourtant, ce n'est pas la disparition de Constance Morceau qui a déclenché l'émeute. Malgré le caractère tragique de l'affaire, l'opinion publique s'était jusque-là montrée patiente dans la résolution du mystère.

Or ce mystère a pris peu à peu un tour sordide à mesure que progressait l'enquête sur le passé de M. Buckley. Ses affirmations, selon lesquelles il avait suivi l'enseignement de l'École de pharmacopée à Chicago, ont été démenties par les administrateurs de l'établissement. De même, les informations concernant ses précédentes expériences professionnelles n'ont pas résisté à un examen approfondi.

L'opinion publique a été troublée par la révélation de ces apparentes falsifications. Une partie de cette opinion, excitée par un excès de désœuvrement, le courage fallacieux que procure l'alcool et une approche pervertie de la virilité, a commencé à réclamer des mesures plus radicales.

Le shérif Horton et ses adjoints avaient néanmoins réussi à maîtriser la situation jusqu'à l'entrée en scène d'Earl Everett, un détective privé.

Everett, engagé principalement par des clients de Chicago, a affirmé détenir la preuve qu'Harold « Dash » Buckley était en fait un certain Harold Futrell, dit « Joli Cœur », un habitué des rues des grandes villes qui avait fait son chemin dans la vie en s'appuyant sur de beaux discours, des dés pipés et une escroquerie connue sous le nom de Camembert, dont la mise en œuvre avait attiré l'attention des autorités à Cleveland, Pittsburgh, Youngstown (Ohio), Detroit, Goodland (Indiana), et Chicago.

Futrell, prétendait également le détective Everett, n'avait pas non plus son pareil pour s'insinuer dans les bonnes grâces des jeunes filles, usant sans vergogne de paroles mielleuses et de son talent pour les dernières danses à la mode.

Everett a déclaré en outre être en mesure de prouver que Futrell possédait un huitième de sang nègre dans les veines.

Constance étouffa un cri, parut sur le point de s'évanouir, puis se leva d'un bond et se rua hors de la bibliothèque. Le temps que je range la bobine et que je me lance à sa poursuite, elle n'était plus nulle part en vue.

9

Ayant confié ses protégés aux bons soins de Flo, Hilly Cutter fumait une cigarette près de la parallée lorsque j'arrivai à la maison.

« Mais enfin, qui sont tous ces gens ? » demanda-t-elle.

Ils étaient huit rien que sur le raccourci entre Clover Street et Chapman Street. Six d'entre eux – trois garçons et trois filles de l'âge de Penny – arboraient une même expression de gaieté mêlée d'appréhension, comme s'ils s'étaient mis en tête de tenter une expérience dangereusement innocente, comme se baigner tout nus ou s'offrir leur première bière.

Un peu à l'écart se tenait un couple âgé – la femme en chapeau de soleil et Reebok rouges, l'homme à quelques pas derrière elle, appuyé sur un déambulateur, l'air hésitant et inquiet malgré ces quatre points de contact avec le sol. À la fois perplexes et envieux, tous deux regardèrent les adolescents prendre leurs marques puis s'élancer avec détermination et gaucherie jusqu'au bout de la parallée. Chacun des jeunes observait la course des autres. Aucun n'en savait assez pour être sûr que rien ne se produirait.

Les deux vieillards parurent un peu soulagés, voire un brin satisfaits, quand les adolescents s'arrêtèrent, haletants, déçus, coincés dans le présent.

« Je l'ignore », répondis-je.

Hilly tira nonchalamment sur sa cigarette. La journée était chaude, l'atmosphère lourde.

« Votre demoiselle a disparu, m'annonça-t-elle.

— Qui ?

— "Qui ?" répéta-t-elle en m'imitant. Son père adoptif m'a téléphoné ce matin. Elle n'est pas rentrée hier soir. Même s'il ne me l'a pas dit franchement – ce serait un mauvais point pour eux –, j'ai l'impression que ce n'est pas la première fois. Nous recommandons bien aux familles d'accueil de nous prévenir à la minute même où il se passe quelque chose de fâcheux, mais les plus expérimentées ne le font pas, car elles savent qu'en général, les choses rentrent dans l'ordre sans avoir besoin d'y impliquer l'État. Alors, vous l'avez vue ?

— Oui, aujourd'hui.

— Où ?

— À la bibliothèque.

— Elle a encore essayé de vous faire gober toutes ces absurdités de voyages dans le temps ?

— Elle s'intéresse beaucoup au passé.

— Et sa famille d'accueil n'arrive pas à l'empêcher d'utiliser toute l'eau chaude et de rester sur le trône au moins une heure chaque fois. Mais ça ne prouve pas qu'elle vient d'une autre époque.

— Je n'ai jamais dit le contraire. »

Un gamin sur une planche à roulettes slalomait sur la parallée, la tête protégée par un casque de football peint en gris argent et doté d'ailes en carton style avion à réaction, avec ornements et réservoirs de fuel pour faire plus vrai.

Hilly le suivit des yeux en tirant nonchalamment sur sa cigarette.

L'homme au déambulateur avait progressé d'environ deux mètres. Sa femme-partenaire-infirmière-compagne déployait des efforts manifestes pour se maintenir à sa hauteur, refoulant son désir de s'élancer pour voir où la mènerait une course chaotique. Peut-être avait-elle envie de retourner dans le passé pour choisir un autre compagnon. Ou peut-être jetterait-elle son dévolu sur le même, mais en prenant soin de dissimuler les cigarettes qu'il fumait en douce malgré son diabète ou de couper d'eau le gin qui avait peu à peu rongé ses facultés.

« Il y a une chose que je ne m'explique pas, je veux bien l'admettre, déclara Hilly.

— Laquelle ?

— Apparemment, elle n'existe pas. » Elle fourragea dans le grand sac à ses pieds et en retira un dossier. « Pas d'extrait de naissance. Pas de dossier scolaire. Pas de photos. Pas d'avis de disparition. Pas de numéro de Sécurité sociale.

— Jusqu'où êtes-vous remontée dans vos vérifications ? »

Elle cligna des yeux.

« Cette gosse a quinze ans. Je suis donc remontée jusqu'à l'année de sa naissance.

— Vous avez cherché un certificat de décès ?

— Bien sûr que non ! » Elle souffla un nuage de fumée. « Essayeriez-vous de me faire comprendre quelque chose ?

— Non.

— Joshua, vous me donnez la chair de poule. Je ne peux pas… Seriez-vous en train de dire que… Qu'est-ce que vous voulez dire, au juste ?

— Si je la vois, je lui demanderai de joindre sa famille d'accueil.

— Non, demandez-lui de me joindre, moi. J'ai près d'un million de questions à lui poser. » Elle reporta son attention sur l'allée. « Bon sang, on se croirait sur la route du salut, par ici. »

La circulation sur la parallée s'était intensifiée ; une queue s'était formée à un bout, côté Clover Street, chacun attendant pour s'élancer à son tour que le passage soit dégagé.

« Ça me rappelle mon baptême, ajouta Hilly. Tous ces gens rayonnants… Comme si quelqu'un là-bas avait aperçu la Vierge. »

La tension de Flo allait atteindre des sommets susceptibles de faire exploser un sphygmomanomètre quand elle découvrirait cette foule. Pis, toute cette agitation allait attirer l'attention sur Constance et moi. Et une parallée congestionnée ne constituait pas la piste d'envol idéale pour se propulser à travers le temps.

Un homme pédalant sur un engin à quatre roues quitta Clover Street pour s'engager sur la parallée. Un caisson isotherme était monté sur l'essieu avant de son quadricycle. De la vapeur s'en échappa lorsqu'il souleva le couvercle. Une petite foule se forma aussitôt autour de lui, bloquant le passage. Un sentiment d'impatience inédit s'empara de moi. Il entravait la marche des événements potentiels.

« Je ne pense pas que votre place soit ici ! lui criai-je.

— Espèce de rabat-joie », fit Hilly.

Le marchand me sourit, puis plongea la main dans la boîte fumante, me laissant supposer que ma suggestion pouvait attendre. Au bout d'une minute, il se rapprocha.

« Oh, c'est donc vous », dit-il.

Sa clientèle s'était réduite à un seul gamin figé devant la liste des différents parfums.

« Quoi, moi ? marmonnai-je.

— C'est bien vous, n'est-ce pas ? »

Il s'exprimait à voix basse, un ton au-dessus du chuchotement, mais le gosse occupé à mémoriser la sélection ne lui prêtait aucune attention.

« Vous savez, j'ai bien cru que ça m'était arrivé aussi, autrefois, reprit le marchand. Un jour, j'ai eu la certitude d'être allé dans le futur – d'avoir avancé un tout petit peu dans le temps. Peut-être moins d'une minute. Pas assez longtemps pour pouvoir en profiter. Et puis, je me suis rappelé que des centaines de gens mouraient à chaque instant. J'aurais pu les aider.

— Je ne vois pas de quelle façon. »

Il haussa les épaules.

« Bah, vous avez sans doute raison. Et pour vous, comment c'était ?

— Il ne s'est rien passé.

— Hé, ne réagissez pas comme ça, vieux ! Vous avez un don. Regardez ! » Il indiqua les deux extrémités de la parallée, les gens en train de courir, de marcher, de consulter leur montre, de prendre leur pouls, de rire, d'attendre, de s'interroger. « Vous avez réussi à toucher les habitants de cette ville. Vous êtes inspirant.

— Vous vous trompez de personne. Désolé. »

Agacé par l'indécision du gosse, le marchand lança d'un ton hargneux :

« Il ne me reste que des cônes à l'ananas et des granités à la courge. Alors, tu te décides ou tu files ! »

Le gamin détala.

« C'est vous qui m'avez mis de mauvaise humeur, m'accusa le marchand. Je ne supporte pas qu'on gaspille ses talents. Ça me rend dingue de voir quelqu'un ignorer ce que le Ciel lui a accordé.

— Je suis heureux en amour, répliquai-je. C'est mon seul don.

— Ce n'est pas un don, c'est juste une chance. »

Je m'écartai de la clôture.

« Vous vendez vraiment de la glace à la courge ? » demandai-je.

Il grimaça.

« J'en propose, en tout cas. C'est une idée brillante de la femme de mon patron. Mais je n'en ai pas encore vendu une seule.

— Quel sera le prochain parfum ? Rutabaga ?

— Avez-vous rencontré cette fille ?

— Quelle fille ? »

Il parut terriblement déçu.

« Ne faites pas ça, vieux. La fille du passé. Elle est venue nous mettre en garde.

— Nous mettre en garde au sujet du passé ? Quel serait l'intérêt ?

— On l'a vue. Je connais même des gens qui lui ont parlé. Elle ignore tout du présent. La télé, les films, la pub, la culture, le monde au sens large. Elle est innocente. Alors, forcément, on se demande : pourquoi est-elle là ? Qu'est-ce qu'elle nous veut ? »

Hilly accompagnait trois enfants dans l'allée.

« Elle est ici ? » s'enquit le marchand.

Je reculai d'un pas.

« Non, répondis-je. Il n'y a personne – je ne connais aucune fille du passé. »

Il souleva le couvercle du caisson, en retira une préparation congelée et déchira l'emballage, révélant ce qui ressemblait vaguement à un palet de hockey vert planté sur un mince bâton.

« Un granité à la courge ? » me proposa-t-il.

Je léchai la glace. Elle avait un goût de légumes, froid, gras et lourd, pas totalement désagréable, relevé d'un soupçon de beurre salé. J'en grignotai un petit bout. Le milieu du palet était jaune.

« À son époque, en tout cas, ils ne connaissaient pas *ça* », observa le marchand en me montrant le granité.

Je le lui rendis.

« Score, un à zéro pour le passé », affirmai-je.

Il se fit un devoir de terminer la chose, coup de langue réticent après coup de langue réticent. Il ne s'éloigna pas avant d'avoir tout avalé. De la fenêtre, je le vis cracher les pépins dans notre jardin, par-dessus la clôture.

À minuit, les piétons avaient déserté la parallée ; Flo et moi, installés dehors sur des chaises longues, profitions de la douceur de l'air en partageant un daiquiri à la fraise. Des éclairs de chaleur zébraient le ciel au nord. Chaque explosion silencieuse de lumière argentée interrompait notre conversation, aussi sporadique et malaisée fût-elle.

« J'ai de bonnes nouvelles et de mauvaises nouvelles à t'annoncer au sujet de l'IRM, me dit-elle soudain.

— OK.

— La bonne nouvelle, c'est que tu n'as pas de tumeur. Ton activité cérébrale est tout à fait normale.

— Et la mauvaise ?

— Tu n'as pas de tumeur. »

Je n'étais pas sûr qu'il s'agissait d'une plaisanterie, mais je me forçai néanmoins à rire. Je ne me sentais pas spécialement soulagé non plus. Je n'avais jamais envisagé un seul instant que ce retour de quinze minutes dans le passé puisse être le résultat d'une perturbation chimique dans ma tête, une hallucination provoquée par un court-circuit quelconque.

« Sur quoi tu travailles, en ce moment ? demanda-t-elle comme si elle entamait la liste des questions de rigueur lors d'un premier rendez-vous.

— Tu veux que je te montre ?

— Non, décris-moi ton œuvre. »

Elle ferma les yeux. Elle attendait. D'être transportée par ma vision. D'être rassurée. Une des branches de ses lunettes avait laissé sur sa tempe une marque qui paraissait sensible, douloureuse. Je lui glissai une mèche de cheveux derrière l'oreille.

« Ne change pas de sujet, murmura-t-elle, les paupières toujours closes.

— Je peins des bouts de bois, expliquai-je. J'en ai constitué tout un stock après les orages. Ils sont comme une manne tombée du ciel. Du coup, je te fais faire des économies. »

Ses yeux s'ouvrirent brusquement, me sondèrent et se refermèrent. Elle avala à l'aveuglette une gorgée de daiquiri.

« Ces bouts de bois m'évoquent des personnes, dis-je. Des filles, plus exactement. Non pas qu'ils ressemblent à des filles, mais il y a quelque chose en eux, dans leur forme, qui m'est familier. Alors, j'en ai choisi un, je l'ai peint et je lui ai ajouté une tête.

— Une quoi ?

— Une tête de poupée.

— J'allais…, commença-t-elle. Combien de ces œuvres as-tu terminées ?

— Aucune. Pour le moment.

— J'espérais plus.

— Ah.

— Pas plus de bouts de bois peints. J'espérais plus de toi.

— Je pourrais prendre quelques kilos», lançai-je dans une tentative pour en rire.

Flo ne sourit même pas.

«Autrefois, tu travaillais aussi dur que moi, reprit-elle.

— Parce que je me sentais coupable de ne pas gagner assez d'argent. Je pensais que si je consacrais à mes activités au moins autant de temps que toi, tu ne remarquerais rien.

— J'ai remarqué, souligna-t-elle.

— Que je ne gagnais pas d'argent ?

— Que tu travaillais dur. L'argent n'a jamais été un gros problème pour moi.

— Mais aujourd'hui, ça l'est devenu ?

— Non.»

Le jaillissement lumineux d'un nouvel éclair de chaleur détourna notre attention.

«Aujourd'hui, j'ai le sentiment que tu nuis à mes affaires, reprit-elle. Pas seulement parce que tu ne travailles plus aussi dur qu'avant, mais parce que tu suscites une curiosité dont je n'ai pas besoin. Dont *nous* n'avons pas besoin.»

Une soudaine animation dans le noir – comme une preuve de ses dires, ou un support visuel – survint sur la parallée. C'était une bande de jeunes poussant des cris de joie et brandissant des cierges magiques qui imprimèrent des traînées lumineuses incandescentes sur ma rétine.

«Ça, par exemple, dit Flo. Tu sais que je suis une des dernières à pouvoir exercer une activité en zone résidentielle ? Papa avait réussi à faire jouer la clause d'exemption de zonage. Mais tous les partenaires avec qui il avait traité à l'époque sont morts ou partis en retraite. Ce qui me – nous – rend vulnérables.

— Il y a eu des plaintes ?

— Ce n'est pas la question, répliqua-t-elle. J'essaie d'entretenir des relations de bon voisinage. J'aimerais un parking plus grand, mais je ne veux pas courir le risque de contrarier quelqu'un.

— Tu es esclave de ton implantation. Tu devrais peut-être t'installer ailleurs.

— Mais je n'ai pas du tout envie de m'installer ailleurs ! J'apprécie de pouvoir passer de mon lit à mon lieu de travail. J'aime déjeuner avec toi. Et j'aime profiter de la présence de Penny. »

Elle termina d'un trait le daiquiri puis se lécha la lèvre supérieure.

« Ce que je souhaiterais te faire comprendre, poursuivit-elle, c'est que je ne veux pas donner aux gens le moindre motif de se plaindre. Je retiens mon souffle chaque fois qu'Hilly et sa fourgonnette viennent ici. Ce sont des gosses adorables mais ils sont déplacés dans ce quartier. Et…

— À propos, il s'est avéré que le petit ami de Constance avait une ascendance africaine. Et il a été lynché.

— Josh ! Qu'est-ce que tu…

— Les bons citoyens d'Euclid Heights, ou plutôt d'Hickory Hill à l'époque, l'ont pendu parce qu'il était en partie noir. »

Elle porta le verre à ses lèvres, oubliant qu'il était vide ou désirant juste sentir la bordure tiède contre ses dents. Elle paraissait prête à en croquer un morceau pour me le cracher à la figure.

« C'est dans le journal, expliquai-je. Elle fait les gros titres, tu sais ? Une bande de voyous a envahi la prison, tué le shérif et emmené ce gamin qui avait un huitième de sang africain dans les veines pour le pendre sur la place municipale. »

Flo se leva sans mot dire et rentra dans la maison. Quand je la rejoignis, elle était à la cuisine, en train de s'essuyer le visage avec une serviette humide. Sa peau brillait à la lumière du plafonnier.

« Il faut que ça s'arrête, dit-elle, luttant pour maîtriser les tremblements de sa voix. Tu comprends ?

— Je peux te montrer tous ces articles. Elle existe, Flo.

— Elle existe, d'accord. Mais elle existe *maintenant*. Pas dans le passé. Nous ne sommes pas son avenir.

— Elle a vu son avenir. À ce jour, en 1908, elle est seulement portée disparue. Son petit ami est en prison, mais il n'a pas encore été lynché. C'est ça, son avenir. »

Avec une réticence manifeste, Flo demanda :

« Combien de temps reste-t-il ? »

Je souris malgré moi.

« Ne fais pas ça ! m'avertit-elle.

— Tu y crois.

— Non. Je t'ai juste posé une question. J'ai l'impression de devoir gérer deux existences en parallèle. La mienne et celle de mon doux dingue de mari.

— Quatre jours, répondis-je. Il a été exécuté dans la nuit du 24.

— OK. » Elle hocha la tête. « Donc, cette gamine va bientôt nous révéler ce qu'elle a en tête.

— Tu n'y crois pas.

— Non. Est-ce que tu t'es renseigné à la bibliothèque pour savoir s'ils ont une liste de toutes les personnes qui ont consulté les microfilms ces derniers temps ?

— Ils ne le notent pas.

— Comme c'est commode !

— Ça ne prouve rien.

— Reste vigilant. D'ici quatre jours – trois, plus vraisemblablement –, elle se dévoilera.

— Je crois qu'elle voudrait rentrer chez elle avant.

— Eh bien, surveille ton portefeuille. »

L'orage qui éclata dans la nuit resta cantonné à l'ouest, nous apportant seulement un vent qui me réveilla de l'autre côté du lit, à une distance significative de ma femme. Même en tendant le bras, je n'aurais pu la toucher. Le lendemain matin, elle me trouva dans le jardin. Les bourrasques avaient arraché assez de petites branches pour m'occuper toute une vie. Tordues, fines, expressives, certaines étaient utilisables, d'autres pas. Silhouettes potentielles ou bois de chauffage. Les bâtons que je ne pouvais imaginer surmontés d'une tête finissaient dans un grand sac en papier kraft. Flo me fit signe derrière la fenêtre de son cabinet et poursuivit ses activités de la journée.

Je travaillai dans mon atelier pendant une heure mais ne me plongeai pas suffisamment dans mes activités pour perdre la notion du temps. Je peignis un bâton aux couleurs d'une robe de bal – bleu foncé, avec une sous-couche brillante évoquant des bijoux. Le bois absorba totalement la peinture, au point que j'aurais pu n'appliquer qu'un principe de couleur. Je décidai de le laisser sécher avant d'appliquer la deuxième couche.

Cinq têtes de poupée étaient montées telles des gommes à l'extrémité de crayons à papier. Je les avais peignées et placées dans une boîte en macramé que Penny avait fabriquée pour moi quand elle avait six ans. J'avais l'impression d'avoir des quintuplés en face de moi. J'allais choisir un modèle lorsque j'entendis un moteur gronder, rugir et enfin se taire pratiquement sous la fenêtre de mon atelier.

Casse-couilles se tenait sur la parallée, chevauchant une moto de la police, les jambes écartées pour assurer son équilibre.

« On cherche la fille, me lança-t-il.

— Je ne l'ai pas vue aujourd'hui.

— Mais tu l'as vue avant ?

— Hier. Mais dis-moi, ce ne sont pas les inspecteurs qui se chargent des affaires importantes ?

— Le greffier notera que c'est toi qui as déclenché les hostilités.

— Quel greffier ?

— Hier, tu l'as vue ici, sur la parallée ?

— Non, à la bibliothèque. On a consulté de vieux journaux.

— Parce que tu lui as parlé ?

— Bien sûr.

— De quoi ? »

Son attitude triomphante de gosse qui vient de trouver un trésor me rendait méfiant.

« De sa famille, répondis-je. Et de son petit ami.

— C'est qui, son petit ami ?

— Je ne le connais pas.

— Allez, Wink. Il va au lycée d'Euclid ? »

J'hésitai un instant. Quelque chose clochait.

« Je ne crois pas.

— Tu l'as revue, après ?

— Non.

— T'as aperçu quelqu'un sur la parallée, hier soir ?

— Des tas de gens.

— Tu leur as parlé ?

— Je ne… Ah, si. J'ai bavardé avec un marchand de glaces.

— Et Kurt ?

— Kurt ? répétai-je, pris au dépourvu.

— Ton frangin.

— Lui, je l'ai vu… » Je fouillai ma mémoire. « Hier. Il était aussi à la bibliothèque. Pourquoi ?

— Kurt est toujours sur ma liste de suspects à interroger en cas de malheur.

— Il est arrivé un malheur ?

— Quand une gamine ne rentre pas chez elle, ça ne te paraît pas de mauvais augure ?

— Tu as vérifié auprès de sa famille d'accueil ?

— Qu'est-ce que tu me racontes ? La mère d'Holly était en classe avec nous.

— Holly ?

— Holly Dearborn.
— Elle a disparu ?
— Hé, tu vis sur quelle planète, Wink ? Oui. Elle n'est pas rentrée chez elle hier soir. »

Je dus m'agripper à la clôture pour ne pas chanceler. Je me tournai vers la maison dans une tentative pour m'assurer que le monde était tel que je m'en souvenais la dernière fois où je lui avais prêté attention. Flo me regardait de la fenêtre du cabinet.

« Je n'ai pas…, commençai-je. Je ne voulais pas dire… Enfin, je parlais d'une autre gamine. Je n'ai pas vu Holly depuis… » Je tentai de me remémorer le moment en question. « Deux ou trois jours. Elle se trouvait sur la parallée. À peu près au même endroit que toi.

— C'est une menace ?
— Hein ? Non.
— Tu ne l'as pas croisée hier soir ?
— Non. »

Il retira de sa poche de poitrine une photo en couleur d'Holly Dearborn.

« C'est une copine de ma fille, dis-je.
— Tu ne te rappelles pas sa mère ? Natalie Morton ? »

Il porta une main à son torse comme si la seule évocation de ce nom suffisait à affoler son cœur.

« Qui est la dernière personne à avoir vu Holly ? » m'enquis-je.

Mais Casse-couilles faisait déjà démarrer sa moto et rugir le moteur. Je lui criai une autre question. Il s'éloigna dans un vacarme assourdissant.

Flo sortit du cabinet. Une impression de colère ravivée émanait d'elle. La brève visite de Casse-couilles constituait une preuve de plus à verser au dossier qu'elle montait contre moi. Je commençais à en avoir assez de ne pas être cru.

« Holly Dearborn a disparu », annonçai-je.

Sa colère s'évanouit aussitôt.

« Elle n'est pas rentrée chez elle hier soir », ajoutai-je.

Nous levâmes tous deux les yeux vers la fenêtre de la chambre de Penny, dont les stores en bambou bloquaient la lumière du soleil.

« Elle est là-haut ? demandai-je.

— Un matin d'été ? » Elle consulta sa montre. « Je suppose, oui. Va vérifier. »

Flo retourna au travail. Je me rendis dans la chambre de Penny, dont la porte était fermée. Je frappai. Pas de réponse. J'entrai tout doucement. Les chauds effluves de Filtre d'Amour imprégnaient l'air résonnant des ronflements discrets de Penny. Jamais, de toute ma vie, je ne m'étais senti aussi heureux de voir quelqu'un.

Je m'assis au bout du lit. Ce léger mouvement la réveilla si brutalement que j'en vins à me demander si ses ronflements étaient feints. Mais si elle avait grimpé dans son lit trente secondes avant que je ne frappe, je m'en fichais. Pour le moment. Je voulais juste la savoir présente.

Elle s'étira et humecta ses lèvres desséchées.

« Mmm ?

— Holly n'est pas rentrée chez elle hier soir. »

Cette fois, elle émergea complètement des brumes du sommeil.

« Elle… ?

— Tu l'as vue ?

— Oui. »

Elle rejeta les couvertures et se leva. Elle portait un caleçon orné de petits cœurs noirs et un T-shirt gris de chez Bebe. Elle traversa la pièce, sortit dans le couloir et se rendit à la salle de bains dont elle claqua et verrouilla la porte. Je demeurai sur le lit, refusant de la suivre, de lui donner l'impression que je la harcelais. Quelques instants plus tard, elle s'encadrait sur le seuil de la chambre en se brossant les dents et en me fixant de ses yeux brillants, rafraîchis.

« *Ché une blache*, déclara-t-elle, la brosse à dents toujours dans la bouche, une mousse blanc-vert débordant de ses lèvres.

— Ah bon ? »

Je n'avais rien compris mais je ne tenais pas à la décourager en exigeant qu'elle reprenne tout depuis le début.

Au lieu de s'expliquer, elle retourna dans la salle de bains. Je restai fidèle au poste pendant qu'elle prenait une douche. Quand le téléphone à côté de son lit sonna, je répondis, mais la personne à l'autre bout de la ligne raccrocha. Le combiné silencieux – le sentiment d'avoir été évalué puis rejeté – me contraria. Je songeai à Constance errant quelque part toute seule, sans alliés, engagée dans une course contre la montre pour sauver la vie de son petit ami.

Penny revint, enveloppée dans un long peignoir, une serviette nouée en turban sur la tête. Elle l'ôta, puis démêla ses cheveux avec les doigts.

« Qui d'autre était avec vous hier soir ? demandai-je. En plus d'Holly et toi.

— Regan, répondit-elle aussitôt. Et Corey.

— Tu penses qu'ils accepteraient de me parler ? »

Son regard refléta une brève consternation – celle d'une adolescente craignant d'être embarrassée par un parent maladroit.

« De quoi ?

— S'il était arrivé à Holly la même chose qu'à Constance ? »

Elle médita la question.

« Ce n'est pas possible, déclara-t-elle.

— C'est déjà arrivé.

— Je n'y ai jamais cru. Je n'y crois toujours pas, d'ailleurs.

— Donc, la dernière fois que tu l'as vue, elle était avec Regan et Corey ? »

Penny s'empourpra.

« Elle est partie avec Regan. Je suis restée avec Corey. »

Je n'insistai pas. Je voulais juste m'assurer que Penny n'était pas la dernière personne à avoir vu Holly avant sa disparition.

« J'espère qu'elle est allée dans le futur, dis-je.
— Pourquoi ?
— Parce que dans le passé, elle pourrait être n'importe où. »

10

En début d'après-midi, Penny et moi partîmes à vélo à Dragon Hills. Les arbres majestueux du quartier formaient une voûte au-dessus de nos têtes, nous protégeant des ardeurs du soleil, me donnant l'impression d'évoluer dans une pièce somptueuse entretenue à grands frais pour le confort des privilégiés.

La famille de Regan Brownlee vivait au 84 Escutcheon Drive, dans une maison bleue de style Cape Cod tellement longue qu'elle s'incurvait pour suivre la courbure de la route. Cinq voitures, dont un véhicule de police, étaient garées devant le garage de trois places.

Je m'arrêtai de l'autre côté de la rue.

« Quoi ? fit Penny d'un ton impatient.

— La police. »

Elle indiqua un point sur sa gauche.

« Holly habite au coin de la rue. »

Je ne voyais pas de coins, juste des courbes ombragées, des virages verdoyants, des arcs de fraîcheur se prolongeant à perte de vue. La règle de l'angle droit en vigueur à Euclid Heights ne s'appliquait pas ici. Le cheval de cuivre surmontant la girouette sur le toit des Brownlee pivota d'un quart de tour. Une porte s'ouvrit, livrant passage à un jeune garçon qui sauta sur un vélo et s'éloigna en pédalant furieusement.

« Spencer, m'informa Penny. Son frère.

— Il y a d'autres enfants ?

— Elle a aussi une sœur, encore bébé. Regan était dégoûtée quand sa mère est tombée enceinte.

— Elle a un petit ami ?

— Elle hérite des rebuts d'Holly.

— Et Holly ?

— Elle veut Corey.

— Ton Corey ?

— Ce n'est pas le mien, répliqua-t-elle d'un ton sec. Mais oui. »

Ce conflit possible entre Penny et Holly m'effraya.

« Elle pourrait essayer de te créer des ennuis », dis-je.

Une soudaine agitation de l'autre côté de la rue attira notre attention. Trois personnes sortaient de la maison – Regan, une femme et un policier en uniforme. La femme, bien coiffée, pleine d'assurance, arborait un blazer bleu et un pantalon jaune canari. Regan était légèrement plus grande que l'inconnue – sa mère, supposai-je. Avant que le flic ne s'éloigne, l'adolescente lui décocha un sourire froid révélant des dents parfaites.

« Regan ! » appela Penny au moment où l'adolescente et la femme retournaient chez elle.

L'interpellée se retourna. L'inconnue aussi, et à son maintien rigide, je devinai sa lassitude, son inquiétude. Elles échangèrent quelques mots, puis la femme rentra seule et Regan traversa la rue pour nous rejoindre.

« Salut, murmura-t-elle en restant repliée sur elle-même : visage inexpressif, bras croisés sur le ventre, pied gauche tourné à l'équerre.

— T'étais avec Hol quand elle a disparu ? » demanda Penny.

Bonne question, pensai-je. La première que j'aurais posée.

« Si c'était le cas, tu ne crois pas que j'aurais disparu aussi ?

— Je ne sais pas, répondis-je. Raconte-nous ce qui s'est passé.

— On a mangé à six heures, répondit Regan. Mon père n'était pas à la maison, évidemment. Spence a renversé son lait, exprès par hasard, et ma mère m'a obligée à nettoyer. À sept heures, je me suis disputée avec elle pour la vaisselle.

— Je voulais parler du moment où Holly a disparu », l'interrompis-je.

Regan me regarda comme si j'étais particulièrement lent à la détente.

« Je précise le contexte, *papa*, répliqua-t-elle. Pendant que je me disputais avec ma mère, je pensais à vous et je me disais que ce serait chouette de pouvoir avancer ou reculer dans le temps. De retourner en arrière de quelques secondes, juste avant que Spence renverse son lait. Ou de me retrouver dans un avenir proche, une fois la vaisselle terminée.

— Ce serait du gaspillage, déclarai-je. Contente-toi de faire la vaisselle. »

Lorsqu'elle fronça les sourcils, je crus l'avoir braquée. C'était troublant de voir une adolescente manifester envers moi autre chose qu'une impatience polie.

« Et ensuite ? demandai-je.

— À neuf heures, Holly a téléphoné. Elle était avec Corey et toi, ajouta-t-elle à l'adresse de Penny. Ma mère ne voulait pas que je l'embête parce que mon père n'était toujours pas rentré. Je suis restée au téléphone avec Holly. Puis avec toi. Puis avec Corey. Maman s'en est prise à moi pour ça aussi.

— Je peux comprendre, dis-je.

— On a le signal d'attente, rétorqua-t-elle.

— À quelle heure as-tu retrouvé les autres ?

— Il était quelle heure, Pen ? Dans les dix heures ?

— Grosso modo.

— Peut-être dix heures et quart, reprit Regan. Tout le monde était sur les parallées.

— Comment ça ?

— Ben oui. Pour essayer de voyager dans le temps.

— Est-ce que quelqu'un d'autre a vu Holly disparaître ? demandai-je.

— Moi, en tout cas, je ne l'ai pas vraiment *vue* disparaître, déclara Regan. Vers minuit, presque tout le monde était rentré.» Elle s'adressa directement à Penny. «Corey et toi, vous êtes partis à ce moment-là, non ?

— Je crois, oui.

— T'as intérêt à le surveiller, lui recommanda Regan. Holly s'accroche tellement à lui…

— Oh, elle peut l'avoir, répliqua Penny d'un ton léger. S'il veut bien d'elle.

— Donc, il était aux alentours de minuit…, intervins-je.

— Tu ne devrais pas renoncer à lui aussi vite, reprit Regan, toujours à l'intention de Penny.

— Je dis juste que… s'il la veut, eh bien, je ne vais pas en faire tout un plat.

— Donc, pour en revenir à hier soir sur la parallée…» insistai-je.

Regan reporta son attention sur moi.

«Il faisait encore super chaud, vous voyez ? Surtout à cette heure-là. Et on entendait le tonnerre.

— Ah bon ?

— Oh oui. Ça tonnait fort.

— Il y avait aussi des éclairs ?

— Oui.

— Juste au-dessus de vous ?

— Non.

— Dans quelle direction, alors ?

— J'en sais rien, répondit Regan avec humeur.

— Par là ?» demandai-je en indiquant le sud.

Elle regarda à droite et à gauche, essayant de se repérer.

«C'est dur de s'y retrouver avec toutes ces rues qui n'arrêtent pas de tourner.» Finalement, elle me montra un point. «Plutôt par là.

— À l'ouest. OK. Et après ?

— Après, on a décidé de rentrer. Elle était toute bizarre.»

Regan se concentra sur Penny. « Elle a dit qu'elle était sûre de plaire à Corey. Elle a dit aussi qu'elle voulait savoir ce qui allait arriver. Alors, elle s'est mise à courir.

— Elle voulait savoir quoi ? lançai-je.

— Ce qui allait arriver, me répéta Regan. Dans le futur. C'est bien le but, pas vrai ?

— Je continue à espérer que non.

— Mais c'est tellement cool !

— Ton amie a disparu, Regan ! »

Elle me foudroya du regard comme si je venais de doucher son enthousiasme. Elle se détourna puis, vexée, retraversa la rue. Je lui emboîtai le pas. Penny resta où elle était.

« Tu m'as dit qu'elle s'était mise à courir », dis-je.

Regan ne se retourna pas. Je remarquai pour la première fois sa mère derrière la fenêtre en façade ; une de ses mains jouait avec la chaîne autour de son cou.

« Où étiez-vous quand elle s'est mise à courir ? » lançai-je.

La mère de Regan s'éloigna de la fenêtre pour se diriger vers la porte quand nous nous engageâmes dans l'allée. Peut-être voulait-elle apporter son aide ou peut-être ne tenait-elle pas à être vue par sa fille. Regan s'immobilisa.

« Elle va revenir, me dit-elle. Je sais qu'elle va revenir.

— Pourquoi ?

— Parce que si Holly faisait un truc aussi incroyable que voyager dans le temps, elle serait trop contente de revenir pour s'en vanter.

— Parle-moi de sa course.

— Ben, elle a couru, c'est tout.

— Sur la parallée ?

— Oui.

— Vers l'ouest.

— Oui.

— Entre quelle et quelle rue ? »

Elle réfléchit quelques instants.

« Je ne connais pas les noms. On prend toujours… c'est quoi, la rue qui va jusqu'à Dragon Hills ?

— Pincoffin Street.

— C'est ça. Elle allait par là. Elle était entre Pincoffin Street et la rue d'avant.

— Pine Street ?

— Mouais.

— Et c'est la dernière fois que tu l'as vue ?

— J'étais folle de rage. Quand je suis arrivée au bout de l'allée, elle avait disparu. Et il commençait à pleuvoir.

— Fort ?

— J'ai été bien mouillée.

— Tu l'as appelée ? Tu as crié son nom ?

— Je ne me rappelle pas. J'avais l'impression qu'elle m'avait plantée là, toute seule.

— Elle t'avait déjà laissée tomber comme ça ? »

Regan esquissa une petite grimace.

« Elle a laissé tomber tout le monde, à un moment ou à un autre. »

Sa mère dut estimer que notre conversation avait assez duré, car elle appela sa fille à travers la porte-moustiquaire. Regan obéit. Je fis une dernière tentative.

« Sans rire, où est Holly ? »

Regan me regarda d'un drôle d'air. Elle semblait un peu déçue, comme si elle venait de découvrir qu'elle avait perdu son temps.

Nous prîmes Pincoffin Street pour sortir de Dragon Hills et pédalâmes en silence jusqu'à l'entrée de la parallée – l'endroit où Holly Dearborn avait disparu. Plusieurs personnes s'y étaient rassemblées : gamins chuchotants, badauds désappointés par l'absence de spectacle, inconscients désireux de rejoindre Holly où qu'elle soit.

« Je vais en ville, dis-je.

— OK.

— Viens avec moi.

— Je dois aider maman cet après-midi.

— Tu vas être obligée de te laver les mains, alors, la taquinai-je.

— Pour faire la poussière, c'est pas la peine.»

J'éclatai de rire, mais pas elle. Au fond, j'avais peur de la quitter des yeux.

«D'accord, vas-y. Mais reste à l'écart des parallées, lui recommandai-je.

— Oui, père», répondit-elle avec une feinte docilité.

J'aurais voulu lui donner d'autres instructions, mais elle ne m'en laissa pas le loisir; déjà, elle s'engageait joyeusement sur le chemin interdit, zigzaguant parmi les groupes de curieux, dont certains, qui la connaissaient, la saluèrent. D'autres me regardèrent. Bientôt, elle fut hors de vue.

Je me rendis directement à la bibliothèque, dans la salle où se trouvaient les lecteurs de microfilms. Constance était là, la mine triste et baignée par la lueur gris-vert en provenance de l'écran. Une montagne de bobines se dressait près de son coude. Elle ne parut pas surprise de me voir, juste contrariée d'être obligée de quitter son monde.

«Personne n'a été arrêté pour le meurtre de Dash, m'apprit-elle.

— Une jeune fille a disparu.»

Elle jeta un coup d'œil à l'écran comme si cette nouvelle figurait dans un article qu'elle avait négligé.

«Aujourd'hui? demanda-t-elle. Qui?

— Elle s'appelle Holly Dearborn. C'est une amie de ma fille.

— Je sais quand va mourir ma mère, dit-elle, les yeux pleins de larmes.

— Comment?

— Je suis allée au cimetière où sont enterrés mes grands-parents. Emil et Connie. Elle est là-bas aussi.

— Quand est-elle morte ?

— Quand va-t-elle mourir, plutôt. Le 6 mai 1920. Il y a un avis de décès dans le journal. »

Elle se mit à pleurer pour de bon, en silence, le visage caché derrière ses mains.

« Ce serait si terrible pour toi de rester ici ?

— Oui ! répondit-elle en criant presque.

— Même si tu ne peux pas rentrer à temps pour sauver Dash ?

— Ma mère n'a plus que douze ans à vivre. Je veux les passer avec elle. Ce n'est pas mon époque.

— Je crois que c'est plutôt encourageant pour toi que cette autre fille ait disparu. Aussi étrange que cela puisse paraître.

— Qu'est-ce qui est encourageant ? Qu'une autre fille se soit égarée dans le temps ?

— Non, juste que ce soit arrivé. Il se passe quelque chose sur ces raccourcis. Je ne sais pas pourquoi. Ni *comment*. Mais en tout cas, c'est toujours possible. Ma seule crainte, c'est que tu te retrouves en 1808. Ou en 2008.

— Non. Mon cœur est en 1908. C'est là qu'est ma place. C'est là que je retournerai.

— Tu as… »

Elle m'interrompit.

« C'est là que je vais.

— Est-ce que tes sentiments pour Dash ont changé ?

— Pourquoi ? Vous croyez tout ce que vous lisez dans les journaux, vous ? »

Je m'excusai pour aller appeler chez moi. Le téléphone sonna encore et encore. Après tout, cela ne voulait rien dire. Penny était sûrement avec Flo, pour une nouvelle leçon d'endoctrinement sur le pouvoir et les tentations de la médecine. Enfin, le répondeur se déclencha.

« C'est moi, dis-je. Je voulais juste m'assurer que Penny était bien rentrée. Je suis à la bibliothèque. Constance est là aussi. À tout à l'heure. Je vous aime. »

Je raccrochai.

J'allais appeler le cabinet de Flo quand je remarquai Constance derrière moi.

« À qui parliez-vous ? demanda-t-elle.

— Ma famille.

— Vous ne les avez pas laissés dire un mot.

— Je suis tombé sur le répondeur. »

Elle me regarda sans comprendre.

« Je veux rentrer chez moi, décréta-t-elle.

— Tu as mangé ?

— Pas depuis hier soir. L'argent a pris une telle importance, aujourd'hui…

— Suis-moi. »

Nous quittâmes la bibliothèque pour aller chez moi, elle à pied, moi sur mon vélo. Au niveau de Collier Street, je ne pus l'empêcher de bifurquer vers l'est. J'avais peur de découvrir Kurt devant notre ancienne maison. Mais il n'était pas sur le perron, ni nulle part en vue, et j'accélérai l'allure, soulagé.

Constance s'était cependant arrêtée.

« Dash vivait ici », me révéla-t-elle.

Je revins vers elle.

« Ici ?

— Oui.

— Je… Ma famille habitait là aussi, autrefois. »

Elle ne répondit pas. À vrai dire, elle ne parut pas étonnée outre mesure. Je songeai à la prédiction de Flo au sujet de Constance et me demandai si cette coïncidence marquait le début d'un plan qui se mettait enfin en place.

« Vous la trouviez triste ? demanda-t-elle.

— Ce n'était pas… Les gens qui l'occupaient n'étaient pas très heureux.

— Peut-être est-ce la maison qui les rendait malheureux.

— Je ne crois pas à la théorie de la vie des objets inanimés.

— Vous avez voyagé dans le temps et il y a une chose à laquelle vous ne croyez pas ?

— Tout ce qui compte, c'est ce que toi tu crois, affirmai-je. Moi, je ne vais nulle part. »

Elle se retourna pour contempler la bâtisse.

« Je me demande s'il y est toujours, murmura-t-elle.

— Quoi ?

— Dash avait un sac où il rangeait ses économies. » Elle baissa pudiquement les yeux. « Il avait des projets pour nous, ajouta-t-elle en me saisissant par le bras. C'est pour ça que je me fiche de toutes ces histoires sur lui.

— Au point où nous en sommes, penses-tu que ce soit important ?

— Nous étions tous les deux dans la cave, poursuivit-elle. Il avait le sac dans la main et il tentait de m'impressionner en me disant combien il avait économisé. Il ne se jugeait pas assez bien pour moi. Il n'avait même pas encore essayé de m'embrasser. »

Brusquement, elle s'engagea dans l'allée. Conscient de mon impuissance, je lui emboîtai le pas. Elle frappa à la porte.

Je tendis le bras par-dessus son épaule pour presser la sonnette. Lorsque Constance entendit le timbre résonner à l'intérieur de la maison, elle parut abasourdie. Elle la pressa de nouveau, l'oreille collée contre le battant.

« C'est si joli », observa-t-elle avec un sourire – le premier que je voyais sur ses lèvres, me semblait-il.

Elle pressa le bouton une troisième fois. Je grimaçai en me mettant à la place de la personne appelée avec une telle insistance.

« *Enfin*, dit-elle. Une autre invention agréable de votre époque. »

Mais personne ne venait ouvrir.

« Allons-nous-en, lui conseillai-je.

— Dash a entendu des pas à l'étage, se souvint-elle. Alors, il a remis le sac dans sa cachette. Il ne faisait pas confiance à son propriétaire. »

Au même instant, la porte s'ouvrit à la volée et un vieil homme manifestement mécontent d'avoir été tiré de son sommeil se dressa devant nous.

« Encore vous ! postillonna-t-il dans ma direction. Allez au diable ! »

Une petite peluche provenant d'une couverture rose, accrochée à un poil de son nez, sortait de sa narine et y rentrait à chaque respiration.

Puis son regard se posa sur Constance et son attitude changea du tout au tout. Il l'étudia avec une attention et une curiosité extrêmes, sans jamais la quitter des yeux. Il lui tendit la main et elle lui offrit la sienne. J'estimai que la poignée de main se prolongeait plus que nécessaire, mais Constance ne parut pas s'en formaliser.

Lorsque je voulus la suivre à l'intérieur, le charme fut rompu. Le vieil homme plaça sa paume sur mon torse.

« Il est le bienvenu aussi, n'est-ce pas ? dit Constance.

— Seulement si vous êtes là. » Il se pencha vers elle. « Vous devriez surveiller vos fréquentations, ma petite fille. »

Dans le vestibule, la lumière et l'atmosphère ne me rappelèrent rien. L'odeur, en revanche, m'était familière – un mélange d'odeurs, plutôt, que j'associais à mes parents : viande grillée, désinfectant, cendriers pleins à ras bord. Durant un instant, je regrettai que Kurt ne soit pas avec nous. Peut-être n'aurait-il pas d'autre occasion d'entrer et il aurait pu s'apercevoir que la maison dont il se souvenait n'était pas celle dans laquelle nous nous trouvions aujourd'hui.

« Pourrions-nous voir votre cave ? » demanda Constance.

Le vieillard semblait complètement démuni devant elle.

« Bien sûr. »

Nous traversâmes la cuisine flambant neuve, passâmes devant des toilettes que je ne reconnus pas puis tournâmes pour descendre l'escalier menant au sous-sol. Le vieil homme appuya sur un interrupteur au bas des marches. Une table de billard luisait sous un faux plafond peint en blanc. Il me fallut un moment pour m'orienter. Autrefois, mon lit se trouvait par là, ici c'était mon bureau où j'aurais dû étudier plutôt que dessiner, et là-bas, la porte ouvrant sur le jardin.

Constance avança – paraissant presque flotter – jusqu'au mur derrière le bar. Elle effleura le plafond sans grande conviction. La pièce m'était étrangère, trop lumineuse, aussi ne pouvais-je concevoir l'effet qu'elle produisait sur Constance, qui avait dû la contempler à la lueur d'une lanterne enfumée lors de sa dernière visite.

Elle se tourna vers moi, cherchant de l'aide. Je contournai le bar, poussai l'une des plaques du faux plafond et la fis glisser au-dessus de la plaque voisine, révélant l'espace sombre dont je me souvenais. Constance frissonna, puis sauta pour mieux voir.

« Hé, qu'est-ce que vous fichez ? » s'écria le vieil homme.

J'allai chercher un tabouret et dénichai une lampe électrique sur l'établi contre le mur opposé. Je montrai à Constance comment s'en servir. Elle s'agenouilla sur le tabouret avant de braquer la lampe sur un point situé entre deux poutres épaisses, couvertes de poussière. Elle plongea la main à l'intérieur de la cavité, gratta une surface puis, avec un *pop* semblable à un bouchon qui saute, elle retira un petit rectangle de bois muni d'un clou tordu pour former une sorte de crochet.

Le vieil homme n'était cependant pas abasourdi au point d'en oublier ses droits.

« Cette maison nous appartient ! me dit-il. Je sais que vous essayez de nous rouler, mais elle est à nous, sans conteste. »

Constance n'écoutait pas. L'excitation sur son visage céda la place au désarroi. Elle s'accroupit sur le tabouret afin de pouvoir explorer plus minutieusement l'espace dégagé, la partie supérieure de sa tête disparaissant dans le plafond, la lampe électrique plaquée contre la tempe.

Sa voix nous parvint d'en haut.

« Il n'est plus là.

— Qu'est-ce qui n'est plus là ? demanda le vieil homme.

— Un objet que j'avais laissé ici, répondit Constance. Dash a dû revenir après ma disparition.

— Vous êtes un fantôme ! »

Le vieillard recula.

« Mais non. »

Elle lui tendit une main, mais il refusa de la toucher. De l'autre, elle tenait toujours le morceau de bois.

« Je me disais que si je restais coincée ici, j'aurais au moins un peu d'argent pour vivre, m'expliqua-t-elle.

— S'il y a de l'argent, il est à moi ! brailla le vieil homme.

— Il n'y en a pas », répliqua-t-elle d'une voix assourdie.

Mais elle ne descendit pas pour autant, refusant sans doute de renoncer à Dash, à ce dernier lien avec lui.

Soudain, il me vint une idée.

« Quand tu es allée sur la tombe de ta mère…

— Attendez ! s'exclama-t-elle. Je vois quelque chose… »

Constance sortit de la cavité la main qui tenait la lampe électrique, qu'elle me passa. Puis elle introduisit son bras à l'intérieur, jusqu'à l'épaule.

« Quoi que ce soit, c'est à nous ! » affirma le vieil homme.

Elle ramena un morceau de papier froissé, bruni, couvert de taches d'humidité, fragilisé par la pliure au milieu. Elle sauta du tabouret et déplia la feuille sous le plafonnier. L'encre était estompée mais toujours lisible.

C. Où es-tu allée ? Quand reviendras-tu ?
Je deviens fou. J'ai de gros ennuis. Demain, il sera peut-être trop tard.
D.

« C'est à moi. »

Le vieil homme voulut s'emparer de la lettre. Constance l'écarta brusquement pour la mettre hors de sa portée.

Elle s'appuya sur la table de billard, sans éclater en sanglots comme je m'y attendais, mais vidée, ayant consumé ses dernières réserves d'énergie et d'espoir.

Je grimpai à mon tour sur le tabouret et replaçai le bloc de bois à l'intérieur de l'ouverture avant de faire de nouveau glisser la plaque sur ses rails de suspension.

« Merci de nous avoir montré la maison, dis-je au vieil homme.

— C'est à elle que je l'ai montrée », répliqua-t-il.

En haut de l'escalier, puis dans la cuisine, je vis Constance se ressaisir. Le papier était replié et dissimulé. Elle s'arrêta devant l'évier et se servit un verre d'eau sans demander la permission. Nous la regardâmes boire.

« C'est ce qu'il y a de mieux à votre époque », observa-t-elle en se léchant les lèvres.

Dans le vestibule, le vieil homme l'arrêta.

« Je vous ai reconnue dès que vous avez franchi cette porte, déclara-t-il.

— Où m'avez-vous rencontrée ? » s'enquit-elle.

Il fallut quelques instants à son interlocuteur pour recouvrer son souffle. Enfin, il se retourna, indiquant la cuisine et au-delà.

« Ça remonte à plusieurs années », répondit-il.

Un frisson me parcourut. Constance observait une immobilité totale.

Le vieil homme lui appuya un doigt sur le bras comme pour éprouver de nouveau sa réalité.

« C'était bien vous. Une nuit d'été. Un orage a éclaté alors que nous étions déjà tous couchés. Je me suis levé pour fermer les fenêtres, et quand j'ai eu terminé, je me suis rappelé que j'en avais aussi ouvert une au sous-sol. Du coup, je suis descendu. Soudain, il y a eu cet éclair terrible, j'ai tourné la tête et vous étiez là, dans l'escalier, aussi visible qu'en plein jour. Vous m'avez souri. J'ai pensé que vous étiez le plus joli fantôme que j'aie jamais vu. »

11

Nous étions rentrés lorsque Constance reprit enfin la parole.
« Ça veut dire que je dois mourir dans cette maison ? »

Trois voitures stationnaient sur le parking de Flo et le vélo de Penny était appuyé contre le mur du garage. À défaut de croiser ma fille, je me contentai de cette preuve tangible de son retour.

« Quand il t'a vue – s'il t'a vue – dans l'escalier, tu n'étais pas encore allée dans l'avenir, répondis-je. Donc, à l'époque où il t'a vue, tu étais déjà morte dans le passé. Mais tout a changé, maintenant.

— Je suis plus vieille que lui, vous vous rendez compte ?

— Peut-être valait-il mieux que tu viennes dans le futur. Peut-être qu'en effet, tu es décédée dans cette maison.

— Oh, j'ai sûrement dû épouser Dash et mourir paisiblement de vieillesse dans le lit que nous avons partagé pendant cinquante ans, répliqua-t-elle sur un ton de défi.

— Sûrement, oui.

— Mais est-ce qu'on laisse un fantôme derrière soi lorsqu'on meurt heureux ? »

Je ne pus m'empêcher de rire.

« Je ne connais pas les règles pour devenir fantôme. À vrai dire, je ne crois même pas aux fantômes.

— Mais il m'a vue !

— C'est ce qu'il prétend. Peut-être que c'est vrai. Je n'ai

absolument aucune explication. Tu devrais en parler à Flo. Elle sera capable de te donner au moins un million de raisons pour lesquelles tout cela ne peut pas se produire. » Une pensée me traversa l'esprit. « Lorsque tu es allée sur la tombe de ta mère, tout à l'heure, est-ce que tu as aussi découvert la tienne ? »

Constance garda le silence quelques instants. Enfin, elle déclara :

« Non, juste celle de mes parents. C'est drôle, je n'y avais pas pensé jusque-là.

— À mon avis, c'est une bonne nouvelle. Pour ton retour, je veux dire. Si tu n'étais pas rentrée, tes parents t'auraient enterrée – toi ou ton souvenir – avec eux.

— Ils sont encore vivants !

— En 1908, d'accord. Mais pas maintenant. Puisque tu n'es pas avec eux, j'en déduis que tu as retrouvé ton époque. Tu as vieilli, tu t'es mariée et tu es ensevelie quelque part avec ta famille.

— Ou alors, je hante toujours cette vieille maison... Qu'est-ce que je vais faire, pour l'argent ?

— Est-ce qu'on peut remonter le temps les poches pleines ? » J'éclatai de rire. « Tu crois que tu pourrais en emporter ?

— Qu'est-ce qu'il y a de si drôle ?

— Une vieille expression : tu ne l'emporteras pas dans la tombe. Autrement dit, l'argent n'ira pas avec toi au ciel.

— Ça ne répond pas à ma question.

— Je pense que tu devrais avoir bon espoir de rentrer, donc tu n'as pas besoin de te soucier de tes finances dans le présent.

— J'ai déjà essayé de rentrer », avoua-t-elle, penaude.

Cette remarque me causa un choc.

« Quand ?

— Hier soir. Pendant l'orage.

— Que s'est-il passé ? »

Ses yeux se remplirent de larmes.

« Rien, répondit-elle. Je me suis fait mouiller. »

Je me mis à arpenter la pièce.

« Comment ai-je pu ne pas remarquer cet orage ?

— C'était la même atmosphère que quand nous étions dans le verger, Dash et moi, me raconta-t-elle. Comme si quelque chose se préparait. Alors, je me suis précipitée ici, à l'endroit où j'étais arrivée. J'ai couru à perdre haleine. Mais je suis toujours là. »

De ses paumes, elle s'essuya le visage.

« Tu as vu quelqu'un d'autre ? » demandai-je.

Constance fit non de la tête.

« Des gosses viennent sur la parallée à toute heure du jour et de la nuit pour essayer de voyager dans le temps, lui expliquai-je. La fille qui a disparu hier soir, elle aussi voulait tenter l'expérience.

— Peut-être qu'elle est avec Dash en ce moment, répliqua Constance en agrippant la clôture à deux mains. Où était-elle exactement ? La fille qui a disparu, je veux dire.

— Un peu plus à l'ouest.

— Peut-être que le phénomène se produit à des endroits bien précis. Si on passe à côté, même un tout petit peu, ça ne fonctionne pas.

— Je crois… »

Je m'interrompis, car Constance venait de retirer de sa poche une barre chocolatée Snickers. Elle la sortit de son emballage et commença à la grignoter.

« Où as-tu trouvé ça, Constance ?

— En ville.

— Combien l'as-tu payée ? »

Un sourire diabolique apparut sur ses lèvres.

« Je vous l'ai dit, l'argent a pris une importance incroyable, aujourd'hui. »

Je préférai ne rien ajouter à ce sujet. De toute façon, elle avait déjà du chocolat plein la bouche.

« Je pensais avoir voyagé dans le temps une seule fois, repris-je. Et je le pense toujours. Néanmoins, je suis convaincu d'avoir été impliqué dans deux incidents de ce genre. Or je ne me tenais pas au même endroit sur la parallée. La première fois, j'étais un peu plus loin à l'est quand je suis retourné en arrière de quinze minutes. La seconde, j'arrivais de la direction opposée et j'étais sur mon vélo, poursuivi par un chien. Soudain, le chien a disparu. Je pense que c'est lui qui a voyagé dans le temps.

— Pourquoi ?

— Eh bien, quand je me suis approché de la maison, il était là. Et il a eu peur de moi. Comme s'il avait vu un fantôme. Avant, il était prêt à me dévorer et mon vélo avec. Si j'étais revenu du passé, ce chien m'aurait de nouveau pourchassé. Si j'étais allé dans le futur, il n'aurait pas pu se retrouver devant chez moi. À mon avis, il a avancé dans le temps peut-être de trente secondes. Et je l'ai rattrapé. Ça l'a effrayé parce qu'il a cru que moi, j'avais disparu. »

Constance retira de sa poche une autre barre dont elle déchira l'emballage.

« Ma mère ne me permet pas de manger des bonbons. Elle dit toujours : "Tu veux un dessert ? Mange donc une pomme." J'en ai par-dessus la tête, des pommes !

— Tu vas devoir rendre ces barres, Constance.

— Pourquoi ?

— Tu en achèteras deux pour remplacer celles que tu as volées.

— Mais je n'ai pas d'argent ! gémit-elle.

— Je t'en prêterai. » Je réfléchis quelques instants. « Ou mieux, tu vas en gagner. Ensuite, tu rapporteras deux barres au magasin.

— Mais pourquoi ?

— Tu ne veux pas rentrer chez toi ? »

Cette fois, elle ne trouva pas d'arguments à m'opposer.

« Je te paierai pour ramasser les bouts de bois pendant une

heure, proposai-je. Ça couvrira le prix des Snickers. Est-ce que tu as volé autre chose ? »

Son hésitation juste avant de répondre « Non » m'incita à penser le contraire.

« Dis-moi la vérité. »

Elle fit la moue.

« La vie est tellement plus facile, aujourd'hui…

— Tu te souviens de tout ce que tu as chipé ?

— Je serai obligée de tout remplacer ?

— Oui.

— Faudrait que je ramasse des bouts de bois jusqu'à la fin des temps !

— Tu es une vague de criminalité venue du passé. » Elle ne parut pas apprécier. « C'est important pour toi de ne pas trop changer durant ton séjour dans notre époque. Ça pourrait expliquer pourquoi tu n'es pas encore rentrée.

— Comment ça ?

— Tout comme tu ne dois pas changer l'avenir, il ne doit pas te changer non plus. Mais au fond, tu n'as peut-être pas vraiment envie de retourner chez toi.

— C'est ridicule. »

Elle fronça les sourcils.

« Tu volais souvent à l'étalage, en 1908 ? demandai-je.

— Jamais !

— Tu vois !

— Je vois quoi ?

— Tu viens de me dire à quel point la vie te semblait facile aujourd'hui. Tu te laisses corrompre.

— Je ne suis pas corrompue !

— Tu fumes, tu voles, tu passes la nuit dehors… »

Elle s'accorda un moment de réflexion.

« C'est le piège de la facilité, admit-elle.

— Tout juste. Mais je ne crois pas que notre époque soit plus douce que la tienne.

— Mon père ne serait pas d'accord, affirma Constance. Vous vous levez tard, vous peignez des bouts de bois, vous vous promenez en ville… »

J'éclatai de rire.

« C'est dur, tu sais, de trouver de quoi occuper son temps.

— Ne dites jamais une chose pareille à quelqu'un qui est obligé de travailler pour vivre.

— C'est l'essence même de la réussite. Fournir le moins d'efforts possibles en gagnant le plus possible. Avoir des loisirs. C'est vrai, je pourrais ramasser des pommes toute la journée pour un salaire de misère et me coucher fourbu tous les soirs. Mais quel intérêt ?

— Vous auriez des pommes.

— Là, tu marques un point.

— Mon père aime cette existence, souligna Constance.

— Mais connaît-il autre chose ?

— Rien de comparable à ce qu'il y a ici, en tout cas.

— À mon sens, c'est le plus grand danger qui te guette si tu rentres. Tu auras vu une réalité différente. Tu risques d'éprouver de la frustration, de l'impatience. Quand il te faudra aller au petit coin en hiver, par exemple.

— Nous avons quand même des pots de chambre ! » répliqua-t-elle avec véhémence, mais sans pouvoir réprimer un frisson.

Plus tard, Penny vint me retrouver dans mon atelier, un stéthoscope autour du cou, le bout des doigts taché de violet.

« Tu es bien rentrée, dis-je.

— Oui, j'ai réussi à éviter tous ces redoutables trous temporels, railla-t-elle. Après, maman m'a demandé de classer de vieux dossiers. »

Elle me montra ses doigts violets. Elle avait des mains fines, des mains de chirurgien.

« Elle m'avait promis de me confier des tâches cliniques, se plaignit-elle. Au lieu de ça, je fais du secrétariat.

— Et depuis quand as-tu terminé tes études de médecine ? »

Elle m'ignora, puis s'approcha de la fenêtre de l'atelier d'où elle pouvait voir Constance ramasser des bouts de bois.

« Qui est-ce ? lança-t-elle.

— Constance.

— Non, je voulais dire, qui est avec elle ? »

Constance parlait par-dessus la clôture à un homme qui se tenait sur la parallée. Je ne le connaissais pas. Dégingandé, presque squelettique, il portait une veste de cuir noir à franges incongrue par cette chaleur, une casquette des Dodgers et un pantalon gris très large. Durant un moment, je me sentis soulagé par la présence de la barrière entre eux.

Soudain, l'homme s'éloigna. Il s'arrêta au bout de quelques pas, se retourna et prit la parole. Je ne pus distinguer ce qu'il disait, ni la réponse de Constance. Enfin, il disparut.

Penny et moi sortîmes dans le jardin.

« Il avait entendu parler de moi, nous révéla Constance.

— Il voulait voyager dans le temps ? »

Elle hocha la tête.

« Il désirait vivre à une époque où les sans domicile fixe n'étaient pas considérés comme des parias. On lui a cité l'exemple de vagabonds recevant un repas contre une journée passée à couper du bois. Ou obtenant la permission de dormir dans une grange.

— Tu l'as aidé ?

— Mes tarifs étaient trop élevés pour lui, rétorqua-t-elle.

— Combien ? s'enquit Penny.

— Vingt dollars. Sans garantie de succès. » Elle me regarda, puis lança d'un ton maussade : « *Quoi ?*

— Je croyais que tu avais décidé d'être moins corrompue.

— C'est juste de l'argent, répondit-elle. Et si je suis trop corrompue pour rentrer chez moi, j'en aurai besoin.

— Et s'il avait eu ces vingt dollars ? intervint Penny. Qu'est-ce que t'aurais fait ? »

Constance frotta un bout de bois sur les mailles du grillage. En une heure de travail, elle avait rassemblé un tout petit tas de branches. Aucune d'elle ne m'évoquait une silhouette humaine.

Un couple âgé, bras dessus bras dessous, apparut. L'homme s'éventait le visage ; la femme avait coiffé un chapeau grand comme une roue pour se protéger du soleil. Ils nous gratifièrent d'un hochement de tête cordial. Lorsqu'ils passèrent devant Constance, elle demanda :

« Vous me cherchez, peut-être ? »

Le couple s'arrêta, puis se retourna avec beaucoup de précaution.

« Pourquoi ? Nous devrions ? s'enquit poliment la femme.

— Je suis la voyageuse du temps. »

L'homme et la femme se regardèrent.

« Oh, dit-elle.

— Je peux vous aider à faire la même chose. »

L'homme gloussa. Il se servait comme éventail du menu d'un restaurant chinois plissé façon accordéon.

« Où irions-nous, mère ?

— Où irions-nous ? répéta la femme, déroutée.

— Serions-nous aussi vieux dans notre nouvelle époque ? interrogea l'homme.

— Je crois, oui, répondit Constance.

— Alors, quel intérêt ?

— Vous pourriez voir l'avenir.

— Il sera là bien assez vite.

— Vous rappelez-vous le temps où tout ce quartier était une pommeraie ? demanda Constance.

— Quand était-ce ?

— Vers 1908.

— Hé, je ne suis né qu'en 1919 ! souligna l'homme, amusé. Ai-je vraiment l'air aussi décrépit ?

— Je suis bien née en 1893, répliqua Constance.

— Vous êtes un modèle pour nous tous ! » lança la femme, jouant le jeu.

Sur ces mots, ils s'éloignèrent, allant même jusqu'à tenter de presser le pas comme si la folie de Constance était contagieuse.

« De toute façon, ils n'auraient pas pu courir assez vite », conclut Constance.

Penny pouffa. Je ne soufflai mot.

« Je sais que les Cubs vont gagner les World Series dans deux mois, me dit Constance. Et que Wintergreen va remporter le derby du Kentucky l'année prochaine. Ces informations peuvent m'être utiles à mon époque. Mais ici, qu'est-ce qu'elles m'apportent ?

— Tu as effectué des recherches ? demandai-je.

— Oui.

— Uniquement dans le but de gagner de l'argent si tu rentres chez toi ?

— *Quand* je rentrerai !

— Tu chapardes, tu essaies de te procurer des tuyaux pour parier… Voilà pourquoi tu restes coincée ici, Constance. À ton arrivée chez nous, tu étais une certaine Constance Morceau, une jeune fille qui n'avait jamais été embrassée. Tu pouvais passer par le trou de la serrure. Maintenant, tu ne peux plus. »

Une lueur d'intelligence brilla dans son regard.

« Je me sens différente, c'est vrai, admit-elle.

— Comment ça ?

— Eh bien, plus moderne. Plus libre. Comme si j'étais capable de tout. Comme si j'avais laissé une partie de ma conscience en 1908.

— Tes parents, plutôt », intervint Penny.

Constance sourit.

« Sans doute, oui. Certains jours, c'est bien agréable, cette liberté. Mais la plupart du temps, ça ne l'est pas.

— Est-ce que ta famille allait – va – au culte ?

— Oui. Le temple est toujours là. Je chantais dans la chorale.

— C'était important pour toi ?

— C'est ce que je prétendais. Mais au fond, j'aimais surtout chanter.

— C'est bon signe, observa Penny.

— Quoi ?

— Elle a menti à ses parents, et pourtant, elle a réussi à venir jusqu'à nous.

— Je n'ai pas dit qu'elle devait être parfaite, rétorquai-je.

— Je suis allée au temple hier, nous raconta Constance. Ils ont accroché les portraits des pasteurs à l'entrée. Le révérend Crawford a l'air tellement sévère ! Et tellement vieux ! Il officie jusqu'en 1928. Ensuite, Lyle DePester le remplacera. Il a mon âge ! Et lui aussi a l'air vieux et sévère. Lyle avait la manie d'allumer des incendies à All Hallow's Eve et de tourmenter les orphelins.

— Il a dû avoir une révélation en cours de route, plaisantai-je.

— Aujourd'hui, le pasteur est une femme.

— Tu pourrais peut-être réintégrer la chorale, suggéra Penny.

— Dash allait-il à l'office ? demandai-je.

— Il affirmait qu'il y allait en ville. Mais je n'en ai jamais eu la preuve.

— Comment ça ?

— Il était toujours disponible le dimanche. On pouvait le croiser à n'importe quelle heure de la journée, et soi-disant, il revenait du temple. Je ne crois pas qu'il ait à s'inquiéter de pouvoir passer un jour par ce trou de serrure de l'innocence.

— Et toi, alors ? » Penny me tapota l'épaule. « Tu n'es pas assez innocent pour retourner plus de quinze minutes en arrière ?

— Ta mère m'a permis de le rester dans un certain nombre de domaines, répondis-je. Les soucis financiers. Les contraintes du travail. L'obligation de supporter des personnes antipathiques.

— Mon père n'aurait pas su quoi faire de vous», dit Constance.

Je passai mon bras autour des épaules de Penny.

«Tant que je vivais ancré dans le présent, tout allait bien avec ta mère. C'est seulement quand j'ai commencé à voyager dans le temps que je lui ai posé des problèmes.»

Dans l'après-midi, j'estimai le travail de Constance suffisant pour rembourser sa dette et je l'accompagnai jusqu'à un premier magasin pour acheter deux Snickers, puis jusqu'à un second, où elle remplaça les barres volées.

«Voilà, c'est fait», dis-je en plissant les yeux, ébloui par le reflet du soleil sur le trottoir.

Il faisait une chaleur infernale ce jour-là et le ciel d'un bleu délavé ne laissait voir aucun nuage ressemblant à ces cumulonimbus annonciateurs d'orage dont j'étais certain que Constance avait besoin pour retourner en 1908.

«Non, ça ne l'est pas, répondit-elle.

— Pardon ?»

Elle retira d'une poche de sa robe une boîte d'aspect familier. C'était une bobine de microfilm. Sans doute s'agissait-il de celle de 1908, supposai-je, relatant le destin de Dash, mais lorsque Constance me montra l'étiquette, je lus : *1er au 15 novembre 1918*.

«Vous ne m'aviez pas parlé de la guerre», me reprocha-t-elle.

J'effleurai la date sur la boîte.

«Elle est finie depuis longtemps.

— Pourquoi ne m'avez-vous rien dit ?

— Il y a tellement de choses que tu ignores encore…

— Et si je sauve Dash pour qu'il se fasse tuer dans une stupide guerre ?

— C'est… Là, je n'ai pas de réponse à te donner.

— Je peux empêcher la guerre, affirma-t-elle en agrippant la boîte.

— Occupe-toi de Dash. Évite-lui d'être lynché. Empêcher la Première Guerre mondiale, ce serait…

— La première ?

— Oui. Il y en a eu deux.

— *Deux ?*

— Je le crains.

— Alors, je les arrêterai toutes les deux », affirma-t-elle sur un ton de défi.

Je récupérai la boîte de microfilms. Elle me l'abandonna sans protester.

« Nous allons la rendre, déclarai-je.

— J'ai passé en revue bon nombre d'années entre 1908 et cette date-là », me confia-t-elle en indiquant la boîte. Elle porta les mains à ses épaules comme pour s'étreindre. « En un sens, je n'ai pas envie de repartir. Je ne tiens pas à traverser toutes ces épreuves. Ni à voir ma famille et mes amis les traverser.

— J'aurais aimé que tu m'en parles avant.

— Pour que vous puissiez me cacher la vérité ?

— Eh bien, oui, admis-je. Mais dans un but bien précis.

— Afin que je ne sache rien de l'avenir quand je rentrerai ?

— Il y a au moins un avantage à ne rien savoir. Ça s'appelle l'espoir, me semble-t-il.

— Si mille personnes étaient au courant, ce serait possible d'empêcher la guerre.

— Certains événements ont un retentissement historique trop important. Et il n'y a pas mille Constance.

— Ce n'est pas une raison pour ne pas essayer, s'obstina-t-elle.

— Si tu pouvais effacer ton savoir, tu le ferais ? »

Nous avions marché jusqu'à la périphérie du centre-ville et j'avais hâte de rentrer.

« Je ne chercherais pas délibérément l'ignorance, répondit-elle.

— Où vas-tu aller, maintenant ? »

Elle haussa les épaules.

« Je suis fatiguée.

— Viens chez nous. »

Nous nous tenions à l'entrée de la parallée au niveau de Pincoffin Street. De l'endroit où nous étions, je voyais trois groupes de jeunes sur le raccourci ; en se rendant compte de notre présence, tous s'immobilisèrent, affichant la mine innocente du coupable pris la main dans le sac. Quand nous arrivâmes à la hauteur du premier groupe, les quatre filles en nage et hors d'haleine qui le composaient voulurent toucher Constance comme si c'était une apparition.

« C'est toi », dit l'une d'elles.

Sans lui prêter attention, Constance continua d'avancer.

« Comment t'as fait ? » demanda une autre.

Constance s'arrêta.

« Je vous aiderai, répondit-elle. Pour vingt dollars. »

Les quatre filles la dévisagèrent sans mot dire.

« Chacune », précisa Constance.

L'une des adolescentes, petite et jolie, des écouteurs autour du cou, répliqua :

« Donne-nous une preuve.

— Je ne peux pas », répondit Constance. Elle me montra du doigt. « Mais lui, il vous expliquera la situation.

— La façon dont vous dépensez votre argent ne me regarde pas », dis-je aux filles. Constance fronça les sourcils en me jetant un coup d'œil glacial. « Mais je crois en effet qu'elle a voyagé dans le temps.

— Nous, on veut aller dans l'avenir, dit l'une des filles aux cheveux teints en rouge et hérissés en touffes me faisant penser à de petites explosions.

— C'est sans garantie de réussite, déclara Constance.

— Tu viens de quelle année ?

— 1908.

— T'es sûre qu'on pourra revenir ?

— C'est sans garantie.

— Tu vas retourner en 1908 ?

— J'aimerais bien, avoua Constance.

— Mais tu n'es pas sûre d'y arriver ? » demanda son interlocutrice en frissonnant.

Deux garçons rejoignirent le groupe. L'un d'eux lança :

« Est-ce que je pourrais aller au même endroit qu'Holly Dearborn ? »

La question ne fit rire personne.

« Vous connaissez Holly ? m'enquis-je.

— Ouais », répondit quelqu'un.

La fille au casque ne voulait pas en démordre.

« Je n'ai que… » Elle compta une poignée de billets et de pièces. « Dans les huit dollars. Non, neuf. »

Constance haussa les épaules.

« C'est vingt dollars. »

Sa réponse me plut. Au moins, elle avait certaines valeurs.

De leur côté, les garçons avaient sorti un billet de dix dollars et un autre de un dollar.

« On va compléter la somme, dit l'un deux à la fille, pour te voir disparaître. »

Avec un petit sourire suffisant, elle les délesta de leur argent.

« Shannon, intervint une de ses amies d'un ton soucieux. Tu risques d'aller dans le futur et de découvrir que t'es morte.

— Ou grosse comme une patate.

— Oh, bon sang ! s'exclama Shannon. Ma destination finale n'est pas déterminée par la bande de poules mouillées qui m'entoure au moment du départ, hein ?

— C'est sans garantie, répéta Constance.

— Shan… » Son amie l'attrapa par le bras. « En gros, elle est en train de te dire qu'elle ne sait pas du tout comment ça se passe.

— Personne ne sait jamais rien, de toute façon, répliqua Shannon.

— Tu ferais mieux de t'offrir quelques bières, ironisa un garçon. C'est pareil.

— Tu bois ? demanda Constance à la candidate au voyage.

— Non, pas vraiment », répondit Shannon. Comme les garçons la huaient, elle ajouta : « Une fois de temps en temps.

— On t'a déjà embrassée ? »

Les garçons sifflèrent plus fort.

« Ça ne te regarde pas, décréta Shannon.

— Apparemment, ça joue », précisa Constance.

Un garçon lui demanda :

« On ne t'a jamais embrassée ?

— Non, mais j'allais l'être.

— Alors, si j'ai…, commença Shannon.

— Vas-y, dis-le ! la taquina un des adolescents.

— Si on m'a déjà embrassée, je ne pourrai pas voyager dans le temps ?

— Ce sera peut-être un problème.

— Alors, y a que les crétins et les losers qui peuvent tenter le coup ? se plaignit un garçon.

— Tu veux y aller avant moi ? lui lança Shannon avant de reporter son attention sur Constance. Bon, qu'est-ce que je dois faire ?

— Attends un orage, lui expliqua-t-elle, et cours sur ces allées, le plus vite possible.

— *C'est tout ?*

— C'est tout ce que j'ai fait. »

Shannon se déhancha et tendit la main.

« Rends-moi mon argent.

— Je t'avais prévenue : c'est sans garantie. Et puis, tu n'as même pas encore essayé.

— Rends-moi mon argent ! »

Constance s'éloigna sans un regard en arrière. Nous abordâmes le pâté de maisons suivant, croisant sur notre chemin un garçon sur un skate-board, deux filles sur des rollers, un autre garçon sur un vélo et un troisième sur un bâton sauteur. Constance les ignora tous, comme s'ils étaient trop jeunes pour avoir de l'argent dans les poches.

« Je me demandais…, dit-elle quand nous atteignîmes Clover Street. Si vous, vous avez reculé de quinze minutes, est-ce que le temps dans sa globalité a opéré lui aussi un retour en arrière ?

— C'est possible. Jusque-là, nous avons supposé, dans l'intérêt de Dash, que le jour et l'heure étaient les mêmes maintenant qu'en 1908. Donc, reculer d'une heure aujourd'hui reviendrait à reculer d'une heure à ton époque.

— Alors, je pourrais au moins retarder le lynchage…

— À ta place, je n'y compterais pas trop. »

L'étincelle d'espoir en elle la déserta. Nous étions arrivés à la maison.

« Je cherche juste à me rassurer au cas où je ne réussirais pas à refaire le voyage jusqu'au bout, murmura-t-elle.

— Tâche de retourner là-bas en une seule fois.

— C'est ce que je veux ! Mais si je pouvais d'abord revenir en arrière de deux jours, avant d'apprendre qu'il y a eu la guerre – des guerres –, alors peut-être que mon innocence serait encore suffisamment intacte pour me permettre de retourner directement en 1908.

— Tu ne devrais pas tenir ce genre de raisonnement. Comme je vois les choses, tu n'as qu'une seule opportunité. Une seule cartouche à brûler. Ne la gaspille pas pour gagner deux jours.

— Mais en oubliant ce que je sais maintenant, j'aurais plus de chances de rentrer directement, non ?

— Tu pourrais empêcher la Grande Guerre.

— Laquelle est-ce ? demanda-t-elle d'une voix frustrée, effrayée. Est-ce que je garde mes connaissances au risque de ne jamais retourner chez moi ? Ou est-ce que je dois les perdre, ce qui me permettra *éventuellement* de retrouver mon époque, mais en ignorant tout de la guerre à venir ?

— Tu transportais la bobine quand tu as essayé de rentrer, hier soir ?

— Oui.

— Peut-être que c'est ça, le problème. Peut-être que tu ne peux pas extraire les événements de leur déroulement chronologique. Pense au chaos qu'un journal de 1918 causerait s'il apparaissait en 1908.

— Mais tout est là-dedans, dit-elle en se tapotant la tête.

— On ne peut rien y faire. De toute façon, la plupart des gens refuseront de te croire, je le crains. Tu seras une jeune fille partie Dieu sait où et revenue pour annoncer une catastrophe inconcevable. »

Nous traversâmes Clover Street, contournâmes la maison et entrâmes par la porte donnant sur la terrasse.

Une adolescente dont les traits me disaient vaguement quelque chose était assise à la table de la cuisine, serrant – ou plutôt, agrippant – à deux mains un grand verre d'eau glacée. Elle me jeta un coup d'œil.

Du cabinet médical, dont la porte était ouverte, nous parvenaient les braillements d'un bébé, mais Flo restait au milieu de la cuisine, manifestement partagée entre son patient et la nécessité d'être avec sa famille.

Penny était présente aussi.

« Regarde qui est là », dit Flo.

Je crus qu'elle parlait de moi, mais Penny clarifia la situation :

« Papa, Constance, je vous présente Holly Dearborn. »

12

Tout le monde avait la même question à poser à Holly.

« D'où viens-tu ? »

Elle parla dans le verre, comme on chuchote dans un puits.

« De l'avenir », dit-elle.

Sa réponse provoqua une telle consternation générale que les cris du bébé cessèrent de résonner à mes oreilles. Je n'eus plus conscience que de Flo, irritée et impatiente, qui me rendait responsable de tout. Elle se dirigea vers la porte de son cabinet et s'immobilisa, hésitante, attirée par la réalité du bébé en pleurs, puis elle ferma la porte et se tourna vers nous. Constance se laissa glisser sur une chaise sans quitter Holly des yeux.

« Tu es passée chez toi ? lança Flo.

— Pas encore. Il fallait d'abord que je voie Penny, répondit Holly.

— Pourquoi ? demanda Penny d'un ton méfiant.

— Parce que dans le futur, tu n'es plus là. »

Flo laissa échapper un hoquet de stupeur en s'abattant sur ma poitrine.

« Tu… tu ne peux pas le savoir, bredouilla-t-elle.

— Si seulement c'était vrai, murmura Holly.

— Jusqu'où es-tu allée dans l'avenir ? » demandai-je.

Holly haussa les épaules.

« Peut-être trois jours ?

— Et c'est comment ?

— Pareil. Sauf que Penny a disparu.

— Comment est-ce arrivé ? s'enquit Constance.

— Elle a disparu, c'est tout.

— Je voulais dire, comment as-tu réussi à voyager dans le futur ?

— Je courais, raconta Holly. Pour aller m'abriter de la pluie. J'étais trempée, il était tard et j'avais envie de rentrer à la maison. Regan me suivait. Et tout d'un coup, je ne l'ai plus vue. Et la pluie s'est arrêtée.

— Mais qu'est-ce qu'on t'a fait, bon sang ? lui cria Flo.

— Maman, la réprimanda Penny.

— Qu'est-ce qu'on t'a fait pour que tu essaies aujourd'hui de nous détruire avec toutes ces absurdités ? »

Je posai la main sur l'épaule de Flo. Je devinai à ses muscles tendus un désir quasi irrépressible de sauter sur cette gamine, de la tailler en pièces, de se débarrasser d'elle et de l'histoire qu'elle débitait. Ou de m'infliger le même sort.

« Que s'est-il passé exactement ? » interrogea Penny.

Holly avala une gorgée d'eau, puis pressa le verre sur son front, qui se couvrit d'un voile humide et brillant. Elle haussa les épaules, les yeux rivés sur Flo.

« Tu étais portée disparue, répondit-elle à l'adresse de ma fille.

— Et moi, tu m'as vue ? » intervint Constance.

Holly fit non de la tête, puis se tourna vers moi.

« Vous, je vous ai vu, déclara-t-elle.

— Ah bon ?

— Oui.

— Au moment de ton arrivée ?

— Non, plus tard. Quand la pluie a cessé, j'ai arrêté de courir. J'ai appelé Regan. Je suis revenue sur mes pas pour la rejoindre.

— Mais tu ne l'as pas trouvée.

— Non. Le lendemain matin, je suis allée chez Corey. Regan était là. Ils ne paraissaient pas du tout surpris par ma présence. Ils ne parlaient que de la disparition de Penny.

— Tout ça, c'est à cause d'un garçon ? » lança Flo.

Holly commença à se lever. Mais je ne pouvais pas la laisser partir maintenant.

« Que s'est-il passé ensuite ? insistai-je. Quand tu étais avec Regan et Corey ? »

Holly fit s'entrechoquer les glaçons dans son verre.

« Pas grand-chose. On s'est dit tout ce qu'on savait. » Elle jeta un coup d'œil à Penny. « Après, Corey m'a draguée. Mais je suis partie.

— Il t'a draguée ? » répéta Penny.

Flo lui effleura la main.

« Ne l'écoute pas, ma chérie. C'est juste un moyen pour elle de t'atteindre. Une façon tordue d'utiliser toutes ces conneries que ton père a imposées dans nos vies. »

Holly croisa les bras.

« Vous n'êtes pas obligée de me croire, maugréa-t-elle. De toute façon, je m'en fiche.

— Quand m'as-tu vu, au juste ? lui demandai-je.

— En revenant de chez Corey. J'étais là-bas, sur la parallée… » De la main, elle indiqua l'endroit. « Et vous… vous étiez assis dans le jardin. En train de pleurer. Il y avait du sang sur votre chemise. Après, la police est arrivée.

— La police ? s'étonna Flo.

— Comment es-tu revenue ici ? » interrogea Constance.

De nouveau, Holly me montra du doigt.

« Il m'a poursuivie.

— Est-ce qu'il pleuvait ? me renseignai-je.

— Non. Il faisait le même temps qu'aujourd'hui. »

Estimant qu'elle en avait assez entendu, Flo se dirigea vers son cabinet.

« Rien de tout cela ne se produira, lui assurai-je. Penny ne disparaîtra pas. » Flo hésita. « Holly nous a révélé l'avenir, ajoutai-je. Maintenant, on peut le modifier. »

Toujours inquiète, manifestement, elle nous abandonna.

« Pourquoi ai-je couru après toi ? demandai-je à Holly.

— Ce flic vous interrogeait au sujet de Penny. Il vous soupçonnait.

— C'est dingue, déclara Penny.

— Il me soupçonnait de quoi ?

— Ben, votre fille avait disparu. »

Penny ne s'écarta pas de moi mais je vis le doute dans son regard.

« Tu n'as pas à t'inquiéter, lui dis-je.

— Mais jusqu'ici, tout s'est réalisé !

— Rien ne s'est réalisé, objectai-je.

— Et elle, alors ? » contre-attaqua Penny en désignant Constance.

Je n'avais hélas pas d'explications à lui fournir au sujet de Constance.

« Comment es-tu revenue ? la pressa cette dernière.

— Il a planté le flic et s'est précipité droit sur moi », expliqua Holly. Elle se tourna vers moi, le regard animé par le souvenir de la scène. Celle-ci avait réellement eu lieu, au moins dans sa tête. « Vous vous êtes mis à courir. Alors, moi aussi. »

Je patientai, imaginant le contexte.

« Le flic a cru que vous vouliez vous sauver. Vous aviez complètement perdu les pédales. Vous m'accusiez de ce qui était arrivé à Penny. Alors, le flic a crié : "Arrêtez ou je tire !"

— "Ou je tire" ? répétai-je.

— "Ou je tire", confirma-t-elle.

— Ça n'arrivera pas, dis-je à Penny pour tenter de nous rassurer tous les deux. C'est du temps altéré.

— Mais ça paraissait tellement réel, insista Holly.

— C'est arrivé, c'est vrai. Mais maintenant, ça n'arrivera plus.

— Donc, tu courais… », reprit Constance.

Holly haussa les épaules.

« Je courais, oui. Et lui, il se rapprochait de plus en plus. Le flic a dérapé avec sa moto…

— Quoi ?

— Oui, il a enfourché sa moto pour vous poursuivre. Mais il a eu un accident.

— Et qu'est-ce qui s'est passé après ? demanda Constance.

— Un coup de feu a claqué, mais avant d'avoir pu me retourner pour en savoir plus, j'étais revenue. Ici. Maintenant.

— Qu'est-ce que tu as ressenti ? m'enquis-je, avec l'impression d'entendre la détonation résonner à mes oreilles.

— Comme la première fois. Je courais. Je déteste courir. Et puis, *pouf* !

— Sur qui on a tiré ? questionna Penny.

— Pas sur moi, en tout cas, répondit Holly.

— Papa…

— Ça n'arrivera pas, affirmai-je. Il y a des tas de moyens de l'éviter.

— Je crois que j'ai compris, dit Constance, dont le visage s'éclaira soudain. Il ne faut pas en avoir envie. Quand je suis arrivée ici, s'il y avait bien une chose à laquelle je ne pensais pas, c'était voyager dans le temps. Mais maintenant, je ne pense plus qu'à ça.

— Pareil pour moi, avouai-je.

— Et toi, Holly, poursuivit Constance, tu es revenue parce que tu voulais lui échapper et non parce que tu cherchais à retourner dans le passé.

— Mais comment fait-on pour ne pas penser au voyage dans le temps ? » demandai-je.

Constance resta dîner avec nous sous un ciel magnifique. La chaleur avait perdu son caractère oppressant, sans pour autant céder la place à la fraîcheur, et en d'autres circonstances, une telle douceur aurait été la bienvenue. Nous étions tous installés à la table de jardin sur la terrasse, sous un parasol à franges. Des bougies brûlaient, logées dans des tasses bleues.

Penny n'avait pratiquement pas dit un mot depuis le retour d'Holly. Elle n'avait pas d'appétit. Flo me rendait toujours responsable des événements récents. Quand je lui pris le poignet pour vérifier l'heure à sa montre, Constance remarqua mon geste.

« Dash est peut-être déjà mort », dit-elle.

Je scrutai le crépuscule.

« Ils n'iront le chercher qu'après la tombée de la nuit, répondis-je. Ce sont des lâches.

— Et moi, je suis censée rester ici en attendant ?

— Mange un peu, lui conseilla Flo.

— Ne m'en veuillez pas, mais ma mère fait mieux la cuisine que vous. »

Flo esquissa un sourire de guingois.

« C'est Penny qui a préparé ce plat, précisa-t-elle.

— C'est peut-être mon dernier repas, murmura Penny.

— Ne dis pas des choses pareilles ! » la tança Flo.

Constance repoussa sa chaise et se leva. Elle s'était intégrée à la famille en très peu de temps, s'octroyant le droit de demeurer avec nous ou de s'en aller à sa guise, montrant par sa désinvolture qu'elle nous avait acceptés. Elle pressa l'épaule de Penny.

« Désolée », murmura-t-elle avant d'emporter son assiette sale dans la maison.

Un monospace s'engagea dans le parking de Flo et nous figea durant quelques instants dans la lumière de ses phares avant que le moteur ne soit coupé. Un homme et une femme en descendirent puis, ensemble, délicatement, ils aidèrent un garçonnet d'environ neuf ans à s'extraire de l'arrière. L'enfant portait une tenue de base-ball grise ornée d'inscriptions vertes. Les Solons. Il pressait sur son œil une sorte de compresse épaisse, rosâtre et mouillée.

Alors que je regardais les trois nouveaux venus remonter l'allée, Flo fit irruption dans le tableau et assuma aussitôt la direction des opérations. Je me sentis fier de la façon dont elle soulageait l'inquiétude des parents, la reprenant à son propre compte. Je les vis se détendre, rassurés de savoir leur fils en de meilleures mains. Le père se détendit tellement qu'il n'accompagna même pas sa femme et son fils dans le cabinet de Flo.

Je lui tendis une serviette en papier, dont j'avais trempé un coin dans l'eau, pour enlever le sang sur ses doigts.

« La balle frappée dans l'alignement l'a atteint en pleine tête, expliqua-t-il. Dans le coin le plus dangereux. »

Il s'essuya les mains sur le fond de son pantalon.

« Merci, dit-il en laissant tomber la serviette souillée au milieu de nos assiettes. Un lancer. Un impact de la balle sur la batte. Et boum, le voilà par terre. » Il avait l'air embarrassé. « J'ai rien vu venir.

— Flo va arranger ça.

— C'est ce que ma femme m'a dit.

— Comment s'appelle-t-il ?

— Derek. Le plus bizarre, c'est qu'il est gaucher. Un gaucher en troisième base, vous imaginez ?

— Pourquoi est-ce bizarre ? s'enquit Constance.

— Les gauchers ne jouent pas en troisième base.

— Pourquoi ?

— Parce que c'est plus dur de lancer, répondit le père, qui adopta une position de joueur de champ. Le batteur frappe la balle le long de la ligne, comme ça… » Il plongea vers la droite en tendant sa main droite couverte d'un gant imaginaire. « Faut trop de temps à un gaucher pour se retourner et lancer. Le batteur est plus rapide. » Il se frotta les paumes. « Mais bon, il voulait essayer quand même. Et voilà le résultat.

— Pourquoi ne pas l'avoir emmené aux urgences ? » demandai-je.

Il se mordilla la lèvre inférieure comme s'il était obligé d'aborder un sujet qu'il aurait préféré éviter.

« Manque de souplesse financière, avoua-t-il. Ma femme m'a dit que le docteur Flo marquerait ça sur l'ardoise. Qu'elle faisait comme dans le temps.

— Il faudra tout de même bien la payer un jour ou l'autre, soulignai-je.

— Aux urgences, "un jour ou l'autre", ils ne connaissent pas. »

Ayant dévoilé ses cartes, il n'éprouvait plus le besoin de me charmer. Au bout d'une minute de silence, il retourna attendre dans le monospace. La litanie d'informations débitée par le commentateur d'un match de base-ball dériva jusqu'à moi au-dessus de la pelouse. À mesure que la pénombre s'accentuait, la voix semblait s'enfler et prendre du relief alors même que le monde en perdait. Je me surpris à écouter comme un fan. L'issue de la rencontre était devenue importante pour moi.

Il s'était écoulé une bonne heure quand la porte du cabinet se rouvrit, livrant passage à Derek et à sa mère, suivis par Flo et par Penny. La maman de Derek tenait une note d'honoraires – une feuille de papier jaune et fin qu'elle plia en trois, puis en six, puis en douze, jusqu'au moment où elle ne forma plus qu'un petit paquet compact d'où la moindre pliure supplémentaire tirerait du sang.

Derek arborait un coquart digne d'un joueur de ligue majeure et un gros pansement blanc carré au-dessus de l'œil.

« Quatre points de suture, m'annonça Flo lorsque mère et fils s'éloignèrent dans l'allée.

— C'est à toi de jouer ! cria le père au garçonnet.

— Elle m'a dit d'emblée qu'ils ne pouvaient pas me payer, dit Flo.

— Il a parlé d'un "jour ou l'autre".

— À l'entendre, elle, c'était plutôt "jamais" !

— Ils ont eu des soins gratuits, et pourtant, maman n'a pas

voulu me laisser faire les points, maugréa Penny, deux lueurs jumelles de frustration brillant dans ses yeux.

— Écoute, Pen…, répondit Flo. C'est bien le genre de personnes à m'intenter un procès comme ça. » Elle claqua des doigts. « Ils n'ont pas d'argent. Et ils seraient tellement contents d'avoir le mien !

— Tu aurais pu demander à la mère d'attendre dehors.

— Non, ce n'était pas possible. »

Notre attention fut distraite par le râle d'agonie du monospace. Lorsque nous tournâmes la tête dans cette direction, le bruit s'arrêta comme s'il embarrassait le conducteur. Au bout d'un long moment, le grognement moribond du démarreur résonna de nouveau, les phares projetant une lueur vacillante, agonisante. Quand le père finit par renoncer à tourner la clé de contact, nous entendîmes les commentaires du match.

Il nous envoya le gosse.

« Mon papa aurait besoin d'un pontage.

— Bien sûr », répondis-je.

Je sortis notre voiture du garage et allai me garer près du monospace. Les câbles de démarrage se trouvaient dans le coffre. Le commentateur annonça : « C'est le sixième *home run* dans cette manche.

— Il va falloir éteindre la radio », dis-je au père.

La mère regardait droit devant elle et son fils la contemplait fixement sous son pansement.

« Qu'est-ce que vous faites ? demanda Constance, qui m'avait rejoint.

— La batterie est déchargée.

— D'accord, mais qu'est-ce que vous faites ?

— Ça s'appelle un pontage. Ma batterie est chargée, pas la sienne. Je lui donne de l'énergie pour qu'il puisse démarrer. »

Je fixai les pinces sur les bornes.

« Positif sur positif, expliquai-je. Négatif à la masse. »

Lorsque je me retournai, Constance avait disparu. Sans

doute était-elle rentrée. Je contournai le monospace pour m'adresser au conducteur :

« On est branchés », dis-je.

Il approcha sa main de la clé de contact.

« Attendez, dis-je. Attendez que je fasse tourner le moteur.

— OK. Désolé. »

Il était complètement abattu – accablé, fauché, endetté, dépendant de la pitié des autres, père d'un gamin dont les réflexes laissaient à désirer.

J'appuyai sur la pédale d'accélérateur, lui donnai le signal, et pour finir, son moteur reprit vie. Je restai tranquillement assis sur mon siège, satisfait, heureux d'avoir pu lui rendre service, laissant généreusement le trop-plein de mon existence se déverser dans le véhicule de cet homme brisé. Je rêvai un petit moment. Peut-être même allai-je jusqu'à fermer les yeux.

Un changement dans le régime du moteur attira mon attention. Constance était de retour. Elle avait enlevé ses bottes et s'était aspergée d'eau. Quand elle ôta les pinces fixées à la batterie du monospace, je voulus récupérer ma clé, mais je ne fus pas assez rapide. Elle plaça les gros crocodiles sur ses hanches, et durant un instant, juste avant de couper le contact, je crus voir des étincelles jaillir de son corps.

Constance était désormais allongée dans l'herbe, sur le dos. Des traces noirâtres dégageaient de la fumée au niveau de ses hanches. Ses paupières mi-closes révélaient des yeux révulsés. Flo s'agenouilla auprès d'elle et appuya l'oreille contre sa poitrine, oubliant qu'elle avait un stéthoscope autour du cou. Elle lui avait déjà posé les mains sur le sternum et se penchait pour exercer la première pression quand Constance gémit, toussa et tenta de se redresser.

Lorsqu'elle nous découvrit, elle devint folle.

« C'est toujours *maintenant* ? » s'écria-t-elle.

Elle nous examina tour à tour et frissonna dans sa robe mouillée. Elle ne semblait pas très stable mais une nouvelle lueur de détermination, ou de désespoir, éclairait son regard. Elle saisit le poignet de Flo pour jeter un coup d'œil à la montre.

« Dash..., murmura-t-elle.

— Reste avec nous », dit Flo.

Constance sautilla nerveusement sur place comme si elle avait des fourmis dans les jambes ou tentait de soulager une démangeaison intenable.

« C'est encore en moi ! s'exclama-t-elle, l'air à la fois excité et décidé. Peut-être que ça suffira. »

Je tendis le bras vers elle, mais elle s'écarta. Elle s'éloigna de quelques pas, se ravisa et rebroussa chemin.

« Penny... », commença-t-elle.

Elle secouait les mains avec tant de force que je m'attendais à voir des étincelles en jaillir.

« Quoi, Penny ? demanda Flo.

— Vous la retrouverez si vous savez où chercher.

— Mais... »

Cette fois, elle partit comme une flèche, sauta par-dessus la clôture et s'élança sur la parallée. Il y avait quelque chose de désuet dans sa manière de courir – dans la façon dont elle tenait sa jupe à deux mains, dont ses cheveux mouillés voltigeaient derrière elle et dont ses pieds nus frappaient le sol. À quoi pensait-elle en cet instant ? me demandai-je. Avec un peu de chance, pas au moyen de rejoindre Dash, mais à Dash lui-même. Il faisait nuit noire, maintenant tout comme en 1908. Elle avait sans doute peur d'être en retard. Mais si elle arrivait après coup, ce serait une bonne leçon pour ses concitoyens de l'époque. Or elle devait encore empêcher la Première Guerre mondiale.

Je ne pus fermer l'œil cette nuit-là, trop préoccupé que j'étais par l'éventuel retour de Constance et sa mise en garde au sujet de Penny. Un silence tranquille, presque irréel, régnait sur Euclid Heights. Je ne vis personne sur la parallée, ni adolescents avides de voyager dans le temps ni couples de retraités heureux de prendre l'air. J'avais l'impression qu'un sortilège avait été défait, que les choses étaient rentrées dans l'ordre.

À minuit, Flo me rejoignit sur la terrasse.

« Elle s'est lassée de son petit jeu, finalement, dit-elle. Elle a dû comprendre que nous n'avions pas d'argent à lui donner.

— Mais pourquoi se serait-elle infligée un choc aussi douloureux ?

— Elle tenait à faire une sortie marquante.

— Tu lui as proposé de rester avec nous.

— Et alors ?

— Alors, tu l'as crue.

— Je ne voulais pas qu'elle risque de se blesser encore une fois.

— Non. Tu l'as crue.

— Tu ne sais pas ce que j'ai cru ou non.

— Tu as pensé : si elle ne réussit pas à rentrer chez elle, autant qu'elle reste ici.

— Non, j'ai pensé : si sa vie la rend tellement malheureuse – *maintenant*, quelle que soit cette vie –, je veux bien l'accepter parmi nous.

— Puisque tu le dis.

— La Première Guerre mondiale a bien eu lieu. »

Elle avait raison. Rien n'avait changé sur ce point – du moins, à en juger par mes souvenirs, mes connaissances. Le départ de Constance remontait à quelques heures seulement, mais ce qu'elle avait fait à son retour s'était produit quatre-vingt-dix ans plus tôt.

J'ôtai de ma poche le microfilm de 1918.

« Demain matin, je le rapporterai à la bibliothèque, dis-je. Et je jetterai un coup d'œil à la bobine de 1908. »

Flo se figea.

« Tu n'abandonneras pas, hein ?

— Je veux savoir si elle est rentrée.

— De toute façon, ça ne prouvera rien. Je suis sûre que

Constance – ou quel que soit son nom – a fait des recherches avant toi. Elle sait exactement ce qui est arrivé à la fille disparue dont elle s'est inspirée pour monter son escroquerie. »

Le lendemain matin, je n'aurais pas été surpris de découvrir Constance chez nous, pelotonnée dans un fauteuil avec un livre ou devant son petit déjeuner, ou encore en train de prendre une de ces douches interminables qu'elle affectionnait, comme d'habitude. L'opinion de Flo sur la situation me paraissait logique sur un plan pratique. Constance – si elle était bien une comédienne malhonnête, comme le supposait ma femme – ne manquerait pas de nous expliquer où elle avait passé la nuit, pourquoi elle n'avait pas réussi à retrouver Dash et ce que lui réservait l'avenir ici, dans cet avenir.

Mais Constance ne revint pas.

J'empruntai la parallée pour me rendre en ville. À la bibliothèque, je commençai par changer un billet d'un dollar avant d'aller m'asseoir devant le lecteur de microfilms. Je fis défiler les journaux du 15 au 31 août 1908, accélérant le mouvement au niveau des articles sur la disparition de Constance et les révélations sur Dash Buckley. Je ralentis en atteignant le récit de son lynchage. Rien n'avait changé. Constance n'était pas rentrée à temps pour prévenir ce dénouement fatal.

Pourtant, quelque chose me semblait différent dans cette page, du moins pour autant que je m'en souvenais. À côté du texte figurait maintenant une illustration de la scène montrant le corps de Dash pendu à l'arbre, inerte, et la foule des curieux alentour, dont les visages croqués à la va-vite exprimaient un mélange de jubilation, de dégoût et de remords.

Et juste derrière la foule, dans l'angle du dessin – comme quelqu'un qui serait arrivé en dernier sur les lieux – se trouvait Constance. Ou quelqu'un qui lui ressemblait comme deux gouttes d'eau. Ses traits reflétaient la panique et le désespoir, ses cheveux étaient emmêlés, ses vêtements fripés.

Mon cœur se serra à la pensée qu'elle était arrivée trop tard. En sachant ce qu'elle savait. Parfaitement consciente du cours que prendrait sa vie mais incapable de le modifier.

Le lendemain, elle faisait la une du quotidien.

Constance était rentrée. Sans pouvoir prévenir le destin tragique d'un jeune homme injustement accusé, injustement emprisonné, injustement jugé et exécuté par une poignée de ses concitoyens.

MYSTÉRIEUSE RÉAPPARITION
DE LA JEUNE DISPARUE
par E. Wayne Manger

L'histoire bien étrange et dramatique des amoureux maudits d'Hickory Hill – Constance Morceau et Harold « Dash » Buckley – a connu un nouveau rebondissement hier quand Mlle Morceau, portée disparue et présumée morte depuis le 13 août, est reparue parmi nous.

Mlle Morceau, fille de Peter T. et de Faith W. Morceau, avait prétendument été vue pour la dernière fois par M. Buckley alors qu'elle courait sous la pluie dans la pommeraie de son père. Mais les recherches subséquentes menées pour la retrouver n'ayant rien révélé, M. Buckley a d'abord été interrogé, puis arrêté, et enfin accusé d'être impliqué dans cette disparition.

Cette interpellation a donné lieu à diverses allégations au sujet de l'ascendance de M. Buckley, des allégations qui ont transformé un public intrigué en foule déchaînée dont les actes ont eu des conséquences tragiques.

C'est ainsi qu'après avoir fait irruption dans la prison d'Hickory Hill, les émeutiers ont assailli le shérif Lloyd Horton, lui ont fracassé le crâne et ont ensuite traîné M. Buckley hors de sa cellule pour aller le pendre à l'aide d'une corde de fortune à l'hickory sur la place municipale.

Aujourd'hui, au lendemain des événements, la tragédie est consommée. Alors même que M. Buckley agonisait, proclamant son innocence jusqu'à son tout dernier souffle, l'absence de Mlle Morceau touchait à sa fin. Elle est réapparue quelques minutes seulement après la pendaison de son soupirant, mais même dans les instants qui ont suivi son retour, elle n'a pas été reconnue par les individus les plus surexcités.

Ce n'est que plus tard, beaucoup trop tard, qu'elle a signalé sa présence à John Ketch, shérif par intérim, à la prison municipale.

Ketch a décrit les explications fournies par Mlle Morceau sur sa disparition comme étant « fantaisistes à l'extrême… ne reposant sur aucune preuve et allant à l'encontre des lois de la physique et de la réalité ».

Mlle Morceau s'est retranchée dans le foyer familial.

« Nous sommes ravis et soulagés d'avoir retrouvé notre petite fille », nous a confié sa mère lors d'une brève interview accordée sur le perron de sa maison.

J'ai poursuivi ma lecture jusqu'à la fin de l'article. Il n'y était pas fait mention d'un voyage dans le temps, de prédictions concernant le futur ou d'une guerre à venir. Un certain docteur Eddings, dont les propos étaient cités, affirmait que Constance avait souffert d'une sorte de perte de conscience, de choc cérébral, de démence temporaire peut-être provoquée par un coup sur la tête ou un traumatisme mental vraisemblablement infligé par Harold Buckley.

Un large portrait de Constance occupait une partie de la page.

Le journal du lendemain ne contenait rien sur elle. J'allai jusqu'à la fin de la bobine sans relever aucune autre information à son sujet.

Sur une intuition, j'insérai dans le lecteur celle du 1er au 15 mai 1909 et parcourus les différentes éditions jusqu'au mardi 4 mai. Je sautai le compte rendu de la victoire remportée par Wintergreen dans le derby du Kentucky, car je ne m'intéressais pas aux détails de la course, mais plutôt à ce qui allait se passer les jours suivants. J'atteignis la fin de la bobine sans avoir trouvé ce que je cherchais, mais sur celle datée du 16 au 31 mai, je fus récompensé de mes efforts par un entrefilet dans le journal du dimanche 30.

UN JOURNALISTE DU *BEACON* PART
FAIRE LE TOUR DU MONDE

> Edward Wayne Manger, intrépide correspondant du *Beacon*, va beaucoup manquer à ses collègues maintenant qu'il s'apprête à embarquer pour une traversée qui verra sa malle de voyage tamponnée à New York, Londres, Paris, Berlin, Téhéran, Tokyo, Shanghai et bien d'autres escales exotiques.

L'auteur s'attachait ensuite à décrire quel homme formidable était Manger, dont il mentionnait en particulier le penchant marqué pour les farces (il adorait adresser de fausses lettres de fans à ses collègues journalistes) et le serment de détacher un fragment de la grande muraille de Chine qu'il souhaitait emporter dans sa tombe. Mais il n'était expliqué nulle part comment il avait acquis la fortune lui permettant d'entreprendre un tel voyage.

À ce stade, comme l'heure du déjeuner approchait, j'allai acheter un muffin à la myrtille et une bouteille de jus de pomme au vendeur ayant installé son stand sur le trottoir devant la bibliothèque. Pendant que je mangeais, assis sur un banc ombragé, je vis une adolescente passer un coup de fil d'un téléphone public proche. Elle me parut vaguement familière. Le vendeur aussi, d'ailleurs. Je me demandai si cette impression était la conséquence du retour de Constance en 1908. Elle avait peut-être causé un léger remous temporel capable de changer ma vie juste à cet instant.

Lorsque la jeune fille raccrocha, je téléphonai à la maison. Le répondeur se déclencha.

« C'est moi. Je suis à la bibliothèque. J'en ai encore pour deux ou trois heures. Je vous aime. »

J'envisageai de lire tout ce qui concernait les années 1909

et 1910 (E. Wayne Manger avait promis d'expédier des dépêches), mais décidai que ce serait une perte de temps. À mon avis, il ne risquait pas de révéler par écrit qu'il avait gagné l'argent de son voyage en pariant sur Wintergreen dans le derby ou sur les Cubs dans les World Series de 1908 parce qu'une fille revenue de l'avenir le lui avait conseillé.

Au lieu de quoi, je m'intéressai à la bobine datée du 1er au 15 novembre 1918 – celle que Constance avait prise. Elle n'avait pas réussi à empêcher la guerre. Des listes de morts et de blessés, en tout petits caractères, occupaient une page entière. Des photographies de victimes originaires de la région étaient regroupées sous une rubrique quotidienne intitulée « Héros du Pays ». Les titres proclamaient la victoire des Alliés, et le ton des articles, quoique lugubre, laissait entrevoir un espoir de paix.

J'arrivai ainsi au 11 novembre, jour de l'armistice, et à la fin de la guerre censée mettre un terme à toutes les guerres. J'étais plongé dans la lecture des articles du 14 novembre quand la bande cassa. La brusque vision de l'écran gris-vert me ramena au présent. J'emportai la bobine à l'accueil.

« La bande s'est cassée, expliquai-je.

— Mince », fit la bibliothécaire en se levant.

C'était une petite blonde aux formes appétissantes qui avait retroussé les manches de son chemisier. Elle rapprocha les deux extrémités de la bande.

« Bizarre, murmura-t-elle. On dirait qu'elle a été coupée. »

Nous retournâmes près du lecteur. Elle plaça la première extrémité du film sous la loupe jusqu'à ce que la page apparaisse sur l'écran.

« Les bords n'ont pas été déchirés, la ligne est trop nette, observa-t-elle. Et ils ne s'assemblent pas. »

Elle posa un doigt sur l'écran.

« Là, c'est la page 41. » Elle inséra la seconde extrémité de la bande. « Vous voyez ? Ici, c'est la 43. La page 42 a été découpée. »

La bibliothécaire répara le microfilm avec dextérité, ce qui me permit de le faire défiler sans encombre jusqu'à la fin de la bobine.

Mais cette histoire de page manquante me chiffonnait. Les futurs lecteurs ne s'apercevraient sans doute pas de sa disparition. C'était comme si les événements rapportés dans cette section du journal ne s'étaient jamais produits. Quelles étaient donc les intentions de la personne qui l'avait prise ?

Et cette personne était-elle Constance ?

Je rentrai chez moi en pensant que j'allais peut-être tomber sur elle, l'espérant presque, car sans elle, je me sentais quelque peu isolé et incertain de l'avenir.

Seule Flo était à la maison.

« Tu as eu mon message ? demandai-je.

— Oui. Tu as croisé Penny ?

— Je suis parti de bonne heure, tu sais.

— Elle était encore là ?

— Je n'ai pas vérifié.

— Son lit n'est pas refait. Mais bon, elle ne le refait jamais.

— Tu es en train de me dire qu'elle n'a pas dormi ici la nuit dernière ?

— Tu l'as vue, hier soir ?

— Oui. Quand elle est venue m'embrasser avant d'aller au lit. Tu étais déjà montée te coucher.

— Et tu as jeté un coup d'œil dans sa chambre, après ? »

Je ne m'en souvenais pas. Pis, tout un monde de possibilités se présentait à mon esprit. Que se passerait-il si je devais essayer de leur trouver une explication ?

« Je ne crois pas.

— Tu es resté debout presque toute la nuit, fit remarquer Flo d'un ton qui sonnait comme une accusation.

— Et alors ?

— Tu aurais dû te montrer vigilant. »

Dans ma tête, l'image de la dernière course folle de Constance sur la parallée se mêlait à la présence floue de Penny.

La sonnette retentit dans le cabinet de Flo. Elle se campa devant moi. Songeait-elle à Holly Dearborn ?

« Retrouve-la », m'ordonna-t-elle.

J'explorai minutieusement chaque pièce de la maison, espérant, mais sans grande conviction, découvrir Penny blottie dans un petit coin tranquille avec un livre ou un oreiller et une couverture, isolée au sein du cocon créé par ses écouteurs, sa vie suivant son cours comme elle l'avait fait jusque-là.

Mais je ne me fiais pas trop à cette vision. D'abord, Penny n'aimait pas lire. Ensuite, cela ne lui ressemblait pas de se couper de l'existence familiale durant un long moment. Et enfin, je n'osais pas trop y croire, par peur de ce que je ressentirais si mes illusions se révélaient infondées.

Aussi, préférant imaginer Penny en sécurité, abordai-je l'étape suivante de mes recherches avec l'espoir que de tous les mystères encore à élucider, je parviendrais au moins à résoudre celui de la disparition de ma fille.

13

Le Beacon Building était un donjon en pierre de quatre étages dans Violet Street, à un pâté de maisons de la place municipale, et je m'imaginais sans peine E. Wayne Manger quittant précipitamment son bureau pour se rendre à la prison, chapeau sur le point de s'envoler, pans de chemise sortis du pantalon, remerciant sa bonne étoile de lui avoir apporté cette incroyable histoire pratiquement sur le seuil de son journal.

Un certain Fustus était responsable des archives au quatrième étage, et il régnait sur son royaume préservé de la poussière et de l'humidité comme un monarque à la personnalité peu amène et soupçonneuse.

« Quelle date m'avez-vous dit ? demanda-t-il d'un ton rogue.

— Les deux premières semaines de novembre 1918. »

Une règle, une paire de ciseaux, six crayons à papier n° 2 parfaitement taillés et quatre crayons gras rouges de longueur identique étaient alignés tels des rails sur son bureau.

« Je ne peux pas vous laisser manipuler des journaux aussi vieux, dit-il. Le sébum de vos doigts…

— Vous avez les originaux ?

— Nous avons quatre-vingt-dix-neuf pour cent des originaux jusqu'en 1930. Quatre-vingt-douze pour cent jusqu'aux années 20. Et presque soixante-quinze pour cent des années 1900 et 1910.

— Des microfilms feraient l'affaire.

— Je me sers de notre seul lecteur, comme vous pouvez le constater. »

La machine bourdonnait derrière lui.

« À vrai dire, je n'ai besoin que d'une seule page concernant une seule journée. »

Il relâcha son souffle, la simplicité de ma requête ayant de toute évidence vaincu sa résistance.

« *Quelle* page de *quel* jour ?

— Le 14 novembre 1918. Page 42. »

Il disparut entre les rayonnages et les piles de documents. Je fus tenté de réarranger les objets identiques sur son bureau ; je serais ainsi le seul à savoir qu'il évoluait dans un univers désorganisé. Mais cette pensée me rappela Penny – moins égarée que déplacée – et je préférai ne pas risquer de semer le chaos quelque part.

Fustus revint quelques instants plus tard avec une bobine de microfilm qu'il inséra dans le lecteur. Puis il fit défiler la bande à toute vitesse, brouillant les journées, ne ralentissant même pas pour vérifier la date jusqu'au moment où il s'arrêta net.

« Page 42. 14 novembre 1918, annonça-t-il.

— Pourriez-vous me l'imprimer, s'il vous plaît ?

— Ça fera un dollar la copie. »

Je n'avais pas l'intention de marchander. Il aurait pu me demander dix dollars par copie. Ou vingt. J'avais besoin de voir cette page, ce que Constance avait cru nécessaire de soustraire au passé, à son avenir. Je payai Fustus en pièces de dix cents. Il appuya sur la touche d'impression.

J'emportai en bas de l'escalier la page encore humide et fleurant l'encre, puis allai m'installer dehors sur un banc ensoleillé. Mes yeux survolèrent le contenu de la feuille : un encart publicitaire pour cinq tonnes de boulets de charbon ne dégageant pas de fumée, vingt-cinq dollars ; quelques entrefilets au sujet d'un cheval volé, d'une pénurie de mélasse, du suicide d'un homme d'affaires. Dans l'angle supérieur droit figurait une longue liste de noms en caractères minuscules, sous un titre un peu plus large et sombre :

VICTIMES DE LA GRIPPE

Abercrombie, Millicent K., *adulte*
Adler, Daniel, *adulte*
Brebeuf, Thomas, *jeune orphelin*
Craker, Rachel, *jeune orpheline*
Dillard, Fredrick, *adulte*
Erickson, Agatha, *adulte*
Farmer, Lucas, *fils bien-aimé*

Et ainsi de suite, autant de noms glissant sous le bout de mon index jusqu'au moment où, à la moitié de la liste, j'arrivai à :

Manger, Constance M., *adulte*

Mon doigt s'immobilisa sur cette ligne. Mon cœur aussi. C'était le premier mot que je lisais dont la consonance éveillait quelque chose en moi.

Durant un moment, j'envisageai de retourner au quatrième étage voir Fustus, mais je me rappelai soudain que c'était la seule page manquante à la bibliothèque, que rien ne venait ensuite interrompre le cours du temps. J'y retournai en hâte.

Je trouvai ce que je cherchais, ce que j'étais pratiquement sûr de trouver, dans les archives du 16 novembre 1918 :

DÉCÈS DE CONSTANCE M. MANGER,
FEMME D'UN MAGNAT DES AFFAIRES

Constance M. Manger, née Morceau, vingt-cinq ans, femme d'Edward Wayne Manger, fondateur et président d'EWM Co., a succombé le 13 novembre à la grippe espagnole.

Mme Manger était une épouse et une mère aimante qui avait

brièvement attiré l'attention de l'opinion publique en 1908 en disparaissant plusieurs jours – une absence que l'on n'a jamais vraiment expliquée mais qui a précipité le lynchage d'Harold Buckley, le soupirant de Mme Manger, à l'époque de son mystérieux départ.

Mme Manger avait connu son futur mari quand celui-ci, ancien journaliste, s'était chargé de relater dans cette publication l'enquête au sujet de sa disparition. Elle avait déclaré dans une interview donnée lors de leurs fiançailles en 1913 : « J'ai l'intime conviction que le destin m'a fait entreprendre cet étrange voyage dans le seul but de rencontrer M. Manger, de l'aimer et de passer le restant de mes jours auprès de lui. »

Dans un communiqué émis par le siège d'EWM Co., les dirigeants ont exprimé « un chagrin incommensurable » à l'annonce du décès de Mme Manger. Les employés auront droit à une demi-journée de congés payés pour assister aux funérailles, qui sont imminentes.

M. Manger attribuait souvent à sa femme le mérite de sa réussite professionnelle. EWM Co. avait pris un essor particulièrement fulgurant pendant la Première Guerre mondiale, puisqu'elle disposait alors d'entrepôts remplis jusqu'au plafond de bandes de gaze de différentes tailles et capacités d'absorption, que les gouvernements des États-Unis et de plusieurs pays européens ont achetées à prix d'or.

Je poursuivis ma lecture jusqu'à la fin de l'article, qui incluait une liste des activités sociales auxquelles participait Constance dans son rôle de femme d'industriel en vue ainsi que d'autres éloges grandiloquents au sujet de son mari. La dernière ligne attira mon attention :

> Mme Manger laisse derrière elle son fils bien-aimé, E. Wayne Jr., ainsi que son père et sa mère, Peter T. et Faith W. Morceau.

J'imprimai la page et la rapportai à la maison. Elle avait séché lorsque j'entrai dans la cuisine par la porte de derrière.

Flo s'y trouvait déjà, elle-même munie d'un document. Elle me le jeta à la figure comme un lanceur de couteaux envoie ses lames sur la cible.

« Je suis virée d'ici ! » s'écria-t-elle, maîtrisant tout juste sa colère.

La missive comportait l'en-tête de la municipalité. Je la survolai. Elle mentionnait une audience sur son statut de profession libérale dans une zone résidentielle. La situation ne me paraissait pas totalement désespérée, mais je me fiai au jugement de Flo.

« Ils veulent changer ma zone d'activité. »

Elle m'arracha la feuille des mains et se mit à la relire.

« J'ai découvert ceci, dis-je en étalant les deux copies sur la table. Elle est morte. »

Flo se figea.

« Qui ?

— Constance. » Je lui montrai la ligne. « Tu vois ? Elle meurt – elle est morte de la grippe en 1918. »

Le regard de Flo se teinta d'incrédulité.

« On m'interdit d'exercer, et toi, tu persistes dans ta folie !

— Ce n'est pas…

— Je ne pourrai plus subventionner ta carrière artistique de merde !

— Flo, s'il te plaît. Je sais que tu ne voulais pas dire ça.

— Oh, mais si ! »

Elle se dirigea vers son cabinet comme une furie.

« Des nouvelles de Penny ? » demandai-je.

Elle s'immobilisa, se retourna et secoua la tête.

« Je vais continuer mes recherches, dis-je.

— Tu as parlé à ses amis ?

— Non.

— Pourquoi, bon sang ?

— Constance a eu un fils. »

Flo se cacha le visage dans les mains.

« Elle a épousé le journaliste qui a couvert sa disparition, poursuivis-je. Son fils doit avoir dans les quatre-vingts ans aujourd'hui.

— Arrête ! siffla-t-elle entre ses dents – tempérant sa voix, mais pas sa colère, au cas où d'éventuels patients l'attendraient. Je ne veux plus entendre un mot sur cette histoire. »

Je cherchai la photocopie de la page relatant le lynchage de Dash Buckley, la posai sur la table et montrai à Flo le dessin de l'adolescente à l'écart de la foule.

« Regarde, c'est elle. »

Elle s'approcha de moi.

« Elle est rentrée, affirmai-je. Mais trop tard pour sauver Dash.

— Ça ? lança-t-elle. *Ce gribouillis ?*

— Ça lui ressemble, en tout cas.

— C'est… quoi, au juste ? reprit-elle en se penchant. Quelques traits au crayon. On se rend à peine compte que c'est une fille – alors, de là à l'identifier précisément !

— C'est elle ! » Plus j'étudiais le dessin, plus j'en étais persuadé. « Elle est rentrée. Elle a rencontré ce journaliste dont elle est tombée amoureuse et elle est morte dix ans plus tard. »

Flo me posa une main sur la joue, soudain tendre et compatissante.

« Je regrette de t'avoir dit ça, tout à l'heure. J'ai toujours cru en ton talent, tu le sais.

— Non, c'est toi qui as raison. Je n'ai jamais aimé ce métier. Je n'ai même jamais travaillé une seule minute sans penser à l'instant où j'allais enfin pouvoir m'arrêter.

— Comme tout le monde, Josh. Plus ou moins.

— Mais ça, insistai-je en agitant la feuille. Tu n'y crois peut-être pas, mais c'est la chose la plus réelle qui me soit jamais arrivée. »

C'était de toute évidence un après-midi tranquille chez EWM Co. Un tel silence régnait dans le hall d'accueil qu'on aurait presque pu entendre une bande de gaze se dérouler, et l'agent de sécurité avait tant besoin de compagnie qu'il me héla à l'instant même où j'émergeai de la porte à tambour.

Derrière son bureau se déployait une carte en relief du monde, surmontée d'une bannière en plâtre proclamant : « EWM : L'EXCELLENCE PARTOUT OÙ ELLE EST REQUISE ». Une poignée de petites lumières rouges clignotaient dans des régions reculées, mais la plupart des voyants ne comportaient pas d'ampoules.

« Bienvenue. Bienvenue chez EWM, me dit-il gaiement en faisant tourner vers moi le registre des visiteurs. Qui souhaitez-vous voir ? »

Je tentai ma chance.

« E. Wayne Manger Jr. est-il là ?

— Ma foi, non ! Junior est mort en 64.

— Et son père ?

— Il nous a quittés un an plus tard. Junior était quelqu'un de bien. Mais triste. Il avait perdu sa mère quand il avait quatre ans, me révéla l'agent de sécurité. On disait souvent que les Garçons – c'est comme ça qu'on appelait Senior et Junior – n'avaient plus jamais été les mêmes après sa mort. Nous non plus, d'ailleurs.

— Comment ça ?

— Évidemment, je ne sais que ce qu'on m'a raconté. Mais je travaille ici depuis 1962. Je les ai connus tous les deux. Il leur fallait tous les matins un nouvel œillet à la boutonnière. J'étais chargé de les acheter. Les œillets qu'ils portaient dans leur tombe, c'est moi qui les avais achetés aussi. Ça me fait tout drôle de repenser à ces fleurs enterrées avec eux – à cette odeur d'œillets… »

Son attention s'égara. Ses dernières paroles demeurèrent en suspens dans la poussière illuminée par un rayon de soleil venu des hautes fenêtres.

« Comment marchent les affaires ? demandai-je.

— On maintient le cap, bon an mal an. »

Il se redressa en rajustant les revers de sa veste.

« Junior a-t-il eu des enfants ?

— Une fille, oui, répondit-il. Vous aimeriez la rencontrer ?

— Elle est ici ?

— C'est elle, la patronne. »

Je fus autorisé à franchir sans escorte une porte qui donnait sur un dédale de bureaux d'où émanait un léger bourdonnement d'activité. Au bout du couloir, je m'arrêtai devant une autre porte – en bois précieux, celle-là, lustrée, incrustée de vitres biseautées et de larmes de verre d'un bleu laiteux. Elle grinça lorsque je la poussai.

À mon entrée, Constance se leva pour m'accueillir.

Ou plutôt, une version moderne de Constance adulte, filtrée par deux générations, mais néanmoins si proche de l'original que j'en eus le souffle coupé.

« On m'a prévenue de votre arrivée, me dit-elle.

— Je voulais parler à la fille d'E. Wayne Manger Jr. »

J'étais déjà convaincu que c'était elle, évidemment. Je voulais juste vérifier. Elle contourna son bureau, la main tendue. Je la serrai.

« Ça se prononce Man-gueur. Avec un G occlusif. Je suis Connie Manger Winslow. Que puis-je faire pour vous ?

— Vous ressemblez tellement à votre grand-mère… »

Je me demandai aussitôt quelle force m'avait poussé à formuler cette remarque. Je n'attendais rien de cette visite, de toute façon. Mon scepticisme avait disparu depuis longtemps.

« Pardon ?

— Constance Morceau Manger. »

Elle m'étudia avec attention durant un long, très long moment, durant lequel elle retourna derrière son bureau, adoptant la froide réserve de la femme d'affaires avisée. Je me demandai une nouvelle fois ce que je fabriquais là.

« Vous n'êtes pas tellement plus vieux que moi, observa-t-elle enfin.

— Votre père vous a-t-il parlé d'elle ? De votre grand-mère ?

— Je me souviens à peine d'elle. Mais bien sûr, j'ai entendu toutes sortes d'histoires sur son compte. Dans quelles circonstances elle avait rencontré grand-père. Le scandale. Le rôle déterminant qu'elle avait joué dans la création de l'entreprise.

— Votre grand-père vous a-t-il expliqué comment elle l'avait aidé ?

— Elle avait prédit la Première Guerre mondiale. Et l'issue d'une course de chevaux.

— Il l'avait vue faire ses prédictions ? »

Elle détourna les yeux un instant, avant de reporter son attention sur moi.

« Oui, répondit-elle.

— Et il l'a crue ?

— Quand j'ai été en âge de lui en parler – de la légende de grand-mère, je veux dire –, c'était pratiquement devenu un récit biblique. Grand-père avait cessé depuis longtemps de s'interroger sur les détails. Quoi qu'il en soit, il lui avait accordé suffisamment de crédit pour miser le plus d'argent possible sur ce cheval.

— Wintergreen.

— Et les Cubs. Il lui avait accordé aussi suffisamment de crédit pour constituer des stocks d'un article indispensable en cas de guerre. Et après la mort de grand-mère, grand-père s'est révélé un piètre homme d'affaires. Sans flair ni inspiration, je dirais.

— Et vous ?

— Nous sommes plus ou moins dans le creux de la vague. Mais la société s'est développée depuis que j'en ai pris la direction.

— Non. Je voulais dire, est-ce que vous croyez à ce qui est arrivé à votre grand-mère ?

— Certaines parties, oui.

— Lesquelles ?

— Celles que je peux toucher. Celles qui sont réelles.

— Elle était chez moi, vous savez. »

À ces mots, les larmes lui montèrent aux yeux.

« Ma grand-mère ?

— Vous pleurez facilement. Vous tenez ça d'elle.

— Comment pouvait-elle être chez vous ?

— Elle est restée environ une semaine. Nous nous sommes tous attachés à elle.

— Quel âge avait-elle ?

— Quinze ans.

— Bien entendu, c'est la partie de l'histoire qui me pose le plus de problèmes, avoua-t-elle. Même en 1908, il y avait déjà en Europe des signes annonciateurs d'un conflit imminent. On ne risque pas grand-chose à prédire une guerre. Et des tas de gens parient tous les jours sur des chevaux appelés à gagner une course.

— Elle était là, insistai-je. J'aimerais avoir un moyen de vous le prouver.

— Donc… vous dites que j'aurais pu me promener dans la rue la semaine dernière et tomber sur ma grand-mère quand elle avait quinze ans. »

Je ne pus m'empêcher de rire.

« Vous mesurez, j'imagine, à quel point ça peut paraître insensé, fit-elle remarquer.

— Vous venez de résumer la tournure prise par mon existence depuis son arrivée. »

Durant un moment, elle parut déçue, comme si elle avait conscience d'être passée à côté de quelque chose d'important, quelque chose qui n'arrive qu'une fois dans une vie.

« Si elle revient, dit-elle enfin, promettez-moi de me l'amener.

— Je ne pense pas qu'elle revienne un jour.

— Pourquoi ?

— C'est juste une intuition. Elle ne se plaisait pas ici – ou plutôt, maintenant. Même si elle appréciait les installations sanitaires. Son père et sa mère lui manquaient. Et elle voulait sauver son petit ami.

— Mais elle n'a pas réussi.

— Toujours d'après la légende ? »

Elle contourna de nouveau son bureau, puis traversa la pièce. Je la suivis. Deux portes encastrées dans le mur ouvraient sur un grand miroir bordé d'ampoules fluorescentes qui s'éclairèrent. À gauche était accroché un collage, et au premier coup d'œil, je sus qu'il s'agissait d'une sorte d'autel dédié à la grand-mère de Connie.

« C'est l'œuvre de grand-père », m'apprit-elle.

Derrière la vitre du cadre étaient rassemblées diverses coupures de presse relatant la disparition et la réapparition de Constance Morceau – mais le dessin du malheureux Dash Buckley lynché par ses concitoyens n'y figurait pas. Je vis aussi les tickets gagnants du derby du Kentucky de 1909 – dont un signé par le jockey Vincent Powers – déployés en éventail, une rose séchée et un autre article annonçant la victoire des Cubs dans les World Series de 1908.

Dans un coin se trouvait le faire-part de mariage d'E. Wayne Manger et de Constance Morceau. Dans un autre, le reçu de la première commande d'EWM Co. – des centaines de milliers de mètres de gaze de diverses largeurs – passée par le gouvernement français.

« Grand-père a fait le tour du monde pour prospecter la clientèle, déclara Connie.

— Des années avant la guerre », soulignai-je.

Je remarquai aussi dans le cadre l'avis de décès de Constance que j'avais lu un peu plus tôt. Protégé par le verre, l'article était presque aussi blanc que le jour où il avait été découpé dans le journal.

« Puis-je le voir de plus près ? demandai-je.

— Bien sûr. »

Elle souleva le collage pour le dégager des crochets, puis le plaça dans mes mains. L'un des billcts du derby se détacha et glissa en bas du cadre.

« Je n'arrête pas de me dire que je devrais le donner à restaurer, me confia Connie. En même temps, il me semble plus touchant comme ça. J'ai toujours l'impression que le souffle de grand-père est pris à l'intérieur et que si je l'ouvrais… »

Je retournai de nouveau le cadre pour mieux le voir à la lumière des ampoules du miroir, et dans mon mouvement, je le cognai contre l'encadrement de la porte. Un fragment brun foncé tomba de derrière l'avis de décès.

Connie se rapprocha de moi.

« Qu'est-ce que c'est ? »

Je savais ce que c'était. Une preuve.

« Un bout de microfilm », répondis-je.

Il était trop petit et sombre pour être lu sans l'aide d'une loupe et d'une table lumineuse, mais j'étais sûr que si je le sortais du cadre pour l'emporter à la bibliothèque, il s'insérerait parfaitement dans l'espace laissé sur la bande que Constance avait découpée – celle où manquait désormais une page du journal du 14 novembre 1918.

« Ils avaient déjà des microfilms, à l'époque ? s'étonna Connie, les yeux ronds.

— Je ne crois pas.

— Alors, comment est-il arrivé là ? »

Je l'écoutais à peine. Une question se formait dans mon esprit, exaspérante tant elle s'obstinait à m'échapper – comme une bribe d'information dont je ne pourrais pas me souvenir. J'essayai de mieux la cerner en l'abordant indirectement.

« Êtes-vous certaine que votre grand-père est bien l'auteur de ce collage ?

— C'est ce qu'on m'a raconté, en tout cas.

— Il s'agit d'un bout de microfilm que votre grand-mère a emporté dans le passé.

— Dans le passé », répéta Connie.

Je lui narrai mes visites à la bibliothèque avec sa grand-mère, précisant que je lui avais montré comment fonctionnait le lecteur.

« C'est là qu'elle a appris le sort réservé à son petit ami, ajoutai-je. Voilà pourquoi elle tenait tant à rentrer.

— Comment s'y est-elle prise ? » demanda Connie.

Il était bien naturel qu'elle me pose cette question, mais j'avais d'autres préoccupations en tête.

« Attendez un peu, dis-je soudain. Elle était coincée ici. Elle se sentait piégée. Forcément, elle voulait connaître les informations contenues sur ces bandes. Tout le monde aurait réagi comme elle. Rendez-vous compte, elle avait accès à l'avenir ! Je l'ai avertie que ces renseignements seraient dangereux si elle parvenait à rentrer en 1908. Mais elle n'a pas résisté. De toute façon, elle n'avait guère le choix. Ce n'était pas son époque. Elle n'avait aucune raison de rester.

— Mais comment… ? »

Je levai une main.

« Elle a pris une de ces bobines à la bibliothèque. Celle concernant les deux premières semaines de novembre 1918.

— La guerre ? »

Je poursuivis dans cette voie, certain de toucher au but.

« Elle était déjà au courant, pour la guerre. Mais elle voulait tout de même emporter cette bobine. Je ne sais pas trop pourquoi. Comme preuve, peut-être ? Comme atout ? Elle aurait pu en tirer une fortune. Mais elle n'a pas réussi. Je lui avais dit que d'après moi, toutes les connaissances qu'elle accumulait sur le futur risquaient de compliquer son retour. Et qu'emporter cette bobine serait comme essayer de faire passer une ancre à travers le chat d'une aiguille.

— C'est tellement difficile à croire », murmura Connie.

Mais je ne m'en souciai pas.

« J'ai rapporté la bobine à la bibliothèque, ajoutai-je. Après qu'elle fut retournée en 1908. Une page manquait sur la bande. » Je tapotai la vitre du collage. « Cette page-là.

— Qu'y avait-il dessus ?

— La liste des victimes de la grippe.

— Pardon ?

— La grippe espagnole, oui. La pandémie.

— Et son nom était sur cette liste ?

— Oui. Constance M. Manger. »

Voilà, je la tenais, ma question.

« Mais comment pouvait-elle savoir à ce moment-là que son nom serait Constance *Manger* ? » demandai-je.

Connie ne répondit pas. Elle raccrocha le cadre. En la regardant, je repensai aux doutes de Flo sur Constance ; or j'avais devant moi une version adulte de la jeune fille du passé.

« Avez-vous des enfants ? demandai-je.

— Oui.

— Une fille ?

— Oui. Et deux fils.

— Est-ce qu'elle vous ressemble ?

— On le dit, en tout cas.

— C'est donc l'arrière-petite-fille de Constance.

— Où voulez-vous en venir ?

— Ma femme pense que toute cette histoire est un coup monté, que Constance ne venait pas d'une autre époque, mais bien de la nôtre. Du présent.

— Ma fille a huit ans, répliqua-t-elle. C'est une petite farceuse, mais les tours qu'elle nous joue sont ceux d'une gosse de huit ans. »

Je hochai distraitement la tête. Je n'avais plus qu'une hâte : sortir de ce bureau, chercher la réponse à la question qui occupait toutes mes pensées.

« Mais comment s'y est-elle prise ? s'entêta Connie.

— Pour être franc, je n'en ai pas la moindre idée.

— Vous ne pouvez pas partir maintenant, en me laissant comme ça.

— Je crois que c'est à la fois aussi simple et aussi compliqué que de passer en un endroit précis à un moment précis à une vitesse précise. Alors, une porte s'ouvre.

— Formidable. Je ne suis pas plus avancée.

— Vous n'y arriveriez pas, de toute façon, dis-je pour la décourager. Vous en auriez trop envie.

— Envie ? Oh, Seigneur, non ! Et abandonner mes enfants ?

— C'est ce qui m'effraie le plus. La perspective de me retrouver perdu dans le passé ou dans l'avenir sans avoir la possibilité de revenir.

— Vous l'avez fait ? »

Je souris.

« Je suis remonté en arrière de quinze minutes.

— C'est tout ?

— Ça peut paraître dérisoire, je sais. Pourtant, ça a changé ma vie. »

14

Je rentrai chez moi en empruntant l'itinéraire habituel, sans rien faire pour augmenter ou diminuer mes chances de rallier ma destination en toute sécurité. Une partie de moi continuait d'espérer que Constance m'attendrait et j'en vins à me demander jusqu'à quel point cette attente était influencée par ma visite à sa petite-fille.

Un groupe de pupilles de l'État avait envahi le cabinet de Flo. Leurs bavardages et leur énergie mettaient dans la maison une animation qui contrastait avec la froideur méfiante de ma femme.

« Elle n'est pas rentrée », me lança-t-elle du seuil de son cabinet, oubliant les patients derrière elle.

Un sentiment irrationnel d'impuissance totale me submergea. Il me fallut un petit moment pour me ressaisir, me sentir capable de faire face à la disparition de Penny et d'agir en conséquence. Je jetai un coup d'œil à la lumière du soleil : il ne restait que quelques heures avant la tombée de la nuit, avant que l'absence de Penny commence à devenir sérieusement inquiétante.

« J'ai appelé la police », ajouta Flo.

Cette remarque semblait confirmer la prédiction d'Holly, mais d'un autre côté, son initiative était logique.

« Qu'est-ce qu'ils ont dit ?

— D'attendre encore. Elle n'est pas partie depuis assez longtemps.

— Sage conseil. Ne t'inquiète donc pas.

— Tu as parlé à ses amis ? demanda-t-elle.
— J'ai rencontré la petite-fille de Constance. »
Mais Flo ne m'écoutait pas.
« Va voir Corey », ordonna-t-elle, avant de fermer la porte.
J'empruntai prudemment la parallée jusqu'à Holt Street, que je remontai vers le nord. Corey habitait à deux pâtés de maisons de chez Burton. Il répondit à mon premier coup de sonnette mais resta derrière la porte-moustiquaire.
« Bonjour, monsieur Winkler.
— Tu as vu Penny ?
— Non, pas aujourd'hui.
— Quand l'as-tu vue pour la dernière fois ?
— Hier soir. »
Sa mère émergea de l'ombre derrière lui.
« Corey n'a rien d'autre à vous dire, déclara-t-elle.
— À quelle heure, hier soir ? insistai-je.
— Tard.
— Après minuit ?
— Corey... », l'avertit sa mère. Et d'ajouter à mon adresse : « Je suis sûre que vous n'avez pas besoin de notre aide pour la retrouver.
— Tout va bien, maman, répliqua Corey. Elle était sur le point de rentrer, reprit-il à mon adresse. La dernière fois que je l'ai vue.
— Et il était plus de minuit ?
— Oui.
— Elle courait ?
— Corey... »
L'adolescent jeta un coup d'œil à sa mère.
« On s'est disputés, m'avoua-t-il.
— À quel sujet ? demandai-je.
— Bah, des trucs entre garçons et filles.
— C'était ta faute ou la sienne ? »
Il hésita.

« La sienne. »

Cette réponse me surprit.

« Tu en es sûr ? »

La mère de Corey avait reculé d'un pas dans l'ombre, me donnant l'impression qu'elle refusait d'assumer la responsabilité de ce qui allait suivre.

« Elle voulait se baigner, me révéla-t-il. Toute nue. »

J'accusai le choc, mais poursuivis néanmoins l'interrogatoire.

« Où ?

— Nous avons une piscine enterrée », m'apprit la mère de Corey.

Ils me la montrèrent. C'était un petit bassin de forme ovale où des feuilles mortes tournoyaient lentement à la surface.

« Que s'est-il passé ? demandai-je.

— Elle était survoltée. » Corey me regarda. « Elle avait filé en douce de chez vous. Il faisait chaud. Elle voulait se baigner.

— Et toi ?

— Pas moi, non.

— Mais Penny a nagé ?

— Pas vraiment. Elle a juste sauté dans l'eau. » Il s'accorda quelques instants de réflexion. « Je crois que je l'ai déçue.

— Et elle était nue ? »

Corey hocha la tête et déglutit péniblement, comme s'il craignait que je n'aie envie de le frapper à cause de ce qu'il avait vu. Ce en quoi il n'avait pas tort.

« Y avait pas de quoi en faire un plat, marmonna-t-il.

— Que s'est-il passé ensuite ? le pressa sa mère.

— Je ne voulais toujours pas la rejoindre.

— Bon sang, fiston ! m'exclamai-je, cherchant à le mettre mal à l'aise. Quand une fille toute nue te demande d'aller nager avec elle, plonge !

— Je suis fier de toi, mon garçon, rétorqua sa mère en me gratifiant d'un regard glacial. Toi, au moins, tu as la tête sur les épaules.

— Et après, qu'est-il arrivé ?

— Penny est sortie de l'eau et elle est partie.

— Toujours mouillée ? »

Il acquiesça de la tête.

« Est-ce qu'elle courait ?

— Elle sautillait, elle courait, elle pleurait et elle essayait de s'habiller, répondit Corey. Tout ça en même temps. »

Je le crus. Il avait l'air d'un brave garçon, jeune et effrayé.

« Votre fille va rentrer », m'assura la mère de Corey, capable de magnanimité maintenant que son fils était dédouané.

Mais il n'en avait pas terminé.

« Elle m'a accusé… », commença-t-il.

Sa mère se départit aussitôt de son petit sourire suffisant et, attrapant Corey par le bras, elle tenta de l'entraîner loin de moi.

« Elle t'a accusé de quoi ? demandai-je.

— De l'avoir trompée. Dans l'avenir. »

Sa mère le tira plus fort.

« Corey », gronda-t-elle.

Je voulus le toucher, mais mes doigts se heurtèrent à la porte-moustiquaire.

« Raconte-moi. »

Il se libéra de l'étreinte maternelle et sortit sur le perron.

« Elle m'a dit que dans le futur, après son départ, je sortirais avec Holly Dearborn.

— Ce sont ses termes exacts ? "Après mon départ" ?

— Oui.

— A-t-elle dit où elle allait ?

— Non, elle a juste parlé de son départ. Elle a dit qu'elle connaissait l'avenir. C'était un peu flippant.

— Et c'est à ce moment-là qu'elle a enlevé ses vêtements ? » lança sa mère.

Au crépuscule, comme la maison était toujours vide, j'appelai la police et je fus mis en attente. Une mélodie au piano résonna à mon oreille. Tout en patientant, je récupérai la liste des victimes de la grippe en 1918 que j'avais punaisée au tableau d'affichage dans la cuisine. Je la relus d'abord jusqu'à :

Manger, Constance M., *adulte*

Et de là :

Miller, Ophelia, *adulte*
Nellison, Thomas, *adulte*
Olston, John, *enfant bien-aimé*
Praeger, Arthur, *jeune orphelin*
Pzerter, Katherine, *adulte*
Quinn, Daniel, *adulte*
Tully, Millicent, *adulte*
Vincent, William, *jeune orphelin*
Voss, E. J., *enfant bien-aimé*
Winberger, James, *adulte*
Winkler, Penelope, *jeune orpheline*
Wisteria, Vitrine, *adulte*
Wooster, Blanche, *adulte*
Young, Muriel, *adulte*
Zook, Kenneth, *adulte*

Le nom ne m'arrêta pas la première fois. Peut-être parce que je l'avais délibérément ignoré. Ou peut-être parce que je ne l'avais pas associé au terme «orpheline». Mais à la deuxième lecture, je ne pus l'éviter :

Winkler, Penelope, *jeune orpheline*

Était-ce pour cette raison que Constance avait voulu dissimuler la page ? Savait-elle que Penny était égarée en 1918, toute seule – une orpheline emportée par la grippe à plus de quatre-vingts ans de son époque ?

La mélodie au piano cessa brusquement. Un homme annonça : « Police d'Euclid Heights, j'écoute. » Je raccrochai.

J'emportai la liste de noms dans la maison envahie par la pénombre. Je découvris Flo au grenier, perchée en haut d'un escabeau, cherchant Dieu sait quoi dans cet espace confiné où régnait une chaleur infernale.

« Je crois savoir où est Penny », annonçai-je.

Déjà en nage, je dus me pencher pour passer sous les poutres.

Couverte de sueur et de poussière, Flo avait l'air d'une statue délicate, pâle, sculptée dans l'argile. Elle me rejoignit en trois enjambées.

« Où est-elle ?

— J'ai dit, je crois le savoir.

— Où ? »

Je fis bruisser devant elle la liste des victimes de la grippe. Telle une promesse, la feuille l'incita à descendre à ma suite jusque dans le couloir, où la caresse de l'air frais me redonna confiance. À cet endroit, il n'y avait cependant pas assez de lumière pour lire, et de toute façon, je ne voulais pas lui montrer le document trop près de la chambre de Penny. Aussi l'attirai-je un étage plus bas.

Dans la cuisine brillamment éclairée, ne voyant toujours aucun signe de Penny, mais juste une feuille de papier et moi, Flo se laissa envahir par le découragement.

« Tu as appelé la police ?

— J'ai failli, répondis-je. Regarde. »

Je posai le papier sur la table et plaçai mon doigt près du nom de Penny.

Flo se pencha pour lire. Quand elle se redressa, je reconnus sur ses traits le même scepticisme que d'habitude, auquel se mêlait cette fois une indéniable impatience.

« Et alors ? » demanda-t-elle.

Je tapotai le nom.

« C'est elle », affirmai-je.

Elle porta les mains à ses tempes.

« Oh, Seigneur, gémit-elle. Oh, Josh…

— C'est elle !

— Tu es en train de me dire que ma petite fille est morte en 1918 ?

— En tout cas, elle fait partie des *victimes* de la grippe.

— Le journal n'aurait pas publié le nom des personnes simplement atteintes du virus.

— J'essayais de t'épargner.

— Il est un peu tard pour ça, non ?

— C'est la page que Constance a découpée sur la bande de microfilm, expliquai-je. Je pense qu'elle a vu le nom de Penny.

— Le sien y est aussi.

— Mais comment aurait-elle pu savoir qu'elle s'appellerait Constance *Manger* ? »

Flo n'avait pas de réponse à me fournir.

Si Constance avait vu juste en supposant qu'elle parviendrait à retourner en 1908 parce que là était sa place, quelle raison pouvait bien justifier la présence de Penny en 1918 ?

« Penny a disparu, d'accord ? repris-je. J'ai parlé à Corey. Penny a filé en douce hier soir. Elle était avec lui. Ils se sont disputés.

— Fais arrêter Corey.

— Il m'a raconté qu'elle voulait se baigner toute nue avec lui.

— Penny ne…

— Elle a enlevé ses vêtements, puis elle a sauté dans leur piscine. Après, elle s'est enfuie. Ce journal est daté du 14 novembre 1918. Mais nous ne sommes encore qu'en août, ici comme là-bas. Nous avons le temps d'aller la chercher. Avant qu'elle ne tombe malade. »

Flo me regardait tandis que je débitais mes explications.

Une larme roula sur sa joue. Elle se sentait complètement seule. Je connaissais ce sentiment.

« Appelle la police, répéta-t-elle.

— Ce ne sera qu'un obstacle pour nous.

— Comment ça ? bredouilla-t-elle. Un obstacle à quoi ?

— Constance est repartie. »

Les yeux de Flo, fixés sur moi, reflétaient toujours la pitié et le désespoir.

« Si Constance a réussi à retourner là-bas, ajoutai-je, Penny peut revenir ici. »

La police se présenta sans qu'on l'ait appelée. Casse-couilles apparut dans la cour, flanqué d'un inspecteur. Comme celui-ci était plus petit et plus jeune d'une bonne quinzaine d'années, je pensai en les voyant tous les deux à une espèce de gros lourdaud obligé de garder un œil rancunier sur son cadet.

« Avez-vous appelé la police un peu plus tôt dans la soirée ? demanda l'inspecteur. Monsieur Winkler ?

— Oui, mais j'ai changé d'avis.

— Pourquoi t'as téléphoné ? aboya Casse-couilles.

— Pourquoi m'a-t-on mis en attente ?

— T'as pas fait le numéro des urgences, je te signale.

— Où est la différence ? J'ai patienté pendant près de dix minutes. »

L'inspecteur jeta un coup d'œil à son calepin.

« Très exactement quarante-huit secondes, monsieur Winkler. »

Casse-couilles se fendit d'un sourire suffisant.

« Ça t'a paru vachement plus long, hein ?

— Quel était le motif de votre appel, monsieur ?

— Vous allez interroger toutes les personnes qui changent d'avis ?

— Connaissez-vous une adolescente nommée Constance Morceau ?

— Oui.

— Mlle Morceau est pupille de l'État. Une certaine Hilly Cutter, fonctionnaire, a signalé sa disparition et nous a dit qu'elle vous avait vu avec elle. Votre nom dans ce dossier-là, associé à votre nom concernant cet appel avorté, a attiré notre attention.

— Ma femme vous avait déjà téléphoné à propos de la disparition de ma fille, répliquai-je. Pourquoi ne vous êtes-vous pas manifesté à ce moment-là ? »

De nouveau, l'inspecteur consulta ses notes.

« Nous n'avons pas établi de lien entre son appel et votre situation.

— Donc, votre système n'est pas infaillible, observai-je.

— Elle n'est pas revenue ? demanda l'inspecteur.

— Non.

— Se pourrait-il qu'elle soit avec Mlle Morceau ?

— C'est possible.

— Monsieur Winkler, reprit l'inspecteur, votre nom est aussi apparu une troisième fois – dans l'affaire Holly Dearborn.

— Elle n'est plus portée disparue.

— Mais elle affirme vous avoir parlé.

— C'est exact.

— Avant de rentrer chez elle.

— Elle m'a prédit que Penny allait disparaître.

— Qui est Penny ? demanda l'inspecteur.

— Ma fille.

— Et Holly Dearborn a prédit sa disparition ?

— Elle le savait.

— Comment l'avait-elle appris ?

— Elle est allée dans le futur. »

Je guettai leur réaction en prononçant ces mots. Pour la première fois depuis son arrivée, l'inspecteur avait entendu quelque chose qui méritait d'être noté et il griffonnait frénétiquement sur son calepin. Casse-couilles, lui, se bornait à me dévisager.

« Qu'a-t-elle vu d'autre, dans le futur ? s'enquit enfin l'inspecteur avec une sollicitude affectée.

— Rien.

— Elle ne vous a pas dit ce qui était arrivé à votre fille ?

— Non. Seulement qu'elle allait disparaître. »

L'inspecteur étudia ses notes.

« Et vous l'avez crue, monsieur Winkler ?

— Oui.

— Vous pensez réellement qu'elle a fait un saut dans l'avenir ?

— Oui.

— Avez-vous vous-même voyagé dans le temps ?

— Oui. »

Casse-couilles grimaça comme s'il éprouvait une soudaine compassion pour moi après toutes ces années de tyrannie.

« Régulièrement ? » poursuivit l'inspecteur.

Je me sentis heureux – soulagé, même – de pouvoir répondre avec sincérité :

« Non. Juste une fois.

— Avez-vous vu l'avenir, vous aussi ?

— Je suis retourné en arrière de quinze minutes. »

Pour le coup, Casse-couilles partit d'un rire tonitruant.

« Winkler ! Moi, si j'avais la possibilité d'aller dans le passé, je choisirais un truc célèbre, comme…

— Vous pourriez recommencer ? » l'interrompit l'inspecteur.

Je fis non de la tête. Au même moment, Flo sortit de la maison.

« D'après ma femme, répondis-je, ça ne m'est même jamais arrivé.

— Inspecteur Hamblin », dit l'inspecteur en lui tendant la main.

Flo la serra. Elle ne parut pas reconnaître Casse-couilles.

« Vous êtes ici pour nous aider à retrouver notre fille ?

— Avez-vous une idée de l'endroit où elle peut être ? s'enquit l'inspecteur Hamblin.

— Non, aucune. »

Elle me jeta un coup d'œil. L'espace d'un instant, nous fûmes de nouveau une équipe, deux personnes affrontant ensemble l'adversité. Cette complicité ne m'avait pas manqué les jours précédents, mais maintenant que je la sentais de nouveau entre nous, je déplorai sa rareté.

« Lui, il croit qu'elle est repartie en 1918 », lâcha soudain Flo.

Lui. La façon dont elle prononça ce mot me brisa le cœur. Lui. L'homme sur lequel elle ne pouvait désormais plus compter.

« Flo…, dis-je, démuni.

— En 1918 ? répéta l'inspecteur Hamblin en me regardant.

— Oui, continua Flo tel un témoin hostile. Où elle est morte de la grippe.

— Mourra, rectifiai-je. En novembre.

— Tu dis qu'elle va mourir en novembre ? lança Casse-couilles.

— En novembre 1918, précisai-je.

— Vous en êtes sûr ? demanda l'inspecteur.

— Non. »

C'était déconcertant de voir que ma femme était la plus sceptique des trois. Même les yeux de ce grand dadais de Casse-couilles reflétaient un intérêt authentique absent de ceux de Flo.

« Alors, qu'est-ce qui vous fait croire qu'elle est en 1918 ? » reprit l'inspecteur.

Je les conduisis dans la maison et leur montrai le nom de Penny sur la liste des victimes de la grippe.

« Penelope Winkler. C'est elle. »

L'inspecteur n'avait pas du tout l'air convaincu.

« Elle n'est pas orpheline, souligna-t-il.

— Aujourd'hui, non. Mais en 1918, elle n'a pas de parents. Et là, ajoutai-je en indiquant le nom de Constance sur la liste, c'est Constance Morceau.

— Constance M. Manger ?

— Oui. Elle est retournée chez elle. Elle s'est mariée. Et elle est morte en 1918. »

L'inspecteur Hamblin se dirigea vers la porte.

« Monsieur Winkler, lança-t-il, il va falloir que nous nous entretenions plus longuement avec vous !

— Maintenant ?

— Demain matin, ce serait mieux. J'enverrai l'agent Ketch vous chercher.

— Ce n'est pas nécessaire.

— D'accord. Mais soyez là à dix heures précises. »

Après leur départ, Flo tira une chaise dans la cuisine, mais sans conviction, comme si elle la destinait à quelqu'un d'autre.

« Fais-toi accompagner par un avocat, dit-elle.

— Tout ira bien.

— Pour l'instant, tu es leur piste la plus prometteuse : un homme qui admet savoir où sont les deux disparues. » L'air incrédule, elle secoua la tête. « Et il raconte qu'elles sont perdues dans le passé ! En ce moment même, je parie qu'ils gonflent l'oreiller dans ta cellule.

— Si j'y allais avec un avocat, ça laisserait supposer que j'ai quelque chose à cacher, observai-je.

— Je crois que c'est le cas, répliqua-t-elle avec colère. Et j'aurais aimé que tu t'y prennes un peu mieux ! »

15

Le lendemain matin, comme je n'étais pas particulièrement pressé de me rendre au poste de police provisoire, je me dirigeai vers la maison que Constance m'avait indiquée en face de la bibliothèque. J'appuyai ma main sur les briques de la grille du vieil orphelinat en me demandant si j'allais ressentir un peu de la solitude des lieux, la tristesse des enfants gravée dans la pierre. Mais rien ne me fut transmis. C'étaient juste des briques, chaudes et rugueuses au toucher. J'espérai de tout cœur que Penny n'avait pas passé suffisamment de temps dans cet endroit pour le marquer de son empreinte.

À dix heures, l'horaire fixé pour mon rendez-vous avec la police, j'attendais que la Société historique d'Euclid Heights ouvre ses portes. Henry Hinsdale était toujours fidèle au poste, mais il ne parut pas me reconnaître, peut-être parce que j'étais venu seul, cette fois. Il fut surpris que je sache où étaient les dossiers, et même que je sois au courant de leur existence.

« Avez-vous des archives sur l'ancien orphelinat ? demandai-je.

— Oui, répondit-il, mais avec une certaine réticence.

— Pourrais-je les consulter ?

— Elles sont très personnelles. »

Henry Hinsdale fourragea dans la poche de son pantalon – à la recherche d'une clé, escomptai-je. Mais il retira son portefeuille – mince, mou comme une chaussette, blanchi par l'usure dans les coins – dont il sortit une feuille de papier qu'il déplia avec précaution.

« C'est le mien », annonça-t-il.

Il plaça le document sous la lumière de la lampe. Il s'agissait de la copie sur papier carbone d'un document officiel où figurait l'en-tête :

FOYER POUR ENFANTS D'EUCLID HEIGHTS

Au-dessous, je lus le nom « Hinsdale, Henry » et la date de son entrée, le 1er février 1930.

« Vous y avez vécu ?

— Durant six longues années, répondit-il, morose mais fier. Jusqu'à la fermeture de l'établissement. Normalement, j'aurais dû être transféré avec les autres, mais j'avais dix-sept ans, j'avais déjà tapé des formulaires pour l'administration et je savais comment fonctionnait le système. »

Il ne souriait pas vraiment, mais les souvenirs du passé animaient son regard.

« Je me suis perdu dans la mêlée. Profitant du chaos pendant le déménagement, je suis parti, c'est tout. J'ai cessé d'exister. De toute façon, je n'étais qu'un orphelin.

— Et qu'avez-vous fait par la suite ?

— J'ai trouvé un travail. Puis un autre. Là-dessus, je me suis engagé dans les marines. Après, j'ai rencontré ma femme. On a eu quatre enfants. Et onze petits-enfants. Pas un seul orphelin dans le lot. » Il a éclaté de rire. « Et ce machin-là m'a accompagné tout au long de mon parcours. »

Il a rangé le document dans son portefeuille.

« Comment était-ce ? demandai-je. L'orphelinat, je veux dire.

— Pas si terrible. Juste une entreprise. Sans chichis. Le plus drôle, c'est que l'autre jour, ma plus jeune fille m'a téléphoné ; sa voiture était tombée en panne et elle voulait que j'aille chercher ma petite-fille Kyra à la crèche. À la minute même où je suis arrivé là-bas, je me suis mis à sangloter. C'était l'odeur. La même que celle de l'orphelinat. Un peu de caca. Un peu de pipi. Des larmes. De la sueur. Du désinfectant. Et par-dessus tout, l'odeur de l'argent. Du profit généré sur le dos des gosses. Des gosses partout, sans personne pour les aimer vraiment. J'ai ramené Kyra chez elle et proposé de la garder la journée, mais ma fille a refusé. C'est une autre histoire.

— Qu'est-il arrivé à vos parents ?

— Morts tous les deux. »

Sans me fournir d'explications, il déverrouilla la porte et me précéda dans l'escalier jusqu'à la salle des archives. Puis il poussa le battant en bas des marches.

« Avancez jusqu'au fond et tournez à droite », me dit-il.

Il fut surpris de me voir caler la porte avec ma chaussure, puis il me confia une lampe électrique. J'essayai de ne pas penser aux documents qui se trouvaient à portée de main – le certificat de décès de Constance, peut-être aussi celui de Penny – et décidai que si je ne les avais pas sous les yeux, ils n'existaient pas.

Après avoir localisé les archives de l'orphelinat, j'allai directement aux *W*. L'histoire de chaque orphelin était contenue dans une chemise cartonnée comportant dans l'angle supérieur droit le nom de l'enfant sur une étiquette en relief.

« Winkler, P. » se trouvait parmi les autres dossiers, et lorsque je le retirai du tiroir, son manque d'épaisseur, l'apparente pénurie d'informations à son sujet suscita en moi à la fois de l'inquiétude et du soulagement. Elle n'avait pas été orpheline longtemps. Mais cela dit, si elle était morte jeune, il était normal que les renseignements sur elle soient limités.

De fait, je ne découvris qu'une feuille à l'intérieur : le même formulaire que celui montré par Henry Hinsdale quelques minutes plus tôt.

Il commençait par la date d'admission de Penny, ou Penelope, le 26 août 1918. Ce jour-là, elle mesurait un mètre soixante-deux et pesait cinquante-neuf kilos. Son état mental était caractérisé par la formule : DEE. Découragée ? Désespérée ?

Suivaient plusieurs paragraphes rédigés à la main :

> Orpheline arrivée au foyer pour enfants d'Euclid Heights le 26 août 1918. Amenée par le shérif, qui a déclaré l'avoir trouvée errant à l'est du centre-ville, hystérique et impossible à raisonner. Aucune trace du père ou de la mère.
>
> Orpheline souvent belliqueuse et constamment sujette aux hallucinations. Prétend que ses parents sont en vie. Ses déclarations et affirmations indiquent un déséquilibre mental.
>
> Orpheline réservée. Espiègle. Aucun intérêt pour les activités organisées. Est d'une grande aide à l'infirmerie et avec les jeunes enfants. Lectrice avide.
>
> Hallucinations permanentes et détaillées concernant des événements futurs.
>
> Admise à l'infirmerie le 2/10 avec toux et fièvre.
>
> Sortie le 6/10.
>
> Diagnostic de la grippe espagnole le 2/11.
>
> Décédée le 12/11/1918.

En bas de la page étaient griffonnées les initiales JTK.

Mes mains tremblaient à la lecture d'un rapport aussi condensé et neutre sur le destin de ma fille. Je le parcourus de nouveau, imaginant Penny malade, effrayée et seule. Mais je me la représentais aussi espiègle et dévorant tous les ouvrages qui lui tombaient sous la main. Un feu follet. Aimée par les autres orphelins, les divertissant grâce à des prédictions particulièrement vivantes sur l'avenir. Elle devait mener la vie dure aux adultes, décrétant avec une conviction absolue qu'elle n'avait pas besoin de recevoir les enseignements du jour.

Je pliai la feuille et la glissai dans ma poche, rangeai le dossier vide parmi les autres, puis refermai le tiroir. Henry Hinsdale m'attendait en haut de l'escalier.

« Vous avez trouvé ? demanda-t-il.

— Oui. Merci.

— De rien. Voyez-vous, quand on a été orphelin, on ne se sent plus jamais seul. »

J'envisageai – mais pas très longtemps – de m'arrêter au poste de police sur le chemin du retour. J'ignorais encore comment m'y prendre sur la plupart des fronts, mais j'avais la certitude qu'un long interrogatoire mené par des personnes qui me soupçonnaient d'être impliqué dans la disparition de deux adolescentes n'était pas la meilleure utilisation de mon temps.

Flo recevait des patients. J'étais tellement convaincu que Penny vivait maintenant en 1918 que je ne montai même pas dans sa chambre voir si elle était rentrée. Je n'éprouvais pas non plus ce besoin compulsif de me lancer à sa recherche, comme tout parent d'un enfant disparu le ferait en des circonstances normales.

Je savais où était ma fille. J'en avais la preuve écrite.

Ce qui me paraissait de plus en plus évident, c'était qu'il m'incombait d'aller la récupérer. Cette perspective me semblait à la fois totalement raisonnable et absolument terrifiante. Penny était égarée en 1918. Je n'avais pas envie de m'y égarer à mon tour. Pas plus que je ne souhaitais me retrouver par hasard à une autre époque. Si j'avais eu ne serait-ce qu'un semblant de maîtrise sur le processus, je serais retourné au moment précis où Penny était sortie toute nue de la piscine de Corey. Je l'aurais aidée à se rhabiller, je lui aurais passé un bras autour des épaules et je l'aurais ramenée à la maison.

Mais voilà, je ne maîtrisais rien du tout. Je ne pouvais qu'essayer, avec l'espoir d'arriver à l'endroit et à la période où je désirais être, où il fallait que je sois.

De toute façon, je n'avais pas le choix. Je savais où était Penny et je savais aussi que je n'aurais jamais aucune chance de la rejoindre si j'attendais pour agir de commencer à comprendre – ou pis, de contrôler – la situation.

Je dénichai l'ouvrage que je voulais sur les étagères de mon atelier, et à l'intérieur, je trouvai sans peine les informations dont j'avais besoin. Je choisis un feutre rouge pour écrire. Je m'absorbai dans mon activité au point de perdre toute notion du temps. Je n'entendis pas Flo entrer.

Quand je levai les yeux, je la découvris en larmes.

« Oh, mon Dieu », gémit-elle, avant de s'enfuir.

Je m'élançai à sa suite et la rattrapai par le bras. Quel spectacle je devais lui offrir ! L'incarnation de la goutte d'eau qui fait déborder le vase, sans doute… Elle lutta pour se dégager.

« Je vais la chercher », dis-je.

Je la sentis se calmer dans mes bras. Allait-elle contester mon projet ? me demandai-je. Exprimer sa peur de voir disparaître son mari et sa fille dans le passé ? Non. Elle s'écarta.

« Comment ? demanda-t-elle, ne demandant qu'à être convaincue.

— Je ne sais pas. » Je souris. « La méthode habituelle. »

Elle tendit le doigt vers moi, vers ce que j'avais écrit.

« Et ça ?

— Il faut que j'emporte quelque chose… quelque chose d'utile.

— Et si tu n'y parviens pas ?

— Je renouvellerai la tentative. Regarde. » Je lui montrai le formulaire d'admission de Penelope Winkler à l'orphelinat. « Il nous reste encore un peu de temps. Elle ne tombera malade qu'en novembre. »

Une main sur le front, Flo prit le document pour lire. Arrivée en bas de la page, elle retourna la feuille, brûlant d'en savoir plus.

« Ce n'est pas elle, déclara-t-elle d'une voix blanche.

— Bien sûr que…

— Non ! Elle déteste lire. Pourquoi serait-elle une lectrice avide à cette époque ?

— Parce qu'elle s'ennuie, peut-être ?

— Elle se ferait des amis. »

Je levai les mains.

« C'est son nom, Flo ! Sa taille et son poids.

— Non, ce n'est pas elle ! Ce n'est pas possible !

— Mais enfin, rends-toi compte ! C'est une bonne nouvelle. Nous savons où elle est. Elle va bien – pour le moment. Préférerais-tu qu'elle soit perdue ici, dans le présent, sans que nous ayons la moindre idée de l'endroit où elle se trouve, des personnes avec qui elle est et du moyen de la rejoindre ?

— Si elle est dans le présent, au moins, nous pouvons espérer son retour. Si elle est partie en 1918… »

Sa voix se brisa.

« Fais-moi confiance, Flo. Ça va marcher.

— Tu as parlé à la police ?

— Non.

— Ils ont téléphoné pour demander où tu étais. »

J'allai me rasseoir pour peaufiner mon projet. Flo me regardait avec une sorte de fascination atterrée.

« Tu vas aller les voir ? demanda-t-elle enfin.

— Plus tard. »

Elle attendit quelques instants.

« Josh ? »

Je cessai de travailler, le doigt posé sur une ligne du texte.

« Est-ce que tu me caches quelque chose ? s'enquit-elle avec plus de douceur qu'elle n'en avait manifesté envers moi depuis des semaines.

— Je suis assis devant toi en caleçon. Que voudrais-tu que je te cache ?

— Pourquoi refuses-tu d'aller voir la police ?

— Si je vais au poste, je ne peux pas m'occuper de Penny. Ni de rien d'autre. Et si j'y vais dans cette tenue, ils auront une bonne raison de me garder.

— Mets un pantalon. Et vas-y. »

Je secouai la tête avant de me replonger dans ma tâche.

« Je leur ai dit hier tout ce que je savais.

— Donc, tu ne veux pas leur parler ?

— Pour le moment, non. »

Pour moi, c'était parfaitement logique. Flo me contempla pendant une bonne minute, puis son téléphone sonna et elle retourna dans son cabinet. Après avoir terminé ce que j'avais entrepris, je passai un jean et une chemise blanche à manches longues. Le ciel était dégagé mais une humidité qui me parut de bon augure alourdissait l'air. Cette impression de baiser mouillé annonçait peut-être un orage d'été. Je l'espérais, en tout cas.

Je pris la direction du centre. J'étais à la recherche de Kurt. Il me semblait important de le voir avant de partir. Or il n'était pas devant le 1112 East Collier Street. J'éprouvai un certain soulagement à la pensée que son obsession relâchait peut-être enfin son emprise sur lui, mais une fois parvenu au cœur de la ville, je me sentis traqué. Je ne pouvais oublier que la police m'avait convoqué.

Je trouvai Kurt dans Greencloth Street, assis sur un banc public, le dos tourné à la circulation, la tête renversée pour profiter du soleil, les yeux fermés.

« Salut », dis-je en poussant de la pointe de ma botte sa tennis sans lacet.

Il sursauta, l'air coupable, comme s'il était pris en faute.

« Je vais m'absenter un moment », lui annonçai-je.

Il se passa une main sur les yeux, puis sur la bouche.

« Va voir Flo si tu as besoin de quelque chose. »

Ses mouvements nerveux l'amenèrent à remuer la tête de telle façon qu'il aurait pu acquiescer.

« Tu connais l'adresse.

— Un un un…

— Non, Kurt. South Clover Street. Deux un huit. »

Je m'assis sur le banc à côté de lui, ôtai les lacets de mes bottes de travail, puis m'agenouillai devant lui pour les enfiler sur ses tennis. Ses pieds puaient tellement que je dus retenir mon souffle le temps de la manœuvre.

« Du sang », dit-il soudain.

Je ne saisis pas.

« Quoi ? »

Il pointa le doigt vers moi.

« Du sang. »

Avant de pouvoir répondre, j'entendis une moto démarrer au niveau du pâté de maisons voisin.

« Flo t'aidera », ajoutai-je.

Je me relevai d'un bond, vérifiai s'il n'y avait pas de circulation dans Greencloth, puis traversai la rue comme une flèche avec l'impression d'être poursuivi, manquant perdre mes bottes à chaque foulée.

À l'angle de Collier Street et de Pincoffin Street, je crus voir une voiture de police au loin. Je tournai dans Pincoffin en direction du sud, vers la parallée. Je n'hésitai pas un seul instant à m'y engager. Au diable la prudence. De toute façon, je savais ce qui allait se passer. Je continuai de courir, conscient de la caresse des feuilles sur mes épaules, en essayant de garder mes bottes aux pieds et de me vider la tête de tout désir ou de toute velléité d'atteindre un objectif précis. Penny surgit dans mes pensées. C'était une image d'elle sur son premier vélo, quand elle ignorait encore comment avancer.

J'arrivai à Pine Street.

Je lui apprenais à pédaler sur l'herbe pour éviter qu'elle se blesse en tombant. Mais elle n'avait pas vraiment fait de progrès jusqu'à ce que Flo l'emmène sur la route, où le revêtement facilitait la circulation. En deux temps trois mouvements, Penny s'était volatilisée. Elle avait pédalé jusqu'au bout du pâté de maisons, puis disparu de notre vue. Flo et moi nous étions regardés, effrayés par ce que nous avions mis en branle. Une minute plus tard, Penny arrivait par-derrière. Elle avait tourné autour du pâté de maisons. Elle rayonnait en nous doublant.

« Où vas-tu ? lui avais-je crié.
— Sais pas ! »

Je courais à pleine vitesse, toujours chaussé de mes bottes, quand j'atteignis la parallée qui longeait notre maison. J'étais à bout de souffle, en nage, et ma chemise me collait au dos.

J'entrai dans la cuisine, où je me servis un verre d'eau, puis je ressortis dans le jardin et m'effondrai sur la chaise longue. Des volutes d'encre rouge, fines comme des cheveux, se dessinaient sur ma chemise. Des gouttes de sueur brûlantes me tombaient dans les yeux. De l'encre tachait aussi mes manches.

Mon attention était donc ailleurs quand Holly Dearborn se matérialisa sur la parallée, l'air désemparé, vêtue des mêmes habits qu'elle portait le jour où elle était venue me parler de cette rencontre.

« Bonjour ! » lança-t-elle.

D'après ce qu'elle m'avait dit, j'étais censé pleurer. Or je me sentais inquiet, mais pas au point de fondre en larmes. L'apparition d'Holly, à point nommé, m'avait rendu ma confiance. Je me faisais l'effet d'un scientifique dont les hypothèses farfelues se révèlent finalement fondées.

« Où est Penny ? » demanda-t-elle.

Elle attendit ma réponse. Moi, j'attendais Casse-couilles.

« Elle a disparu », murmurai-je.

Elle hocha la tête.

« C'est tellement bizarre… Vous savez ce qui se passe ?

— Je crois. Tu m'as déjà parlé de ce moment. Tu vas rentrer dans quelques minutes.

— Comment ça, rentrer ? »

Je soulevai ma chemise pour lui montrer les mots et chiffres rouges inscrits sur mon estomac en caractères inversés.

« Tu as dit que je saignais. Mais ce n'est pas du sang. »

Holly me regarda comme si j'étais complètement dingue.

Une moto ralentit devant la maison dans un grondement de tonnerre. Je décidai de ne pas mentionner la police devant

Holly. De ne pas me lancer à sa poursuite non plus. Une succession d'événements se préparait. Si je ne les abordais pas dans le bon état d'esprit, je risquais de manquer mon but.

« Tu entends ? » lançai-je.

Elle ouvrait déjà la bouche pour répondre lorsque Casse-couilles engagea sa moto sur la parallée, souriant, sûr de me trouver. Il coupa le moteur.

« On pensait te voir à dix heures, déclara-t-il.

— Elle sait où est Penny ! » m'exclamai-je en saisissant Holly par le bras.

Elle fut surprise, peut-être même choquée, mais ne parut pas pour autant disposée à s'enfuir.

« T'es notre seul suspect, Winkler, lâcha Casse-couilles, laconique, l'air content de lui.

— Demande-lui ! Elle sait où est ma fille ! »

Je tirai sur le bras d'Holly, la déséquilibrant vers moi, espérant l'obliger à s'élancer dans la direction opposée par pure répulsion.

« Arrête-la ! » m'époumonai-je.

Enfin, Holly s'écarta. Elle nous regarda tour à tour, Casse-couilles et moi, puis se mit à courir. Elle était musclée, rapide, et en un rien de temps, elle sortit du jardin, traversa Clover Street et se précipita sur le raccourci de l'autre côté.

Je pris mes jambes à mon cou.

« Winkler ! »

Le moteur de la moto rugit derrière moi, noyant tous les avertissements de Casse-couilles.

Lorsque je m'engageai à mon tour sur le chemin, Holly en avait presque atteint l'autre extrémité. Tout en courant, je songeai un instant à la quiétude de ces allées verdoyantes en été, à ces petits détails si particuliers qui donnent à une ville son caractère unique.

Casse-couilles avait opéré un demi-tour sur sa moto et, sans se presser, il traversa la rue puis aborda l'allée ombragée. Il ôta ses lunettes noires et voulut les glisser dans sa poche de poitrine, mais ce faisant, il se rapprocha trop de la clôture et accrocha la poignée de l'engin. Il chuta dans un fracas de tôle froissée et de verre brisé. Quand le moteur eut calé, j'entendis Casse-couilles jurer, puis tonner : « *Win-kler !* »

Lancé à pleine vitesse, je l'imaginai les jambes écartées, le visage convulsé par la fureur, les deux mains refermées sur son arme.

« Arrête ou je tire ! »

La menace manquait de conviction, comme s'il venait de se rappeler une procédure nécessaire mais barbante.

J'approchai de l'extrémité de l'allée. Un peu plus loin, une voiture se dirigeant vers le nord dans Tinker Street passa devant l'ouverture. Au-delà, Holly augmentait la distance entre nous.

Un claquement résonna derrière moi. Un crépitement électrique semblable au flash d'un appareil photo figea mon ombre devant moi. Je la traversai.

Je ne ralentis l'allure que pour éviter de percuter Penny.

Elle était au bout de la parallée, également pieds nus, penchée pour enlever les bardanes accrochées à sa jupe. Elle leva les yeux en m'entendant, et durant un instant, nous demeurâmes tous deux paralysés par la surprise, telles des personnes se croyant absolument seules.

Puis elle se jeta dans mes bras.

« Oh, papa ! » sanglota-t-elle.

Je lui frottai le dos, la serrai contre moi, savourai l'impression de solidité de son corps, aussi heureux que n'importe quel père retrouvant son enfant disparue, mais néanmoins préoccupé par d'autres soucis.

La route au-delà était en terre battue. Tout comme l'allée, elle-même guère plus grande qu'un sentier sinuant à travers bois.

Enfin, Penny se dégagea de mon étreinte.

« On rentre, dit-elle d'un ton pressant. Maintenant ! »

De sa paume, elle s'essuya le visage.
« Ce n'est pas aussi simple », répondis-je.
Je m'avançai sur la piste. En direction de la ville, je vis des maisons disséminées parmi de vastes étendues de blé, de tournesols et d'herbe desséchés par le manque de pluie. Le ciel semblait s'étirer à l'infini et je compris bientôt pourquoi : la rareté des bâtiments et la présence d'arbres plus jeunes, plus petits, élargissaient l'horizon.
Penny me prit par la main.
« Au moins, je ne suis plus orpheline. »
Je lui tâtai le front.
« Comment te sens-tu ? »
Elle s'écarta.
« Je vais bien. Pourquoi ?
— Je voulais juste m'en assurer. »
Aussitôt, elle pâlit.
« Tu sais quelque chose ?
— Je sais surtout que ça n'a pas d'importance pour le moment.
— Quoi, *ça* ?
— Ton avenir n'est plus ici. » Je l'entraînai vers la ville. « Viens, j'ai envie de voir 1918. »

16

Le quadrillage de la ville était déjà en place. Il ne restait plus qu'à le remplir. Je m'aperçus en jetant un coup d'œil vers l'ouest que les rues se trouvaient à peu près au même endroit que dans les années à venir. De la poussière s'élevait entre mes orteils à chaque pas. Je me sentais à la fois plus vulnérable et plus vivant.

« Où sont tes chaussures ? s'enquit Penny.

— C'est une longue histoire.

— Dommage que tu ne m'aies pas apporté de vêtements. »

Elle tira sur son chemisier blanc puis inséra un doigt dans le col qui lui pinçait la gorge.

« Où sont les tiens ? demandai-je.

— Tu as parlé à Corey ? Je lui manque ?

— Je crois, oui.

— Il est déjà avec Holly ?

— Aucune idée. Est-ce que tu as vu Constance ?

— Elle voulait me loger. Son mari a refusé.

— Elle va bien ? »

Penny me regarda.

« Qu'est-ce qui va lui arriver ? »

Je secouai la tête.

« On devrait lui rendre visite, dis-je.

— Elle a un enfant. Et beaucoup d'argent. C'est grâce à elle, mais son mari ne veut pas le reconnaître. »

Nous arrivâmes aux abords d'un carrefour.

« Collier Street », dis-je.

Je savais exactement où nous étions.

« Ton ancienne maison est par là », m'informa Penny.

Collier Street me parut plus large qu'elle ne le serait à l'avenir, avec de la place pour presque trois files de véhicules. Les habitations se multipliaient à mesure que nous approchions du centre-ville. La plupart étaient en bois, certaines de bonnes proportions. La brise nous apportait par moments une faible odeur de petit coin. Mais s'il y avait bien une chose à laquelle je ne parvenais pas à m'habituer, c'était l'impression d'espace, la vue dégagée, le calme. Nous passâmes devant une maison bordée par un jardin où une femme mettait sa lessive à sécher, et j'entendis le claquement du drap qu'elle secouait, puis le frottement des pinces à linge en bois dans son tablier lorsqu'elle y plongea la main pour en retirer quelques-unes et les coincer dans sa bouche. En nous voyant, elle agita la main. Lorsqu'elle tira la corde vers elle, le grincement de la poulie résonna dans l'air aussi distinctement qu'un gazouillis d'oiseau.

« Leurs voitures font un tel boucan qu'on les croirait toujours sur le point de se démantibuler, se plaignit Penny. Et *rien* n'est climatisé. Ma chambre est un vrai four !

— Je suis ici pour te ramener.

— Mais t'as dit que c'était dangereux de jouer avec le temps.

— Je prends le risque. Il n'est pas question que je te laisse en 1918.

— Constance regrette de ne pas avoir pu empêcher la Première Guerre mondiale.

— Certaines choses sont trop énormes.

— En attendant, ça lui a permis de s'enrichir. Elle me déçoit, tu sais.

— Pourquoi ?

— Elle est tellement *mémère* ! »

Devant nous, pareil à un mirage, ou à un fantôme, un gros cheval gris traversa pesamment le carrefour, tirant un chariot dont la haute ridelle en bois rouge s'ornait du mot ISOLOIR. Le conducteur porta un doigt à son chapeau pour nous saluer. La mélodie qu'il sifflotait me charma autant que le grincement de la poulie quelques instants plus tôt.

« J'aimerais bien rester quelques jours, murmurai-je.

— Tu me fais marcher, hein ?

— Non, c'est merveilleux.

— Ça ne le restera pas longtemps si on se retrouve tous les deux coincés ici pour toujours.

— Regarde les couleurs ! Quand on voit les photos du passé, elles sont toujours en noir et blanc, d'une teinte sépia ou dans des nuances de gris. On en arrive à oublier que ce n'était pas comme ça. »

La maison du 1112 East Collier Street était la première que je voyais construite en briques. Elle ne comportait pas encore de numéro, mais au moins, elle était bâtie pour durer. Elle était également plus petite qu'elle ne le deviendrait, puisqu'il manquait le garage et l'extension abritant le salon qui avaient été ajoutés juste avant que mes parents ne l'achètent. La lettre de Dash Buckley à Constance, pliée avec soin, se trouvait dans la cave, je le savais.

Un véhicule semblable à une camionnette, crachotant et poussif, descendait Collier Street dans notre direction. Il se composait d'une cabine métallique noire et d'un plateau à ridelles basses, et l'homme au volant arborait des lunettes et des gants de cuir.

« Merde », marmonna Penny en se plaçant derrière moi. Elle changea de position quand la camionnette nous croisa afin de ne pas se faire remarquer.

Mais le conducteur ne se laissa pas abuser. Il nous jeta un coup d'œil, puis freina brusquement. Le nuage de poussière qu'il avait soulevé et précédé jusque-là le rattrapa, et nous l'entendîmes tousser.

« Merde ! lâcha de nouveau Penny quand le véhicule recula vers nous.

— Quoi ?

— C'est M. Ketch. De l'orphelinat.

— Ketch ? » répétai-je, incrédule.

Il s'arrêta près de nous, serra le frein à main mais n'arrêta pas le moteur. Puis il ôta ses lunettes, révélant deux cercles de forme correspondante dénués de poussière.

« Je constate que vous avez retrouvé notre pensionnaire rebelle », me lança-t-il.

Il ressemblait bel et bien à Casse-couilles. Bras épais, regard fuyant, front bas surmontant un visage large et plat.

« John Ketch », se présenta-t-il. J'échangeai une poignée de main avec le grand-père de Casse-couilles. « Je suis le propriétaire du foyer pour enfants. Mais je ne crois pas vous avoir déjà rencontré, monsieur…

— Je suis venu chercher ma fille », expliquai-je.

Perplexité et méfiance se succédèrent sur ses traits, pour disparaître presque aussitôt.

« Votre fille ? dit-il d'un ton aimable.

— Penny – Penelope Winkler », répondis-je en lui touchant le bras.

Ketch se gratta le menton.

« Ce n'est pas parce que vous connaissez son nom que vous êtes forcément son père, monsieur. Vous avez des documents officiels, je présume. »

Je portai la main à ma poche, mais juste pour la forme. Je n'avais pas mes papiers d'identité sur moi, évidemment.

« J'ai laissé mon portefeuille dans mon autre pantalon, prétendis-je.

— Et vos chaussures à vos autres pieds, je suppose ? »

Il poussa la portière de la camionnette et en descendit. Il mesurait peut-être quatre ou cinq centimètres de moins que Casse-couilles, mais il était imposant, corpulent et large d'épaules. Il possédait en outre l'assurance d'un homme qui se sait sur son terrain, qui a l'habitude de faire respecter sa loi.

Quand il referma sa main gantée sur le bras de Penny, je voulus m'interposer, mais il écarta un pan de sa veste, révélant une étoile dorée si grosse qu'elle paraissait factice. Un jouet de gosse.

« Je suis aussi le shérif de cette ville », précisa-t-il.

Il poussa Penny devant lui pour l'obliger à monter dans la camionnette.

« Je reçois un dollar par jour et par orphelin à ma charge, dit-il. Croyez-moi, monsieur, pour que je renonce à un dollar par jour, il va me falloir plus que vos allégations. »

Penny l'avait suivi avec une certaine docilité, l'air résigné, comme si son statut d'orpheline était un état d'esprit auquel elle s'accoutumait déjà. Sa réaction m'inquiéta. Je me retrouvais à une époque qui avait ses propres lois, ses propres coutumes et ses propres caractéristiques incontournables. Ma fille était prise au piège. Un dollar par jour.

Ketch fit craquer ses jointures, chaussa de nouveau ses lunettes et desserra le frein à main. Quand il redémarra, Penny se retourna sur son siège pour me jeter un regard suppliant.

Je revins vers la parallée sur laquelle j'étais arrivé. Depuis que j'avais vu la maison de Collier Street, une question me trottait dans la tête. Je m'engageai avec précaution sur le chemin, écartant le feuillage poussiéreux qui formait un rideau de verdure des deux côtés de l'allée.

J'atteignis ainsi Tinker Street. Je remarquai par-delà la piste creusée d'ornières un petit carré où poussaient maïs, tournesols, tomates et choux. Des insectes bourdonnaient en tournoyant dans l'air chaud. Un épouvantail se dressait non loin, affublé d'un col de révérend et d'une casquette des White Sox. Dès l'automne de l'année suivante, ils deviendraient les Black Sox. Un nouveau frisson d'excitation me parcourut à la pensée que j'étais là, en 1918.

Le chemin se poursuivait de l'autre côté dc Tinker Street, contournant une remise penchant indubitablement vers l'ouest et dont les murs étaient verdis par des plaques de mousse. J'étais certain qu'il me suffirait d'y appuyer un doigt pour la transformer en tas de planches. À ce niveau, la parallée se réduisait à un semblant de sentier envahi par d'immenses fougères. Je comptai cent pas en marchant vers l'est, puis encore cent, me frayant un passage à travers la végétation tel un pionnier, et toujours aucun signe de Clover Street. La rue où j'habitais n'existait pas. Pas plus que ma maison, ma femme et ma vie. Je n'avais que ma fille ici, retenue captive dans un orphelinat.

Je me sentis tellement désorienté que je dus m'arrêter. Le problème, c'est que notre maison de Clover Street aurait dû se trouver là. La bâtisse originale, construite par le célibataire paranoïaque – M. Portmanteau – qui avait isolé ses murs avec des panneaux de verre, avait été érigée en 1910, je m'en souvenais parfaitement, et pourtant, en 1918, il n'y en avait pas trace.

Une abeille se cogna contre ma tête. Je passai machinalement la main au-dessus de mon front, et soudain, j'eus l'impression que le brouillard se dissipait. Je tournai sur moi-même.

Des pommiers se dressaient partout autour de moi.

J'étais dans le verger de Constance. Les arbres s'alignaient en rangées noueuses. L'un d'eux survivrait pour devenir l'unique pommier de mon jardin. Les nuées d'abeilles voltigeant alentour étaient peut-être les ancêtres de celle qui avait heurté la joue de Constance. Sous quel arbre se tenait-elle quand l'orage avait éclaté et qu'elle s'était mise à courir vers un avenir inimaginable, laissant Dash Buckley loin derrière elle ? Pensait-elle alors se réfugier dans la remise moussue ?

Mais la pommeraie de son père était censée avoir disparu. En principe, elle avait été vendue, morcelée en terrains sur lesquels on devait bâtir des maisons, dont la mienne. Constance et moi avions vu les cartes, le tracé soigneusement élaboré de son avenir, et je l'avais avertie que ce n'était pas une bonne idée de se renseigner sur le futur. Elle avait utilisé ce qu'elle savait sur l'avenir du monde pour sauver la situation financière de sa famille. Peu importait si elle avait parié dans une course de chevaux ou convaincu son père d'investir dans la société de pansements montée par son mari. C'était fait.

Avant de me mettre en quête de Constance, je retournai vers l'orphelinat. À la place de la bibliothèque se dressait maintenant une pension de famille entourée sur trois côtés par une large galerie, où deux hommes jouaient aux cartes et deux femmes me regardaient en s'éventant. Elles ne me quittèrent pas des yeux un seul instant quand je passai devant elles. Après tout, j'étais un étranger, pieds nus, avec des traces de sang sur sa chemise. Les deux joueurs de cartes étaient plus jeunes que moi, apparemment en bonne santé et capables de travailler, et pourtant, ils ne faisaient rien en ce bel après-midi d'été. Peut-être étaient-ce des artistes.

Le foyer pour enfants d'Euclid Heights occupait à lui seul un pâté de maisons. Les murs étaient en bois blanchi à la chaux, les encadrements de fenêtres et de portes peints en rouge. Les deux poteaux en brique soutenant la grille étaient plus solides que le bâtiment lui-même. Je plaçai ma main à l'endroit exact où je l'avais placée à mon époque.

Les enfants, heureux à en juger par leurs cris et leur vitalité, avaient dépouillé de tout brin d'herbe leur aire de jeux. Chaque balançoire et bascule était utilisée. Une partie de chat perché se déroulait sur l'escalier de secours jusqu'au deuxième étage, où une fille plus âgée arrosait des fleurs en pots.

La camionnette de Ketch stationnait dans l'allée. Je ne vis aucun signe de Penny. Je l'imaginai à l'intérieur, dispensant son savoir de l'avenir aux enfants privés de parents, comme une sorte de cadeau pour les récompenser d'avoir à affronter la vie sans le soutien d'un père ou d'une mère. Soudain, je la vis sortir sur le perron chargée d'un tapis et d'un battoir métallique. Tout à son ouvrage, elle ne m'accorda même pas un regard et le nuage de poussière qu'elle soulevait sema un doute dans mon esprit sur son identité.

La maison de Constance se situait en bordure de l'étendue appelée à devenir Dragon Hills, présentement occupée par une forêt dense tellement menaçante que je m'attendis presque à voir surgir de ses profondeurs une créature sauvage – panthère ou pionnier. La maison elle-même, peinte en vert foncé, semblait avoir été taillée dans les bois voisins. Au bout du jardin tout en longueur se trouvaient les petits coins que Constance détestait tant.

Alors que je me tenais sur la route, la porte d'entrée s'ouvrit, livrant passage à un groupe de jeunes gens tout excités bavardant avec animation, certains à travers des masques de gaze. Ils se rassemblèrent sur le perron pour prendre congé d'une femme dont la silhouette se découpait sur le seuil ombreux, puis ils se disséminèrent dans toutes les directions. Une femme souleva le bas de sa jupe pour s'enfoncer courageusement dans la forêt en suivant un sentier que je n'avais même pas remarqué.

La maîtresse de maison referma la porte après leur départ. Je m'approchai, gravis les marches du perron et frappai.

En dix ans, Constance était devenue superbe et affichait la sérénité conférée par la maturité et la maternité. Un petit garçon se cramponnait à sa jambe comme un ourson à un arbre. Elle me reconnut sur-le-champ.

« Oh, Seigneur ! » s'exclama-t-elle. Elle se couvrit les yeux en laissant échapper un petit rire triste. « Je savais bien que ce jour finirait par arriver. »

Elle redressa brusquement la tête pour s'assurer que ses visiteurs étaient partis. Un seul était encore en vue – un jeune homme affecté d'un fort boitement qui marchait péniblement vers la ville.

« Vous seriez l'équivalent du messie s'ils vous voyaient », dit-elle.

Elle ne m'invita pas à entrer, mais sortit sur le perron en traînant l'enfant sans y penser. Elle ne me proposa pas non plus un rafraîchissement. Pourtant, elle ne semblait pas contrariée par ma présence et elle ne songea même pas à ajuster sur sa bouche le masque attaché autour de son cou.

« Qui sont-ils ? demandai-je.

— Des aficionados de mon expérience passée.

— Tu leur parles de ce qui est arrivé ? »

Elle hocha la tête.

« Et de ce qui arrivera.

— Constance…

— Ils me paient, affirma-t-elle sur un ton de défi.

— E. Wayne ne s'est pas suffisamment enrichi pendant la guerre ? »

Une lueur de colère brilla dans ses yeux fatigués.

« Vous êtes au courant ?

— Oui. De sa société. De ta légende. »

Elle s'assit sur l'un des deux divans disposés l'un en face de l'autre et je pris place sur le second.

« Regardez-vous, dit-elle. Un vagabond qui voyage pieds nus dans le temps… »

L'enfant s'était réfugié dans les plis de la jupe maternelle.

« Qui est-ce ? » demandai-je.

Son expression radieuse fut un soulagement pour moi.

« Je vous présente Edward. »

Elle dut fournir un gros effort pour extirper le garçonnet de sa cachette. J'avais devant moi le futur père de Connie, rencontrée chez EWM Co. Je me sentais profondément déstabilisé chaque fois que je pensais à l'endroit où je me trouvais et à ce que j'étais en train de faire.

« Il a été malade », m'expliqua-t-elle en jouant avec les cheveux de l'enfant. Elle le considéra avec un sourire triste. « Il n'est pas très doué pour les affaires, ajouta-t-elle en revenant à son mari. D'après lui, j'aurais dû me souvenir de plus de choses concernant l'avenir. »

Constance se pencha pour approcher son visage de celui de l'enfant.

« Papa est en colère contre maman, n'est-ce pas ? » chantonna-t-elle d'une voix de petite fille.

Un voile d'appréhension, frappant de maturité, assombrit la figure du garçonnet.

« Je peux peut-être t'aider », dis-je.

Il me sembla qu'elle choisissait délibérément de ne pas répondre.

« J'ai vu Penny, murmura-t-elle enfin. Elle vit dans cet endroit affreux.

— Je suis ici pour la ramener.

— La ramener, répéta-t-elle, mélancolique. Je repartirais tout de suite si je n'avais pas ce bonhomme. Et si mes parents n'étaient pas toujours en vie.

— À propos, j'ai remarqué que la pommeraie était encore là. »

Elle hocha la tête comme pour souligner une évidence.

« Elle est censée avoir disparu, aujourd'hui, ajoutai-je.

— J'ai donné un coup de pouce à mon père.

— Constance…

— Qu'est-ce que vous espériez ? demanda-t-elle d'un ton sec. Que j'allais laisser quelqu'un les dépouiller du fondement même de leur existence ? »

Je n'avais aucun argument à lui opposer, juste le vague sentiment que des complications et événements inopportuns m'avaient échappé.

« Ils t'ont crue ?

— Ils étaient heureux de me revoir, répondit-elle. Je suis arrivée au moment où on décrochait Dash. »

Ses larmes coulèrent. Le petit garçon, qui s'était presque

entièrement séparé d'elle, la regardait intensément, les yeux embués par le doute et la peur.

« Je t'ai vue dans le journal, dis-je. À l'écart de la foule.

— J'ai fait sensation », me confia-t-elle en s'essuyant les paupières avec un mouchoir qu'elle avait retiré de sa manche. Elle tendit la main vers l'enfant. « Oh, ne pleurez pas, mon petit monsieur ! »

Il replongea dans sa jupe et elle le serra contre elle.

« Personne ne m'a crue, évidemment, raconta-t-elle. Pour tout le monde, je n'étais qu'une gamine éperdue d'amour dont les tentatives égoïstes pour attirer l'attention avaient eu des conséquences tragiques. Eddie est venu m'interviewer. Lui, au moins, il m'a écoutée. Il m'a dit qu'il voulait rédiger un article pour son journal, mais il n'a jamais écrit une ligne.

— Pourquoi l'as-tu épousé ?

— Ça ne vous regarde pas », rétorqua-t-elle.

Je haussai les épaules.

« De quoi parles-tu avec tous tes visiteurs ?

— Ils sont jeunes. Leur esprit n'est pas encore complètement borné. Je les rassure, en un sens. Le garçon qui boîte était soldat. Il a été blessé dans un camp d'entraînement au Kansas. Il n'a même pas eu l'occasion d'aller en Europe. Il veut savoir si ça valait la peine de perdre une partie de lui.

— Tu leur as révélé à quel moment la guerre se terminait ? »

Constance hocha la tête.

« Et ils te croient ?

— Je m'en fiche. C'est ce qui rend mon témoignage plus authentique. Je n'essaie pas de les convaincre.

— Mais tu leur demandes de l'argent.

— Bien sûr. Pourquoi organiserais-je ces réunions, sinon ? »

Je ne voyais pas d'autre raison, mais au fond, je ne connaissais pas vraiment cette femme. Je connaissais un peu l'adolescente qu'elle avait été, mais dans son rôle d'épouse, de mère et de prophétesse, elle m'était totalement étrangère.

« Tu as toujours ce bout de microfilm ? » demandai-je.
Perdue dans ses souvenirs, elle tressaillit. Puis sourit.
« Vous avez compris, alors.
— C'est ce qui m'a guidé jusqu'ici. Sans lui, jamais je n'aurais retrouvé Penny.
— J'ai songé à vous avertir, mais je me disais que si je vous en parlais, j'allais peut-être provoquer des changements et anéantir mes chances de rentrer. Alors, j'ai découpé sur la bande la partie correspondant à la page. Comme un indice pour vous mettre sur la voie.
— Tu as pris de gros risques avec ma famille », soulignai-je.
Elle ne chercha même pas à s'excuser.
« Et si c'était à refaire, je le referais, affirma-t-elle.
— Savais-tu que tu es – étais – sur la même liste ? »
Elle serra plus fort l'enfant contre elle en me regardant avec incrédulité. De toute évidence, c'était aussi étrange pour elle que pour moi. J'étais également un prophète dont la véracité des dires était sujette à caution.
« C'est vrai ? » Je la vis prendre une décision. Elle leva une main, paume tournée vers moi. « Je ne veux pas le savoir.
— Ce serait préférable, pourtant. Dans l'intérêt de ta famille.
— Je sais à quel moment mon père et ma mère vont mourir. Ça me suffit.
— Et pour lui ? » demandai-je en indiquant le petit garçon.
De nouveau, ses yeux s'embuèrent. L'enfant me jeta un regard haineux. Je n'arrêtais pas de faire pleurer sa mère.
« Peut-être que ça me causera d'autres souffrances dans l'avenir, dit-elle. Des souffrances qui, en principe, devraient m'être épargnées. »
Un étrange carillonnement résonna dans la maison. Constance s'excusa. Le petit garçon resta sur le perron, appuyé contre l'accoudoir du divan, un pied posé sur l'autre, dardant sur moi un regard à la fois intrigué et meurtrier. Quand Constance revint, elle avait l'air sinistre.

« C'était lui, m'annonça-t-elle. Il a appris que vous étiez en ville. »

Ketch avait-il parlé de moi au mari de Constance ? Étais-je considéré comme une menace ? Ce serait facile pour lui de m'enfermer dans une cellule, de me réduire à l'impuissance tandis qu'arrivaient l'automne et l'armistice, que Constance et Penny tombaient malades et mouraient.

« Quand je lui ai dit que vous étiez chez nous, il m'a demandé de vous demander si vous aviez apporté d'autres résultats, déclara-t-elle.

— Et qu'avez-vous répondu ?

— Que je vous poserais la question. C'est fait. »

Je déboutonnai ma chemise. Des dates et des noms étaient imprimés sur mon torse.

Au prix d'un effort visible, Constance détourna les yeux.

« Je ne vais pas l'aider, décréta-t-elle. Il a utilisé pour lui les renseignements que je lui ai donnés. Tout ce qu'il essaie de faire par lui-même finit par lui exploser à la figure. Et après, il me le reproche. D'autres que lui s'en sortent très bien sans avoir les réponses avant même que les questions soient connues. »

Je reboutonnai ma chemise.

« Et ton fils ? »

Elle lui caressa les cheveux et il se frotta la tête avec tendresse contre sa main.

« Il risquerait de devenir trop semblable à son père, dit-elle. Non. Il doit s'enrichir tout seul, grâce à ses compétences et à son travail. »

Je ne tentai pas de la dissuader.

« Vous devriez partir, maintenant. Il va peut-être rentrer au plus vite pour vous voir. Il ne voudra jamais croire que vous êtes venu les mains vides.

— Dis-lui que j'ai apporté un seul nom. Omaha. En 1935.

— Que doit-il se passer cette année-là ?

— Il le saura le moment venu. Dis-lui aussi : Tous les trois. »

Elle me serra la main. L'adolescente que j'avais vue sur la parallée quelques jours plus tôt – mais des années plus tard – avait complètement disparu.

« Il va devoir attendre longtemps », déclara-t-elle. Elle me gratifia d'un sourire rusé. « Ça lui fera le plus grand bien. »

Elle était contente d'être débarrassée de moi, je crois. À peine était-elle rentrée dans la maison avec son fils que celui-ci allait se poster à la fenêtre, d'où il me foudroya du regard durant les quelques minutes où je restai sur le perron, pieds nus, couvert de poussière, sans rien à faire ni nulle part où aller, mais heureux d'être là.

Puis j'entendis un coup de feu dans la forêt de Dragon Hills, suivi presque aussitôt par un deuxième. Deux autres détonations claquèrent quand j'arrivai à l'entrée du sentier qu'avait emprunté l'inconnue en sortant de chez Constance. Il bifurquait vers le sud et l'ouest, puis s'enfonçait au milieu de la verdure et des taches de soleil. Deux nouveaux coups de feu résonnèrent, très proches, et cette succession rapide me conforta dans l'idée que je ne courais aucun risque si j'essayais d'en déterminer la cause.

Du chemin de terre battue, frais sous mes pieds, partaient d'autres sentiers sinuant parmi les arbres. Leur vue me fit l'effet d'une activité latente dans la forêt qui n'attendait que l'abattage des arbres pour se développer. La piste sur laquelle j'étais continuait de s'incurver vers le sud-ouest en décrivant les méandres paresseux d'une ligne de pêche jetée à l'eau.

Alors que je suivais une longue courbe, l'odeur de la poudre brûlée m'assaillit les narines et j'éternuai. Un peu plus loin, je débouchai dans une clairière ensoleillée. Une femme à l'autre bout pointa son fusil vers moi. Trois hommes la regardaient, dont un agenouillé sur une sorte d'engin mécanique. Ils ne durent pas me voir, car l'engin propulsa un pigeon d'argile dans ma direction, puis la femme visa et tira quelques secondes après que j'eus plongé à terre. Un deuxième pigeon prit son envol à la suite de la désintégration du premier. La femme le brisa en quatre morceaux.

« Hé, vous ! » m'interpella un homme.

Je redressai la tête. Ils me firent signe d'approcher.

Un repas froid était disposé sur le tronc d'un arbre abattu ; une nappe en lin, de la vaisselle en porcelaine, une bouteille de vin et des fusils voisinaient sur l'écorce. La femme rechargea son arme en me souriant, puis deux autres pigeons d'argile s'envolèrent, qu'elle fracassa tour à tour.

« Elle est comme cul et chemise avec ce fusil », dit un homme.

Les autres éclatèrent de rire.

« Ce n'était pas la peine de plonger, vous étiez trop loin, de toute façon, me lança la femme.

— Aggie atteint toujours les hommes qu'elle vise », plaisanta un de ses compagnons, suscitant de nouveau l'hilarité générale.

Ils me proposèrent du vin, mais je déclinai l'offre. Malheureusement, il ne restait plus rien à manger. Ils ne me demandèrent pas mon nom et ne se présentèrent pas non plus. Seule la femme s'entraînait au tir tandis que les hommes fumaient, bavardaient et l'admiraient.

L'individu positionné sur l'engin avait glissé sous ses genoux une serviette pliée. « Zut », murmura-t-il. Il venait de lâcher un pigeon qui s'était cassé en deux. Il ramassa un morceau à la fois incurvé et pointu et le jeta dans les bois. Mes yeux suivirent la trajectoire de l'éclat, et soudain, j'eus une révélation : *une dent de machairodonte*.

Je savais exactement où je me trouvais.

« Cobb va démissionner pour partir au front, déclara l'un des hommes.

— J'ai acheté des timbres sur ses conseils, répondit un autre.

— C'est commode pour lui d'y aller au moment où la guerre se termine », rétorqua la femme.

Elle toucha deux autres disques d'argile dans le ciel. Durant plusieurs secondes, l'air et la lumière autour de nous parurent trembler sous l'effet des deux détonations. J'examinai l'inconnue avec attention. Était-ce la femme que j'avais vue sortir de chez Constance ? Le reste du vin circula parmi les convives. Personne ne portait de masque.

« Vous n'avez pas peur d'attraper la grippe ? » demandai-je.

Ils me regardèrent comme s'ils avaient oublié ma présence.

« Nous ne sommes qu'en août », répliqua un homme. Il souffla sur le goulot de la bouteille vide, lui arrachant une note plaintive. « C'est une magnifique journée d'été. Il est encore trop tôt pour parler de la grippe.

— Vous avez appris quelque chose ? s'enquit la femme.

— J'ai vu des gens avec des masques, dis-je.

— Des anxieux, conclut un homme. J'ai prévu de passer la saison au soleil, dans le sud de la Californie. Je ne mangerai que des oranges et je ne boirai que le vin du pays. Si cette saleté de microbe réussit à m'atteindre là-bas, je lui tirerai mon chapeau et je mourrai content.

— Ma mère parle toujours de la grande épidémie de grippe de 1890 et 91, expliqua la femme. Elle avait commencé à se répandre l'année précédente. Paris en novembre, Londres en décembre, New York au premier de l'an.

— Et elle a survécu pour te donner naissance », la rassura un de ses compagnons. Il leva une main au-dessus de la tête de la femme. « Messieurs, je vous laisse les anxieux. »

Il lui prit le fusil des mains, le chargea et fit signe à l'homme agenouillé sur l'engin. Un pigeon d'argile s'envola, le coup partit, le pigeon retomba intact dans les herbes hautes. Le second volatile connut un destin similaire.

« Leur chute les a tués, c'est certain, ironisa la femme.

— Où est le chien qui va chercher les pigeons intouchés quand on a besoin de lui ? demanda un autre homme.

— Ils se reproduiront, et l'été prochain, cette clairière en sera envahie. »

Le mauvais tireur était néanmoins beau joueur. Il cassa le fusil avant de le rendre à la femme.

« C'est comme pour tout, dit-il, je pourrais maîtriser ce talent si je me concentrais. Mais j'ai choisi de ne pas le faire.

— Quels talents as-tu choisi de maîtriser, alors ? » s'enquit un de ses amis.

La femme s'approcha de moi.

« Qu'avez-vous appris ? » me demanda-t-elle une nouvelle fois, à voix basse.

L'un de ses compagnons l'entendit.

« *Pour le moment*, tu n'es pas malade, Agatha. Profite donc du présent.

— On commence à s'inquiéter dans le foyer pour enfants, répondis-je.

— Ce sont des orphelins. Quelle importance ? lança un homme.

— Wilson… », commença un autre.

Il fut interrompu.

« La seule préoccupation de Wilson, c'est de nous éviter la guerre. Il ne s'intéresse pas aux orphelins qui ont le rhume.

— Elle finit en novembre, dit la femme, les yeux baissés, comme si elle craignait la réaction suscitée par cette bonne nouvelle du futur.

— C'est ça, oui, répondit un homme d'un ton condescendant.

— Le 11 novembre, pour être exacte. »

Ses compagnons la huèrent, mais sans mettre beaucoup de conviction dans leurs moqueries.

« Comment le savez-vous ? demandai-je.

— Agatha est une disciple de Mme Manger, répondit un homme. Notre Cassandre locale. »

J'examinai de nouveau Agatha. Elle laissa ses yeux s'attarder sur moi, guettant ma réaction mais sans rien espérer de particulier.

« Je ne comprends pas, dis-je enfin.

— Mme Manger prétend connaître l'avenir, m'informa l'homme d'un ton narquois. Pis, elle prétend avoir vécu dans le futur. »

Je me tournai vers Agatha.

« Et vous la croyez ?

— Oui, je la crois. »

Elle me fixa d'un regard interrogateur, mais je ne soufflai mot. Je ne voyais aucune raison de passer pour le messie. Les événements surviendraient comme prévu. Le 11 novembre, les prédictions de Constance – qui n'aurait plus que quelques heures à vivre – se réaliseraient. La foi de cette femme en elle serait récompensée.

« Je m'appelle Josh Winkler, dis-je.

— Agatha Erickson. »

Nous nous serrâmes la main.

Le nom éveilla dans ma mémoire un écho si lointain que je ne fus même pas sûr de l'avoir perçu.

« Pourrions-nous poursuivre notre petite partie estivale ? demanda le mauvais tireur d'un ton jaloux.

— Tu as tout à fait raison, répliqua Agatha. Je suis déjà *partie*. » Le charme était rompu. Agatha alla même jusqu'à secouer la tête pour en dissiper les effets. « Je ne vais pas gaspiller une minute de plus avec vous, bande de fainéants. »

Après son départ, l'expédition en plein air perdit tout son intérêt. Les hommes marmonnèrent, puis se retranchèrent dans leur mutisme, en proie à un début de migraine, déplorant l'absence de vin, de nourriture et de but.

Je me répétai son nom : *Agatha Erickson*.

Où l'avais-je vu ? S'il appartenait à cette époque, le seul moyen pour moi de le connaître était la liste des victimes de la grippe. Je regrettai de ne pas lui avoir recommandé de garder ses distances avec Constance.

17

La tranquillité d'Euclid Heights en 1918 s'accrut encore à l'approche du crépuscule. La camionnette de Ketch n'était pas devant l'orphelinat. Je ne vis Penny nulle part. Il n'y avait plus d'enfants dans la cour latérale.

Il me vint soudain à l'esprit que je n'avais rien à faire ici et maintenant. À part retrouver ma fille, je n'avais pas de rôle à jouer en 1918. Pas de responsabilités. Personne pour se soucier de moi. Pour la première fois depuis des années, Flo me manquait. Penny aussi, parce qu'elle n'était pas près de moi et que je risquais peut-être de la perdre.

Mais sinon, je commençais à m'ennuyer. Je quittai l'orphelinat pour me diriger vers le sud, passant d'abord devant une rangée de maisons cossues, puis devant un parc, une boucherie, une laverie, une mercerie, une modiste, un magasin de cols et poignets de chemise – autant de commerces fermés –, et enfin, devant une pharmacie encore ouverte. Sur une enseigne perpendiculaire au mur était représenté un cercle bleu au milieu duquel se découpaient les contours d'un verre et d'une paille orange. Au-dessous figuraient les mots : BOISSONS FRAÎCHES. J'eus soudain très soif.

Je pris place sur un tabouret près d'un long comptoir en acajou lustré mais tout éraflé. Derrière se dressait un mur de rayonnages protégés par une vitrine sur lesquels s'entassaient toutes sortes de médicaments. Moutarde à l'azote. Poudre de cantharide. Laudanum. Pierres d'alun. Un homme en chemise et tablier blancs émergea des travées derrière moi, puis alla se poster derrière le comptoir. Il ajusta son masque sur sa bouche en s'approchant de moi. Ses yeux profondément enfoncés dans leurs orbites trahissaient la lassitude.

« Oui ?

— J'aimerais une boisson fraîche.

— Quel parfum ?

— Qu'est-ce que vous avez ? »

L'homme soupira.

« Pomme. Abricot. Avocat. Baies de gaulthérie. Cassis. Merise. Airelles. Myrtilles. Cerise. Agrumes. Raisin. Corossol. Citron-citron vert. Pêche. Et kaki. »

Je clignai des yeux, stupéfait.

« Je prendrai un jus de pomme bien frais, s'il vous plaît. »

Il se détourna en marmonnant :

« Z'auriez pu m'arrêter avant.

— Vous avez vraiment tous ces parfums ?

— J'en récite pas la liste juste pour entretenir ma mémoire ! »

Il fit glisser un dessous-de-bouteille métallique devant moi, sur lequel il posa un grand verre rempli d'un jus d'une belle couleur dorée sous une fine pellicule de mousse. Une longue cuillère en argent y était plongée, surmontée d'un minuscule blason semblable à l'enseigne de la boutique.

« Ça fait cinq *cents*. »

La faille de ma réalité s'imposa soudain à moi. Je n'avais pas d'argent. J'aurais dû emprunter quelques dollars à Constance. L'apothicaire dut se douter de quelque chose en me voyant hésiter, car il ramena le jus de pomme vers lui.

« Vous aimez parier ? lançai-je.

— Pas avec l'argent de la boutique ni avec la marchandise, c'est sûr.

— Vous m'offrez cette boisson – plus un sandwich au rosbif et une part de cette tarte aux pêches, là –, et en échange, je vous donne le gagnant du derby du Kentucky l'année prochaine. »

Il me regarda, bouche bée, comme si j'étais le type le plus dingue qu'il ait vu depuis des années.

« Je suis pas né de la dernière pluie, dit-il enfin.

— Quand êtes-vous né, au juste ? »

Je voulais juste l'entendre énoncer l'année.

« En 1861.

— Vous connaissez Constance Mor… Manger ?

— Évidemment.

— Nous sommes de vieux amis.

— C'est censé me suffire, comme recommandation ?

— Quand arrivera le derby, si je me suis trompé, elle vous réglera mes dettes. Mais je ne me trompe pas.

— Vous êtes bien sûr de vous, hein ? »

Son masque me donnait l'impression de passer mon temps en compagnie d'un chirurgien. Pourtant, sa voix résonnait tout à fait distinctement, comme si le tissu sur sa bouche constituait la dernière étape de l'évolution, un appendice dont la présence était parfaitement normale.

« Combien de personnes ont attrapé la grippe, en ville ? » demandai-je.

Il s'écarta aussitôt de moi comme si le mot lui-même était contagieux.

« À mon avis, personne l'a encore attrapée, répondit-il. Mais ça viendra, quand il fera froid et humide. Je veux pas faire partie de ces gens qui se diront après coup qu'ils auraient dû mettre un masque plus tôt. Si vous voulez mon avis, c'est encore un coup des Boches. »

La porte du magasin s'ouvrit, livrant passage à une femme accompagnée d'une jeune fille. Celle-ci lui ressemblait tellement, en version miniature, jusque dans son maintien et sa tenue, que j'éprouvai de nouveau un vif élan de nostalgie envers

Flo et Penny. L'apothicaire alla les servir. J'entendis ses intonations familières, murmurées, résonner dans les travées.

Il avait laissé le verre de jus de pomme sur le comptoir. Je l'approchai de moi et en avalai une gorgée. C'était délicieux. Je le terminai d'une seule longue lampée.

Profitant de ce que l'apothicaire était occupé avec ses deux clientes, je m'approchai d'une corbeille contenant d'épais blocs de papier à dessin, puis d'un présentoir garni de plumes, de porte-plumes et de flacons d'encre. Je choisis le matériel nécessaire. Puis je soulevai ma chemise afin de chercher le nom dont j'avais besoin. De retour au comptoir, je dévissai le bouchon du flacon d'encre, dans lequel je trempai ma plume. Celle-ci crissa sur le papier dont elle accrocha la surface, rendant l'écriture malaisée, et en même temps, étrangement agréable. Je griffonnai SIR BARTON, déchirai la page et la laissai sur le comptoir.

Je n'avais jamais été un artiste particulièrement soucieux de la lumière. Elle n'influençait pas mon travail. Mais maintenant qu'elle disparaissait – tout comme j'avais conscience du caractère éphémère des scènes que j'avais sous les yeux –, je me sentais obligé de la mettre à profit. Je cherchai un sujet à dessiner et me retrouvai devant la seule chose dont j'étais certain qu'elle serait là à mon retour : la maison de Collier Street. Mais une fois sur place, je me rendis compte immédiatement que je serais plus à même de la dessiner à mon époque, à mon rythme. En outre, je ne savais pas qui pourrait bien en sortir et cette pensée me rendait nerveux.

Je me dirigeai alors vers le terrain que notre villa occuperait un jour. J'ébauchai une rapide esquisse de la remise moussue, m'en désintéressai aussitôt et arrachai la page. Se posa alors la question de ce que j'allais en faire : devrais-je laisser des traces de mon passage à cette période ?

Indécis, je logeai le dessin à la suite de la dernière feuille du bloc et poursuivis mon chemin. Dans la pommeraie de Constance, je m'assis le dos à un arbre et croquai l'endroit où j'imaginais le futur emplacement de ma maison jusqu'au moment où des fourmis se faufilèrent sous ma chemise. Je me relevai d'un bond, secouai le tissu pour les faire tomber puis m'enfonçai plus loin dans le verger. Ses vastes proportions ne laissaient pas de m'étonner. Les rangées d'arbres se prolongeaient vers l'est, où les ombres s'allongeaient de plus en plus. Leur nombre et leur solide constitution m'irritèrent ; normalement, ils n'auraient même pas dû se trouver là.

Un chien – aboyant, bavant, surjouant son rôle de gardien féroce – fonça soudain sur moi par-derrière comme si j'avais trompé sa vigilance. J'attendis sans bouger qu'il se lasse. Alors qu'il se calmait enfin, un homme en chapeau et pantalon à bretelles apparut dans l'espace entre les rangées d'arbres. L'animal se déchaîna de nouveau pour impressionner le patron.

« Duke ! » ordonna le nouveau venu.

Le chien se tut.

L'homme était grand, et sur ses traits burinés se lisait la fatigue d'une longue journée. Il s'avança vers moi sans la moindre hésitation, tapant son chapeau poussiéreux contre sa jambe et s'essuyant le front avec un mouchoir rouge.

« Je peux vous aider ? » demanda-t-il d'un ton poli mais peu amène.

À ses yeux et au timbre de sa voix, je crus voir et entendre Constance.

« Je connais votre fille, dis-je.

— Oh, vous êtes de ces gens-là ?

— Pardon ?

— Elle n'habite plus ici.

— Je sais. »

Il coiffa son chapeau. Duke s'agita et jappa comme s'il s'agissait d'un signal.

« Elle vit en ville avec sa famille, précisa-t-il.

— Je viens de la voir. C'est une adulte, maintenant.

— Sûr. »

J'attendis la suite, mais apparemment, il avait terminé.

« Elle m'a raconté que votre verger risquait d'être vendu. »

Son attitude courtoise se durcit.

« Plus depuis longtemps, répliqua-t-il. Tous ces problèmes sont derrière nous.

— Vous devez vous sentir soulagé de l'avoir retrouvée. »

Il ferma un œil pour mieux m'examiner.

« Qui êtes-vous, au juste ?

— Je viens de… »

J'hésitai ; je risquais de paraître fou en essayant de lui expliquer que j'arrivais d'une époque séparée de la sienne par près d'un siècle. Mais un changement dans son expression – une sorte de relâchement de la méfiance inscrite dans ses yeux et le pli de sa bouche – m'indiqua que ce que je m'apprêtais à dire n'était pas totalement inédit pour lui.

« Constance vous a raconté son voyage ?

— Oui, répondit son père, les yeux rétrécis.

— Vous ne l'avez pas crue ?

— C'est ma petite fille. J'ai pris son parti, bien sûr. Mais non, je ne l'ai pas crue.

— Sauf quand elle vous a parlé du derby.

— Je l'ai écoutée, oui. Elle est revenue de Dieu sait où avec le nom d'un cheval, c'était mon rôle de père de l'écouter.

— Et de parier ? »

Il expédia un coup de pied au chien.

« File ! » Duke détala sans demander son reste. « Je m'y connais un peu en chevaux, monsieur. J'ai étudié la concurrence et j'en suis arrivé à la conclusion que Wintergreen était le meilleur. C'est juste une coïncidence si je suis tombé d'accord avec la prédiction de Constance.

— Vous avez misé tout ce que vous possédiez ? »

Il gloussa.

« Et même plus ! Mais je n'avais pas le choix. Ce cheval était donné favori. Il fallait mettre beaucoup pour gagner beaucoup.

— Je n'ai pas rencontré son mari », dis-je.

Sa mine s'assombrit.

« On n'a pas trop d'affinités, lui et moi.

— Avez-vous investi dans sa société ?

— Je ne placerai pas mon destin dans les mains de cet homme. J'ai investi dans ce que Constance lui a apporté. Quoi qu'il en soit, c'est elle qui a tout fait.

— Elle avait également raison au sujet de la guerre. »

Il se mordilla la lèvre inférieure.

« Dommage qu'elle n'ait pas prévu le départ de mon petit frère… »

Des bribes de souvenirs le concernant affluèrent, éparpillées dans ma mémoire comme les décombres d'une catastrophe ferroviaire : son frère à la guerre, sa femme dans deux ans, sa fille en novembre.

« Désolé », dis-je.

Il haussa les épaules.

« C'était une tête brûlée. Toujours en train de se lancer dans une aventure ou une autre. Toujours persuadé qu'il passait à côté de quelque chose. Mais c'était aussi mon meilleur employé. J'ai du mal à m'en sortir sans lui. » Il me jaugea rapidement. « Vous cherchez du travail ?

— Non, merci. Je suis venu chercher ma fille, et ensuite, je rentrerai.

— Comme vous voudrez. Où habitez-vous ? »

Du pouce, j'indiquai un point par-dessus mon épaule.

« Par là », répondis-je, désireux de rester le plus évasif possible.

Il jeta un coup d'œil derrière lui.

« Vous savez ce qui va m'arriver ? demanda-t-il.

— Pas spécialement, non.

— Et pour Constance ?

— Je n'ai pas cherché à connaître l'avenir, prétendis-je.

— Et les courses, alors ? Les Cubs ?

— Ça ne concerne que l'argent. Pas le destin des personnes.

— C'est parfois lié. »

Je hochai la tête. Il avait raison. Mais je ne tenais pas à m'attarder sur le sujet, au risque de trop en dire si je continuais de parler. Je remarquai qu'il ne m'avait pas interrogé sur sa femme. Peut-être Constance l'avait-elle déjà mis au courant.

« Donc, votre maison est là-bas ? reprit-il en faisant un geste dans la direction que j'avais indiquée.

— Elle le sera.

— Quand sera-t-elle construite ? »

Je décidai de l'épargner encore un peu.

« À vrai dire, je n'en suis pas sûr. C'est une grande maison sur un grand terrain. C'est ma femme qui l'a achetée.

— Votre femme ?

— Elle est pédiatre.

— Elle est quoi ?

— Médecin pour les enfants. Elle exerce chez nous.

— Donc, elle n'est pas encore née.

— Sa mère n'est même pas encore née, observai-je.

— Eh bien… Que se passerait-il si le grand-père maternel de votre femme perdait une fortune aux courses et si, le soir où la mère de votre femme devait être conçue, ils ne faisaient rien parce que son épouse lui en voulait à cause de l'argent et ne se sentait pas d'humeur à batifoler ? Pas de mère de votre femme. Et pas de femme non plus. Vous pourriez éviter le risque en donnant la bonne information.

— Voilà pourquoi je ne tiens pas à passer plus de temps que nécessaire en 1918. »

Il me tendit la main. Je la serrai.

« Bon, dit-il. J'irai dans la tombe sans que personne me croie ou croie ma fille, mais au moins, je saurai ce que j'ai entendu. Bonne journée à vous.

— Je pensais juste…

— Oui ?

— Avez-vous parié sur les Cubs en 1908 ? »

Il grimaça.

« Pas autant que j'aurais dû.

— Pour les World Series, misez tout sur les White Sox.

— Cette année ?

— Non. » Je levai une main. « Non, l'année prochaine. La saison 1919. Misez sur les White Sox.

— Je pourrais me servir de mon argent maintenant. Qui va gagner cette année ?

— Je ne connais que les vainqueurs de l'année prochaine.

— Les White Sox.

— Oui.

— Vous en êtes certain ?

— Jouez votre ferme. »

Je repartis vers l'ouest, en direction du centre-ville, les pieds meurtris, de la poussière sur la langue, le cœur lourd à la pensée des difficultés qui m'attendaient et de ce que je venais de déclencher. J'avais hâte de m'en aller, de quitter 1918.

La parallée reprenait au niveau de Tinker Street, et déjà, je m'habituais à la sensation de la terre battue entre mes orteils. Je vis un homme arriver en sens inverse. Il portait un costume élimé ainsi que des bottes en cuir fendillées sur les côtés, et il avait logé un crayon derrière son oreille. Il comptait ses pas en remuant les lèvres, et au cas où je serais tenté d'engager la conversation avec lui, il leva un doigt pour m'intimer le silence au moment où il me dépassa. Je n'eus d'autre solution que de le suivre. Au bout du chemin, il s'arrêta, prit le crayon coincé derrière son oreille, sortit de sa veste un calepin et y inscrivit des chiffres.

« Avez-vous l'heure, monsieur ? » demanda-t-il.

J'écartai les mains en un geste d'impuissance.

« Désolé.

— D'après la lumière, je dirais qu'il est plus de sept heures. J'ai vendu ma montre pour la moitié de sa valeur – et sa perte est plus durable que l'argent de la vente. J'oublie tout le temps où je suis. C'est une sensation extrêmement bizarre : comme je ne connais jamais l'heure exacte, j'en arrive à ne plus savoir où je suis.

— Euclid Heights, Illinois, six zéro zéro zéro un. »

J'avais ajouté le code postal par habitude et je vis les traits de mon interlocuteur refléter la stupeur.

« Zéro un ? répéta-t-il. Ne me dites pas que nous sommes revenus en 1901 !

— Non. C'était juste…

— Parce que je m'en souviens bien, de 1901. J'avais encore toute la vie devant moi. J'étais aimé par une brave femme. » Il m'adressa un clin d'œil. « Et mon épouse m'était aussi très attachée. Pardi, monsieur, j'étais maire de cette ville ignorante !

— Quoi ? Vous êtes monsieur McDeedle ? »

Il posa une main sur son ventre et me gratifia d'une imperceptible révérence.

« Pour vous servir, monsieur. Vous êtes un de mes anciens électeurs, peut-être ?

— Non, désolé. Je ne vivais pas ici à l'époque. »

Il balaya du regard les alentours.

« Ah, tout a changé. Pas en mieux, si vous voulez un avis éclairé. Et ils n'auraient jamais dû rebaptiser la ville. Un nouveau nom n'effacera rien. Couper l'hickory et le vendre comme bois de chauffage ne modifiera pas non plus ce qui s'est passé. Les malheurs ont la vie dure. On n'y peut rien. Je suis ici pour vous dire, monsieur, que la clé de tout, c'est de commencer par éviter les erreurs. Et croyez-moi, c'est le conseil le plus superflu que j'aie jamais entendu. Tout le monde veut savoir – se croit obligé de savoir – quel effet ça fait de s'engager dans la mauvaise voie. Le cataclysme sera-t-il à la hauteur du plaisir ? L'homme se trompe, c'est dans sa nature. Il arrive même souvent qu'en voulant agir au mieux, il prenne la mauvaise décision. Et après coup, il n'y a plus moyen d'y échapper. Considérez mon cas, par exemple. Je n'ai jamais essayé de cacher ce que j'avais fait. Je n'ai pas changé de nom, je n'ai pas quitté les lieux. Vous connaissez mon histoire. Je suis un malheureux sans le sou errant dans les rues de cette ville que j'ai autrefois gouvernée, mes concitoyens euclidiens me méprisent, et pourtant, je ne renie pas mes actes. La vie n'est que conséquences à assumer. J'aimerais retrouver ma famille – ou du moins mes enfants. Et les tendres attentions de ma chère Jacqueline me manquent vivement. Mais surtout, je regrette ma montre. La satisfaction procurée par un travail honnête. La possibilité de rendre service à mes semblables. Ma montre m'enracinait dans le présent, dans la réalité. Si je pouvais la récupérer, je crois sincèrement que je serais capable de reconstruire mon existence. »

Il s'interrompit, cilla et concentra de nouveau sur moi son sourire incertain.

« Monsieur le maire ?

— Toutes mes excuses, monsieur. J'ai eu un moment d'égarement. Vous arrive-t-il d'éprouver cela, vous aussi ? Cette impression d'être à un endroit, et soudain, de se retrouver en un lieu complètement différent ?

— En quelque sorte, oui.

— Où en étais-je ?

— Ici.

— Non, non. De quoi est-ce que je vous parlais ?

— De votre montre.

— Ah oui. Je m'en souviens. Et du désir de se dérober aux conséquences de ses actes. Eh bien, monsieur, on ne peut pas. » Il indiqua un point derrière moi, dans la pommeraie. « Je me suis mis en tête de revoir la maison de Jacqueline, bien qu'elle soit partie depuis longtemps. Elle est allée s'établir en ville, où son honneur n'est pas sali, et elle s'est mariée. Je vous suis reconnaissant d'avoir bloqué ma progression vers l'est, monsieur, car notre intermède a chassé de mon esprit ces rêveries nostalgiques qui empoussiéraient mon jugement. Ce serait pure flagellation de ma part que de contempler cette maison où j'étais autrefois si chaleureusement accueilli. Merci, monsieur, de m'avoir remis sur la bonne voie. »

Il me secoua vigoureusement la main.

« Oserais-je me permettre de vous emprunter un dollar ? demanda-t-il.

— Je crains d'être aussi fauché que vous, monsieur le maire.

— Ah, un compagnon de voyage sur les côtes rocheuses de la vie, dit-il. Mes respects, monsieur. Je suis sûr que la fortune va finir par nous sourire à tous les deux.

— Pourquoi comptiez-vous vos pas, tout à l'heure ?

— C'est le géomètre en moi. Mes instruments se sont perdus au cours de ma transition de maire, mari et père à ce que vous voyez devant vous, alors j'en reviens à la méthode de mesure la plus primitive. Le pas. C'est tout ce qui me reste. Et bizarrement, cela suffit à mes besoins. »

Sur ce, il poursuivit son chemin dans la direction qu'il avait prise initialement.

La tombée de la nuit mit un terme à mes déambulations et à mes observations. J'avais ébauché plus d'une dizaine de croquis – la porte d'une diseuse de bonne aventure, un panneau publicitaire pour un fabricant de bouteilles de lait, un cheval que l'on ferrait – sans pour autant attacher de réelle importance à aucun d'eux. Les pages glissées les unes après les autres à la fin du bloc m'apparaissaient comme une charge que je m'imposais, un fardeau dont je devrais me débarrasser avant de pouvoir rentrer.

Mais ma curiosité demeurait en éveil. C'était seulement la pénombre qui m'avait obligé à cesser mes activités. À ce moment-là, je me rendis compte que je n'avais rien mangé depuis plus de quatre-vingts ans. Mon estomac gargouillait si fort qu'il fit taire les criquets. Je regardai les ombres bouger derrière les vitres de l'orphelinat. Penny se trouvait quelque part là-bas. Avait-elle noué des amitiés ? Était-elle considérée comme un oiseau de malheur ? Avait-elle de quoi se nourrir ?

Les doubles portes à l'entrée étaient fermées à clé. J'eus plus de chance à l'arrière. Les employés de cuisine s'en allaient, deux garçons minces et une petite femme rondelette, chacun transportant d'une main un sac d'ordures, et de l'autre, un sachet en papier. Les garçons déposèrent les ordures dans la grande poubelle en bois avant de s'éloigner sans un mot.

La femme s'arrêta pour m'écouter. Elle avait la tête couverte d'un fichu blanc et un masque facial qu'elle plaça sur sa bouche lorsque j'avançai vers elle.

« Ma fille est à l'intérieur, dis-je.

— Les jeunes ici ne sont les enfants de personne.

— C'est une longue histoire.

— Vous êtes devenu clochard suite à la guerre ?

— Non.

— Y a pas de honte à ça.

— Pourrais-je avoir quelque chose à manger ?

— La cuisine et les réserves sont toutes verrouillées. C'est le shérif qui a les clés.

— Juste un morceau de pain, peut-être ?

— Même *les miettes*, le shérif les met sous clé ! »

Je tentai le tout pour le tout.

« Et ça ? »

De la tête, j'indiquai le petit sac qu'elle serrait contre sa hanche.

« C'est le dîner de mes enfants, répondit-elle. Le shérif ne nous paie pas beaucoup mais il nous permet d'emporter les restes. »

Une voiture poussive s'arrêta dans la rue et le conducteur donna un coup d'avertisseur. Mon interlocutrice agita la main dans sa direction.

Elle me considéra ensuite pendant quelques instants, comme si elle évaluait un poids ou la présence de l'âme en elle. Puis elle plongea la main dans le sac et en retira un petit paquet enveloppé dans un papier graisseux.

« Mes gosses vont manger du riz ce soir à cause de vous, dit-elle en me le tendant.

— Merci.

— Y a de l'eau dans le tonneau de pluie, là-bas. Le shérif cadenasse aussi la pompe. Vous avez un endroit où loger ?

— Je me débrouillerai. »

L'odeur de viande montant du paquet me rendait terriblement impatient de voir la bonne dame s'en aller.

« Comme vous voudrez. »

L'appétissante senteur émanait d'une côtelette de porc encore chaude, sur laquelle subsistaient une fine couche de purée de tomates et une tranche d'oignon. Je la dévorai jusqu'à l'os en moins d'une minute. Os que je rongeai par intermittence une bonne partie de la nuit, le fourrant dans ma poche entre deux séances de mastication. Je recueillis de l'eau de pluie dans le creux de ma main. Le tonneau n'était qu'à moitié plein, les cadavres d'insectes et les brindilles donnaient au liquide une consistance quelque peu croustillante, mais je le trouvai néanmoins délicieux. Je me sentis repu et somnolent pendant environ une demi-heure.

Je retournai vers le banc en face de l'orphelinat. La lune se leva, puis se coucha, et personne – ni promeneur, ni voiture, ni cheval ni chien – ne passa. Un silence absolu, tel que j'avais toujours rêvé d'en faire l'expérience, régnait sur la ville. Le bourdonnement dans mes oreilles était tout ce qui subsistait de l'avenir que j'avais laissé derrière moi.

18

Ma première pensée lorsque je m'éveillai au petit jour fut : c'est ainsi que vit mon frère. Raide, courbaturé, mouillé, recroquevillé autour de mon matériel de dessin volé, j'avais la bouche imprégnée de l'arrière-goût pâteux d'oignon laissé par mon dernier dîner. J'allai boire un peu d'eau, et alors que je me passais la langue sur les dents, la même voiture que la veille au soir ramena la cuisinière de l'orphelinat.

« Vous faites de longues journées », observai-je.

Elle ajusta son masque.

« Chez soi loin de chez soi…, répondit-elle.

— Merci pour le repas.

— De rien.

— Vous jouez aux courses ? » demandai-je.

La question la prit au dépourvu et elle s'immobilisa, une main sur la poignée de la porte.

« En quoi ça vous regarde ?

— Misez sur Sir Barton dans le derby du Kentucky l'année prochaine.

— Qui êtes-vous au juste, monsieur ?

— N'oubliez pas. Sir Barton. »

Elle me chassa.

« Allez-vous-en, Sir Barton. Vous me faites peur. »

Je vis arriver ses deux assistants encore ensommeillés. J'éprouvai un bref élan de tendresse nostalgique pour Flo, qui m'évitait les journées passées à trimer au service d'un autre, prisonnier d'un emploi du temps différent du mien.

De mon poste d'observation sur le banc, j'entendis l'orphelinat s'éveiller. C'étaient les mêmes bruits que chez moi certains matins. J'ouvris mon bloc de papier à dessin, trempai ma plume dans l'encrier. En soulevant ma chemise, je humai ma propre odeur.

Les noms et dates tracés en rouge sur mon torse ne se voyaient presque plus tant ils avaient été malmenés. J'écrivis « 1919 SIR BARTON » sur la feuille, trempai de nouveau la plume dans l'encrier, puis ajoutai « 1920 PAUL JONES », « 1921 BEHAVE YOURSELF » et ainsi de suite. Lorsque j'eus terminé de recopier la liste inscrite sur mon torse, je débouclai ma ceinture et baissai mon pantalon afin de noter les résultats figurant sur mes cuisses. La dernière ligne annonçait : « 1961 CARRY BACK. »

Je ne savais plus pourquoi je m'étais arrêté à cette date. Peut-être parce que j'aimais la sonorité – la promesse – de ce nom.

En un peu moins d'une heure, j'avais créé un document dont le pouvoir me déconcertait. C'était mon œuvre. Ce serait à moi d'assumer les conséquences potentielles de ces quelques mots griffonnés sur une feuille de papier. Durant un moment, je songeai au père de Constance, debout de bonne heure pour aller travailler parmi ses arbres maudits, l'imagination tourmentée par la menace de l'inéluctable.

Enfin, je me levai pour aller chercher ma fille.

Je l'aperçus en pénétrant dans le hall de l'orphelinat, mais elle ne me vit pas. Elle se tenait au bout du couloir, au milieu d'une file d'enfants attendant d'entrer dans la salle à manger. Elle était occupée à tresser les longs cheveux de la fillette devant elle. Celle-ci parlait, et à mesure que la queue avançait, elles suivaient toutes les deux le mouvement, les mains de Penny s'activant dans la chevelure de sa jeune compagne, ses yeux exprimant une concentration sans faille.

De toute évidence, elle ressentit mon arrivée comme une intrusion.

« Qu'est-ce que tu fais ici ? demanda-t-elle.

— Je suis venu te chercher. »

Ses mains continuèrent d'élaborer la coiffure. La fillette lança :

« Qui est-ce ?

— Mon père », répondit Penny.

La petite ouvrit de grands yeux.

« Ton *père* ?

— Oui, dis-je. Je vais ramener Penny chez nous. »

La fillette me gratifia d'une révérence si profonde que Penny faillit lui lâcher les cheveux.

« Je m'appelle Bette Andresen, se présenta-t-elle.

— Ravi de te connaître. »

Bette tourna la tête juste assez pour inclure Penny dans la conversation.

« Tu vas partir avec lui ? s'enquit-elle d'un ton soucieux.

— Bien sûr, déclarai-je.

— Mais non, Bette », répondit Penny en poussant la petite dans la salle à manger, d'où elle ne put voir le regard de rejet que ma fille me lançait.

Le shérif Ketch était assis derrière sa table de travail dans son bureau à l'autre bout du couloir. Il se donna tout juste la peine de lever les yeux lorsque je frappai.

« Y a pas de travail, grogna-t-il en baissant dédaigneusement sa grosse tête à ma vue.

— Je suis venu chercher ma fille. »

Il prit le temps de tourner une page de son registre avant de reporter son attention sur moi. J'avais l'impression irréelle de contempler le moule dont sortirait Casse-couilles – même corpulence, même suffisance, mêmes mouvements lents trahissant l'autosatisfaction.

« Vous avez eu une rude nuit, monsieur, observa-t-il.
— J'en ai connu de plus agréables.
— Je sens d'ici l'odeur de la rosée sur vous.
— Penelope Winkler est ma fille. »

Ketch rapprocha le bout de ses doigts pour former une pyramide et pinça les lèvres.

« Eh bien, je ne pense pas prendre trop de risques en affirmant que tous les enfants de ce foyer me le diraient s'ils avaient encore un père ou une mère, déclara-t-il. Certains ont l'un ou l'autre, remarquez. Mais les parents ne veulent pas d'eux. Dans le cas contraire, j'en aurais entendu parler, j'imagine. Or je ne suis pas au courant.

— Elle est sur le point de prendre son petit déjeuner.

— Thé et œufs aujourd'hui, précisa-t-il – juste pour me donner faim, je n'en doutai pas.

— Convoquez-la et demandez-lui.

— Oh, je sais ce qu'elle va me répondre. À son âge, elle n'aspire sûrement qu'à quitter ce foyer. Elle dira tout ce que vous lui avez recommandé de dire. Ensuite, elle ira vendre sa vertu dans les rues de Chicago.

— Non…

— Elle est plus en sécurité ici, sous ma garde.

— À un dollar par jour. »

Il sourit en laissant courir son doigt le long d'une colonne de chiffres.

« Maintenant que vous me le faites remarquer…

— Mettez-nous côte à côte, shérif. Nous nous ressemblons.

— Ce n'est pas une preuve suffisante.

— Vous ressemblez bien à votre petit-fils ! »

Il hésita, cligna des yeux et finit par bredouiller :

« Je… je n'ai pas de petit-fils, monsieur. Je n'ai pas de fils. » Sa suffisance le déserta durant un bref instant. « Bon sang, je n'ai même pas de femme ! »

Je m'avançai vers lui.

« Mais vous aurez une famille. Une femme. Un fils. Un petit-fils. »

Il me considéra d'un œil noir et méfiant.

« Ça, c'est vous qui le dites, gronda-t-il.

— Vous connaissez Constance Manger ?

— L'une de nos plus célèbres concitoyennes. J'étais de service quand son petit ami a tué le shérif Horton.

— Je croyais qu'on n'avait jamais identifié son assassin. »

Ketch haussa les épaules.

« Dans la confusion générale, personne n'a rien vu. Mais c'est ce gars-là qui a provoqué la confusion, c'est donc lui le responsable.

— Constance est une amie, dis-je. Nous nous sommes connus dans l'avenir, à quatre-vingts ans d'ici. »

Ketch contourna sa table et vint se placer si près de moi que je sentis l'odeur des œufs qu'il avait avalés au petit déjeuner.

« À quel jeu jouez-vous, monsieur ?

— Je veux juste reprendre ma fille.

— Je flaire l'arnaque. La volonté délibérée de m'extorquer de l'argent et de m'enlever une jeune orpheline.

— Non…

— Je ne pourrais pas dire que je comprends le moyen, mais je devine sans peine la fin escomptée. Et il n'est pas question que je participe à cette comédie ! »

Une bruine salivaire d'indignation m'éclaboussa le visage. Je reculai.

« Avez-vous bavardé avec Constance ? » demandai-je.

Il fit saillir son menton.

« Nous n'évoluons pas dans les mêmes cercles.

— Mais vous connaissez les détails de son histoire. »

Il hocha la tête.

« Il n'existait pas de meilleur homme que le shérif Horton.

— Vous souvenez-vous de cette nuit-là ?

— Comme si c'était hier. » Il regagna son fauteuil. « Veuillez partir, maintenant.

— Puis-je parler à ma fille ?

— Puisque vous n'avez pas de fille dans ce foyer, je ne vois pas comment vous pourriez lui parler.

— Juste quelques instants ?

— Êtes-vous bouché, monsieur ? Ne me suis-je pas montré assez clair ? Vous n'êtes pas le bienvenu ici. Et je vous préviens, votre insistance me donne envie de vous placer en garde à vue.

— Interrogez Edward Manger au sujet de sa femme, le pressai-je. Des expériences qu'elle a vécues. »

Ketch soupira.

« Je lui ai déjà parlé – longuement, qui plus est. Il m'a interviewé après le lynchage. Et après ma nomination au poste de shérif. Il m'a abreuvé d'histoires à dormir debout sur sa jeune épouse et ses prétendus voyages. Et laissez-moi ajouter, monsieur, si vous ne le saviez pas encore, qu'Edward Manger a un penchant certain pour les boissons fortes qui n'a d'égal que son besoin pathétique d'attention.

— Elle ne s'était pas trompée en prédisant la guerre. Et le gagnant du derby de 1909. »

Son regard m'a sondé.

« Elle a donné le nom d'*un* gagnant. Même les parieurs les plus médiocres font preuve un jour de ce genre de clairvoyance.

— Elle était trop occupée à essayer de revenir ici.

— Pardon ?

— Elle se souciait plus de prévenir le lynchage de Dash Buckley que de mémoriser le nom de tous les chevaux vainqueurs du prix.

— J'ai un emploi du temps chargé, monsieur, déclara Ketch en me montrant la porte. Peut-être qu'un homme comme vous, avec aussi peu de responsabilités et de réalisations personnelles à son actif, n'est pas capable de…

— Sir Barton.

— Pardon ?

— Sir Barton va remporter le derby l'année prochaine.

— À quoi voulez-vous que ça me serve de le savoir aujourd'hui ?

— Paul Jones gagne celui de 1920. »

Les yeux de Ketch s'arrondirent brièvement, puis ses paupières se plissèrent, leur rendant leur expression de défiance.

« Vous êtes bien bon, monsieur, de me débiter des résultats qu'il m'est impossible de vérifier aujourd'hui.

— Faites des recherches.

— Comment ?

— Assurez-vous que ces chevaux existent. »

Il se frotta le menton.

« Revenez ce soir. Après le dîner. Il va falloir que je me renseigne.

— En 1921, le vainqueur est Behave Yourself.

— À mon avis, le vainqueur du derby de 1921 n'est même pas encore né.

— Je veux ma fille. »

Il me fit sortir dans le couloir désert. Je le suivis jusqu'aux portes ouvertes de la salle à manger, attiré par le vacarme des enfants. Ceux-ci étaient installés autour de longues tables, bavardant, riant, piochant allègrement dans de grands monticules jaunes d'œufs brouillés et buvant du thé dans d'énormes choppes. C'était tout. Pas de toasts, pas de fruits, pas de jus. Ketch m'avait donné l'intégralité du menu : œufs et thé.

Je repérai Penny au fond de la pièce. La fillette dont elle avait natté les cheveux, Bette Andresen, était assise à sa droite, une femme en uniforme bleu et masque blanc avait pris place à sa gauche. Elle s'adressait à Penny avec conviction, apparemment, mais le masque sur sa bouche lui conférait une apparence troublante, comme si elle était malformée et anxieuse de communiquer.

La main de Ketch m'enserra l'épaule, tel un crabe, et m'obligea à reculer.

« À ce soir, monsieur », dit-il, me guidant d'abord vers la porte de l'orphelinat avant de me pousser dehors.

Je me retrouvai à la rue, hanté par l'odeur et la vision de ces œufs et de ce thé, l'estomac douloureux tant il me tiraillait. Je demeurai paralysé par mon désir de nourriture et mon impuissance totale à m'en procurer, et aussi par l'incroyable étrangeté de cette magnifique matinée de 1918.

Un grincement s'éleva soudain un pâté de maisons plus loin, produit par la boîte de vitesses d'une camionnette de laitier, effrayant un cheval dont le cavalier dut batailler ferme pour en reprendre le contrôle. Le spectacle fit pouffer deux enfants qui avançaient main dans la main près d'une femme au port de reine, coiffée d'un chapeau, qui leur intima le silence. Elle évita mon regard en incitant ses protégés à presser le pas. J'étais un vagabond, affamé et sale, pieds nus par-dessus le marché. Les petits, en revanche – un garçon et une fille – me jetèrent des coups d'œil furtifs. Ils avaient l'air intrigués et heureux. Je leur adressai un signe discret au niveau de ma hanche lorsqu'ils s'éloignèrent. Ils étaient peut-être toujours en vie à mon époque, approchant des quatre-vingt-dix ans, le teint laiteux et la peau rendue presque translucide par la vieillesse. Se souviendraient-ils de moi ? Certainement pas. Mais j'appréciai néanmoins leur brève marque d'attention. Ils me prouvaient que j'existais.

Je marchai vers le centre-ville, mû par le vide dans mon estomac. Les odeurs s'échappant des portes et des fenêtres des maisons ou des bureaux me faisaient presque chanceler. Pain cuit au four. Bacon frit. Lait. Pommes tranchées. Œufs et toasts. Une préparation à la cannelle. Café. Moi qui n'étais même pas amateur de café !

Le mélange de senteurs le plus appétissant m'attira jusqu'au bout d'une allée étroite et encaissée comme un canyon, devant une fenêtre d'où jaillissait un nuage de vapeur. Une porte-moustiquaire s'ouvrit et une femme arborant un tablier sur une longue jupe sortit de la maison. La sueur lui avait collé les cheveux sur les tempes, et de ses grands yeux sombres, épuisés, elle m'examina d'un air à la fois glacial et soupçonneux. Elle portait un seau en bois dont elle vida le contenu sur les pavés de l'allée.

À travers la porte-moustiquaire, je distinguai dans une baignoire métallique le corps nu et maigrichon d'un petit garçon d'environ huit ans, frissonnant malgré la serviette drapée sur ses épaules, le regard absent et malheureux. Un pain à la farine de maïs refroidissait sur la cuisinière. Des oignons mijotaient quelque part.

« Qu'est-ce que vous voulez ? me demanda la femme d'un ton brusque au moment de rentrer dans sa cuisine, le seau battant contre sa jambe.

— J'ai faim, répondis-je.

— Vous n'avez qu'à travailler », répliqua-t-elle. Elle se mit à frotter énergiquement le garçonnet dans la baignoire. « Ici, ce n'est pas le travail qui manque. Après, vous pourrez manger.

— Vous avez une tâche à me confier ?

— Pas chez moi. En Amérique.

— Il y a sûrement quelque chose à faire, chez vous.

— Mon mari est habile de ses mains. »

Son regard exprimait la dureté, la suffisance.

Je lui présentai mon bloc de papier à dessin.

« Je pourrais faire le portrait du petit garçon. Contre un peu de pain de maïs ? Ou de soupe à l'oignon ? »

Elle éclata de rire – un rire cassant, interrompu net. Elle glissa ensuite quelques mots à l'enfant dans un langage que je ne compris pas et il tenta de sourire, mais le cœur n'y était pas. Elle plongea la main dans l'eau du bain puis la tendit vers moi, sans pour autant s'approcher.

« La voilà, votre soupe à l'oignon ! »

Mes yeux me piquaient, l'odeur était tellement suave! Des petits morceaux d'oignon flottaient au creux de sa paume.

« Les oignons éloignent la grippe », affirma-t-elle.

Elle semblait sûre d'elle, et pourtant, dans son regard se lisaient le doute et la peur. Elle tira sur le lacet autour de son cou. Une petite pochette de mousseline y était accrochée, ainsi qu'une croix.

« C'est valable pour moi aussi, dit-elle en me chassant de la main. Allez-vous-en. Allez chercher du travail pour vous nourrir. »

L'allée se terminait par un petit terrain entouré d'une clôture par-dessus laquelle j'aperçus la cime d'un arbuste. La grille était entrebâillée. De l'autre côté, je découvris une terrasse avec une table à peine plus grande qu'un plateau de garçon de café, deux chaises à dossier grillagé placées à l'ombre de l'arbre et une porte-moustiquaire ouvrant sur une pièce sombre et calme. Les seuls sons environnants étaient les battements sourds de mon cœur et les gargouillements de mon ventre.

Sur la table se trouvaient une assiette de toasts, un petit bocal de confiture et un verre de jus d'orange. Une abeille bourdonnait autour du repas comme une sentinelle montant la garde. Je pénétrai dans l'enclos. En approchant, je décelai un arôme de framboise. Une feuille tomba de l'arbre. Je fourrai mon bloc à dessin dans ma chemise.

Un couteau était posé au bord de l'assiette. L'odeur du beurre fondu me flatta les narines quand je me penchai. Je pris le couteau, puis m'en servis pour détacher une grosse motte de confiture que j'étalai sur le pain, le raclement de la lame résonnant avec une force suspecte. Je n'aurais pas dû m'accorder quelques secondes supplémentaires pour en recouvrir toute la surface du toast, ni gaspiller mon temps à aplanir une ride de confiture sur la seconde tranche. Enfin, je soulevai l'assiette, et lorsqu'elle fut à hauteur de ma tête, je l'inclinai de façon à faire glisser la tartine jusqu'au bord. J'en saisis une partie dans ma bouche. Le pain était frais, avec une croûte délicatement croustillante, et la confiture était sans doute la plus parfumée que j'aie jamais eu l'occasion de goûter. J'en étais à la deuxième bouchée quand un homme large d'épaules, vêtu d'une salopette graisseuse, émergea en s'essuyant les mains sur un chiffon propre.

« Mon petit déjeuner ! »

J'avais une moitié de toast entre les dents, l'autre sur l'assiette, elle-même tenue à deux mains devant ma bouche. Il me semblait que ces morceaux de pain ne manqueraient pas trop à leur destinataire initial, alors que j'en étais venu à les considérer pratiquement comme des objets sacrés.

Je me dépêchai de terminer la première tartine puis coinçai la seconde entre mes dents avant de tendre l'assiette au nouveau venu, espérant l'occuper en le forçant à sauver sa vaisselle pendant que je prenais mes jambes à mon cou. J'aurais pu m'échapper facilement si la femme n'avait pas choisi ce moment pour vider dans l'allée le bain du petit garçon. Je m'affalai sur les pavés glissants, crachai un morceau de pain déjà mâchouillé, trempai ma chemise dans l'eau où avaient macéré les oignons et me livrai ainsi aux mains de l'homme dont j'avais volé les toasts.

La bonne nouvelle, c'est que j'eus droit à un repas en prison.

Après le déjeuner, je dormis remarquablement bien sur la paillasse étroite de ma cellule au sous-sol. J'étais le seul détenu en ce long après-midi. La fenêtre munie de barreaux donnait sur la place municipale et je me demandai si c'était la dernière vision qu'avait emportée Dash Buckley. À mon réveil, j'étais de nouveau affamé. L'assistant du shérif à l'étage me refusa un en-cas sous prétexte que le souper serait servi à six heures.

« J'ai besoin de parler au shérif Ketch, dis-je.

— Il viendra après le souper.

— Auriez-vous la bonté de me rendre mon matériel de dessin ?

— Non, vous pourriez tenter de poignarder quelqu'un avec ce porte-plume.

— Il n'y a personne, ici. »

Il s'en alla sans ajouter un mot.

Ketch arriva à huit heures précises et s'octroya un cigare post-dînatoire. Il approcha une chaise à dossier à lattes, y prit place et posa ses bottes sur la barre transversale de ma cellule.

Puis il étudia le rapport de mon arrestation.

« Alors comme ça, vous avez volé des tartines ?

— J'avais faim. »

Il grogna, m'écoutant à peine.

« Vous êtes en forme pour un homme né en 51.

— En 1951 », précisai-je.

Il souffla un nuage de fumée.

« 1951, répéta-t-il. Dans trente-trois ans, donc.

— Oui. »

Avait-il jeté un coup d'œil à mon bloc de dessin ? Avait-il trouvé et confisqué la feuille sur laquelle figurait la liste des gagnants ?

« Je me suis renseigné sur votre Sir Barton.

— Et ?

— J'ai aussi parlé à cette gamine dont vous prétendez qu'elle est votre fille.

— Que vous a-t-elle dit ?

— Exactement ce à quoi je m'attendais. » Il agita son cigare, de sorte qu'un petit paquet de cendre s'envola. « Vous avez bien accordé vos violons.

— Nous voulons juste…

— Elle sait s'y prendre avec les enfants. Les petits malades l'adorent. Je crois qu'elle pourrait m'économiser les frais d'une vraie infirmière. »

Je me détournai, essayant de refouler ma panique.

« Que vous ont révélé vos recherches sur Sir Barton ? demandai-je.

— C'est très intéressant. La première personne que j'ai jointe avait entendu parler de ce cheval. Mais pas les deux autres. Alors, j'ai télégraphié à une connaissance de Louisville et voici la réponse que j'ai reçue. »

Il me montra un morceau de papier. Je lus : *Sir Barton jeune et fort. Paul Jones juste jeune. Rien sur Behave Yourself. Puis-je savoir pourquoi ?*

« Quelle réponse devrais-je lui donner ? demanda Ketch en prenant un air innocent.

— Vous pourriez le récompenser pour son aide.

— Et risquer de faire baisser la mise ? Non, de toute façon, il n'aime pas les jeux de hasard.

— Il n'y a pas de hasard là-dedans.

— Ça, c'est ce que vous dites.

— Sir Barton est l'information la plus sûre que vous aurez jamais.

— Sir Barton ? Je l'ai déjà. Ainsi que deux autres.

— J'en ai plus encore. Je les ai tous.

— Tous les gagnants ?

— Laissez-moi sortir. »

Ketch ne se donna même pas la peine de réfléchir à la question.

« Vous connaissez le nom de la femme que je vais épouser ?

— Je crains que non.

— Est-elle jolie ?

— Je ne sais pas non plus.

— Ce serait tellement plus facile de la courtiser…

— Laissez-moi sortir. Rendez-moi ma fille. Je ferai de vous l'homme le plus riche de la ville. »

Il ôta ses pieds de la barre transversale.

« C'est une petite ville », dit-il. Il tapa ses bottes sur le sol à plusieurs reprises, comme s'il défilait sur place. « J'ai les pieds tout engourdis. »

Il se leva et esquissa quelques petits pas de danse malhabiles.

« Owen n'a pas porté plainte, reprit-il.

— Qui est-ce ?

— Le mécanicien dont vous avez ôté le pain de la bouche. Il est trop gentil pour son bien.

— Alors, je suis libre de m'en aller. »

Ketch acquiesça mais ne fit pas mine d'ouvrir la cellule. Je ne bougeai pas, me sentant complètement à sa merci.

« Est-ce la cellule où était enfermé Dash Buckley ? » demandai-je.

Il se gratta le menton et cracha un fragment de tabac.

« Quel genre d'homme est mon petit-fils ?

— Un représentant de la loi. Comme vous.

— Et mon fils ?

— Pareil.

— Nom d'un petit bonhomme, murmura-t-il. Trois générations de Ketch, et tout ce qu'on trouve à faire, c'est mettre les gens derrière les barreaux ?

— Vous êtes une sorte de dynastie.

— L'orphelinat existe toujours ?

— Non, répondis-je, sans trop savoir pourquoi je me montrais aussi franc, mais ne voyant aucune raison de ne pas l'être.

— Pourquoi ?

— Je l'ignore. Il n'est plus là, c'est tout.

— Je ne pense pas qu'ils aient inventé un remède à la condition d'orphelin, monsieur.

— Moi non plus.

— Pourquoi n'irais-je pas faire un tour à votre époque pour…

— Votre place est ici, l'interrompis-je.

— Vous êtes bien venu, vous ! Et pourtant, votre place n'est pas ici.

— Je veux seulement récupérer ma fille. »

Mais il ne m'écoutait plus.

« Je pourrais découvrir ce qui est arrivé à l'orphelinat. Et qui je suis censé épouser.

— Ce n'est pas aussi simple.

— Si l'orphelinat doit sombrer… eh bien, je ne peux pas vivre avec mon seul salaire de shérif.

— Laissez-moi sortir, répétai-je. Rendez-moi ma fille et vous n'aurez plus jamais de soucis d'argent. »

Il m'examina avec attention en mâchonnant l'extrémité de son cigare. Mais il ne semblait toujours pas décidé à prendre ses clés.

« Comment avez-vous fait ?

— Je ne peux pas l'expliquer.

— Vous ne pouvez pas ? Ou vous ne voulez pas ?

— Je ne sais pas comment j'ai fait, shérif. Je ne sais même pas où je vais finir.

— Comment ça, où ?

— Je veux dire, à quelle époque. Réfléchissez : si vous vous retrouviez à mon époque sans possibilité de revenir ?

— J'irais m'installer chez mon petit-fils, me dit-il d'un ton assuré.

— Sauf qu'il n'existerait pas. »

Il prit le temps de digérer l'information.

« Il faut d'abord que j'aie un fils ?

— Tout juste. Si vous faites un bond en avant comme ça, vous commencez à modifier l'avenir.

— Comment vais-je pouvoir vivre en ayant tout ça à l'esprit ? demanda-t-il, l'air abattu.

— Vous vous y habituerez.

— Chaque fois que je vais croiser une jeune femme, je vais penser : est-ce elle ? Et puis, quel est l'intérêt de parier si on est sûr de gagner à chaque fois ?

— Ce n'est qu'une course par an. Une certitude. Le reste de votre existence restera un mystère.

— Connaissez-vous la date de ma mort ? »

Je fis non de la tête.

« Connaissez-vous la vôtre ?

— Non. Je ne veux pas le savoir.

— Si vous l'apprenez… Je ne veux pas le savoir non plus.

— Pouvez-vous me laisser sortir, maintenant ?

— Où est la liste ? »

Nous nous étudiâmes à travers les barreaux.

« S'il vous plaît, laissez-moi sortir.

— D'abord, la liste.

— Je préférerais d'abord ma liberté.

— Peut-être que je vais vous garder ici jusqu'en mai prochain. Pour voir si Sir Barton gagne réellement.

— Je vous le certifie.

— Et si vous vous trompez ?

— Je serai peut-être encore en ville. S'il perd, vous n'aurez qu'à me renvoyer en prison.

— Vous serez parti, j'en suis sûr.

— Vous n'avez pas le droit de me garder, soulignai-je.

— C'est vrai. Mais les gens d'ici me laissent faire à peu près tout ce que je juge opportun. » Enfin, il retira de sa poche un trousseau de clés. « La liste vous permet de vous en aller. Mais la gamine reste avec moi.

— C'est ma fille ! »

Il me fixa d'un regard cruel, éteint, tellement semblable à celui de Casse-couilles que pour un peu, j'aurais cru qu'il avait lui-même voyagé à travers le temps pour venir exercer son pouvoir sur moi.

« C'est une orpheline, gronda-t-il. J'ai des papiers qui le prouvent. »

Je décidai de limiter mes pertes.

« OK », dis-je.

Il déverrouilla la porte et l'ouvrit en grand.

« Plus de repas à heures fixes, ironisa-t-il.

— La nourriture n'est pas si bonne que ça…

— Où est la liste ? »

Elle se trouvait à l'endroit où je l'avais laissée, pliée à la fin du bloc de dessin. Ketch parcourut les lignes de noms et de dates.

« La course est supprimée après 1961 ? s'enquit-il.

— Non, c'est juste que j'ai arrêté d'écrire à cette date.

— Mince. Qu'est-ce que je suis censé faire après, moi ? »

Je haussai les épaules. Nous étions arrivés en haut de l'escalier. La porte de la prison se dressait droit devant moi. Je n'aspirais qu'à quitter cet endroit.

« Quel âge aurez-vous en 61 ? demandai-je.

— Soixante-seize ans, répondit-il après avoir fait le calcul.

— D'ici là, vous aurez amassé une vraie fortune.

— J'aurai aussi ma retraite de shérif.

— Exact.

— Et ma famille pour s'occuper de moi.

— Sans aucun doute », affirmai-je.

19

Arrivé sur la place municipale, je me sentis plus déraciné que jamais. Le ciel s'était couvert, rendant oppressante la touffeur ambiante. Quelques personnes s'accordaient une promenade vespérale, les femmes jouant de leur éventail, les hommes bien droits, le maintien fier. Certains portaient des masques. Tous, lorsqu'ils s'arrêtaient pour saluer une connaissance, restaient à distance prudente. Une nouvelle fois, je fus frappé par l'étrangeté de la situation : j'étais dans la rue par une chaude soirée d'août 1918.

Je me sentais également comme un paria au milieu des flâneurs – un va-nu-pieds empestant l'oignon –, et de fait, ils passaient au large. Dans l'espoir d'être pris pour un artiste, j'ouvris mon bloc et préparai ma plume. Je tentai de dessiner de mémoire la cellule dont je venais de sortir. Au bout de dix minutes, j'abandonnai. La lumière du jour avait presque totalement disparu et je n'étais pas parvenu à exprimer le sentiment d'impuissance étouffante qui m'avait submergé dans ce réduit.

La perspective d'une longue nuit sans réconfort ni réponses se profilait devant moi. J'avais renoncé à la seule chose de valeur que je possédais et Penny était toujours orpheline.

Un bruit de pas venant du sud attira soudain mon attention alors que j'étais assis sur le banc en face de l'orphelinat. Un homme émergea de l'ombre et s'avança dans ma direction d'un air déterminé. Lorsqu'il fut tout près – et que ma présence eut attiré son attention –, il ralentit et finit par s'arrêter devant moi.

« Monsieur Winkler ? » demanda-t-il.

Je ne me débrouillai pas trop mal pour dissimuler ma surprise, estimai-je.

« Oui ? »

Il me tendit la main. Je la serrai.

« Edward Manger. »

C'était un bel homme, corpulent et sûr de lui, vêtu d'un costume et d'une cravate – une tenue que j'aurais moi-même jugée trop chaude pour la soirée.

« Le shérif Ketch m'a dit que je vous trouverais sûrement ici. » Il s'assit à côté de moi. « Puis-je vous offrir un bain, un repas et un lit pour la nuit ? demanda-t-il aimablement. Ma femme évoque toujours en termes tellement élogieux l'aide que vous lui avez apportée au cours de ses voyages…

— Merci, mais non. Je m'en vais.

— Oh, vous partez ?

— Je vais récupérer ma fille et rentrer chez moi.

— Est-ce un plan d'action ou juste un vœu pieu ? »

J'esquissai un sourire.

« Un peu des deux. »

Ketch sortit de l'orphelinat au volant de sa camionnette bringuebalante et s'éloigna sans nous accorder un regard. Le plateau du véhicule était recouvert d'une bâche qui claquait au vent.

Une pensée me traversa soudain l'esprit.

« Vous étiez présent le soir où Dash Buckley est mort ?…

— Bien sûr.

— Personne ne s'est interposé ?

— Pour essayer d'arrêter la main vengeresse de cette bande de voyous, vous voulez dire ?

— Quelque chose comme ça, oui. »

Il se redressa.

« En tant que représentant de la presse, ce n'était pas à moi d'intervenir.

— J'ai pourtant le sentiment qu'on aurait pu empêcher ce drame.

— Comme la Grande Guerre, peut-être ? répliqua-t-il d'un ton sarcastique. Nous ne possédions pas votre talent pour prédire l'avenir. Nous ne savions pas que dix ans plus tard, nous aurions encore à assumer les conséquences de nos actes. » Il se pencha vers moi. « Monsieur Winkler, Constance m'a laissé entendre que vous aviez apporté le nom des futurs vainqueurs du derby.

— Elle a refusé de les noter. »

Manger soupira, l'air découragé. Il tira sur sa cravate jusqu'à la défaire.

« Ma femme n'est pas une adepte de la solution de facilité, dit-il. Moi, si.

— Elle va mourir de la grippe en novembre. »

Il se rejeta en arrière – une réaction choquée contrastant avec la lueur de soulagement dans ses yeux.

« Elle le sait ? demanda-t-il.

— Elle n'a pas voulu m'entendre.

— Vous êtes sûr qu'elle va mourir ? »

Je hochai la tête.

« Vous seriez bien avisé de contracter une assurance-vie. »

Il me gratifia d'un sourire froid.

« Je ne suis pas attaché à grand-chose dans cette ville. Pour autant, je ne souhaite aucun mal à mon épouse.

— Faites de l'enfant votre bénéficiaire, dis-je. Montrez-moi la police et je vous donnerai les dix prochains gagnants du derby.

— Mais vous allez partir…

— Alors, vous avez intérêt à vous dépêcher. »

Il ne bougea pas.

« Accepteriez-vous de vous fier à ma parole ?

— Je crains que non. »

Il ne faisait toujours pas mine de se lever.

« Je ne vois pas comment obtenir un tel document à cette heure-ci, dit-il, alors je vais continuer de prendre l'air du soir avec vous, monsieur Winkler, dans l'espoir de gagner votre estime. »

Plusieurs minutes s'écoulèrent ainsi sans qu'aucun de nous souffle mot.

« Seriez-vous prêt à échanger les dix prochains vainqueurs contre tous les détails de cette soirée ? demanda-t-il enfin.

— Quel genre de détails ?

— Le genre couleur locale. Concernant ma tendre épouse, par exemple.

— Vous avez quelque chose à m'apprendre sur elle ? »

Il tendit la main.

« Les vainqueurs ? »

Comme je ne réagissais pas, il finit par ramener sa main à lui.

« Je n'ai pas besoin d'en savoir plus à son sujet, déclarai-je.

— Vous a-t-elle raconté qu'elle était rentrée à temps pour sauver le malheureux M. Buckley ?

— Elle était… J'ai vu un dessin. Elle se tenait un peu à l'écart de la foule. Comme si elle venait d'arriver.

— À l'écart, oui, répéta Manger. Mais Dash était toujours en vie à ce moment-là. Les hommes tentaient de lui passer la corde au cou. Constance a assisté à la scène avec les autres, sans rien faire.

— Comment pouvez-vous en être sûr ?

— Je suis un observateur professionnel. Constance était l'unique raison de toute cette agitation. Elle ne l'admettra jamais, mais elle était troublée par cette rumeur selon laquelle Buckley avait du sang africain dans les veines.

— Ça ne lui ressemble pas.

— Vous ne la connaissez pas », répliqua-t-il. Comme je gardais le silence, il demanda : « Cette information a-t-elle une valeur quelconque ?

— En 1935, misez sur Omaha.

— Oui, elle m'en a parlé. Mais je vais devoir attendre une éternité.

— Je n'ai rien de mieux à vous proposer. »

Il balaya les alentours d'un regard circonspect.

« Et si je vous disais qui a tué le shérif Horton ? »

Je haussai les épaules alors même qu'une certitude glacée s'imposait à moi.

« Qui ?

— Mieux vaut ne pas prononcer son nom à Hickory Hill, répliqua-t-il. Ou plutôt, à Euclid Heights.

— C'est valable pour beaucoup de gens. Vous avez des preuves ?

— Qui a profité de la mort d'Horton ?

— Ce n'est pas une preuve.

— J'ai discuté avec presque tout le monde sur la place ce soir-là. Personne ne se rappelle avoir vu le shérif Horton.

— Il y avait foule. Comment voulez-vous que quelqu'un garde des souvenirs fiables de ce qui s'est passé ?

— Tout le monde connaissait et respectait Horton. Et pas un habitant de cette ville – même sous l'emprise de la boisson, même par pure bravade – n'aurait osé le contrarier. Un rassemblement devant sa prison et il n'est pas sur les lieux ? Non, impensable. Pourtant, personne ne l'a vu. C'est seulement après que Dash a été traîné sur la place pour y subir ce sort terrible que le corps d'Horton a été découvert sur le sol de la prison. Le crâne fracassé. Aucune arrestation. Un semblant d'enquête. Alors, qui en a profité ? »

Je me tournai vers lui pour répondre mais il leva une main.

« Les arbres ont des oreilles, monsieur. Une autre énigme à méditer : pourquoi a-t-il été si facile pour ces voyous de mettre la main sur Buckley ? Pourquoi la prison n'était-elle pas fermée, verrouillée et barricadée ? On pouvait entrer là-dedans comme dans un moulin.

— Écrivez-le », dis-je.

Il grimaça.

« Je ne suis pas journaliste d'investigation. À votre avis, qui m'a mis en relation avec l'homme à l'origine de toutes ces allégations sur le passé de Buckley ? Sur sa race ?

— Vous n'avez pas vous-même trouvé sa trace ?

— Je vous l'ai dit, je n'étais pas journaliste d'investigation. Je laissais les informations venir à moi.

— Avez-vous vérifié ? »

Il s'éclaircit la gorge.

« Je manquais de temps.

— Donc, c'est non.

— Il connaissait bien ses semblables, expliqua Manger. Il savait comment jouer sur leurs émotions les plus viles. Ensuite, il a mené sa croisade pour changer le nom de la ville. Il a commencé par l'anéantir, puis il l'a rebaptisée et en a pris la tête.

— Lui aussi a le nom des gagnants, maintenant. »

Manger me regarda d'un air incrédule.

« Quoi ?

— Je lui ai donné ma liste pour acheter ma liberté.

— Quels gagnants ? »

Le désespoir dans sa voix me fit hésiter.

« Son petit-fils noie un enfant, dis-je. Et manque noyer mon frère. »

Mais de toute évidence, Manger s'en souciait comme d'une guigne.

« *Quels gagnants ?* »

Il agrippait ma chemise. Je pris le temps de me dégager.

« Certains gagnants du derby, précisai-je en me levant.

— Combien ?

— Ça n'empêchera pas votre femme de mourir.

— Mais je dois vivre, moi. Notre fils aussi. Au moins, faites-le pour lui.

— L'année prochaine, le gagnant sera Sir Barton.

— Sir Barton, répéta-t-il en cherchant dans ses poches de quoi écrire. Et en 1920 ? demanda-t-il avidement.

— Paul Jones. »

Il m'arracha des mains mon bloc à dessin et mon porte-plume puis griffonna les deux noms sur le papier avec une plume sèche.

« En 1921 ? »

Je récupérai mon bien.

« Je ne m'en souviens pas. »

Je déchirai la page sur laquelle il avait inscrit les deux noms et la lui remis.

« "Je ne m'en souviens pas" n'est pas le nom d'un cheval, je suppose, marmonna-t-il.

— Non, en effet.

— Combien en a-t-il, lui ? »

Je tendis la main.

« Ma plume, s'il vous plaît.

— Il causera la perte de cette ville, m'avertit Manger.

— Elle ne s'en sort pas trop mal. »

Je m'attendais à rencontrer une opposition lorsque je pénétrai dans l'orphelinat par la porte de derrière. À en juger par le vacarme en provenance de la cuisine, les employés s'occupaient de tout nettoyer, mais personne ne se montra et personne ne me vit. En atteignant le hall d'entrée, je n'hésitai pas un seul instant et contournai le pilastre du grand escalier avant de me précipiter à l'étage, où régnait un calme irréel. Je ne savais pas l'heure exacte, mais il n'était certainement pas plus de neuf heures et j'avais du mal à imaginer les enfants déjà endormis. Pourtant, je n'entendais ni gloussements, ni bavardages, ni éclats de rire – pratiquement aucun bruit.

La première porte que j'ouvris produisit un affreux grincement. J'entrai dans une chambre relativement grande occupée par six lits étroits, tous garnis d'un drap blanc bien tendu et d'une couverture bordée avec soin – et tous vides. Je découvris des variantes de ce même décor dans toutes les pièces auxquelles je jetai un coup d'œil – rien que des lits vides, impeccablement faits. Je redescendis.

Dans le couloir, je croisai un des assistants de la cuisinière, qui s'apprêtait à emporter dehors un seau de détritus. Il redressa la tête, me laissant supposer qu'il m'avait reconnu, mais son regard exprimait la peur – de moi ou pour moi, je n'aurais su le dire.

J'évitai le bureau de Ketch, bien que je l'aie vu s'éloigner au volant de sa camionnette, et allai jeter un coup d'œil à l'infirmerie. La femme qui s'était adressée à Penny dans la salle à manger, assise sur un tabouret à roulettes près d'un des lits, me tournait le dos et essuyait doucement le visage d'une adolescente de l'âge de ma fille.

L'espace d'un instant, mon cœur s'arrêta de battre. Puis la malade remua légèrement la tête, et à la façon dont la lumière jouait sur elle, je sus aussitôt qu'il ne s'agissait pas de Penny. Cinq autres enfants reposaient sur de petits lits, tous endormis, tous âgés d'au moins dix ans. L'infirmière se retourna quand une latte du plancher craqua sous mes pieds.

« Où est Penny ? murmurai-je.

— Elle est allée consoler les autres. »

Je la remerciai et me préparai à sortir.

« Vous êtes vraiment son père ?

— Oui. »

Elle recula sur son tabouret dont les roulettes émirent de petits chocs sourds en passant sur les interstices des lattes. Enfin, elle se leva et me précéda dans le couloir.

« Ce soir, nous avons eu un décès, dit-elle à voix basse.

— C'était la grippe ?

— Je n'en suis pas sûre. Mais c'est notre première perte depuis l'hiver dernier. Penny est une grande source de réconfort pour les petits. »

Ne sachant que répondre, je hochai la tête.

« Elle les rassure sur l'avenir, précisa-t-elle.

— Elle ne devrait pas leur en parler.

— Ça leur fait du bien de savoir que le monde continue de tourner. Entre la guerre et l'épidémie de grippe, on a parfois l'impression que l'humanité est sur le point de s'éteindre. »

Elle sourit, cette femme au visage rond, manifestement accablée de fatigue, qui tortillait entre ses doigts le linge humide.

« Et toutes ces inventions ! s'exclama-t-elle. À l'entendre, c'est une époque merveilleuse, fastueuse !

— Vous la croyez ? demandai-je.

— Je ne la crois pas, non. Mais elle me rappelle cette tante qui nous rendait visite quand j'étais petite. Elle était allée en Chine. En Inde. En Perse. Elle nous berçait d'histoires fabuleuses. Je ne verrai jamais la Chine, ni l'Inde non plus. Et je ne verrai pas l'an 2000. Mais je suis persuadée que tout cela existe – ou existera.

— Elle a une imagination débordante. »

La femme parut déçue par ma réaction.

« Ce serait faux, alors ? Tout ce qu'elle raconte ?

— Bien sûr. Elle cherche toujours à attirer l'attention sur elle. Je n'ai pas été un très bon père. Sinon, pourquoi se ferait-elle passer pour orpheline ? »

Elle s'écarta de moi en portant le linge à son front, puis à son cou, comme si elle aussi luttait contre la fièvre.

« À vrai dire, c'est un soulagement, avoua-t-elle. De le savoir. Ou plutôt, de *ne pas* savoir ce qui va arriver.

— Je l'avais avertie que ce serait une source de problèmes. »

Lorsque j'ouvris les doubles portes de la salle à manger, j'eus la nette impression que le temps s'était arrêté. Des enfants – dont ma fille – s'étaient retournés et, immobiles, me dévisageaient. Assise sur une chaise, les jambes croisées, Penny me regarda approcher d'un air calme, sans manifester la moindre surprise.

« Oui ?

— Il faut partir», affirmai-je.

Je m'attendais à des protestations, à une résistance de sa part, mais à ma grande surprise, elle se leva et s'avança vers moi. Tous les enfants l'observaient. Du seuil, elle s'adressa à eux :

«Je vous verrai demain matin. Préparez-vous à aller au lit. Lavez-vous les mains comme je vous l'ai appris.»

Ce fut dehors, sur la pelouse enténébrée, qu'elle exprima son opposition.

«Ils ont besoin de moi ici, déclara-t-elle. Je ne rentre pas.»

Une goutte de pluie s'écrasa sur ma joue.

«Mais ta mère…

— Dis-lui…» Elle hésita. «Je ne sais pas. Dis-lui qu'elle ferait la même chose à ma place. Je reviendrai quand j'aurai terminé ce que j'ai commencé ici.

— L'autre jour, tu avais hâte de rentrer.

— Je sais.»

Il me vint à l'esprit que je l'avais déjà perdue. Un changement fondamental, irréversible, s'était opéré en elle depuis le début de son séjour.

«Tu sais où je suis, reprit-elle. Où me trouver.

— Tu vas mourir, Penny.

— Toi aussi.

— Tu vas mourir en novembre. De la grippe.

— Tais-toi.»

Elle frissonna.

«C'est dans le journal, Penny. Ton nom. La date. La cause du décès.

— Tu essaies de me faire peur.

— Oui. Mais c'est quand même la vérité.»

Elle s'essuya les yeux. Une goutte de pluie tomba juste sur la raie séparant ses cheveux.

«Je mourrai aussi dans le futur, de toute façon, dit-elle.

— Mais peut-être pas avant 2050. Ou 2075. Or en 1918, tu dois mourir en novembre.

— Je risque de revenir avec le virus.

— C'est pour ça que nous devons partir maintenant. Avant que tu tombes malade. »

Les crachotements d'un moteur poussif annoncèrent le retour de Ketch.

« Il a emmené Katie Waters, m'expliqua Penny.

— Qui ?

— Elle est morte ce soir. »

Ketch descendit de la camionnette, puis ferma la portière d'un coup de pied. Il portait des bottes en caoutchouc.

« C'est aussi à cause d'elle que je ne peux pas partir, reprit Penny. Les gosses seraient doublement anéantis si je les quittais maintenant. »

Les sourcils froncés, Ketch nous salua de la tête en passant. Il n'avait pas l'air triste, mais juste impatient. Pourquoi n'avait-il pas essayé de convaincre Penny de rester ? me demandai-je, troublé. Parce que l'éventualité de son départ lui paraissait inconcevable, peut-être ?

« Il est bouleversé par sa mort, dit Penny.

— Il est surtout bouleversé à l'idée de perdre un dollar par jour !

— Non. »

Nous entendîmes sa voix par une fenêtre ouverte – une voix sévère, impérieuse, informant la cuisinière qu'il était de retour et qu'il désirait prendre un café dans son bureau.

Une rafale de vent froid, pourtant filtrée par les fenêtres de l'orphelinat, me cingla le visage, et au loin, le tonnerre gronda. Penny l'entendit aussi.

« Tu ferais mieux d'y aller », dit-elle. Elle me toucha la main en m'adressant un sourire mi-triste, mi-moqueur. « Ce sont les conditions idéales pour explorer le temps.

— Ta mère ne me le pardonnera jamais si je reviens sans toi.

— Les petits ont trop besoin de moi. »

La pluie toute proche crépitait dans les arbres et je reçus une goutte glacée dans l'œil lorsque je levai la tête vers la source du bruit. Je n'eus pas mal, mais je me pliai brusquement en deux, une main sur ma paupière – en partie pour obliger Penny à s'inquiéter, à se demander si je pourrais rentrer sans son aide.

Elle ne fut cependant pas dupe.

« Tu survivras, papa.

— Je t'en prie, viens avec moi. »

Elle fit non de la tête, ne laissant pas subsister l'ombre d'un doute.

« Au moins, accompagne-moi sur la parallée. »

Craignant manifestement un piège, elle hésita.

« Je vais chercher un parapluie », me dit-elle.

Elle resta environ une minute à l'intérieur, et pendant son absence, deux ou trois éclairs déchirèrent inutilement le ciel. Je gravis les marches du perron et me réfugiai sous l'auvent en fer-blanc martelé par les gouttes.

Penny ressortit avec un parapluie qu'elle ouvrit. Nous nous apprêtions à quitter l'enceinte de l'orphelinat quand Ketch se lança à notre poursuite.

« Je vous arrête pour kidnapping ! » me cria-t-il.

Je me mis à courir sous la pluie, espérant que Penny allait suivre le mouvement, comprendre qu'entre la maison et moi d'une part, et la mort et Ketch de l'autre, elle n'avait pas le choix.

Mais elle demeura en retrait. Alors, je rebroussai chemin.

Ketch avait dégainé son arme lorsqu'il nous rejoignit. Exactement comme son petit-fils.

« Rangez ça ! » ordonna Penny.

Elle s'était exprimée avec tant de force et d'autorité qu'il obéit aussitôt.

« Je le raccompagne, c'est tout, ajouta-t-elle.

— Mais tu reviens, après ? interrogea Ketch.

— Elle va mourir en novembre, intervins-je. De la grippe. »

La nouvelle le prit de court. La pluie dégoulinait de son chapeau.

« C'est vrai ? demanda-t-il à Penny.

— Comment pourrais-je le savoir ?

— Tu es avec lui, répondit-il en faisant un geste vers moi. Il sait certaines choses. Je croyais…

— Dites-lui de rentrer avec moi, l'implorai-je. Dites-lui que pour vous, elle ne représente qu'un dollar par jour.

— Mais ce n'est pas vrai !

— Vous l'enterrerez comme tous les autres orphelins.

— Je ne veux pas que tu meures, déclara-t-il à Penny. Je ne veux pas que tu meures à cause de moi. Vas-y. »

Sur ces mots, il retourna à l'intérieur.

Penny le suivit des yeux jusqu'à ce qu'il disparaisse. J'attendais de connaître sa décision. Nos vêtements étaient déjà trempés et j'avais peur qu'elle n'attrape le rhume fatal alors même que je tentais de la ramener. Et soudain, Penny éternua. La brusque saccade imprimée à son corps agit comme un déclic, l'amenant à se mettre en mouvement.

Nous traversâmes la ville sans parler, environnés par une obscurité pluvieuse dont l'opacité me glaçait. Un seul mot de ma part, me semblait-il, risquait de rompre le lien que j'avais rétabli avec Penny. Chacun de ses éternuements m'apparaissait comme la preuve que son retour était la meilleure solution.

Un éclair illumina brièvement les murs moussus de la remise le long de la parallée. C'était un repère que je n'avais pas eu conscience de chercher. Je m'approchai de la porte et soulevai le loquet.

« Qu'est-ce que tu fais ? » me demanda Penny.

Je lui tendis le bloc à dessin.

« Je ne peux pas le rapporter. J'allais le laisser ici.

— Je le garderai », affirma-t-elle, la main tendue.

Je grimaçai. J'avais cru l'avoir convaincue.

Elle passa mes dessins en revue, même si elle ne pouvait pas distinguer grand-chose.

« Les branches ne te branchent plus », dit-elle.

Nous éclatâmes de rire et je sentis mon cœur se briser.

« Tu ne peux pas m'insulter, et ensuite, partir comme ça.

— C'est toi qui pars, papa. »

Elle referma le bloc et me le rendit. Je le glissai par la porte de la remise et le posai sur une étagère à l'intérieur.

« Viens me chercher dans un mois », ajouta-t-elle.

Ce flottement dans ses résolutions me redonna espoir.

« Et si je n'y arrive pas ?

— Ces enfants ont besoin… Je ne sais pas. Je ne sais pas ce que je veux. »

La foudre tomba si près de nous que Penny sursauta.

« Avant, tu avais une peur bleue des orages, dis-je.

— J'ai toujours peur. » D'un revers de main, elle s'essuya le nez. « Tu es sûr que je vais mourir en novembre ? »

J'acquiesçai. Elle jeta un coup d'œil derrière elle, referma le parapluie et l'appuya contre la remise.

« OK, murmura-t-elle.

— Viens », la pressai-je en la prenant par la main.

Je m'efforçai de paraître confiant mais ce n'était pas facile. Je n'avais aucune certitude quant à ce qui allait suivre. Je ne pouvais rien faire d'autre que ce que j'avais déjà fait.

Je m'élançai sur l'allée.

La pluie, le vent et les feuilles nous cinglèrent, arrachant à Penny un petit cri de désarroi. Lorsque nous atteignîmes l'autre extrémité du raccourci, nous étions complètement trempés mais toujours fermement ancrés en 1918. De l'autre côté de la route boueuse, l'épouvantail coiffé de sa casquette des White Sox apparut tel un fantôme à la lueur d'un éclair.

Au milieu du raccourci suivant, nous croisâmes un enfant en pleurs.

C'était un petit garçon d'environ cinq ans, en chemise de nuit. Il sanglotait à fendre l'âme tout en jetant autour de lui des regards affolés, comme s'il n'était pas simplement égaré mais brusquement tiré de son sommeil pour se retrouver dans un autre monde.

Et en voyant ce petit garçon, je compris que j'avais perdu ma fille.

Elle s'agenouilla devant lui, puis posa une main sur son épaule, essayant à la fois de le réconforter et de reprendre son souffle.

« Vas-y, toi, me dit-elle.

— Je ne peux pas…

— Il est comme nous, hein ?

— Peut-être, répondis-je, alors que je n'en doutais pas.

— Il va falloir que quelqu'un s'occupe de lui. »

Je n'avais malheureusement pas d'arguments à lui opposer.

« Quand tu lui auras trouvé un foyer…, commençai-je.

— Je vais essayer.

— Je pourrais peut-être rester encore deux ou trois jours ?

— Non. » La pluie gouttait de son menton et de ses cils. Elle m'embrassa. « Va-t'en.

— Rentre avant novembre, Penny. Rappelle-toi, tu tombes malade en novembre. »

Elle réfléchissait à cette remarque quand la foudre s'abattit sur un arbre à moins de trois mètres de nous. Dans un grand jaillissement d'étincelles blanches et d'éclats de bois, les deux tiers supérieurs du tronc se séparèrent du reste, demeurèrent suspendus un instant au cœur du flash de lumière imprimé sur ma rétine, puis entamèrent leur chute. Penny attrapa l'enfant par la main et l'entraîna vers le foyer d'Euclid Heights, et j'eus soudain peur qu'ils ne se précipitent ensemble vers une autre époque, m'obligeant à repartir de zéro pour les retrouver.

Je m'élançai dans la direction désignée par l'arbre en train de tomber – qui était aussi celle que j'avais suivie depuis le début. Il était immense – il devait faire dans les quinze mètres de haut – et la partie foudroyée comprenait les plus hautes branches. Tout en courant, je repris conscience de l'obscurité au-delà des derniers vestiges de lumière blanche altérant ma vision. De l'obscurité, de la pluie, des battements affolés de mon cœur et de la présence de ce monstre menaçant de s'abattre sur moi.

Il me semblait que je ne m'arrêterais plus jamais de courir.

Je me demandai si je sentirais la caresse des feuilles mouillées juste avant d'être écrasé. Si Penny rebrousserait chemin pour me chercher sous les vestiges de l'arbre.

Mais déjà, j'atteignais l'extrémité de la parallée. Je vis devant moi une route goudronnée et un ciel étoilé. La rumeur ambiante était de nouveau là, assez prononcée. Quelqu'un avait disposé de petites balises blanches de chaque côté du chemin. Elles me rappelaient une piste d'atterrissage.

Hors d'haleine, trempé, j'attendis Penny. Elle avait très bien pu se raviser au dernier moment, décider de me rejoindre, contourner l'arbre tombé à terre et courir en direction de l'endroit où j'avais disparu. J'attendis encore un peu.

Mais elle avait sa vie à vivre.

20

Autant je redoutais d'annoncer à Flo que Penny était restée en 1918, autant j'avais hâte de lui révéler à quel point elle m'avait manqué. Ce n'était encore que le mois d'août, dirais-je. Nous avions le temps de la sauver. Le temps de retourner là-bas. Le temps de réessayer. Mais pour le moment, j'avais juste envie d'une douche, de vêtements secs, de nourriture et de la présence de ma femme.

Je traversai Clover Street et m'arrêtai devant chez nous. Une sensation de désorientation me submergea telle une vague de nausée. Je décrivis un cercle complet, et à chaque degré de rotation, je remarquai d'imperceptibles différences par rapport à mes souvenirs. Puis je fis de nouveau face à la maison.

Mon atelier avait disparu, remplacé par un garage traditionnel dont la porte était fermée.

Je vérifiai l'adresse. Oui. Deux un huit Clover.

Je m'avançai sur la parallée. Le cabinet de Flo avait disparu aussi. Tout comme l'allée de briques menant au parking et au garage. Ainsi que le parking et le garage, d'ailleurs.

Je fermai les yeux et pris une profonde inspiration. J'étais à court d'explications rationnelles. Une seule me venait à l'esprit : j'étais revenu à une époque antérieure à la construction du cabinet de Flo. Peut-être la décision prise par Penny de rester en 1918 – et ma réticence à l'abandonner là-bas – avait-elle freiné mon retour, m'empêchant de rejoindre mon exact point de départ.

Mais cela n'expliquait pas le pommier.

Un seul pommier, vieux, noueux et obstiné, se trouvait dans le jardin quand nous avions acheté la maison. Il donnait toujours des fruits, nous avait dit l'agent immobilier en nous débitant ses arguments de vente – dont la présence de ce dernier survivant d'un verger détruit depuis longtemps.

Or deux arbres se dressaient maintenant devant moi, côte à côte, laissant tomber des pommes sur la parallée.

Une lumière s'alluma dans la pièce à l'étage. La chambre de Penny. Je sentis renaître un infime espoir.

La lumière s'éteignit. Je guettai des signes d'animation au rez-de-chaussée, une lampe qui s'éclairait, un mouvement quelconque. Mais je ne vis rien. Personne ne se porta à ma rencontre. Personne ne m'appela.

Je dus prendre sur moi pour ne pas m'effondrer. J'avais dû revenir encore plus tôt que je ne l'avais cru de prime abord, pensai-je. Avant l'abattage du deuxième pommier, avant la naissance de Penny, peut-être même avant mon mariage avec Flo. Je ressentis brusquement une souffrance intolérable. Je me retrouvais à une époque antérieure au début de ma véritable vie. Je me raccrochai néanmoins à cette explication, car au moins, elle me permettait d'entretenir l'espoir que mon existence et mon univers seraient un jour tels que dans mon souvenir.

En me hâtant vers le centre-ville, je passai devant le 1112 East Collier Street. Pendant une bonne minute, je demeurai en contemplation devant la vieille maison. Des lumières brillaient derrière les fenêtres. Pour la première fois de ma vie, la vue de cette bâtisse me procura un certain réconfort.

Puis Kurt émergea sur le perron.

« Josh ! Bon sang, mais où étais-tu ? »

Abasourdi, je m'avançai vers lui. J'avais sûrement la mâchoire pendante, mais il était trop bien élevé pour me le faire remarquer.

Son journal à la main, il me regarda avec curiosité par-dessus ses lunettes de lecture.

« On parlait de toi, justement.

— Kurt !

— On s'est fait du souci, vieux. »

Une inconnue sortit à son tour de la maison, juste derrière mon frère. Jolie, elle semblait tout agitée et écarta d'un geste la boucle de cheveux blond miel qui lui retombait sur l'œil.

« Ce coup-ci, Lee va te tanner le cuir », me gronda-t-elle.

Je me figeai, abasourdi. Lee ?

La femme posa une main sur l'épaule de Kurt.

« Tu ferais mieux d'aller te sécher », reprit-elle à mon adresse.

Sur un dernier regard apitoyé, elle retourna dans la maison.

Kurt dévala les marches et me passa un bras autour des épaules.

« Ta chemise est trempée, vieux », dit-il.

J'appuyai mon poing sur sa poitrine. Il était rasé de près et son regard reflétait un mélange de gentillesse, de sagesse et d'intelligence.

« Et tu sens un peu fort, ajouta-t-il. Pourquoi ne rentres-tu pas chez toi ? »

Je ne voulus pas l'effrayer en lui demandant où je pouvais bien habiter. Je m'en tins donc à ce que je savais.

« Où est Flo ?

— Flo ? Flo comment ?

— Flo… »

J'hésitai. Les pièces du puzzle se mettaient peu à peu en place. Les deux pommiers. La maison privée d'une aile entière. Flo comment ? Je n'avais jamais eu aussi peur de toute ma vie.

« Flo Garner, répondis-je enfin.

— La sœur de Vaughan ? Ma foi, je ne l'ai pas vue depuis des années !

— Comment va Vaughan ?

— Lui, je ne l'ai pas revu depuis le lycée. »

J'aurais dû m'arrêter là, j'en avais bien conscience, mais ce fut plus fort que moi.

« Et Casse-couilles ?

— Pardon ?

— Jack Ketch. Casse-couilles.

— Je ne connais pas de Casse-couilles. Ni de Couilles-molles ou de Couillon. » Il éclata de rire en me pressant l'épaule. « Rentre chez toi, Josh. Et cette fois, *restes-y*. »

Il ouvrit la porte-moustiquaire.

« On s'est rongé les sangs à cause de toi, Josh ! me lança-t-il. Mais enfin, où étais-tu ?

— Je ne sais pas par où commencer. »

Il m'adressa un sourire indulgent, puis m'abandonna dans la rue, en plein désarroi. J'avais un foyer quelque part alentour, où m'attendait une certaine Lee. Mon frère, Kurt, avait apparemment l'habitude de me considérer avec perplexité.

Mais qu'avais-je fait à Flo ?

Je pris mes jambes à mon cou, fonçant vers l'entrée de la parallée la plus proche. J'essayai de me vider la tête, mais bien sûr, je n'y parvins pas. Un esprit dénué de toute véritable intention était un luxe dont je ne bénéficierais pas de sitôt. Je tentai de penser à Penny et au danger qu'elle courait – une solution qui me paraissait presque préférable à l'idée de savoir ma femme toujours vivante, mais inaccessible pour moi.

Je m'engageai dans l'allée sans ralentir l'allure. Il ne me fallut pas longtemps pour m'apercevoir que rien ne se produisait. Lorsque j'atteignis Clover Street, je compris que, pour le moment du moins, les événements que j'avais mis en branle constituaient mon destin.

Le centre-ville d'Euclid Heights n'était pas tout à fait conforme à mes souvenirs. La place, dont la voie ferrée mordait un angle, demeurait inchangée. La prison, en revanche, n'avait pas été déplacée. Elle se dressait toujours au même endroit.

Je pressai le pas en direction du nord. Des gens que je ne connaissais pas me hélèrent. En débouchant à l'angle de la bibliothèque, je me figeai. L'orphelinat avait disparu. Je ne savais pas si je devais me sentir soulagé.

Je m'affalai sur un banc. Un homme dans sa voiture klaxonna et me salua de la main. Il ne paraissait pas surpris de me voir ainsi – vêtements sales, pieds nus et tout. Je le saluai en retour. Peut-être, dans cette vie-là, faisais-je figure d'aimable idiot du village. Ou peut-être étais-je un excentrique entretenant ses manières fantaisistes grâce à des dons et à des bonnes actions. Ou encore, le citoyen au grand cœur dispensant généreusement son temps et son argent. En tout cas, je ne me sentais pas différent. Et certainement pas marié à une femme prénommée Lee. Je me sentais marié à Flo et elle me manquait. Penny me manquait aussi, de même que notre maison en L et le petit plaisir inédit d'avoir remonté le temps de quinze minutes.

Je me promis de rester sur ce banc jusqu'au moment où l'on me demanderait de partir, et de fait, j'y restai toute la nuit. Une voiture de patrouille passa devant moi vers minuit. Le policier au volant me salua.

Je fus le premier à entrer dans la bibliothèque quand elle ouvrit. Je me jetai sur l'annuaire. Aucune Flo Garner n'y figurait. Évidemment, elle avait dû épouser une version masculine de Lee. Une femme aussi brillante et jolie qu'elle n'était pas appelée à demeurer célibataire bien longtemps.

Sur une intuition, je cherchai son frère et trouvai l'adresse du cabinet médical du Dr Vaughan Garner dans Euclid Heights Road.

Je reposai l'annuaire. J'avais la possibilité de me plonger dans les microfilms et de lire le compte rendu du mois d'août 1918. Mais le récit de ce qui s'était produit n'apparaîtrait vraisemblablement pas dans le journal : John Ketch, paralysé par la conscience des événements à venir, passe à côté de son destin ; et moi, à mon tour, je passe à côté du mien.

J'abordai le Dr Vaughan Garner au moment où il sortait de sa voiture garée devant son cabinet. Je le reconnus aussitôt. Pas lui.

« Je suis le frère de Kurt Winkler, dis-je.

— D'accord, répondit-il en notant mes pieds sales et mes vêtements fripés. Comment va Kurt ?

— Très bien, merci. Dites, je suis allé à l'école avec votre sœur. Comment s'appelait-elle, déjà ? »

J'allai même jusqu'à claquer des doigts pour mieux affecter de fouiller ma mémoire à la recherche d'un souvenir lointain.

« Flora.

— C'est ça. Flo. Elle ne voulait pas devenir médecin, elle aussi ? »

Vaughan arqua un sourcil.

« Non. Elle est mère au foyer.

— Sans blague ! Qui a-t-elle épousé ?

— Son béguin de jeunesse. Doug Vug. »

Il s'excusa. Je le remerciai.

Doug Vug. Le A en maths avait porté ses fruits, finalement.

Il était dans l'annuaire. Une adresse à Dragon Hills.

Flo Vug. C'était difficile à imaginer. Je ne me sentais pas jaloux, mais seulement perdu. Comment aurais-je pu lui reprocher d'avoir fait sa vie sans moi ?

La vue du garçon et de la fille que Flo suivit hors de la maison me procura une fierté indirecte. J'eus l'impression que c'étaient un peu mes enfants aussi. La fille ressemblait vaguement à Penny. Le garçon était le fils que nous aurions pu avoir. Tous deux riaient, gais et pleins d'entrain. Flo avait les cheveux plus longs, teintés pour dissimuler les premiers fils blancs. Elle portait un grand sac à l'épaule, s'adressait aux deux galopins en même temps, tenait un téléphone portable à la main et semblait à la fois bousculée et heureuse.

Sa petite famille et elle me dépassèrent en voiture. Je venais de me dire qu'elle ne me remarquerait pas quand, soudain, elle me salua de la main.

Habitais-je à proximité ? me demandai-je. Étais-je un voisin ? Peut-être Lee et elle étaient-elles amies ?

Je retournai voir Kurt. Il n'était pas là. Sa femme ne fit aucune difficulté pour me laisser entrer. De toute évidence, j'étais inoffensif. Je ne voyais aucune façon élégante de m'enquérir de son nom.

« J'ai parlé à Lee, m'annonça-t-elle.

— Ah oui ?

— Imagine ma surprise quand elle m'a dit que tu n'étais pas revenu, hier soir.

— Je me suis égaré.

— Un de ces jours, Josh, elle va finir par mettre ses menaces à exécution.

— Quelles menaces ?

— Ne fais pas l'imbécile avec moi.

— Ça m'est déjà arrivé de partir comme ça ? »

Elle me regarda d'un air dérouté, inquiet.

« Retourne chez toi, Josh.

— Les autres fois… Que s'est-il passé exactement ?

— Tu n'es pas drôle. »

Je tentai une autre approche.

« Où est Kurt ?

— Au bureau.

— À quelle heure doit-il rentrer ?

— Il prend toujours le bus de six heures et quart.

— Est-ce que tu pourrais appeler Lee pour lui demander de venir me chercher ? »

Elle leva les yeux au ciel.

« Hé, traîne tes fesses de paresseux derrière la maison et demande-lui toi-même ! »

Un frisson d'excitation nerveuse me parcourut. Lee m'attendait dans le jardin. Elle me ramènerait à la maison, où je pourrais savourer les joies d'une douche, d'un bon repas et d'une paire de chaussures. Je la trouverais sûrement à mon goût. Après tout, nous étions mariés.

Mais il n'y avait personne dans le jardin. Barbecue à gaz. Meubles de jardin. Pas de Lee.

La femme de Kurt s'approcha de la fenêtre. J'esquissai un geste d'impuissance. Elle pointa l'index vers le bas.

Je remarquai la petite plaque indiquant le numéro de rue : 1112 1/2.

Elle se trouvait au-dessus d'une boîte aux lettres, près d'une porte en sous-sol. Je descendis les quelques marches et frappai. Une femme ouvrit aussitôt, comme si elle m'attendait, laissa la porte ouverte et se détourna. Rageusement. Petite, plutôt trapue, elle avait des cheveux noirs, un teint pâle et une ossature fine, et jamais je n'aurais deviné que c'était mon genre de femme avant de poser les yeux sur elle. Colère, impatience et frustration émanaient d'elle comme un vent mauvais. Elle n'eut pas à parcourir une grande distance pour atteindre l'autre bout de la pièce ; là, elle fit volte-face et revint vers moi au pas de charge. Ses yeux verts qui lançaient des éclairs me séduisirent aussi.

« C'est terminé entre nous, Josh.

— Lee… », dis-je, juste pour essayer le prénom.

Elle leva une main.

« Non, ça suffit. Je t'ai déjà donné une bonne dizaine de chances. C'est fini.

— Pourquoi on ne repartirait pas de zéro ?

— Peuh, tu dis toujours ça.

— Ah bon ? » Je rassemblai mes esprits. « Eh bien… cette fois, je suis sincère. On va commencer par quitter la cave de mon frère.

— Il ne nous demande pas de loyer.

— On ne peut pas se permettre d'en payer un ?

— Pas avec mon seul salaire.

— Je ne travaille pas ?
— Tu n'as *jamais* travaillé.
— Je suis un artiste.
— Un artiste de l'arnaque, à la rigueur, répliqua-t-elle, mais je décelai un soupçon de tendresse dans sa voix.
— Je n'arrive pas à croire que je vive encore dans ce sous-sol…
— C'est assez pathétique, je dois bien l'admettre.
— Comment s'est-il débrouillé pour avoir la maison ? »
Je fis quelques pas dans l'espace étroit. Il y avait tout juste la place pour une salle de bains, une kitchenette, une petite table, deux chaises et un coin chambre réduit à un grand matelas posé à même le sol. Si je me tenais bien droit, le sommet de mon crâne effleurait le faux plafond.
Nulle part je ne vis d'œuvres artistiques. Ni de fournitures de dessin. Je reconnus la lumière de mon enfance, triste et chiche.
« Mouais, il faut vraiment qu'on s'en aille, dis-je.
— Tu me serines ce refrain-là depuis qu'on a emménagé. »
Je ne lui demandai pas de me préciser combien d'années s'étaient écoulées depuis. Cette partie de mon passé n'était pas importante. J'avais tellement d'autres questions à lui poser, sur des petites choses que je devrais savoir si nous étions mariés, si je lui avais prêté attention. Mais j'avais le temps de les découvrir par moi-même.
« Je trouverai du travail », lui assurai-je.
Elle crispa la mâchoire.
« C'est un début. Mais ce n'est pas le plus important.
— Ce serait quoi, alors ? »
Elle soupira.
« Oh, Josh… J'en ai tellement assez de te le répéter !
— Je me suis absenté quelques jours. Désolé.
— Même quand tu es là… tu n'es pas là.
— Où suis-je, alors ? demandai-je, sincèrement curieux.
— Dans un autre monde. »

Elle passa dans la salle de bains. J'entendis de l'eau couler. Je ne bougeai pas. Pourrais-je tomber amoureux de cette femme ? Était-ce déjà arrivé ? Elle était incontestablement patiente, peut-être même indulgente. Qu'avait-elle fait pendant que j'étais marié à Flo ? Avait-elle des souvenirs fugaces lui laissant entrevoir une vie différente, elle aussi ?

« Bon, je vais au bureau », dit-elle en ressortant.

Elle s'était coiffée et avait appliqué du rouge sur ses lèvres.

« OK », dis-je.

Le soulagement que j'éprouvai à la perspective de son départ ne me parut pas de bon augure.

« Tu me rejoins pour déjeuner ?

— Je peux décaler le rendez-vous ? »

Elle se hérissa aussitôt.

« Tu as une journée chargée, aujourd'hui ?

— Je compte essayer de peaufiner mon nouveau moi. »

Lee m'étonna en me prenant dans ses bras. Son corps était chaud et solide. Elle appuya son front sur ma poitrine. C'était une impression tellement étrange pour moi de la tenir ainsi… Mes bras étaient adaptés aux dimensions de Flo et je sentis mon cœur se briser une nouvelle fois.

« Je ne veux pas que tu changes », murmura-t-elle.

Pendant qu'elle me parlait, je pensais à mon autre femme. Lee dut le sentir, car elle laissa retomber ses bras et s'écarta de moi. Elle se mettait au diapason de ma froideur.

« Ou peut-être que si, finalement. »

Je me laissai choir au bord du matelas. Je retrouvai la vue familière de mon enfance, le monde contemplé d'en bas à travers une fenêtre étroite. Le bruit de la chaudière qui se mettait en route m'empêchait de dormir en hiver. Je connaissais cette vie-là. Sans Penny. Sans Flo. Marié à une inconnue qui, elle, savait tout de moi.

Je cherchai refuge dans le sommeil.

J'entendis quelqu'un bouger derrière moi. La lumière était trop diffuse pour me permettre d'estimer l'heure, mais lorsque je me retournai dans mon lit, je découvris une jeune fille à l'autre bout de la pièce. Vêtue d'une longue robe, elle se tenait sur la pointe des pieds et tâtait le plafond comme si elle cherchait quelque chose.

« Constance », murmurai-je.

Elle ne répondit pas ; elle ne parut même pas se rendre compte de ma présence.

« Tu as déjà récupéré la lettre de Dash. »

Cette remarque me paraissait aller de soi. Ensuite, je gardai le silence. J'étais heureux de la revoir. Même sous l'aspect d'un fantôme, elle représentait un élément tangible de cette vie que j'avais laissé m'échapper.

« Dis bonjour à Penny de ma part », ajoutai-je.

Avant qu'elle ait pu me répondre, une douleur fusa dans mes côtes. Quand je me réveillai, Lee se tenait au-dessus de moi.

« Qui est Penny ? » demanda-t-elle d'un air féroce.

Je m'assis. De Constance, il ne me restait plus que la vision d'un ourlet de jupe disparaissant dans l'escalier de la cave. Et encore.

« *Qui est Penny ?* insista-t-elle.

— Quoi ?

— Tu as marmonné : "Dis bonjour à Penny de ma part."

— C'est vrai ?

— Oui. »

Elle se dirigea vers l'évier et ouvrit le robinet. Ces quelques pas qu'elle avait faits ramenèrent à ma mémoire un souvenir de notre mariage. Lee, en longue robe blanche, s'éloignait de moi dans la salle de bal pour aller inviter mon père à danser.

Je tentai de replacer ce souvenir dans son contexte. Le visage d'un homme s'imposa alors à moi. Âgé d'une soixantaine d'années, il portait un smoking indigo, arborait des sourcils semblables à des ailes d'oiseau et des taches de couperose sur le nez et le haut des joues, et son regard exprimait la déception. Je compris tout de suite que c'était le père de Lee.

Je me levai d'un bond, puis m'habillai. Le destin de Penny avait beau me tourmenter, j'étais encore plus troublé par ces visions de ma vie avec Lee qui remplaçaient celles de ma vie avec Flo.

« Où vas-tu ? »

Je lui souris vaillamment.

« Chercher du travail, prétendis-je.

— La journée est presque finie », m'apprit-elle.

Je ne me laissai pas arrêter par ce détail.

Je me hâtai en direction de Dragon Hills et de la nouvelle maison de Flo. Elle répondit à mon premier coup de sonnette.

« Oui ? » demanda-t-elle poliment.

Pas le moindre signe sur son visage indiquant qu'elle me remettait. Pas même une lueur de curiosité à mon égard derrière le soupçon d'inquiétude suscité par la vue d'un inconnu à sa porte. Son expression affable m'apporta la réponse à toutes les questions importantes. Elle ne me connaissait pas.

« Flo ?

— Oui ?

— Josh Winkler. »

Elle patienta.

« J'étais au lycée avec toi. »

Elle esquissa un léger sourire, me regarda un peu plus attentivement, mais sans réel intérêt.

« Désolée. Je ne me souviens pas de toi.

— Vaughan et mon frère s'entendaient bien.

— Mais tu n'étais pas dans ma classe ?

— Non.

— Tu connaissais Doug ? Mon mari ?

— On s'est rencontrés.

— Je serais ravie de bavarder avec toi, mais je dois préparer le dîner.

— J'ai épousé Lee Swope », dis-je, son nom de jeune fille m'étant venu spontanément à l'esprit.

Elle se mordilla la lèvre.

« Désolée, répéta-t-elle. Je ne me souviens pas d'elle non plus.

— Tu voulais devenir médecin. »

Cette fois, le coup porta.

« C'est mon frère, le docteur de la famille, répliqua-t-elle d'un ton sec.

— Mais c'est toi qui en avais envie.

— Oh… » Elle haussa les épaules. « C'est vrai qu'avec quatre gosses qui ont tendance à tomber malades les uns après les autres, j'ai parfois l'impression d'avoir embrassé une carrière médicale.

— Tu aurais fait un docteur formidable. »

La tendresse dans ma voix la poussa à se retrancher derrière le rempart de politesse entre nous.

« Et toi ? Tu as des enfants ? demanda-t-elle.

— Un seul. Une fille. » J'hésitai. « Elle s'appelle Penny. »

Flo cilla.

« Quelle coïncidence ! C'est aussi le prénom de mon aînée.

— Elle a quinze ans. »

Elle leva une main.

« N'en dis pas plus ! Je sais exactement ce que tu traverses. »

Je ne voulais pas la contrarier ni risquer de tout gâcher. Quoi qu'il en soit, l'entretien était terminé.

Je m'éloignai de Dragon Hills en suivant Pincoffin Street. La parallée grouillait de banlieusards prenant un raccourci pour rentrer chez eux.

J'étais en ville quand le car de 18 h 15 s'arrêta. Kurt sauta du marchepied puis salua le chauffeur. Son nœud de cravate était desserré et son attaché-case battait contre sa jambe comme s'il ne pesait rien. Il avait un cocktail à la main. Je l'accompagnai sur le trajet jusqu'à la maison.

« Tiens, voilà mon frère, me salua-t-il.

— Hello !

— J'en ai déjà sifflé quatre. C'est le dernier. »

J'allais lui demander comment il gagnait sa vie lorsque la réponse s'imposa à mon esprit, familière et banale.

« Lee nous a dit que tu n'étais pas rentré, hier soir ?

— Je l'ai vue ce matin, expliquai-je. Tu as devant toi mon nouveau moi.

— OK. » Il hocha la tête. « Remarque, l'ancien n'était pas si terrible.

— Kurt ? Tu te rappelles quand on était gosses et que tu apprenais à nager aux enfants retardés ? »

Il avala une gorgée de sa boisson.

« Vaguement. Pourquoi ?

— Je t'aidais ?

— Possible. Je ne m'en souviens pas.

— Je crois que j'étais là.

— En tout cas, je me souviens d'avoir attrapé un sacré coup de soleil.

— J'aimerais tant savoir si j'étais avec toi…

— Je ne peux rien faire pour toi, mon vieux. C'est tellement loin, tout ça !

— Vaughan était là aussi. »

Kurt continua d'avancer en silence, plongé dans ses pensées. Enfin, il éclata de rire.

« Peut-être, mais franchement, je ne me rappelle pas.

— Est-ce que tu as parfois l'impression de t'être trompé de direction et de te retrouver à un endroit où tu n'as pas ta place ? demandai-je.

— Non, Josh. Pour la centième fois, je n'ai jamais eu cette impression. »

Nous étions arrivés devant le 1112 East Collier Street. Kurt gravit les marches du perron et ouvrit la porte d'entrée ; je contournai la maison et descendis au sous-sol.

Le jour où je fus embauché comme chauffeur de car scolaire, j'achetai un coffret d'aquarelle pour débutants contenant peintures et pinceaux. Avant d'être autorisé à convoyer des enfants de la maison à l'école et vice-versa, j'avais dû franchir avec succès toutes les étapes d'une procédure incluant deux analyses d'urine, une évaluation psychologique, une analyse des empreintes digitales et une recherche concernant un éventuel casier judiciaire. J'étais curieux de savoir ce qu'on allait découvrir à mon sujet. Rien, s'avéra-t-il. J'étais irréprochable. Je ne mentionnai pas mon voyage dans le temps lorsque je rédigeai l'essai requis pour mon examen psychologique. Je dus m'en sortir honorablement, car on m'accorda une prime de 250 dollars à la signature et un contrat valable pour toute l'année scolaire.

Le premier matin, je me perdis avec ma cargaison de gosses braillant instructions et conseils à mon oreille. Mais au fil des jours, j'appris à apprécier leur compagnie. Ils m'appelèrent d'abord M. Winkler, puis Josh, puis l'Ami. Lee déposa l'intégralité de ma paie de chauffeur sur un compte bancaire que nous baptisâmes le Fonds commun de Logement.

Tous les matins, je disposais d'une heure de battement entre la fin de ma première tournée et le début de la suivante. J'allais me garer dans Clover Street, à l'entrée de la parallée, et je peignais. C'était mon moment de prédilection dans la journée, à la fois mélancolique et revigorant. Je voulais être présent au cas où Penny rentrerait et j'avais l'impression de faire ce qu'il fallait.

Avant de quitter la maison, je remplissais d'eau un petit pot de bébé muni d'un couvercle. Je peignais ensuite tout ce que j'avais sous les yeux – essentiellement la parallée qui, dans les représentations que j'en donnais, était toujours un chemin disparaissant dans le lointain. Parfois, je la montrais déserte. Parfois, j'ajoutais Penny se portant à ma rencontre. J'aurais aimé qu'elle soit là pour poser – comme lors de ce lointain été qui venait à peine de s'achever, en réalité –, mais même absente, elle était facile à dessiner.

Je scotchais mes œuvres au plafond du car pour les faire sécher. Quand je roulais, elles voltigeaient telles des feuilles d'arbre. La plupart des enfants ne leur prêtaient aucune attention. Un matin, une petite futée nommée Audrey demanda, en me montrant la dernière aquarelle :

« Qui est-ce ?

— Ma fille.

— Là aussi ? Et là, là, là et là ? »

Elle indiqua les autres portraits ; il y en avait toute une galerie.

« Oui, répondis-je.

— Ils sont au même endroit depuis la rentrée. »

Elle avait raison. La plupart des peintures étaient tellement sèches qu'elles menaçaient de se fendiller au toucher.

« Elle n'a pas envie de les voir ?

— Qui ?

— Votre fille. »

Ce soir-là, je rapportai toutes mes œuvres à la maison. Lee prépara le dîner et je débarrassai la table quand nous eûmes fini de manger. Nous entendions le téléviseur de Kurt à travers le plafond. Je sortis mes aquarelles de la parallée et les étalai sur la table. La majorité d'entre elles montraient Penny. Sur l'une d'elles, elle se réduisait à une tache au loin ; un pas de plus et elle disparaîtrait avec le chemin qu'elle avait emprunté. Sur d'autres, elle se trouvait à mi-parcours, aisément reconnaissable pour qui l'avait déjà rencontrée. Toutes les autres la représentaient en gros plan. Lee se concentra aussitôt sur celles-là.

« Tu as beaucoup travaillé, dit-elle, une main sur mon épaule. Tu te débrouilles drôlement bien.

— Merci. »

Elle effleura l'une des aquarelles.

« Qui est-ce ? demanda-t-elle.

— Elle s'appelle Penny. »

Une lueur de colère brilla dans ses yeux. Elle avait une bonne mémoire. *Dis bonjour à Penny de ma part*.

Du bout des doigts, elle caressa chacune des peintures. Elle en prit une ou deux, puis les reposa. Nos relations s'étaient beaucoup améliorées. Je la devinai en train de calculer les risques, de mettre en balance la situation entre nous et son besoin d'apprendre la vérité.

« Tu m'as dit que tu ne connaissais aucune Penny, déclara-t-elle enfin.

— Tu as raison.

— Donc, tu m'as menti ?

— Je ne savais pas comment t'expliquer… »

Je m'interrompis.

« Penny, me rappela-t-elle.

— Ah oui. »

Je songeai à ce jour dans le cabinet de Flo – il y avait de cela une éternité – où je m'étais assis sur son tabouret à roulettes pour lui parler de mon voyage de quinze minutes dans le temps. Beaucoup d'autres événements se produiraient après cet entretien mais c'était à ce moment-là que j'avais fait dérailler notre existence. Je ne voulais pas commettre la même erreur avec Lee.

Elle caressa l'une des aquarelles.

« Tu tiens à elle, c'est évident. Cette série-là est très bien, ajouta-t-elle en tapotant une des représentations de l'allée déserte, mais celles où elle apparaît sont bien meilleures.

— C'est ma fille. »

Lee ne trouva rien à dire. Elle n'était pas du genre à pleurer pour un rien, mais je voyais bien qu'elle avait du mal à encaisser le choc.

« Ta fille, répéta-t-elle.

— Oui.

— Je connais la mère ?

— Non.

— Cette enfant est le résultat d'une aventure d'un soir, et aujourd'hui, tu as décidé de me mettre au courant ?

— Ça ne s'est pas passé comme ça.

— Alors, comment ?

— Assieds-toi. »

Je rassemblai les peintures comme pour lui ménager de l'espace.

« Tu lui donnes de l'argent ? demanda-t-elle.

— Non.

— Pourquoi ? Si c'est ta fille, tu devrais subvenir à ses besoins ! Tu as laissé sa mère l'élever toute seule ?

— Non. Lee. Écoute-moi. »

Je tendis la main vers elle, mais elle s'écarta.

« C'est la seule ? demanda-t-elle. Ou est-ce que tu as encore d'autres enfants dont tu comptes me parler plus tard ?

— Non. » J'étais heureux de pouvoir la rassurer. « Je t'en prie, assieds-toi. »

Parvenu au milieu de mon récit, je regrettai de m'être engagé dans cette voie. J'aurais mieux fait de laisser Lee en dehors de toute cette histoire. De la protéger. De me protéger aussi. Cela n'aurait pas été difficile. Il aurait suffi de brûler les portraits de Penny, d'éviter la parallée. De laisser passer le mois de novembre. D'attendre que cette autre vie achève de se consumer.

Pour Lee, il s'agissait juste d'une nouvelle excentricité inventée par son excentrique de mari – cette fois, à propos d'un voyage dans le temps. D'abord un recul de quinze minutes, puis un bond de plus de quatre-vingts ans. Je voyais notre couple partir à vau-l'eau à mesure que je lui parlais.

Lorsque j'eus terminé, elle consulta sa montre.

Près de soixante minutes s'étaient écoulées mais ce n'était pas l'heure qui l'intéressait.

« Aujourd'hui, nous sommes le 29 septembre », déclara-t-elle.

J'acquiesçai de la tête. J'avais senti arriver le mois d'octobre comme on sent monter un éternuement.

« Quand va-t-elle tomber malade ? demanda Lee.

— Elle commence à tousser et à avoir de la fièvre le 2 octobre. Elle tombe malade pour la dernière fois le 2 novembre.

— Montre-moi, dit-elle en se levant.

— Quoi ?

— Tout. Des preuves. Des papiers. Les articles de journaux.

— Il est tard. Tout sera fermé.

— Alors, tu me montreras demain. »

Elle fit deux fois le tour de l'appartement, incapable de rester en place, mue par un mélange d'impatience, d'incertitude et d'inquiétude qui brûlait en elle comme une source d'énergie.

« Montre-moi l'endroit sur la parallée. Maintenant.

— D'accord.

— Et ton ancienne maison.

— C'est *celle-là*, mon ancienne maison.

— L'autre, je veux dire. Celle où tu as vécu ton autre vie. »

Nous décidâmes d'aller marcher. Je lui passai un bras autour des épaules mais le retirai au bout d'un pâté de maisons, sentant à la raideur de son dos une réticence à me croire – voire à supporter ma présence.

Je la conduisis à l'entrée de la parallée dans Pincoffin Street. Elle se figea comme à l'abord d'un couloir obscur dans une maison hantée. De la pointe du pied, elle tâta le chemin.

« Je ne savais même pas qu'ils existaient, murmura-t-elle.

— C'est normal, tu as grandi à l'ouest d'ici », répondis-je.

Je ne me demandais même plus comment je connaissais ces détails à son sujet. C'était ma femme. Les informations étaient là, en moi.

« Est-ce qu'elle habite dans le coin ? »

Je compris tout de suite à qui elle faisait allusion.

« Flo ?

— Oui. La fameuse doctoresse… »

Chacun de ses mots dégoulinait de jalousie.

« Aujourd'hui, elle n'est pas médecin, rectifiai-je.

— Mais elle l'était quand tu étais marié avec elle, non ? Quand elle portait ton bébé ?

— Oui. » Je lui touchai le bras. « Elle vit à Dragon Hills.

— Ça ne m'étonne pas », dit-elle avec amertume. Elle réfléchit un moment. « Comment le sais-tu ? » Elle m'avait piégé. Déjà, elle répondait à ma place : « Tu t'es déjà renseigné sur ce qui lui était arrivé ! C'est ça ?

— J'allais te l'expliquer.

— Tu parles !

— Je t'assure, Lee. Comment pourrais-tu m'en vouloir ? À mon retour, je découvre que tout a changé… Tu n'essaierais pas de retrouver la trace de ton ancienne vie ? Tout le monde ferait pareil. »

Elle ne s'était toujours pas engagée sur la parallée.

« Elle te manque ? » demanda-t-elle.

Je méditai la question. À ma grande surprise, je m'aperçus que non, Flo ne me manquait pas, ou du moins, pas autant qu'avant. Quelque chose avait changé. Le temps avait passé.

« Au début, oui, admis-je. Mais aujourd'hui, plus vraiment.

— Plus vraiment, hein ? C'est formidable. » Elle carra les épaules. « Est-ce que tu regrettes ton ancienne vie ?

— Penny me manque. »

Cette fois, elle avança, fit quelques pas sur le raccourci, puis s'arrêta. Elle se tenait sur la pointe des pieds, les genoux légèrement rentrés, comme un patineur imprudent qui se serait hasardé sur un lac gelé au moment d'un redoux.

« Je risque de disparaître ? s'enquit-elle.

— Je ne crois pas. Enfin, je ne sais pas. Il pleuvait. Je courais.

— Ça te ferait plaisir si je disparaissais ? me défia-t-elle.

— Non ! »

J'étais sincère. Je n'avais qu'elle au monde.

Elle ne me lâcha pas la main durant tout le reste du trajet. La parallée me semblait plus aérée, plus large, maintenant que l'automne avait éclairci le feuillage alentour. Des souvenirs de 1918 me revinrent à la mémoire, mais je n'aurais su dire si c'était bon signe ou pas.

Je marquai une pause avant d'atteindre Pine Street.

« C'est là que vivait le chien amateur de voyages dans le temps », dis-je.

Elle éclata de rire et moi aussi. Je n'avais aucune idée de l'endroit où se trouvait le chien, mais en tout cas, il n'était pas là.

Nous poursuivîmes notre chemin jusqu'à Clover Street. Même sans mon atelier et l'aile abritant le cabinet de Flo, la maison représentait un progrès indéniable, ne serait-ce que sur le plan de l'espace, par rapport au sous-sol de Kurt.

« Je me verrais bien vivre ici », dit Lee.

Pas moi, compris-je soudain. D'accord, je garais mon bus à l'extrémité de la parallée pour attendre ma fille, mais le fait d'avoir ouvert mon cœur à Lee – d'avoir franchi l'étape consistant à l'inclure dans cette ancienne vie – m'avait libéré de l'emprise du passé. Flo avait disparu. Cette vie-là aussi.

« Où t'étais-tu installé pour peindre ? » demanda Lee.

J'esquissai un geste en direction du garage.

« L'atelier n'est plus là, répondis-je. Ou n'a *jamais* existé.

— Et où était ta chambre ? »

Je lui indiquai une fenêtre.

« Et celle de Penny ? »

Je la lui montrai aussi.

« Si elle revenait, murmura Lee, je pourrais devenir sa mère.

— Il le faudrait bien. »

Je ne voulais pas penser à cela, à tout ce que Penny devrait affronter si elle finissait un jour par me rejoindre.

J'étais prêt à partir, mais nous demeurâmes encore un long moment sur la parallée, main dans la main.

C'était une idée de Lee d'aller à la bibliothèque dès l'ouverture. Je serais volontiers resté au lit toute la journée si elle n'avait pas fait preuve d'une telle insistance – non que j'aie voulu m'épargner une épreuve, mais je ne me sentais pas bien du tout. S'il s'agissait des premiers symptômes d'une grippe purement empathique, ils me paraissaient néanmoins des plus réels. En me couchant la veille au soir, j'avais espéré que Lee en savait suffisamment, que la présence de la parallée et de mon ancienne maison l'avait convaincue. Mais voilà, elle voulait plus. Elle voulait des preuves.

« Aujourd'hui, c'est le dernier jour de septembre », dit-elle au moment où j'insérais dans le lecteur la première bobine de microfilms.

Nous passâmes une heure en 1908. Les yeux plissés, à la fois concentrée et captivée, Lee lut tous les articles relatant la disparition de Constance. Lorsqu'elle eut terminé le dernier compte rendu, elle déclara comme pour elle-même :

« Alors, c'est là que tu étais…

— Non, je suis allé en 1918. »

Je comprenais néanmoins ce qu'elle avait voulu dire.

Je serrai si longtemps entre mes doigts la bobine du 1er au 15 novembre 1918 que Lee fut presque obligée de me l'arracher des mains.

« Tu n'es pas encore convaincue ? demandai-je.

— Si, mais je veux savoir ce qui va se passer. »

À vrai dire, il ne restait qu'un élément à vérifier. La page 42 de l'édition du 14 novembre 1918. Je fis défiler la bande, le flot d'articles et de lumière me donnant le tournis. Plus je me rapprochais de la date fatidique et plus je ralentissais.

« Qu'est-ce qui ne va pas, Josh ?

— Elle ne sera peut-être pas là.

— Quoi ?

— La page dont nous avons besoin. »

Je m'arrêtai entre les pages 38 et 39 pour tout lui expliquer. Elle posa une main sur la mienne.

« Tu es brûlant, observa-t-elle avant de me tâter le front.

— Nous y sommes presque », répondis-je, affichant une bravoure que je ne ressentais pas.

Lee fut impressionnée en découvrant que j'avais vu juste au sujet de la page manquante. Elle me regarda comme si j'étais un prophète.

« Viens, on rentre », dit-elle.

Elle m'aida à me mettre au lit, me fit boire un liquide chaud délicieux et me laissa après avoir éteint les lumières et rapproché le téléphone de ma tête. Le dernier mot que je m'entendis prononcer avant son départ fut : « Fustus. »

Elle ne se risqua à me réveiller que le lendemain matin. J'étais presque revenu d'entre les morts, me semblait-il, mais je me sentais encore trop faible pour me lever.

Lee avait du mal à contenir son impatience. Elle me montra une copie de la page 42.

« Il faut absolument que tu voies ça ! »

Je m'attaquai à la liste des VICTIMES DE LA GRIPPE, lisant chaque nom dans ma tête. J'en étais à *Manger, Constance M.* quand Lee, n'y tenant plus, s'exclama :

« Elle n'y est pas !

— Qui ?

— Penny ! »

Je relus trois fois la dernière partie de la liste avant de m'autoriser à y croire.

Miller, Ophelia, *adulte*
Nellison, Thomas, *adulte*
Olston, John, *enfant bien-aimé*
Praeger Arthur, *jeune orphelin*

Pzerter, Katherine, *adulte*
Quinn, Daniel, *adulte*
Tully, Millicent, *adulte*
Vincent, William, *jeune orphelin*
Voss, E. J., *enfant bien-aimé*
Winberger, James, *adulte*
Wiseteria, Vitrine, *adulte*
Wooster, Blanche, *adulte*
Young, Muriel, *adulte*
Zook, Kenneth, *adulte*

Pas de Winkler, Penelope, *orpheline*.

« Elle n'est pas morte ! » reprit Lee.

Pourtant, je demeurais sceptique.

« Pas à ce moment-là, non », dis-je. Je me redressai tant bien que mal. La tête me tournait. Ma femme me soutint. « On doit retourner à la bibliothèque, Lee. »

Une nouvelle liste des victimes de la grippe apparaissait dans l'édition du 16 novembre. Elle ne contenait pas le nom de Penny. Je me sentais tellement dépassé que je n'aurais pas été surpris de découvrir mon propre nom parmi les autres. Nous trouvâmes l'avis de décès de Constance. Pauvre Constance… Pourquoi n'avait-elle pas tenu compte de mes mises en garde, comme l'avait manifestement fait Penny ?

« Tu m'as dit qu'elle n'avait eu qu'un fils », observa Lee.

Je sautai à la dernière ligne de l'entrefilet.

> Mme Manger laisse derrière elle ses fils bien-aimés, E. Wayne Jr. et Michael T., ainsi que son père et sa mère, Peter T. et Faith W. Morceau.

« Elle n'en avait qu'un la dernière fois où je l'ai vue.

— Elle était enceinte ?

— Non, répondis-je. Je veux dire, je l'ai vue en août. Elle est morte – ou plutôt, elle va mourir – en novembre. »

Je retournai dans mon lit, où je restai pendant deux jours. Je rêvai de Penny à l'orphelinat, peut-être elle-même alitée. Jouant aux cartes avec Bette Andresen. Ou parlant boutique avec l'infirmière qui ne verrait jamais la Chine. C'étaient des rêves réconfortants, d'une certaine façon, dans la mesure où Penny évoluait devant moi, vivante, telle que dans mon souvenir. En songe, je pouvais garder un œil sur elle.

Une fois remis, je passai deux jours à éplucher les journaux de novembre 1918 en quête d'une éventuelle mention de ma fille. J'avais peur de n'avoir modifié son destin que de quelques jours, de manquer l'annonce de sa mort enfouie au plus profond d'une autre édition.

Mais je ne trouvai rien.

Donc, elle était vivante, ce qui me procurait un soulagement indicible, mais en même temps me donnait plus que jamais le sentiment de l'avoir perdue. Son nom – même sur une liste de défunts – m'avait au moins permis d'établir un lien avec elle.

Dans le courant du mois d'octobre, j'aidai Kurt au jardin. Sa manie de ramasser les feuilles mortes à l'instant où elles tombaient frisait l'obsession. J'essayai de le convaincre d'attendre le moment où elles seraient toutes par terre, mais sans insister. Il ne nous demandait pas de loyer, comme l'avait souligné Lee.

Des branches et des petits bouts de bois – des fragments morts dont les arbres s'étaient dépouillés – se mêlaient aux feuilles jonchant la pelouse. Je les fourrai allègrement dans des sacs jusqu'au moment où la forme de l'un d'entre eux attira mon attention. Par sa longueur, ou peut-être sa finesse, il me rappelait Penny. Et quand je sus ce que je cherchais, j'en trouvai un autre, et encore un autre.

Le lendemain matin, je me levai de bonne heure pour faire un saut en ville. Puis je passai la journée enfermé au sous-sol, alors qu'on était dimanche et que les feuilles mortes cascadaient sur la tête de mon frère. Il s'attarda longuement devant ma fenêtre, s'arrangeant pour que les dents de son râteau crissent sur le carreau – au cas où j'aurais oublié qu'il ne nous demandait pas de loyer.

Quand Lee rentra à la maison, j'avais terminé trois poupées, têtes et tout.

Elle les examina tour à tour.

« Tu as tellement de talent », dit-elle en m'embrassant.

Je les remis toutes les trois sur l'étagère. Leurs vêtements étaient toujours humides.

« Je parie que tu réussirais à les vendre, ajouta-t-elle.

— Kurt risque de nous facturer les bouts de bois ! »

Elle effleura la chevelure d'une des poupées.

« On pourrait les appeler *Silhouettes*, murmura-t-elle. On pourrait…

— Elles sont censées représenter Penny.

— Je sais.

— Je ne veux pas gagner de l'argent sur son dos. »

Lee hocha la tête.

« Je comprends. Tu as raison. Désolée. »

Pendant le dîner d'Halloween, elle me dit :

« On devrait retourner là-bas. »

Là-bas.

« Pourquoi ?

— Il va y avoir un orage, ce soir – le seul orage de tout le mois d'octobre… 1918. »

Je voulais emprunter les parallées, mais Lee avait peur que Penny ne jaillisse hors de 1918 comme un boulet de canon et ne nous collisionne de plein fouet. Je me ralliai à son opinion.

Quand nous partîmes, la femme de Kurt – Colleen – sortit sur le perron. Je n'avais jamais entendu prononcer son nom mais elle s'appelait Colleen, je le savais.

« Kurt a des ennuis », dit-elle.

Elle avait le bout du nez rougi à force d'avoir pleuré.

« Quel genre d'ennuis ? » demandai-je.

Mais je connaissais déjà la réponse, de même que je connaissais son métier et tous les détails à son sujet. C'était une partie de ma vie. C'était mon frère.

Sa femme regarda Lee en faisant les gros yeux.

« Comme d'habitude, répondit-elle. Vous pourriez aller le chercher ? »

Je n'eus même pas besoin de demander où il était.

« J'irais bien moi-même, ajouta-t-elle, mais franchement, j'en ai par-dessus la tête.

— Je vais t'accompagner, proposa Lee.

— Non, c'est mon frère.

— Et tu es mon mari, déclara Lee. Je viens avec toi. »

Un agent de police assurait le service de nuit dans une cabine vitrée à l'entrée de la prison. Il était jeune, poli, et lorsque je lui eus exposé la raison de notre venue, il nous fit passer par l'ouverture du guichet un formulaire fixé sur une planchette. J'imaginai Kurt dans la cellule de Dash Buckley, obligé de lever les yeux pour contempler la vue limitée sur le monde extérieur. J'oubliai la présence de Lee pendant que je remplissais le document, jusqu'au moment où elle dit :

« C'est lui. »

Je la regardai.

« Mmm ? »

Elle se tenait près d'un dessin encadré accroché au mur du fond. Même de l'endroit où j'étais assis, je reconnus aussitôt le shérif Ketch. Au-dessous se trouvait une petite plaque dorée sur laquelle figurait l'inscription : *L'ancien chef de la police, John « Jack » Ketch, don de la ville.*

Mes yeux se portèrent à droite et à gauche. Le portrait de Ketch se trouvait au milieu de quatre autres dessins encadrés. Ceux-ci – de simples esquisses croquées pour passer le temps – représentaient un cheval que l'on ferrait, la porte d'une diseuse de bonne aventure, un panneau publicitaire pour un fabricant de bouteilles de lait et une remise couverte de mousse.

« Ce sont mes dessins », lui révélai-je.

Lee m'examina lorsque j'allai me placer près d'elle.

« Je les ai faits en 1918.

— Celui-là, c'est le meilleur », dit-elle en tapotant le portrait de Jack Ketch.

Je ne pouvais qu'en convenir : le trait était plus assuré, le résultat plus fidèle à la réalité. C'était bien Ketch, mais pas tel que je me le remémorais. Il y avait quelque chose de différent.

« Je les ai tous faits sauf celui-là », précisai-je.

Elle grimaça.

« Oh, désolée.

— Non. Tu as raison. »

Le cadre masquait la bordure inférieure du papier sur environ un centimètre de hauteur. Je tentai de le soulever pour voir s'il n'y avait pas une signature ou une date, mais il était fixé au mur. De toute façon, je n'avais signé aucun de mes dessins. Je n'avais fait que passer.

Enfin, Kurt apparut, les cheveux en bataille et les yeux larmoyants. Il était accompagné par un flic en coupe-vent.

« Hé, vieux, m'apostropha Kurt, c'est pas ton boulot ! »

Mon frère me fut rendu en échange du formulaire.

« À la prochaine ! lança Kurt à Coupe-vent.

— Je te préviens, Kurt le Dingue, on ne veut plus de toi ici », l'avertit son interlocuteur.

Je tressaillis en entendant le surnom et scrutai les yeux de mon frère pour voir qui il était. Je reconnus en lui l'homme qui vivait au-dessus de chez nous. Il partit sans nous attendre.

« Que savez-vous sur ces dessins ? demandai-je à Coupe-vent.

— Rien. Ce type est resté chef de la police pendant une éternité. Il est mort à son bureau. Quelqu'un a trouvé les dessins et les a fait encadrer. » Il haussa les épaules. « La prochaine fois qu'on ramassera votre frangin, il aura besoin d'un avocat.

Ce n'est pas un motel, ici… » Il s'interrompit, avant d'ajouter à mon grand étonnement : « Josh. »

Je le dévisageai un bon moment au risque de paraître impoli. Son nom finit par me venir.

« Merci, Cal. Je le lui dirai. »

Cal se dirigea vers la porte donnant sur l'arrière du poste de police.

« Est-ce qu'il… est-ce que ce chef de la police avait de la famille ? demandai-je.

— Je ne sais pas. Je ne crois pas. » Il s'arrêta à la porte. « Moi, je ne vais pas mourir à mon bureau, c'est sûr. »

Kurt s'était immobilisé sur le trottoir devant le bâtiment.

« Tu peux conduire ? me demanda-t-il. Je suis encore dans les vapes.

— On est venus à pied, répondit Lee.

— À pied ? » gémit-il.

Il avait inversé la chaussure droite et la chaussure gauche, constatai-je. Quand je le lui fis remarquer, il s'affala sur un banc proche pour remédier à la situation.

« J'ai toujours le tournis », dit-il.

Lee et moi le prîmes chacun par un bras. Un pâté de maisons plus loin, il cessa de tanguer et insista pour marcher sans soutien.

« Comment est l'ambiance, à la maison ? demanda-t-il.

— Houleuse.

— Ça lui passera. Ça lui passe toujours. »

Si la tradition des farces et friandises d'Halloween se perpétuait essentiellement en journée, nous croisâmes néanmoins des bandes d'enfants – certains déguisés, d'autres accompagnés par leurs parents, d'autres encore adoptant l'attitude furtive des bandits de grand chemin. Un groupe composé de chevaliers Jedi et de créatures qui ressemblaient à des trolls, rassemblé sur le perron de Kurt, pressait la sonnette bien que la lumière à l'extérieur soit éteinte et la maison plongée dans l'obscurité.

Kurt s'immobilisa au pied des marches.

« Il n'y a personne ? » lança-t-il.

Comme un seul homme, les gamins se tournèrent dans sa direction.

« Ma femme n'est peut-être pas d'humeur à célébrer Halloween », les prévint-il en sortant ses clés.

Les gosses se poussèrent pour le laisser déverrouiller la porte. Il nous lança par-dessus les petites têtes masquées :

« Au moins, elle n'a pas changé les serrures ! »

Lee et moi suivîmes Collier Street jusqu'à Clover Street, puis nous bifurquâmes vers le sud. La nuit était magnifique, froide et étoilée.

« C'était l'anniversaire de Constance, aujourd'hui », observai-je.

La main de Lee reposait dans la mienne, chaude à travers ses gants.

« Penny est-elle au courant, pour la mort de Constance ? » demanda-t-elle.

Je ne m'en souvenais plus.

« Parce que je crois avoir compris comment Constance a eu un deuxième fils », ajouta-t-elle.

Je hochai la tête. J'avais deviné, moi aussi. *Il est comme nous*.

« Le petit garçon sur l'allée, dis-je.

— Tout juste. Penny l'a confié à Constance parce qu'elle savait qu'elle ne serait pas là pour s'occuper de lui.

— Donc, elle avait l'intention de revenir, dis-je, même si je n'osais l'espérer.

— Et elle ignorait que Constance allait mourir. »

Nous atteignîmes la parallée.

« Je suis prête à attendre toute la nuit s'il le faut », affirma Lee.

Pas moi, pensai-je. C'était une belle soirée pour se promener mais les conditions ne me paraissaient pas propices au retour de Penny. Elle était trop présente dans notre esprit. Même si, de son côté, elle parvenait à se vider la tête pour faire une tentative, nous risquions de bloquer son arrivée en restant ainsi centrés sur elle.

« Que disait le journal ? demandai-je.

— Il parlait d'un orage dans la soirée.

— Il avait déjà éclaté ou il était seulement annoncé ?

— C'était une prévision, répondit Lee, penaude.

— Il n'est pas mentionné dans l'édition de demain ? »

Elle fit non de la tête.

« Lee…

— Je sais. *Je sais*, d'accord ? Mais je pensais que ça valait peut-être la peine de tenter le coup. »

Nous attendîmes néanmoins encore une heure. Durant tout ce temps, personne n'emprunta la parallée.

En rentrant, Lee déclara :

« Il faut que tu ailles la chercher.

— J'ai essayé.

— Essaie encore.

— Je l'ai avertie, Lee. Elle est prévenue – elle va tomber malade et mourir en novembre.

— C'est pour ça que…

— Je veux dire, elle n'aura jamais de meilleure raison de revenir. Tout dépend d'elle, maintenant. »

Lee me lâcha la main.

« OK, murmurai-je. J'ai peur, je l'avoue. »

Nous continuâmes de marcher.

« J'aime cette vie-là, Lee.

— Tu as aussi des devoirs envers ta fille.

— Et si je ne rentrais pas ? Que deviendrais-tu ?

— Je suis habituée à tes absences, répondit-elle. Même quand tu es là. »

Nous arrivâmes par l'ouest devant le 1112 East Collier Street. Kurt n'avait allumé aucune lampe dans la maison mais les petits farceurs n'avaient pas renoncé – ou du moins, un d'entre eux s'obstinait. Enveloppé dans un châle qui semblait luire même dans la pénombre, il se tenait de dos sur le perron, la main levée, prête à appuyer sur la sonnette.

Soudain, je remarquai les traces d'humidité sur l'allée.

« Penny ? »

Elle se retourna, laissa échapper en me voyant un petit bruit semblable à un pépiement, dévala les marches et se jeta dans mes bras. Elle avait le visage mouillé, baigné par un tel torrent de larmes qu'il aurait presque pu suffire à la faire glisser à travers le temps. Secoué de sanglots moi aussi, il me semblait que je ne pourrais jamais cesser de l'embrasser ni de la serrer contre moi jusqu'au moment où elle me repoussa d'un geste doux mais ferme.

« L'orage », annonça Lee, rayonnante de fierté.

Penny lui jeta un coup d'œil. Je vis naître dans son regard toute une série de questions.

« Qui est-ce ? me demanda-t-elle. Où est maman ? Qu'est-ce qui est arrivé à notre maison ?

— Les choses ont changé, répondis-je.

— J'ai cru que je n'étais pas à la bonne époque.

— Non, ce n'est pas ça. »

De nouveau, elle dévisagea Lee.

« Alors, où est maman ? »

Je lui fis un bref compte rendu de la situation.

« Tout ce que j'avais prédit… Eh bien, c'est arrivé, conclus-je. Je te présente Lee. Ta… ma femme. »

Elles ne se touchèrent pas, ne s'effleurèrent même pas la main. Lee avait compris qu'il valait mieux ne pas brusquer la nouvelle venue.

« Ta femme ? répéta Penny.

— Oui.

— Je suis si heureuse de te rencontrer enfin, dit Lee. Ton père ne pensait qu'à aller te chercher, il en devenait dingue. Tu as faim ?

— Non, répondit Penny. J'en sais rien ! » Elle se mordit la lèvre. « Je veux voir maman.

— Elle a appelé sa fille Penny, lui révélai-je.

— Tu m'en diras tant.

— Non, je voulais parler de… Elle a *une autre* fille prénommée Penny.

— Mais *c'est moi*, sa fille ! » Je voulus lui prendre la main, mais elle s'écarta. « Elle me reconnaîtra forcément.

— Elle ne m'a pas reconnu, Penny. Elle a épousé quelqu'un d'autre. Et elle n'est pas docteur. »

Une expression choquée s'inscrivit sur les traits de ma fille.

« Quoi ?

— C'est son frère qui est devenu médecin, expliquai-je. Pas elle. »

Elle s'effondra sur les marches.

« Comment es-tu revenue ? demandai-je.

— Je suis toute seule, alors ?

— Hé, nous sommes là !

— Mais maman, tous mes copains… Pour eux, je n'existe pas ?

— Non. »

Il lui fallut quelques instants pour assimiler la nouvelle.

Enfin, elle raconta :

« Au début du mois, je suis tombée très malade. J'avais l'impression que c'était la fin. Ketch a paniqué. Il était certain que ta prédiction à mon sujet allait se réaliser. Et puis, je me suis remise. Je pensais que Ketch me pousserait à partir avant que je fasse une rechute et que je meure. Mais c'est tout le contraire qui s'est passé. Il n'arrêtait pas de me tourner autour. Il voulait toujours manger avec moi. M'emmener en balade dans sa camionnette. Je ne pouvais pas me débarrasser de lui. Quand il a trouvé tes dessins, il a cru qu'ils étaient de moi. Du coup, il m'a offert cent dollars pour faire son portrait. Ça représente beaucoup d'argent en 1918 et je ne voyais pas comment en gagner. Bref, à mon avis, c'était surtout un prétexte pour rester avec moi. Pendant les séances de pose, il m'a parlé du futur. Il m'a demandé si je m'en souvenais. Et il m'a répété ce que tu lui avais dit. Il allait se marier et avoir un fils qui deviendrait shérif et aurait à son tour un fils. Sauf qu'il ne savait pas encore qui serait sa femme. Quand il a laissé entendre que ce serait peut-être *moi*, j'ai compris que le moment était venu de rentrer. »

Composition Entrelignes (64).
Achevé d'imprimer
par la Nouvelle Imprimerie Laballery
à Clamecy le 26 avril 2006
Dépôt légal : avril 2006
Numéro d'imprimeur : 603186

Imprimé en France

131128